ars vivendi<sup>®</sup>

# KILLEN McNEILL

# AM SCHATTENUFER

ROMAN

Aus dem Englischen von Gottfried Röckelein

ARS VIVENDI

Für Anna McNeill McNeill
1919–2001

Originalausgabe

1. Auflage April 2013
© 2013 by ars vivendi verlag
GmbH & Co. KG, Cadolzburg
Alle Rechte vorbehalten
www.arsvivendi.com

Lektorat: Dr. Felicitas Igel
Korrektorat: Eva Elisabeth Wagner, Margit Schwab
Umschlaggestaltung: Philipp Starke, Hamburg
unter Verwendung eines Fotos von © plainpicture/Gallery
Stock/Jeremy Browne
Druck: Appel & Klinger Druck und Medien GmbH,
Schneckenlohe (Franken)
Gedruckt auf holzfreiem Werkdruckpapier der Papierfabrik
Schleipen. Das eingesetzte Material stammt aus ökologisch
und sozial verantwortungsvoller Forstwirtschaft.
Printed in Germany

ISBN 978-3-86913-193-1

# Am Schattenufer

# TEIL 1

September 1973

# 1

*Ihr haltet Ausschau nach einem Auto mit zwei Männern, das den Eindruck erweckt, als wäre es auf Erkundungsfahrt. Geringe Geschwindigkeit, die Männer schauen sich um. Wenn sie glauben, die Luft ist rein, fahren sie weg und kommen später wieder. Dann mit zwei Autos. Aber da ist es schon zu spät, denn im zweiten Wagen wird sich die Bombe befinden.*

Der Diamond, der Platz in der Mitte unseres Ortes, liegt verlassen im gelben Laternenlicht. Weggeworfene Chipstüten und Zeitungen wirbeln im leichten Wind um den Monolithen des Kriegerdenkmals. Eine leere Flasche Tennant's rollt immer wieder gegen den Bordstein. Die üblichen nächtlichen Geräusche von Mitchellstown, die mich im Schlaf begleiten, Geräusche, die ich gar nicht mehr wahrnehme, und erst, wenn ich woanders übernachte, fehlen sie mir, und dann kann ich wegen der Stille nicht einschlafen.

*Euer Job besteht darin, die anderen wissen zu lassen, dass die Luft nicht rein ist. Nichts weiter. Markiert nicht die Helden. Zwei von euch in jedem Wagen, ein Katholik, ein Protestant, eine Stunde Wachdienst pro Team.*

Der Vorname meines Partners ist eigentlich alles, was ich von ihm weiß. »John und Seamus von vier bis fünf«, las Sergeant Hamilton bei der Besprechung unten in der Kaserne von seinem Zettel ab, nachdem er uns unsere Instruktionen gegeben hatte. Seamus kommt mir mit diesen langen dunklen Wimpern, seinen Sommersprossen und blauen Augen irgendwie bekannt vor, aber ich kann ihn nicht richtig einordnen; er müsste einer aus dem Schulbus gewesen sein, aber das war vor drei Jahren, bevor ich auf die Universität ging. Da war er wohl so fünfzehn oder sechzehn, und jetzt ist er ein Mann. Außerdem wird er sowieso oben bei den anderen katholischen Jungs von St. Columb's gesessen haben.

Über mich wird Seamus mehr wissen; schließlich parken wir gerade vor unserem Geschäft, dem größten in Mitchellstown: *Dalzell's Emporium*. Wir sitzen in meinem Auto, einem zerbeulten alten Ford Prefect. Unsere Wache dauert nur noch zwölf Minuten. Meine 8-Spur-Kassette mit *Sticky Fingers* hat gerade ausgeleiert. Worüber könnte man reden? Worüber man nicht reden kann, ist einfacher. Über die Unruhen, die Politik, die Bomben in Mitchellstown. Diese Themen hängen im Wageninnern wie ungebetene Gäste, wie der Rauch der drei Zigaretten, die jeder von uns geraucht hat. Über Mädchen? Ich kenne die nicht, die er kennt, und er kennt die nicht, die ich kenne. Außerdem scheint er ein wenig schüchtern zu sein.

Zeit für eine letzte Zigarette, und dann ab ins Bett. Ich bin dran. Ich halte Seamus die Packung hin.

»Danke.«

Wir zünden unsere Kippen an. Ein rechteckiger, gelber Lichtschein taucht uns gegenüber auf der Zufahrt zum Platz auf. Zwei Schatten schlüpfen in die Nacht hinaus.

»Das sind bloß Spätheimkehrer aus dem *McAtamney's*«, sagt Seamus.

»Dort soll's ganz nett sein«, sage ich. Das *McAtamney's* ist ein katholisches Pub, ich gehe da nicht hin.

»In welches gehst du?«, fragt er.

»Ins *Fountain.*«

»Aha.« Seamus wird da wohl nicht hingehen. Er betrachtet mich aufmerksam.

Möchte er über diese Sache mit den getrennten Pubs reden? Über getrennte Schulen? Getrennte Leben? Ich wende mich ihm zu. Er schaut nicht mehr mich an, sondern an mir vorbei.

»Kannst du mal dein Seitenfenster ein bisschen abwischen?«, fragt er.

Mache ich. Nichts.

»Da kam ein Auto die Church Street herauf«, sagt er. »Ich habe die Lichter gesehen.«

Aus dieser Richtung sollten wir sie laut Polizei erwarten. Sie würden auf Nebenstraßen von Swatragh herüberkommen, einer Hochburg der Irish Republican Army etwa zehn Meilen entfernt.

»Keine Lichter zu sehen.«

»Es hat angehalten. Es parkt direkt um die Ecke.«

»Vielleicht bloß ein Liebespaar.«

»Doch nicht mitten in Mitchellstown.«

Der Diamond wird von Scheinwerfern beleuchtet.

»Da kommen sie«, sagt Seamus.

Ein Auto tastet sich vor, beginnt den Diamond zu umrunden, hält an, stößt zurück und parkt vor *Toner's* Schuhgeschäft mit dem Kühler zu uns. Die Lichter gehen aus.

»Kennst du das Auto?«, frage ich.

»Nein. Aber es ist ein Cortina.«

»Scheiße.«

»Genau.«

Die IRA benutzt immer Cortinas. Leicht zu klauen, schwer zurückzuverfolgen.

»Was jetzt?«, frage ich.

»Was die Polizei sagte. Lassen wir sie wissen, dass wir da sind. Dass die Luft nicht rein ist.«

»Rübergehen und ans Fenster klopfen?«

»Fahr langsam an ihnen vorbei.«

Ich starte den Motor und schalte die Scheinwerfer ein. Sie leuchten direkt durch die Windschutzscheibe des Cortina. Zwei Arme werden gehoben, um zwei Gesichter zu verdecken.

»Hoppela«, sage ich. »Sorry, Jungs.«

Wir fahren um den Diamond herum. Seamus wirft im Vorbeifahren einen Blick in das andere Auto. »Niemand aus der Gegend«, sagt er.

Ich parke den Wagen, und wir stehen wieder dem Cortina gegenüber.

»Du rufst besser die Polizei an«, sagt er.

Ich steige aus. Dabei höre ich, wie sie im Cortina den Motor anlassen. Ich gehe rasch zu unserer Haustür. Plötzlich erscheint mein Schatten auf unserer Hauswand in einer Korona aus Scheinwerferlicht. Verdammt. Ich hätte die Schlüssel bereithalten sollen. Ich fummele sie aus der Tasche, sperre die Tür auf, husche hinein und schließe sie wieder. Den Flur entlang zum Telefon unter der Treppe, während die Lichter des Cortina durch das Oberlicht an der Decke scheinen. Ich wähle 999. Ich höre, wie der Cortina über den Platz auf unser Haus zufährt, und das Scheinwerferlicht an der Decke zieht sich zurück und verschwindet, je näher er kommt. Ich kann den Motor im Leerlauf hören. Sie halten direkt vor unserem Haus. Direkt neben meinem Wagen. »Ja?«, sagt eine Stimme am Telefon.

»Rote Segel im Sonnenuntergang«, sage ich, der Code für diese Nacht. »Hier spricht John Dalzell, auf Beobachtungsposten am Diamond. Ich telefoniere von unserem Haus aus. Vor *Toner's* hat ein verdächtiges Auto gehalten. Ein Ford Cortina. Jetzt kommt es her.«

»Ist Seamus Cassidy bei dir?«

Jetzt höre ich zum ersten Mal seinen Namen. Cassidy. Natürlich. Teresas Bruder.

»Er sitzt noch draußen im Wagen.«

»Wir sind gleich da.« Er legt auf.

Steht der Cortina noch draußen? Was ist mit Seamus? Ich gehe ins vordere Zimmer und ziehe den Vorhang ein wenig zurück. Mein Prefect steht da. Ich kann Seamus' Rücken erkennen. Kein weiteres Auto in Sicht. Ich gehe hinaus und steige ein. »Sind sie weg?«

»Sie sind die Church Street zurückgefahren.«

»Haben sie nicht neben dir gehalten?«

»Nein. Sie sind gleich weitergefahren.«

»Ich dachte, ich hätte sie herfahren und hier halten hören.«
Er schüttelt den Kopf.

»Die Polizei ist gleich da.« Und schon fährt der graue Landrover der Royal Ulster Constabulary um den Diamond herum, hält direkt neben uns, das Seitenfenster wird heruntergekurbelt. Seamus lässt das unsrige herunter.

»Alles okay, Jungs?«

»Klar.«

»Habt ihr ein Kennzeichen?«

»Nein, leider nicht, war zu dunkel«, sagt Seamus.

»Welche Richtung hat der Wagen eingeschlagen?«

»Wieder durch die Church Street.«

»Gute Arbeit, Jungs, ihr könnt jetzt heimgehen. Wir übernehmen das.« Sie setzen zurück, wenden und parken erneut neben meinem Auto, diesmal mit der Front zum Platz.

»Wie kommst du nach Hause?«, frage ich Seamus. »Soll ich dich fahren?«

»Nein, ich bin mit dem Rad da.«

»Das könnten wir in den Kofferraum tun.«

»Nee, nee, bloß keine Umstände.« Er macht Anstalten auszusteigen.

»Wie geht's Teresa?«, frage ich, als er schon halb zur Tür draußen ist.

»Gut.«

»Ich seh sie hier gar nicht mehr. Was macht sie?«

»Sie ist drüben in England. In Canterbury. Studiert.«

»Was?«

»Deutsch, glaube ich. Also dann, gute Nacht. Oder besser: guten Morgen.«

»Was glaubst du, haben wir die Stadt vor einer Bombe gerettet?«

Er zuckt die Achseln und ist weg.

Ich fahre mit meinem Prefect los, um den Diamond herum, durch die Church Street und die Auffahrt zum Fair Hill hinauf. Teresa Cassidys Bruder. So was. Ich war mal in sie verliebt. Na gut, eigentlich war's wohl eher eine Schwärmerei. Nicht, dass sie je davon erfahren hätte. Ich habe sie immer nur im Bus zur Schule nach Coleraine gesehen. Wir hätten uns nirgendwo sonst begegnen können, weil sie katholisch ist. Andere Schulen, andere Jugendclubs, andere Sportarten. Sogar andere Abteile im Bus; sie waren oben und wir waren unten, ohne dass das jemand so geplant hätte; es hat sich einfach so ergeben; und klar haben wir den Katholiken an der Bushaltestelle zugenickt und so, aber man saß immer mit seinesgleichen zusammen.

Ich erinnere mich noch an den Augenblick, in dem ich mich in sie verguckte. Es passierte, als ich ihr Lächeln von der Seite sah, es war die Art, wie ihre Mundwinkel unter den Wangenknochen Kringel und Grübchen bildeten. Ganz in sich versunken war sie, lächelte nur für sich selbst. Weil ich unten keinen Sitzplatz gefunden hatte, war ich nach oben gegangen, was genauso wenig ein Problem darstellte, wie wenn Katholiken mal unten saßen; man hat sich nur nicht groß unterhalten. Es war ein Mittwochnachmittag im November, was bedeutete, dass es um vier schon dunkel war, und ich sah aus dem Fenster und konnte Teresas Spiegelbild klar und deutlich in der Scheibe erkennen, da sie mir gegenüber auf der anderen Seite des Ganges saß. Ich habe ihr nicht hinterherspioniert oder so was, aber ich konnte sie auf diese Weise unbeobachtet betrachten. Sie hielt den Kopf über ein Buch gebeugt und las, ab und zu strich sie sich die Haare zurück über die Schulter, und dann fielen sie wieder nach vorn, und ich konnte nur ihren Mund sehen, der sich plötzlich zu einem umwerfenden Lächeln verzog, und dann hörte ich sie laut auflachen. Schnell fuhr ihre Hand vor den geöffneten Mund, und sie lachte leise weiter. Ich drehte mich in ihre Richtung und sah sie an, und sie hob den Blick und sah zu mir her, noch immer kichernd und mit strahlenden Augen. Etwas Wunderschönes aus ihrem Innern wollte einen Ausflug machen.

»Gutes Buch?«, fragte ich.

»Toll«, sagte sie und zeigte mir den Einband. Es war *The Country Girls.*

Damit war unsere Unterhaltung beendet. Sie widmete sich wieder ihrer Lektüre, und ich drehte mich wieder zum Fenster. Ich habe nicht weiter darüber nachgedacht, aber spätabends, als ich gerade einschlafen wollte, hörte ich erneut ihr kehliges Lachen, und es packte mich mit der gleichen Macht, mit der es auch sie überrascht hatte, und warf mich im Bett herum.

Der Himmel hat graue Strähnen, als ich das Auto parke, abschließe und heimwärts gehe. Ich glaube, dass »Gutes Buch?« für lange Zeit die letzten normalen Worte waren, die ich an sie richtete. Ich war fünfzehn, wurde schnell rot und schaffte es nicht, mich in ihre Nähe zu begeben, ohne wie ein Leuchtfeuer zu glühen. Mir fiel rein gar nichts ein, was ich zu ihr hätte sagen können. Das ging monatelang so. Ich kaufte mir dieses Buch, und es gefiel mir auch ganz gut, denn es ließ sich zunächst leicht lesen, und später dann musste man plötzlich über irgendetwas daraus nachdenken. Ich versuchte herauszufinden, über welche Stelle sie gelacht hatte, und da gab es einige, die infrage kamen. Ich fing an, zu ihrer Farm hinauszuradeln, die gleich auf der anderen Seite der Raine-Brücke lag, und vor der Einfahrt hin- und herzufahren, als hätte ich dort etwas verloren. Ich denke, diese Phase hielt ungefähr eine Woche an, bis mir eines Abends, als es schon dunkel war, jemand mit einer Taschenlampe ins Gesicht leuchtete, ein Stock auf den Vorderreifen knallte, zwei Hände die Lenkstange packten und zwei andere meine Arme, und eine Stimme, die mir vage aus dem oberen Stock des Busses bekannt vorkam, sagte: »Das ist jetzt noch mal eine freundliche Warnung. Lass Teresa in Ruhe. Sollten wir mitkriegen, dass du dich wieder hier herumtreibst, gerben wir dir das Fell. Das solltest du eigentlich wissen. Treib dich bei deinen eigenen Leuten herum.« Und das war es dann.

Ich komme auf der Main Street gegenüber von *Jones' Café* heraus. Beziehungsweise dem, was früher mal *Jones' Café* war. Taffy Jones stammte, wie alle Taffys, aus Wales, war während des Krieges beim Militär gewesen, lernte seine Frau Myrtle aus Mitchellstown in Indien kennen und zog nach dem Krieg hierher, wo sie ihr Café eröffneten. An der Vorderfront brachten sie ein Schild mit der Aufschrift *JONES' CAFÉ* an. Sie hatten Fish and Chips im Angebot mit guten, selbst gemachten Fritten, hatten Vorhänge aus Plastikperlen auf der Innenseite der Türen, die beim Hindurchgehen klackerten, Linoleum auf dem Boden, verschiedene Ebenen, kleine Nischen und die Porträts kornischer Fischer an den Wänden. Mir gefiel es dort. Es wurde vor zwei Jahren in die Luft gesprengt, die erste Bombe in Mitchellstown, und jetzt ist da nur noch ein Loch in der Straße, in das man hineinsehen und auf leere Keller blicken kann. Schon komisch, wie schnell an so einer Stelle das Unkraut wächst. Mrs. Jones ist inzwischen gestorben, und Taffy ist im Altersheim.

Ich marschiere die Main Street entlang zum Diamond. Jetzt geht die Sonne auf, und das Licht fällt schräg auf das nächste Loch in der Straße, wo früher das *Star Cinema* stand. Es flog als Zweites in die Luft. Ich bin da jeden Samstag hingegangen, egal, was lief. Wenn man Glück hatte, war es ein James-Bond-Film oder ein Spaghetti-Western, oder ein Monumentalschinken mit Charlton Heston, aber das andere Zeug haben wir uns auch angeschaut. Doris Day und Rock Hudson, Carry-On-Komödien. Das Kino selbst war nichts Besonderes, eher wie eine Scheune mit einem Wellblechdach, keine Ränge oder so was, aber es war ein Ort, wo man hingehen konnte. Manchmal, als ich noch jünger war und wenn ein nicht jugendfreier Film lief, ging ich ums Gebäude herum und hörte von hinten zu. Die Dracula-Filme klangen super. Die Musik und die Schreie. Eigentlich war der Sound besser als die Bilder, wie ich feststellte, nachdem ich mir endlich die ganzen Filme ansehen durfte.

Ich sprach nur noch einmal mit Teresa. Es war der Tag meines Deutschabiturs vor zwei Jahren. Ich nahm einen späteren Bus nach Ballyraine, weil die Prüfung erst am Nachmittag stattfand. Der einzige Mensch, der ebenfalls auf den Bus wartete, war Teresa. Was bedeutete, dass auch sie die Prüfung ablegen würde.

»*Guten Tag*«, sagte ich scherzhaft auf Deutsch. In der Zwischenzeit hatte ich die Gabe der normalen Rede wiedererlangt; außerdem machte mich die Tatsache, dass ich mit Molly ging, ein bisschen lockerer in der Gesellschaft von Mädchen.

»*Oh ja*«, sagte sie. »*Sprechen wir Deutsch. Das ist gut für die Abschlussprüfung.*«

»*Gut für die was?*«, fragte ich.

»*Für die Abschlussprüfung. Du weißt schon, das Schlussexamen.*«

Auf der ganzen Fahrt redeten wir Deutsch, so gut es ging beziehungsweise so gut ich konnte. Selbstverständlich war ihr Deutsch dem meinen haushoch überlegen. Sie war ja nicht stundenlang mit dem Fahrrad auf dem Weg vor ihrem Haus umhergefahren oder hatte ewig zum Fenster hinausgestarrt und an mich gedacht wie ich an sie, sondern hatte in der Zeit ihre Hausaufgaben gemacht.

Während der Prüfung freute ich mich schon darauf, sie auf dem Rückweg im Bus für mich allein zu haben. Und da war sie dann auch, saß auf dem Sitz zum Gang hin und rutschte zum Fenster, als sie mich sah. Sie hatte den Platz für mich frei gehalten! Wir hatten beide dasselbe Aufsatzthema gewählt, irgendetwas darüber, wie wir uns die Zukunft vorstellten, was uns jetzt Gesprächsstoff lieferte. Ich erinnere mich, dass sie echte Pläne hatte, im Gegensatz zu mir, der ich damals noch nicht wusste, was ich studieren sollte. Später stellte sich heraus, dass Germanistik das einzige Fach war, für das ich an irgendeiner Uni eine Zulassung bekam, was ich aber erst Ende August erfuhr. Sie habe Angebote von mehreren Unis für ein Germanistikstudium, weil ihre Vorzensuren so gut gewesen seien, dass sie mehr oder weniger bloß zu bestehen brauchte, erzählte sie mir einfach so und ohne eine Spur von Angeberei. Alle diese Universitäten lagen in England oder Schottland, was für sie das Wichtigste war, denn sie wollte um jeden Preis aus Nordirland weg. Wir unterhielten uns locker und ungezwungen, wie wir es die ganzen Jahre schon hätten tun können, wäre ich nicht ein solcher Trottel gewesen. Sie wollte nicht unterrichten, sie wollte übersetzen, und zwar die neueste und beste deutsche Literatur. Sie erwähnte ein paar Namen von Leuten, von denen ich noch nie gehört hatte. Ich hatte damals keine Lust, über meine Zukunft nachzudenken, und habe auch jetzt keine, weil ich mich in ein paar Wochen zu einem Auslandsjahr nach Deutschland aufmache, und zu guter Letzt werde ich wohl doch als Deutschlehrer in einer Schule von der Sorte enden, wie ich sie selbst besuchte und hasste.

Draußen vor dem Haus am Diamond steht noch immer der RUC-Landrover, und der Himmel über der Bridge Street wird heller. Dort hinten wohnt Teresa. Teresa Cassidy. So was. Diese Schwärmereien. Wenn du jung bist, denkst du, du kommst nie darüber hinweg, und dann schaffst du es doch.

# 2

Als ich am nächsten Tag aus dem Bett komme und mich auf Erkundung in den Laden begebe, ist es schon früher Nachmittag. Keine Kundschaft weit und breit. Ich sehe Dads Silhouette durch die Schaufensterscheibe über den goldenen Lettern von *Dalzell's Emporium*; er steht bestimmt vor dem Laden und unterhält sich wie üblich mit jemandem auf der Straße; Tilly wird hinten in ihrem Reich sein, zwischen Stoffballen und den Schubladen mit Kurzwaren, vertieft in Geschäftskorrespondenz oder in ein Telefongespräch mit irgendeinem obskuren Knopfhersteller. Matts Kopf ragt gerade noch über den Verkaufstisch beim Fenster, in dem die Handschuhe ausliegen. Er wühlt herum, sortiert wahrscheinlich, aber ich registriere die Neigung seines gepflegten Hauptes, als er verstohlen auf seine Uhr blickt. »Ich war die ganze Nacht auf und habe die Stadt vor einer Bombe gerettet, falls das jemand nicht mitbekommen haben sollte«, rufe ich zu seinem Schädeldach hinüber. Ich kann seine Augen nicht sehen, und er sagt nichts, aber seine Stirn legt sich in Falten. »Ich brauche ein Hemd für heute Abend«, fahre ich fort für den Fall, dass er glaubt, ich sei zum Arbeiten gekommen, und marschiere schnurstracks zum Mahagonitresen, der sich über die gesamte Länge des Ladens erstreckt. Dahinter befinden sich verglaste Schubladen mit Hemden, nur von der Rückseite des Tresens zugänglich. Dass die Kundschaft womöglich selbst an den Artikeln herumfummelt, kommt in *Dalzell's Emporium* nicht infrage. Gott bewahre. Ich ziehe eins nach dem anderen heraus. Keine Chance. Nichts als Van Heusen, Peter England oder Brutus Slimline in Cellophanschachteln. Ganz unten liegen sogar, du lieber Himmel, einige weiße Imperia-Nylonhemden. Schon leicht vergilbt. »Gibt's hier überhaupt irgendetwas neueren Datums?«, frage ich. »Zum Beispiel was von nach 1970?«

Keine Antwort.

»Mein Gott, dieses Zeug ist ja antik. Schon mal was von Ben Sherman gehört? Oder von Falmer?«

Matt richtet sich auf, seine Kniegelenke knacken. Er trägt Anzug, Brille und einen Fassonschnitt, wie immer.

»Die Nachfrage nach Hippieklamotten ist in Mitchellstown nicht gerade groß«, sagt er.

Oho. Einer dieser Tage. Bloß weil er im Laden arbeiten muss und ich nicht. Ist doch nicht meine Schuld, dass er die Schule frühzeitig verlassen hat. Und ich habe jetzt Ferien. Student zu sein ist eine Arbeit wie jede andere auch, und wenn nicht, braucht er es nicht zu wissen.

»Wir sind nicht alle bei den Halleluja-Hillbillys, falls du es noch nicht mitgekriegt haben solltest.«

Das war jetzt vielleicht ein wenig hart, aber ist doch wahr. Nur gut, dass unsere Mutter den Schlagabtausch nicht gehört hat; sie wird wohl oben in ihrem kleinen Büro sein und Rechnungen durchgehen. Sie würde mich zusammenstauchen, dass ich in keinen Schuh mehr passe, auch wenn Matt angefangen hat. Er kann manchmal ein total humorloser Arsch sein. Wäre er mein älterer Bruder, wäre es schlimm genug; aber er ist zwei Jahre jünger, neunzehn.

Er geht nach oben in die Damenabteilung, wahrscheinlich um sich bei Jane Shaw zu beklagen, seiner Freundin, einer bigotten Landpomeranze, die dort arbeitet. Wie der größte Teil der protestantischen Jugend in Mitchellstown gehören die beiden zu den »Bekehrten«, was immer das bedeutet. Youth Fellowship, Gospel Hall, der Herr Jaysus Christ, Hammondorgeln, Country- und Western-Musik, das volle Programm. Kein Sex vor der Ehe. »Auch nicht ein kleines bisschen?«, habe ich ihn gefragt. »Nicht mal, du weißt schon, ein bisschen vorfühlen?«

»Du bist widerlich.«

Was mich anbelangt, so gehe ich heute Abend mit Molly weg, weshalb ich ein Hemd brauche, und egal, wohin wir gehen, ob in den *Flamingo* Tanzsaal nach Ballymena, zu *Kelly's* Nachtclub in Portrush oder ins *Palace* Kino in Coleraine, wir werden irgendwo drunten am Raine landen, mit jeder Menge Sex.

Ich werfe einen Blick in die Runde. Es sind nicht bloß die Hemden, die mich deprimieren, es ist der ganze Laden hier. Als wäre er einem Dickens-Roman entsprungen. Der Geruch von Muffigkeit, verbrauchter Luft, gebohnerten Bodenbrettern und Mottenkugeln. Ein riesiger, hoher Raum wie ein Western Saloon, mit Mahagonitresen, gusseisernen Stützpfeilern, geschwungener Holztreppe, Metallzylindern, die vom Büro meiner Mutter droben durch Rohre hin- und herzischen und Rechnungen und Wechselgeld transportieren. Als wir jünger waren, haben Matt und ich immer Raumschiff mit ihnen gespielt und Plastikcowboys in die Büchsen gesteckt. Das fällt heutzutage vermutlich unter den Begriff Sünde.

Die Türglocke schlägt an. Himmel, wenn jetzt ein Kunde kommt, muss ich ihn bedienen.

Es ist mein Vater. »Draußen steht ein herrenloses Auto«, sagt er. »Ich ruf die Polizei an.«

Im selben Moment geht die Sirene im Feuerwehrhaus los, ein Geheul, das uns als Kinder immer ganz aufgeregt werden und zum Fair Hill hinaufrennen ließ, damit wir zusehen konnten, wie die Feuerwehrleute eintrafen, sich umzogen und unter schrillem Gebimmel mit dem Löschzug ausrückten. Heute löst der Sirenenton Angst aus. Ich trete ans Fenster und sehe hinaus. Ein Ford Cortina. Es könnte der von vergangener Nacht sein, er sieht genauso aus und parkt direkt vor unserem Laden. Ein anderes Geräusch stimmt in das Sirenengeheul ein. Es ist das Martinshorn eines RUC-Landrovers, nein, von zweien, im Nu sind sie da, umrunden den Diamond, fahren mit quietschenden

Bremsen und rumpelnden Reifen auf den Gehsteig. Türen knallen, Rufe sind zu hören. »Den Platz räumen! Bombenalarm!« Ein Polizist schaut ins Innere des Cortina; man hört das Quäken seines Walkie-Talkies und seine drängende Stimme. Ein zweiter lädt die Straßensperren aus. Ein dritter kommt zu unserem Laden, bimmelbimmel, da steht er und kommandiert: »Alle nach hinten raus! Bombenalarm.«

»Alarm oder Drohung?«, fragt mein Vater.

»Echter Alarm. Lasst alles liegen und stehen und verschwindet.«

»Wie viel Zeit haben wir noch?« Das ist Tilly, die aus den unteren Regionen heraufruft.

»Eine halbe Stunde, hieß es. Das war vor fünf Minuten. Ihr müsst jetzt sofort raus.« Und schon eilt er davon.

Matt und Jane und Mutter kommen von oben herunter. Janes Gesicht ist voller Sommersprossen und Angst und weist keinerlei Spuren von Kosmetik auf. Sie trägt etwas, das früher unter die Bezeichnung Sommerkleid fiel, ganz voller Blümchen, und die Haare hat sie zu einem flachsblonden Zopf geflochten. Natürlichkeit ist angesagt. Wie aus einem Walt-Disney-Film. Klack-klack machen Mutters Stöckelschuhe auf der hölzernen Treppe; sie hält eine Tortenschachtel in der Hand.

»Das sind die Einnahmen dieser Woche«, sagt sie, »und alles aus dem Safe.«

»Gut, prima. Macht alle Fenster auf und verschließt die offenen Kamine. Auf geht's«, sagt mein Vater. »Tilly, was machst du denn da?« Im rückwärtigen Teil des Ladens hat sich Tilly einen leeren Hutkarton gegriffen, und jetzt zieht sie Schubladen heraus und entleert sie in den Karton. »Bin gleich fertig, Chef«, sagt sie.

»Bring sie von da weg«, sagt er zu mir.

Ich schieße los durch den Mittelgang, meine Schritte hallen auf den Bodenbrettern, Hemden links, Handschuhe rechts, ein Ständer mit Herrenanzügen links, Hosen rechts, Stoffballen rechts und links, eine dicke Fliege lässt sich gerade auf einem Ballen Harris Tweed nieder – ob auch sie es nach draußen schafft? –, dann Tilly direkt vor mir, klein, pummelig und drahthaarig, ein Abrazo in einem geblümten Kleid, wie sie hektisch Schubladen aus dem riesigen Kurzwarenkasten herausreißt, der die ganze Rückwand bedeckt, wie ein verrückter Zwerg, der die Register einer gigantischen Orgel zieht.

»Wir müssen hier weg«, sage ich.

»Bloß noch die dunkelbraunen Dreiviertelzoll-Velours-Ösenknöpfe«, sagt sie. »Die werden nicht mehr hergestellt.«

»Zum Teufel mit den dunkelbraunen Dreiviertelzoll-Velours-Ösenknöpfen, die Bombe da kann jede Minute hochgehen.«

»Hör auf zu fluchen und hilf mir lieber. Sie liegen lose in einer Schublade, neben einer ganz kleinen braunen Tüte. Ich habe sie erst heute früh gesehen.«

Tilly ist besessen von ihren Zwirnsrollen, Päckchen mit Nähnadeln und Stecknadeln, von Gummi- und Stoffbändern, Litzen, Reiß- und anderen Verschlüssen, Haken, Ösen, Druck-, Kragen-, Manschetten- und sonstigen Knöpfen. Sie hat sie allesamt fein säuberlich in die Schubladen sortiert, überprüft ständig den Bestand und telefoniert und bestellt ununterbrochen. Als ich noch ein Kind war, hat sie mir immer erzählt, dass sie sie allmorgendlich zum Anwesenheitsappell antreten lässt, und ich glaubte ihr. Nichts auf der Welt macht sie glücklicher, als wenn eine völlig unbekannte Kundin aus Belfast oder Derry in den Laden kommt und sagt, sie habe unsere Adresse von irgendeinem großen Kaufhaus, und wir seien ihre letzte Hoffnung bezüglich eines winzig kleinen Artikels, um den sich kein Mensch mehr schert, und Tilly ihn dann hervorzaubert. Für solche Augenblicke lebt sie, sie machen ihre Existenzberechtigung aus. Einmal, als ich gerade im Laden aushalf, kam eine Frau im

Pelzmantel herein und sagte, dem Ton nach aus Malone, man habe ihr empfohlen, nach Tilly Burnside zu verlangen, weil diese eventuell einen Ersatz für den fehlenden Knopf an ihrem Mantel habe. Tilly schürzt bloß die Lippen, schielt über den Rand ihrer Nickelbrille, wirft einen Blick auf die anderen Knöpfe, verkündet: »Brauner marmorierter Winso«, verschiebt kurz den Unterkiefer wie eine Einspannbacke seitwärts, dreht sich um, greift in eine Schublade und legt mit einer einzigen fließenden Bewegung das Duplikat auf den Tisch. Danach hatte sie monatelang gute Laune. Selbstverständlich kam die Frau nie wieder in den Laden, und Mum sagte, wir hätten bei dem Geschäft etwa drei Pence Gewinn gemacht.

Es ist einfacher, die dunkelbraunen Dreiviertelzoll-Velours-Ösenknöpfe zu suchen, als Tilly aus dem Laden zu bugsieren. Also beginne ich mit der Suche. Ich höre, wie im Haus die Fenster hochgeschoben werden. Wir haben dazugelernt, seit das von den ersten beiden Bomben erzeugte Vakuum alle Vorderfenster in der ganzen Straße herausgesaugt und den Ruß aus den Kaminen in alle Räume geblasen hat.

»Was in Gottes Namen treibt ihr beiden da?« Meine Mutter ist neben uns aufgetaucht.

»Wir suchen die dunkelbraunen Dreiviertelzoll-Velours-Ösenknöpfe«, erkläre ich ihr.

»Seid ihr noch bei Trost?«

»Sir William verlangt die immer«, sagt Tilly. »Für sein Tweedjackett.«

Es handelt sich um Sir William Foster-Clark, der im Clark House drunten am Ufer des Raine wohnt beziehungsweise residiert. Er kommt ausschließlich wegen der Knöpfe in den Laden.

»William!«, ruft meine Mutter. »Tu endlich was!« Mein Vater heißt ebenfalls William, und nie würde meine Mutter ihn Bill nennen.

»Hab sie«, sagt Tilly und lässt die Knöpfe in die Schachtel fallen. Meine Mutter nimmt sie ihr ab.

Draußen, im trügerischen Sonnenlicht, verstopft der umgeleitete Verkehr den Fair Hill, wirbelt Staubwolken von der trockenen Erde hoch, und die Leute aus den Geschäften am Diamond bevölkern den Hügel. Wir haben das vorher schon mitgemacht, die anderen öfter als ich, weil ich unter der Woche zumeist weg bin, aber sogar ich habe schon dreimal im Dreck und Staub gewartet. Die Toners vom Schuhgeschäft, die McAllens vom Zeitungsladen, die McAtamneys von der Metzgerei, dann alle, die Mercers Hotel bewohnen, darunter McGlinchey, der Friseur, der Einzige von ihnen, den ich kenne. Sie schauen auf unsere kleine Gruppe, die aus mir, Tilly, Matt, Jane, Mum und Dad besteht. Mir wird klar, dass sie sehen möchten, wie wir auf die Tatsache reagieren, dass der Cortina so nahe bei unserem Laden abgestellt wurde; der ist diesmal für uns bestimmt. Ein paar Leute aus der Stadt oder der Umgebung wollen unser Haus in die Luft jagen. Die Erkenntnis trifft mich wie ein Schlag. Wir haben doch nichts getan, womit wir das verdient hätten. Ich registriere, dass ich anfange, hektisch nach Luft zu schnappen, ich beuge mich vor und stütze die Hände auf die Knie. »Bleib locker«, sagt Matt, »die Leute gucken schon.«

»Geht schon wieder, geht schon wieder.« Ich richte mich auf. Mein Vater sieht auch nicht gerade wie das blühende Leben aus. Normalerweise ein kleiner, gepflegter Mann mit geschmeidigen Bewegungen und einem angedeuteten Dauerlächeln auf den Lippen, wirkt er jetzt mitgenommen. Die langen Haarsträhnen, die er beflissen pflegt, um seinen kahlen Schädel zu kaschieren, hängen ihm übers linke Ohr, und ein Zipfel seines Hemdes spitzt über dem Hosengürtel heraus. Warum sieht er so beschämt aus? Meine Mutter steht neben ihm, sie scheint nicht zu wissen, wie sie ihn trösten könnte, öffentliche Zurschaustellung von Zuneigung liegt ihnen nicht. »Zumindest haben wir die Einnahmen, William«, sagt sie und hält die Schachtel hoch. Aber es ist Tillys Hutschachtel, sie muss beide im Laden verwechselt haben. Sie hat es noch nicht bemerkt. Sie bemerkt es jetzt. Es ist ein grässlicher Anblick. Ihr Mund wird immer größer, ihre Augen weiten sich, ihre Hand fliegt vor den Mund, sie kann nicht sprechen und will zurück zum Laden rennen, aber mein Vater kriegt sie noch zu fassen, und dann fängt sie an »O Gott, o Gott, o Gott. Es tut mir so leid, William, es tut mir so leid, es tut mir so leid«, und schließlich bricht sie vor aller Augen in Tränen aus, was ihr normalerweise nicht im Traum einfallen würde.

Sie hat Angst vor meinem Vater. Warum hat sie Angst vor meinem Vater? Wenn überhaupt, dann hätte ich eher geglaubt, es müsste andersherum sein. Aber eigentlich ist es nicht er, vor dem sie Angst hat, sondern das, wofür er steht. Dieses ganze Dalzell-Ding. Weil sie versagt hat, deshalb. Weil sie aus dem kleinen Bauernhof an der Landstraße stammt und in die Dalzell-Dynastie eingeheiratet hat. »Waren nichts, hatten nichts«, hörte ich Großmutter Dalzell einmal zu dem bewussten Sir William sagen, als sie glaubte, niemand könne sie hören.

Ich will mir das nicht länger ansehen. »Ich geh zur Straße und guck zu, wie die Bombe hochgeht«, sage ich zu Matt. »Kommst du mit?«

»Lasst mich nicht allein«, sagt Jane.

Wir gelangen über einen Durchgang auf die Main Street, direkt hinter die Polizeiabsperrung. Hier halten sich noch weitere Leute auf. Ein kleiner, o-beiniger Polizist steht mit dem Rücken zu uns, die Hände hinter dem Körper ineinandergelegt. Samstagnachmittag in Mitchellstown. Die Uhr auf dem quadratischen Türmchen über unserem Laden zeigt kurz nach zwei. Sie hat zwei Zifferblätter, eines zum Diamond hin und das andere zur Main Street.

Die Main-Street-Uhr geht gegenüber der Diamond-Uhr schon immer zwei Minuten nach. Der Cortina steht genau darunter und glänzt in der Sonne. Sie haben es tatsächlich geschafft. Direkt im Herzen von Mitchellstown. Der Diamond ist menschenleer. Was wird nach der Bombe von ihm übrig sein? Drüben in der linken Ecke vor der Bücherei treffen sich jeden Samstagabend um sechs die Männer in den dunklen Anzügen und halten Predigten vor den Leuten, die an den Ecken herumstehen und auf die Ankunft des *Belfast Telegraph* mit den Fußballergebnissen warten.

»Vielleicht geht die Bombe ja nicht los«, sagt Matt.

Warum beunruhigt mich dieser Gedanke?

Aber dann schlägt der Cortina plötzlich wie ein Stier in einem Rodeo nach links aus, der Polizist vor uns geht in die Hocke, das Auto verschwindet in einer gelben Wolke, und es gibt einen ohrenbetäubenden Knall und ein Donnern, als würde ein Zug direkt auf uns zurasen. Der Gehsteig unter unseren Füßen sackt weg und federt dann wieder zurück, und vor unserem Anwesen steigt ein riesiger Rauchpilz auf.

»Großer Gott«, sagt Matt.

Es ist plötzlich so still, dass ich glaube, ich sei taub geworden, und dann höre ich ein Geräusch wie von einem plötzlichen schweren Platzregen, platschplatsch, der sich zu einer prasselnden Sintflut steigert, während es Steine und irgendwelche Trümmer auf den Diamond hagelt. Der Rauch verzieht sich. Die Fassade des Ladens ist jetzt ein gähnendes Loch. Eine der drei eisernen Stützen im Innern hat sich verbogen, und der erste Stock, den sie getragen hat, hängt in der Mitte durch. Dann ist da ein weiteres Geräusch über unseren Köpfen, ein schürfendes Geräusch von etwas, das immer schneller wird. Ich kenne es, kann es aber nicht einordnen. Der Polizist fährt herum, noch immer in der Hocke. »Aufpassen, Leute!«, ruft er. »Lose Dachziegel!«

Matt und ich drücken uns flach gegen die Mauer hinter uns, Jane taumelt hinaus auf die Straße.

»Jane!«, ruft Matt und packt sie am linken Arm.

Dann ein Geräusch, wie wenn das Hackbeil eines Metzgers in ein Stück Fleisch mit Knochen fährt. O mein Gott, ein Ziegel steckt in Janes Kopf, zwei weitere zerspringen vor ihr auf der Straße, sie sackt zusammen und fällt nach rechts, noch immer von Matt gehalten, Knie, Schulter und Kopf schlagen auf dem Gehsteig auf, Matt wird von ihr mitgerissen, er stolpert über ihren Körper und landet auf dem Gesicht, hält noch immer ihre Hand, zerrt ihren Körper ungelenk zu sich. Er schreit »ah, ah, ah«, steht wieder auf, packt sie von hinten, hält sie an der Taille fest und zieht sie hoch, scheint zu glauben, wenn er sie nur auf die Beine bekommt, wird alles wieder gut.

»Hilf mir, um Gottes willen!«, ruft er mir zu, aber wobei denn, sie ist so tot, wie man nur tot sein kann, und ihr Kopf baumelt vor und zurück, weil der Ziegel so schwer ist. Das Einzige, was man tun kann, ist, sie wieder hinzulegen, was ich auch versuche.

»Was machst du da?«, schreit Matt, und das Ganze artet in ein lächerliches Tauziehen aus. Jetzt kommt auch noch der Polizist dazu, und Matt schreit erneut »ah, ah, ah«, und wir legen Jane auf die Erde. Ihr Kopf fällt jetzt zur Seite, und der Ziegel schlägt mit einem furchtbaren Geräusch auf dem Gehsteig auf. Matt zieht mit beiden Händen an dem Ziegel, und Janes Kopf ist voller Blut. Ein paar der Umstehenden zerren ihn endlich weg und halten ihn fest. Jane liegt der Länge nach alleine da, mit dem blutigen Kopf auf einer Seite und dem herausstehenden Ziegel, und ihre weiße Wollunterhose schaut hervor, bis ihr eine Frau den Minirock drüberzieht.

»Lasst mich durch«, sagt ein Mann. Es ist Doktor McQuillan, der katholische Arzt, Gott sei Dank, und er beugt sich über

Jane und tastet nach einem Puls und ruft dann nach einer Decke oder irgendwas, um das arme Mädchen zuzudecken. Matt hockt vornübergebeugt an der Mauer, und um ihn herum breitet sich eine Blutlache aus. Doktor McQuillan geht zu ihm hinüber, betrachtet sich Matts Hände und ruft nach jemandem, der ihm assistieren kann, und ich gehe hin. Matts Handflächen sind von dem Ziegel zerschnitten, Blut schießt in großen Schüben heraus, ich muss den tiefsten Schnitt so fest wie möglich zudrücken, und jemand macht das Gleiche mit der anderen Hand. Matt schreit erneut, und Doktor McQuillan legt an beiden Armen eine Aderpresse an. Dann hört man den Krankenwagen kommen, und ich werde zur Seite geschubst.

# 3

»Und das hier ist die Toilette«, sagt Herr Brand. »Du musst aufpassen, dass der Eimer immer voll Wasser ist, wenn du ein … großes Geschäft machst.«

»Warum?«

Das ist die erste richtige Unterhaltung auf Deutsch seit meinem Abflug aus Irland. Letzte Woche beim Vorbereitungskurs in München bin ich mit anderen Studenten aus England und Irland um die Häuser gezogen und habe mein Deutsch nur benutzt, um Bier zu bestellen.

Er hebt den Deckel. Er ist ein leichenblasser Mensch mit herabhängenden Mundwinkeln, wahrscheinlich magenkrank, hager, und sogar mir fällt trotz des heftigen Abschiedsabends gestern in einem Münchner Biergarten auf, dass sein dunkles Haar nach Alkohol und Zigaretten riecht. Ihm gehört das Haus, und im Erdgeschoss betreibt er ein Fotofachgeschäft. Heute Morgen bin ich mit dem Zug hierher nach Burgbernbach gefahren, einem Städtchen in den bewaldeten Hügeln des fränkischen Steigerwalds, wo ich dieses Jahr unterrichten werde.

»Schau mal«, sagt er und deutet auf das Klo. An seiner rechten Hand fehlen die vordersten Glieder der ersten beiden Finger. Die Schüssel hat unten keinen Siphon, es gibt nur ein Loch und darunter ein Rohr, das in den düsteren Eingeweiden des Hauses verschwindet. »Sonst rutscht es nicht runter.«

Es gibt keine Spülung. Und auch kein warmes Wasser. Er hat mir bereits erklärt, wie der Boiler im Bad mit Holzscheiten beheizt und wie der Ofen in meinem möblierten Zimmer mit Öl befüllt wird.

»Wie spüle ich das Geschirr?«

»Du machst das Wasser im Bad warm, nimmst dir einen Eimer voll und trägst ihn in die Küche.«

»Was für einen Eimer?«

»Den vom Klo.« Er muss meinen Gesichtsausdruck bemerkt haben. »Jetzt stell dich nicht so an, der Eimer ist doch sauber, du verrichtest doch dein … großes Geschäft nicht in den Eimer, oder? Noch was.« Er streckt einen seiner intakten Finger in meine Richtung. »Am gescheitesten ist es, dann abzuwaschen, wenn du sowieso baden willst. Wenn das Wasser eh schon warm ist. Klar?«

»Was mache ich zuerst?«

»Das liegt bei dir.«

»Und wie wasche ich mich frühmorgens?«

»Kalt.« Er lässt das meckernde Lachen eines nikotingegerbten Rauchers hören. »Da kommst du nicht auf dumme Gedanken. Nun zur Kaution. Du zahlst mir hundert Mark Kaution für eventuelle Beschädigungen in der Wohnung, die du verursachst, und wenn du nichts beschädigst, kriegst du das Geld wieder, wenn du ausziehst, klar? Das heißt, Beschädigungen, die von dir stammen, nicht die, die schon da sind. Wie die Brandspuren im Linoleum in der Küche.«

»Oder wie die ...« – herrje, wie heißen die Dinger bloß auf Deutsch? – »die Beschädigungen auf dem Fußboden im vorderen Zimmer.«

»Was für Beschädigungen?«

Ich zeige sie ihm. Drei tiefe Schrammen, die parallel in einer leichten Kurve zum Fenster hin verlaufen, dort abrupt aufhören, wobei die mittlere am weitesten vorn endet, wie bei einem fliegenden Pfeil.

»Ach, die. Die waren schon immer da. Also dann.« Er streckt seine verstümmelte Hand aus. »Viel Glück.«

Er lässt mich mitten im vorderen Zimmer meiner Bleibe stehen, das sich aus einem alten Sofa, einem wackeligen Tisch, zwei Stühlen und dem Bett zusammensetzt. Vom Fenster hinter dem Tisch überblickt man den genau in der Stadtmitte gelegenen Marktplatz. »Beste Lage, hahaha«, wie Herr Brand sagte. Doch eine mysteriöse Stille liegt über dem Platz, und kein Mensch ist zu sehen. Sogar an einem Sonntag wäre in Mitchellstown mehr Betrieb, schon wegen der Leute, die zum Zeitungsladen gehen.

Ich schreibe schnell einen Brief nach Hause mit meiner neuen Adresse und verlasse die Wohnung, um ihn aufzugeben und den Ort zu erkunden. Bei der Herfahrt mit dem Zug habe ich schon gesehen, dass es sich um ein recht malerisches Städtchen handelt. Es liegt inmitten einer Hügellandschaft, an den Fuß eines bewaldeten Hanges hingebettet, der wie eine Woge aus dem Naturpark Steigerwald herüberschwappt. Die Altstadt ist ringsum von einer Mauer aus gelbem Sandstein eingefasst, die von vier Toren durchbrochen wird. Das mittelalterliche Zentrum scheint im Wesentlichen intakt, lauter steil aufragende Fachwerkhäuser mit roten Dächern. Gepflasterte Straßen, ein Marktplatz mit zwei einander gegenüberliegenden Gasthäusern, einem Rathaus, einem Supermarkt, einer Haushaltswarenhandlung, einem Elektrohändler, dem Fotoladen meines Vermieters, einem Geschäft für Bettwäsche und Tischdecken. Aber alle Läden haben zu, und eine bedrückende Stille liegt über dem Ort.

»Entschuldigen Sie bitte, wo ist hier die Post?«, frage ich eine alte Frau, die gerade die Straße kehrt.

Sie deutet in Richtung der Straße in ihrem Rücken. »Aber die hat jetzt zu.«

»Ist heute ein Feiertag?«

»Naa, wieso?«

»Weil alle Geschäfte geschlossen haben.«

Sie zuckt mit den Achseln. »Am Samstagnachmittag haben die immer geschlossen.«

Als wäre der Sonntag ein breiter, angeschwollener Strom, der über seine Ufer getreten ist und sich zurück in den Samstag gestaut hat. Allmächtiger. Die andere Sache, die mich beunruhigt, sind die herrenlosen Autos, die überall auf dem Marktplatz geparkt sind. Das fand ich schon in München schlimm, aber hier ist es noch schlimmer, weil diese Stadt ungefähr so groß ist wie Mitchellstown und die Atmosphäre des kleinen Marktplatzes die gleiche. Für mich ist es problematisch, an einem leeren Auto vorbeizugehen, obwohl ich weiß, dass mir hier keine Gefahr droht. Meine Hände fangen an zu schwitzen, mein Atem beschleunigt sich, und mir kommt es vor, als hätte ich meine Beine nicht vollständig unter Kontrolle, als könnten sie sich verbiegen und einknicken, als könnte sich das Pflaster unter ihnen plötzlich senken und wieder zurückschnellen, kurz bevor dieser schreckliche, ohrenbetäubende Detonationsknall kommt.

In einem Gasthaus droben am Nordtor halte ich am Sonntagabend ein leeres Glas Bier in beiden Händen. Morgen ist mein erster Unterrichtstag. Ich sehe mich um. Eine Musikbox mit hauptsächlich deutschen Schlagern, ein Spielautomat, ein Tischfußball, an dem niemand spielt. Dunkelheit, die sich in den Ecken sammelt. Ich hätte ein Buch mitnehmen sollen. Neben der Musikbox liegt ein Stapel Magazine mit nackten Mädchen. *Schlüsselloch, Praline, St. Pauli Nachrichten.* Magazine, für die man bei uns daheim ordentlich Geld hinlegen und beim Kauf rot werden müsste, und hier liegen sie einfach so herum, und jeder kann sie lesen. Zum Beispiel mit Fotos von Jenni draußen im Wald, die vor sich hin träumt und dabei von irgendwas gestochen wird, woraufhin sie sich vollständig ausziehen muss, um den Stachel zu suchen.

»Noch ein Bier?«, fragt der Wirt, der lautlos neben mir auftaucht.

»Ja, bitte.«

»Sind Sie der neue Engländer an der Schule?«

»Ja.«

Sein Blick fällt auf die Bilder, dann wieder auf mich. Der Hauch eines Lächelns huscht über sein Gesicht.

»Aha.« Schlurf, schlurf.

Der heutige Tag war der langweiligste in meinem bisherigen Leben. Keine Sonntagszeitung, kein Fernsehen, kein Auto, keine Leute. Sogar das Gasthaus ist leer, abgesehen von dem alten Ehepaar ein paar Tische weiter, das die Köpfe zusammensteckt, wenn es miteinander spricht, wie es Schwerhörige tun, und dem Wirt hinter dem Tresen, der mein Bier einschenkt.

Letzte Woche um diese Zeit war ich gerade nach München geflogen und ins Studentenwohnheim gezogen. Die Flure waren voll mit frisch eingetroffenen Studenten aus dem Vereinigten Königreich, die allesamt die Vorbereitungswoche für *Assistant Teachers* absolvierten. Ich schloss mich einer Gruppe an, die einen Abstecher zum Marienplatz machen wollte, und wir landeten im *Weißen Bräuhaus* bei köstlichem dunklen Hefeweizen. Von da an ging es Schlag auf Schlag. *Jennerwein, Drugstore, Hofbräuhaus,* Englischer Garten, *Augustinerkeller, Donisl.* Martin,

Micky, Geoff, Maurice, Jonathan, Judy, Joanne, Lucy, die hübsche kleine Jill. Keine Zeit für Betrachtungen. Keine Zeit für Erinnerungen.

Molly machte ungefähr eine Woche nach der Bombe mit mir Schluss. Wir gingen ins Kino, sahen uns *007 – Leben und sterben lassen* an, und ich preschte wieder mit dem Wagen meines Vaters zur Slipanlage drunten am Raine, als sie sagte: »Ich möchte heute Abend nicht zum Fluss runter, John«, und ich fragte: »Was heißt das?«, und sie sagte: »Eigentlich möchte ich überhaupt nie mehr runter zum Fluss.«

»Warum nicht?«

»Weil ich bekehrt bin.«

Der Wirt kommt mit meinem Bier zurück. Plonk. Ein Bier hält zwei Zigaretten lang. Danach gehe ich zurück in mein möbliertes Zimmer.


Janes Beerdigung war furchtbar. Sie fand unter glühend heißem, grellem Sonnenlicht statt, das gnadenlos von jedem noch so elenden Detail zurückgeworfen wurde. Von den Messingbeschlägen und dem Hochglanzlack des Sarges; vom billigen weißen Nylonkragen von Janes kleinem, gebücktem, o-beinigem Vater John-Joe vor mir; vom Schweiß auf der Glatze ihres Onkels Sammy zu John-Joes Rechten, der durch die Haarsträhnen schimmerte, die er sorgfältig mit Frisiercreme darüberdrapiert hatte. Der Messinggriff am Sarg fühlte sich warm an, Schweiß lief mir über Rücken und Stirn und tropfte von der Nase, und ich spürte, wie meine Hände immer rutschiger wurden.

Ich gehörte zum ersten Lift; *Lifts* heißen bei uns die Sargträgermannschaften, die sich bei einem Begräbnis ablösen. In den Tagen unmittelbar vor der Beerdigung war Matt manisch high gewesen. Er hatte die Trauerfeier organisiert, sich mit furchterregender Intensität auf die Einzelheiten gestürzt. Er selbst konnte den Sarg nicht mittragen, weil seine Hände genäht und bandagiert worden waren und er aussah, als wären ihm weiße Pfoten gewachsen.

»Warum bin ich beim ersten Lift dabei?«, fragte ich.

»Die Lifts sind für Leute, die die letzte Ehre erweisen, in absteigender Reihenfolge ihrer Bedeutung für die verstorbene Person«, sagte er. »Ihre Zusammensetzung muss streng ausgewogen sein. Wie die Sitzordnung bei einem wichtigen Essen. Keiner darf das Gefühl haben, zu kurz zu kommen. Der erste Lift gehört der Familie. Du übernimmst meinen Posten.«

Also war ich im ersten Lift dabei, wie auch Janes Bruder Davey außerhalb meines Blickwinkels am hinteren rechten Ende. Den Sarg hatten wir umständlich aus dem vorderen Wohnzimmer manövriert; Davey und ich mussten bis in die Küche zurücksetzen, damit John-Joe und Sammy durch den Flur vorausgehen konnten – vorbei an den Fotografien an den Wänden: Jane mit kindlichen Zöpfen und den Tränen nahe auf einem Esel an den Gestaden von Portrush, Jane als Teenager in der Uniform der Pfadfinderinnen, ein neueres von Jane und Matt bei einem Jugendclubausflug zum Tullymore Forest Park – und hinaus in das sengende Licht. Man konnte ein allgemeines Schnaufen hören, ein »Oh« von den zusammenströmenden Leuten draußen, wie das Rauschen einer Welle, als der Sarg auftauchte. Sie standen zwei, drei Reihen tief, während wir ihn die Stufen vor dem Haus hinab zum Parkplatz trugen.

Die Luft im Hausinnern war stickig gewesen, und ich hatte schon angefangen zu schwitzen, noch bevor wir den Sarg aufnahmen. Die Shaws hatten sich für einen Eichensarg mit vier Messinggriffen entschieden, zwei vorn, zwei hinten, und einem Untergestell am Boden, sodass man ihn auf einen Rollwagen setzen konnte. Deshalb war der Sarg extrem schwer, was bedeutete, wir konnten ihn nicht auf unsere Schultern hieven.

Und im ersten Lift waren wir nur zu viert. Und dann noch die Stufen des Abhangs, die wir hinunter mussten. Wir konnten sie nicht zur gleichen Zeit nehmen, und jedes Mal, wenn John-Joe und Sammy eine hinabstiegen, spürte ich, dass der Sarg meinem Griff entwunden wurde. Ich stellte mir vor, wie ich ihn fallen lasse, wie sich der Deckel öffnet, Jane herausfällt und hinunter zum Parkplatz kullert. Und wie man die weiße Wollunterhose sieht. Der Griff entglitt mir immer mehr. »Halt«, sagte ich. »Nächster Lift. Schnell.« Matt sah mich entsetzt an. Ich hatte seinen Plan ruiniert.

Ein Mann tauchte an meiner Seite auf. »Hab ihn«, sagte er und packte ihn am Griff. Andere traten seitlich heran und übernahmen die anderen Griffe, eine bunt zusammengewürfelte Gruppe von Männern, die in der Nähe standen. Ich trat zurück und jemandem auf den Fuß. Er stieß einen leisen Schrei aus, flüsterte mir »Idiot« ins Ohr und begab sich auf die andere Seite des Sargs. Ich erkannte die hohe Stimme, noch bevor ich den dazugehörigen Mann sah. Man hört sie aus der größten Menge heraus, ihr Quieken durchdringt alles wie das eines verzogenen Ferkels, das dauernd quengelt. Sie gehört meinem Onkel Neil, Neil Lamont. Er ist mit Maggie, der Cousine meines Vaters – von den Wäsche-Dalzells – verheiratet, das sind diejenigen mit richtig viel Geld. Sie wohnen in einem Haus, das sogar Dalzell Hall heißt, drunten am Raine. Er warf mir einen abfälligen Blick zu, setzte dann, während er den Griff packte, mit gefurchter Stirn eine Miene scheinbaren Mitgefühls auf, überzeugend wie ein Schauspieler aus einer Vorabendserie.

Dann sah ich, wer meinen Platz eingenommen hatte. Es war Seamus, mein Partner auf Wache. Neil sah herüber, erkannte, wer sein Liftpartner war, blickte zurück zu mir und schüttelte entrüstet den Kopf.

# 4

Großer Gott, das altvertraute Gefühl: Alle sind sie drinnen bis auf mich. Ich komme schon wieder zu spät zum Unterricht, bloß dieses Mal bin ich der Lehrer. Meine erste Stunde beginnt in ein paar Minuten, um acht, eine verrückte Zeit, während ich quer über den Parkplatz zu den Stufen husche, die hinauf zur Schule, dieser Schuhschachtel aus Beton, führen.

Fast alle sind schon drinnen. Da rauscht ein zerbeulter alter grüner Mercedes an mir vorbei. Ich erhasche einen flüchtigen Blick auf einen Strohhut und eine große Sonnenbrille, die auf einer gleichermaßen großen Hakennase sitzt. Das Auto fährt am vollbelegten Parkplatz vorbei, rumst mit knallenden Reifen über den Bordstein bis zur Treppe. Als ich näher komme, öffnet sich quietschend die Fahrertür, aufgedrückt von einer braunen Hand mit lila lackierten Fingernägeln, ein Strohhut kommt zum Vorschein, danach materialisiert sich – wie ein von einem Magier schwungvoll aus dem Ärmel gezogenes wallendes Tuch – eine einzige Woge sich bauschender blauer, roter, gelber und grüner Farbtöne, die, verstärkt durch den Luftzug, eine Gestalt umwehen. Die Dame gibt der Tür hinter sich einen Schubs, macht sich zur Treppe auf und bleibt unvermittelt stehen. »Scheiße!« Eine Stoffbahn hat sich in der Autotür verfangen. Die Dame dreht sich um und will die Tür öffnen, man hört, wie etwas zerreißt, sie dreht sich zur anderen Seite, und ihr Gewand entrollt sich weiter. »Blöder Scheißdreckssari.«

Inzwischen bin ich bei ihr angelangt. »Entschuldigung«, sage ich. Ich öffne die Tür, hole das Stoffbündel aus dem Wageninnern, wie ein Fischer sein Netz einholt. Sie wickelt sich teilweise wieder ein, wirft den Rest über die Schulter und wendet sich mir zu.

»Vielen Dank. Sie sind ein Engel.«

»Nur ein *Assistant*.«

»Aha. Der neue Engländer.«

Gemeinsam gehen wir Richtung Schulhaus, ihre Stöckelschuhe klacken, sie geht so schnell, dass ich kaum mitkomme, ihr Mund ist eine vorgeschobene, schulmeisterlich verkniffene Runzel. Sie dürfte irgendwas zwischen fünfunddreißig und vierzig sein und färbt sich die Haare mit Henna. Sie hat ungefähr meine Größe.

»Sie müssen Lehrerin sein«, sage ich auf Deutsch.

»Selbstverständlich bin ich Lehrerin. Was sollte ich denn sonst sein? Die Putzfrau?«

»Wir kommen zu spät.«

»Pfff.« Sie macht eine wegwerfende Handbewegung.

»Was unterrichten Sie?«

»Raten Sie mal.«

»Kunst. Oder Theater.«

»Ist das so offensichtlich? Beides. Ich bin Frau Klein.« Im Foyer bleibt sie stehen, eine Hand taucht aus den Faltenwürfen auf und schüttelt die meine. »Eigentlich Fräulein. Ich bin die Toni.« Sie neigt den Kopf, um mich über den Rand ihrer Sonnenbrille hinweg zu betrachten; sie trägt schweres Augen-Make-up, ein Auge ist nicht exakt zentriert, was ihr einen Anflug von Verletzlichkeit verleiht und die Mundpartie Lügen straft. Sie zeigt auf eine Reihe von Bilderrahmen, die an den roten Backsteinwänden hängen. »Da. Das Projekt vom letzten Jahr. *Kunst ist vergänglich*.«

Kunst ist was? Ah ja, *vergänglich*. Ich trete näher heran, um mir den Inhalt der Rahmen anzusehen. Abstrakte braungraue Objekte hinter Glas, denke ich zunächst, dann erkenne ich deutlicher: »Sieht aus wie altes Fleisch.«

»Genau. Das ist altes Fleisch. Schnitzel. Sechs bis zwölf Wochen alt. Je älter sie werden, desto grauer werden sie. Ein

Gemälde ist auch etwas Organisches. In dem Augenblick, in dem die Farbe trocknet, beginnt es zu verfallen. Zu sterben. Das wollte ich damit zeigen, nur beschleunigt. Deshalb die Schnitzel. Kunst ist vergänglich.«

Diese Kids sind nur zwei Jahre jünger als ich, manche könnten sogar in meinem Alter sein. Ob sie mich durchschauen? Wenn ich mich bloß nicht so angezogen hätte: Blazer, Hemd und Krawatte. Ich war sogar extra noch beim Friseur, bevor ich herkam. Ich bin der einzige Mensch an der ganzen Schule, der so herumläuft, Lehrer eingeschlossen. Als ich mir gestern meinen Stundenplan holte, dachte ich, die Leute, die sich im Lehrerzimmer aufhielten, seien halt noch im Sommerferienmodus. Jetzt komme ich mir vor wie der einzige Gast auf einer als Kostümparty angekündigten Veranstaltung, der sich tatsächlich verkleidet hat.

»Können wir du zu dir sagen?«, fragt ein Junge mit langem dunklem Haar, John-Lennon-Brille und gestreiftem Pullover von ganz hinten. Er lehnt sich in seinem Stuhl zurück, die Hände im Schoß, die Beine ausgestreckt und dreht Däumchen. Der Anblick irritiert mich. Ich wäre jetzt gern er. Eigentlich war ich er im letzten Jahr. Neben ihm sitzt ein Mädchen, ebenfalls mit langem dunklem Haar, genauso gekleidet und mit der gleichen Brille. Zwillinge? Sie tätschelt ihm beschwichtigend das Knie. Dann drückt sie es. Ein Liebespaar.

»Nein, können Sie nicht. Für Sie bin ich Mister Dalzell. Außerdem sprechen wir sowieso Englisch. *You can say you to me.*«

»Ulli mag keine Vorschriften«, sagt das Mädchen. »Er ist Anarchist.«

Toni und Herbert tauschen Blicke und schauen wieder woandershin. Er ist Geschichtslehrer, ein paar Jahre älter als ich, ein dunkler, langgesichtiger Wuschelkopf mit Brille. Ich weiß nicht, ob er ihr Freund ist oder nicht. Er räuspert sich. Offensichtlich rüstet er sich für eine Rede. Ich weiß, worum es gehen wird. Wir sitzen am Abend des ersten Schultages im *Roten Ochsen* am Marktplatz und trinken Bier. Zwar ist es hier ganz furchtbar, aber dienstags ist sonst nirgends geöffnet, wie mir gesagt wurde. Tische mit Resopalplatten, grüne Plastiktischdecken mit Noppen, die sich klebrig anfühlen und Brandlöcher von Zigaretten und uralte Krümel in den Falten haben, eine Neonbeleuchtung an der Decke, die viel zu hell ist und unter der wir alle krank aussehen. Immerhin ist das Bier in Ordnung. *Mönchsambacher Export.* Herbert rückt seinen Bierfilz zurecht. Er wirft Toni noch einen Seitenblick zu. Dann schaut er auf. »Hör mal, so, wie du heute früh angezogen warst …«

»Ich weiß, ich weiß«, antworte ich. »Als gestern alle in Jeans und so rumgelaufen sind, dachte ich, das wäre, weil ja noch Ferien sind.«

Toni nickt verständnisvoll. »Und heute hatten sie das Gleiche an.«

»Tragt ihr nie Krawatten?«

»Eine Krawatte ist ein Instrument der Repression durch das Establishment«, sagt Herbert. Sein langes Gesicht verrät nicht, ob das ein Witz war oder nicht.

»Wir sind Achtundsechziger«, sagt Toni. »Wir sind 68 auf die Straße gegangen und haben protestiert wie die Studenten überall auf der Welt. Gegen den Vietnamkrieg. Gegen den Schah. Gegen die Apartheid. Wir waren Revoluzzer.« Sie sieht mich an. Ich weiß nie, auf welches Auge ich mich konzentrieren soll; es ist ein wenig verwirrend. »Du denkst sicher, Herbert sieht nicht wie ein Revoluzzer aus.«

»Stimmt.«

»Da muss ich dir recht geben; er sieht aus wie ein Landmaschinenverkäufer oder wie ein Bibliothekar. Aber im Herzen ist er Revolutionär. Sind wir das nicht alle?«

Dazu sage ich nichts, eigentlich habe ich mir darüber noch keine Gedanken gemacht. John Dalzell vom Kaufhaus Dalzell ein Revolutionär? Wohl kaum. Das würde bedeuten, den Ast abzusägen, auf dem ich sitze.

»In Nordirland sind die Leute 1968 auch auf die Straße gegangen«, sagt Herbert ermunternd. »Ich erinnere mich an die Bilder im Fernsehen.«

»Ja, aber ich war zu jung.« Das ist gelogen. Wir Protestanten sind nicht auf die Straße gegangen, nur die Katholiken, und wir waren es, gegen die sie protestierten. Waren sie im Recht? Noch so eine Sache, über die ich mir keine Gedanken gemacht habe. Ich habe lediglich so ein Bauchgefühl, eine Verärgerung, dass mir da gegen meinen Willen eine Rolle aufgezwungen wird. So muss man sich auch als Deutscher fühlen.

»Du bist doch der neue Engländer an der Schule«, ruft plötzlich einer der Männer von dem Tisch herüber, der als einziger außer unserem noch besetzt ist. Er hat sich hergedreht, und jetzt sehe ich das schwabbelige Doppelkinn, das zu den Falten seines Stiernackens passt. Die ganze Zeit über hat er schon auf die anderen an seinem Tisch eingeredet und ihnen, unter heftigem Kopfnicken, mit dem Finger vor der Nase herumgefuchtelt. Jetzt stößt er den Zeigefinger in meine Richtung. »Eins sag ich dir, die Engländer haben 1945 das falsche Schwein geschlachtet.« Mit einem selbstgefälligen Seufzer dreht er sich zu seinem Tisch zurück, wo seine Kumpane stumm und wachsam dasitzen.

»Von welchem Schwein reden Sie?«, fragt Toni.

Der Mann neigt den Kopf nach hinten in unsere Richtung, ohne sich die Mühe zu machen, sich umzudrehen. »Von Stalin, natürlich. Und so was will Lehrer sein.«

»Dann war's ja nicht das falsche Schwein«, sagt Toni. »Sondern ein Schwein zu wenig.«

Vom anderen Tisch kommt ein kurzes, meckerndes Gelächter und ein Knurren vom Stiernacken.

Toni wendet sich wieder uns zu. »Warum hast du denn nichts gesagt?«, fragt sie Herbert. »Du bist doch eigentlich der Geschichtslehrer.«

»Weißt du nicht, wer das ist?«, flüstert Herbert.

»Ist mir völlig egal, wer das ist«, sagt Toni.

»Das ist der frühere Bürgermeister.«

»Ein gottverdammtes fettes Nazischwein – das ist er. Ich habe es dir ja gesagt, dass das hier ein reaktionäres Nest ist.«

Irgendwann gehe ich zur Toilette, die aus einem offenen Pissoir unter einem Wellblechdach auf der anderen Hofseite besteht. Einer der Kumpane des Bürgermeisters steht leicht schwankend da und pinkelt gegen die Wand, ein o-beiniges Männchen mit einer Glatze und ein paar dünnen, mausgrauen Haarsträhnen, die er darüberkämmt.

»Ah«, sagt er und nickt, als ich meinen Platz neben ihm einnehme. »Der Engländer. Gell, wir müssen alle pinkeln.« Er scheint gut gelaunt zu sein, so wie er das uns verbindende Menschliche beschwört. Ich murmele eine unverbindliche Zustimmung.

Ich sehe ihm nach, wie er über den Hof zurückgeht. Besonders sicher ist er nicht auf den Beinen und stolpert unterwegs über irgendwas, bleibt abrupt stehen, versetzt dem Hindernis einen Fußtritt und sagt etwas. Ich bin mir nicht sicher, ob ich richtig gehört habe, weil es im Dialekt war.

»Was ist ›a doder Jud‹?«, frage ich Toni und Herbert, als ich wieder in der Gaststube bin.

»O je«, sagt Herbert.

»Ein toter Jude natürlich«, sagt Toni.

»Warum sagt jemand: ›Da liegt doch a toter Jud‹?«

»Sprich leise.« Herbert nimmt die Brille ab und reibt sich die Augen.

»Ich sprech ja schon leise.«

»Es ist der alte Hass«, sagt Toni.

»Es ist bloß eine Redensart«, sagt Herbert. »Das sagt man so dahin.«

»Gott, Herbert. Warum bist du immer so … so … blind? Das ist nicht bloß eine Redensart. Von der Sorte Sprüche gibt es so viele. Das reicht zurück bis in die Zeit vor den Nazis. Sie ragen aus der Sprache heraus wie – wie Klippen aus dem Meer. Da, schau dir dein Bier an, John, völlig schal und ohne Schaum. Dazu würde mein Onkel sagen: ›Das schmeckt wie ein toter Jud.‹ Und als ich letztes Jahr zum Steinmetz gegangen bin, um einen Stein für den Bildhauerkurs zu besorgen, sagt der: ›Den können Sie nicht nehmen, Fräulein, der ist a Jud.‹ Und da sag ich: ›Der ist was?‹ Und da wird er ganz verlegen und sagt: ›A Jud, so nennen wir die, die zu nichts zu gebrauchen sind, weil die Maserung falsch rum ist.‹ Und wenn es irgendwo laut ist, sagen die Leute: ›Da ist ja ein Krach wie in der Judenschule.‹ Jetzt sag bloß nicht, Herbert, du hast so was nicht auch schon gehört. Ich könnte endlos weitere aufzählen.«

Die beiden schweigen eine Zeit lang.

»Beim nächsten Mal gehen wir ins andere Wirtshaus«, sagt Toni.

Hier ist es sehr viel ruhiger als in Mitchellstown, als ich mitten in der Nacht aufwache. Mein Zimmer liegt ganz ähnlich wie mein Zimmer daheim zur Stadtmitte hin, doch hier ist nicht das einsame nächtliche Geräusch von leeren Dosen zu hören, die im Rinnstein hin und her rollen, wie es mir von zu Hause vertraut ist. Auch flattern keine Chipstüten im Rinnstein umher. Deutschland ist sauber.

»Hättest du den Sarg nicht noch ein klein bisschen länger tragen können, bis wir einen Lift ohne diesen Katholen zusammengehabt hätten?«, sagte Onkel Neil aus dem Mundwinkel zu mir, als wir nach der Beerdigung wieder im Haus der Shaws waren. Wir standen im Garten hinter dem Haus, tranken Tee, außer Hörweite von allen. Er wippte ununterbrochen auf seinen Fußballen auf und ab, um größer zu erscheinen, wie kleine Männer das oftmals tun.

»Er hatte ein Recht, dabei zu sein«, sagte ich. »Er versuchte zu verhindern, dass diese Bombe gelegt wurde.«

»Es war eine Schande«, sagte er, und der Zischlaut zischte besonders scharf. Sein Mund ist zu einem permanenten kleinen Lächeln gefroren, das aber, gleich einem gefährlichen Tier, beiderseits des Mundes von kleinen Fettbeulen in Schach gehalten wird, die hart wie Nüsse aussehen.

*Verbohrter bigotter Fanatiker*, hätte ich sagen sollen. *Faschist*, hätte ich sagen sollen. Leute wie du haben uns das alles eingebrockt. Leute wie du und diese Bombenleger, ihr seid Spiegelbilder voneinander. Aber ich habe nichts gesagt, und er ging und ließ mich dort stehen, und ich sah hinaus auf die leicht welligen grünen Wiesen und die in unschuldigem Weiß getünchten Farmhäuser mittendrin. Unmöglich zu sagen, welche davon die Unschuldigen beherbergen und welche die Bombenleger und die Bigotten mit ihrem ganzen Hass.

Ich bin soeben wieder aus meinem Albtraum erwacht. Es ist nie ganz derselbe, aber immer eine Variation desselben Themas. Es hat mit einem Geräusch zu tun, mit jenem furchtbaren Geräusch des herabrutschenden Dachziegels. Dieses Mal war es ein Skelett, das vom Dach rutschte, und das Geräusch kam von seinen Fingerspitzen, die auf den Ziegeln keinen Halt fanden. Ich vermute, das würde sich genauso anhören. Jedenfalls rutschte es immer weiter, und das Dach wurde immer abschüssiger, und plötzlich war ich es, der hinabrutschte und versuchte, den Fall mit den Fingerspitzen abzubremsen, und sie waren blutig und bis auf die Knochen aufgescheuert, und in dem Moment, als ich vom Dach glitt, wachte ich auf.

Seitdem liege ich wach und denke an Jane und Matt und Mum und Dad. Matt hat diese Schnitte knapp überlebt; wenn Doktor McQuillan nicht gewesen wäre, wäre er jetzt tot. Seine Handflächen sind genäht, und er sieht aus wie Frankensteins Monster, aber das ist das geringste seiner Probleme. Er steht unter Beruhigungsmitteln, und nichts deutet darauf hin, dass er sie wieder absetzen kann. Nach der Beerdigung ist er einfach kollabiert, legte sich ins Bett und blieb dort bis zu meiner Abreise nach Deutschland. Ich denke an unser zerstörtes Geschäft und die Planen, die man gegen den Regen übers Dach gezogen hat, und ich denke an die Schutthaufen davor. Ich denke an das Gefühl, das mich eben durchflutete, als ich aufwachte, bevor ich anfing, an den verdammten Onkel Neil zu denken. Als ich begriff, dass ich nicht in Mitchellstown, sondern in dem langweiligen Burgbernbach war. Es war ein wundervolles Gefühl der Erleichterung.

# 5

»Geht's jetzt?«

»Ja, ich glaub schon, wenn du schnell machst. Oder nein, warte mal, vielleicht lieber doch nicht …«

»Herrgott, was denn nun?«

BIIIIIIIIIIIIIIIIP!!!!!!!!!!!!!!!!!!

Der BMW-Fahrer hinter uns drückt auf die Hupe, blinkt uns an, schießt im Tiefflug bis an unseren Kofferraum heran, und die vorderen Stoßdämpfer seines Wagens bocken beim Bremsen auf und nieder wie ein Stier beim Rodeo.

»Leck mich doch am Arsch«, verkündet Herbert dem Bild im Rückspiegel mit zusammengebissenen Zähnen. Er hängt wie der Steuermann eines Segelschiffs im Sturm über dem Lenkrad seiner »Ente«, wie sie den Citroen Deux Chevaux in Deutschland nennen, und das völlig zu Recht, denn die Motorhaube sieht wie der Schwimmfuß einer Ente aus, und viel schneller ist er auch nicht. Und auf den Autobahnen scheint das ganze Jahr über Jagdsaison auf Enten zu sein.

Wir schieben uns zentimeterweise an der Flanke des Sattelschleppers entlang, den zu überholen Herbert sich erdreistet hat. BIIIIP-BIIIIP-BIIIIP macht der Idiot hinter uns. Die Ente streckt ihren Schwimmfuß knapp vor das Führerhaus des Lkw, ein seitlicher Windstoß drückt uns nach links, die Mittelleitplanke taucht bedrohlich nah bei Herberts Fenster auf, dieser kämpft heldenhaft mit dem Lenkrad, wir wackeln vor dem Kühler des Lkw hinüber auf die langsamere Spur, der BMW kommt längsseits, der Fahrer zeigt uns den Vogel, Herbert hebt den Mittelfinger zum Gruß, der BMW zischt davon und entschwindet.

»Arschloch«, sagt Herbert.

Er nimmt mich übers Wochenende mit zu sich auf den Bauernhof. Er und ich haben uns gleich von Anfang an gut verstanden. Warum, weiß ich nicht so richtig, weil wir eigentlich zwei grundverschiedene Charaktere sind. Vielleicht möchte jeder gern wie der andere sein; er hat eindeutig etwas Tiefsinniges und Verlässliches an sich, das ich ansprechend finde. Zum Beispiel macht er nie andere Leute schlecht. Mit leichtem Lächeln hört er immer mir und Toni zu, wenn wir über Kraus herziehen, oder über Delius, über Frau Kern, die Religionslehrerin, oder irgendeinen unausstehlichen Schüler, aber er selbst macht nie mit. Was er wohl in mir sieht? Vielleicht trage ich dazu bei, dass er aus sich herausgeht, obwohl er nie laut über meine Witze lacht, sondern sich nur zu einem schiefen Grinsen herbeilässt.

Toni und Herbert und ich gehen jetzt nach dem Unterricht regelmäßig in den *Schwan*, wo es ein Abo-Essen gibt, jeden Tag was anderes, Rouladen, gebackene Leber mit Zwiebeln, Schnitzel mit Kartoffelsalat, Fleischküchla, Bratwurst, Schinkennudeln oder, am Freitag, mein Lieblingsgericht: Apfelstrudel mit Sahne, für drei Mark, was nicht schlecht ist. Dazu ein oder zwei Bier. Unvorstellbar für einen Lehrer bei uns daheim. Das Lehrerdasein in Deutschland ist alles in allem nicht übel. Der Unterricht schließt zum Beispiel um eins, und sie verdienen gut, viel besser als unsere zu Hause.

Toni fährt an den Wochenenden immer nach Bonn, wo ihr Freund Medizin studiert. Sie sagt, sie würde sterben, wenn sie in Burgbernbach bleiben müsste. Herbert fährt immer heim.

»Sogar, als du in Frankfurt warst?«, habe ich ihn gefragt.

»Selbstverständlich.«

»Man hat also unter der Woche Steine auf die Polizei geschmissen und ist dann am Freitag heim zu Mutters Küche gefahren.«

Er schiebt die Brille auf der Nase zurück und runzelt die Stirn. »Ja. So könnte man sagen. Der Schweinebraten am Sonntag, ja. Karl Marx hat an keiner Stelle etwas gegen Schweinebraten gesagt.«


Wir verlassen die Autobahn, fahren ein Tal entlang und folgen einem mäandernden und von Weiden gesäumten Bachlauf. Mittelalterliche Burgruinen liegen zu beiden Seiten der Straße, hocken auf Felsvorsprüngen und lugen von bewaldeten

Bergkämmen herunter. Dann geht es rechts ab in ein weiteres Seitental, danach noch mal rechts, und wir fahren in Serpentinen einen steilen, baumbestandenen Hang hinauf, begleitet vom Jaulen und Quietschen der Ente. Riesige Felsblöcke ruhen düster zwischen den Bäumen. Die Landschaft ähnelt der um Burgbernbach, nur dass sie noch ausgeprägter ist: die Hügel steiler, die Wälder dunkler, die Täler enger, die Bäche schneller, als wäre alles dichter zusammengedrückt worden.

»Schau mal«, sagt Herbert und deutet zu meinem Seitenfenster hinaus, »dort ist die Hexe.« Eine Felsformation mit drei Ausbuchtungen, ähnlich einer Stirn, einem Kinn und einer Nase mit einer Warze. Oben auf dem Hügel liegen eine grasbewachsene Hochebene und ein Dorf.

»Wir sind da«, sagt Herbert.

Fachwerkhäuser, eine Kirche, ein Laden, ein Gasthaus. Wir fahren in den Vorhof eines Anwesens. Eine Frau mit Kopftuch und Schürze streut den Hühnern Futter aus einem Eimer hin. Sie sieht auf, erblickt die Ente, und ein freudiges Lächeln breitet sich in ihrem Gesicht aus, wie ich das, soweit ich mich erinnere, noch nie bei meiner eigenen Mutter gesehen habe, wenn ich nach Hause kam. Über deren Miene liegt immer der Schatten irgendeiner Sorge.

»Ich habe schon viel von Ihnen gehört«, sagt Herberts Mutter, als wir uns die Hand geben. »Von so weit her, aus Island.«

Herberts Vater ist in der Küche, sitzt in einem blauen Overall am Tisch und liest Zeitung. Er sagt so gut wie gar nichts, ein großer, stämmiger, freundlicher Mann wie Herbert, und du denkst, gleich bricht er dir beim Händeschütteln alle Knochen deiner Hand, aber er ergreift sie, als wäre sie ein rohes Ei. Zu Hause gäbe es jetzt eine Tasse Tee, hier aber ist es ein Glas selbstgemachter Apfelmost aus einem Steinkrug in der Speisekammer und eine Unterhaltung über das, was Herbert so getrieben hat. Offenbar ist er befördert worden, zur großen Freude seiner Eltern.

»Ein Studienrat, unser Bu«, sagt seine Mutter. »Stellt euch vor! Wir sind so stolz auf ihn! Aber er hat ja auch tüchtig geschuftet, gell, Herbert, und nach den Vorlesungen immer noch die Wäsche ausgefahren. Und in den Ferien hat er uns auch noch auf dem Hof geholfen.«

Herbert guckt wieder beschämt. Tagsüber studieren, abends Wäsche ausliefern, in den Ferien auf dem Hof arbeiten. Großer Gott. Das relativiert meine eigenen armseligen Anstrengungen ganz schön. Wann hatte er dann überhaupt Zeit, Revolutionär zu sein?

»Wo ist denn die Inge?«, fragt er. Jemand kommt die Treppe heruntergeklappert, und schon steht sie da, seine jüngere Schwester, von der er mir erzählt hat, und gibt mir treu und brav die Hand, wonach sie Herbert impulsiv umarmt, ihn »Bärli« nennt, und man erkennt die Zuneigung zum Bruder und dass sie ein echter Hingucker ist, tolle Figur, sympathisches Lachen, schöne Zähne, blonde Haare. »Beeilt euch«, sagt sie. »Heute kann man noch gut draußen sitzen, und die Terrasse vom *Krug* ist geöffnet, vielleicht die letzte Gelegenheit in diesem Jahr.«

Wir sitzen auf der Terrasse und schauen auf die fränkische Landschaft hinaus, die gerade von der untergehenden Sonne zartrosa eingefärbt wird und aus der »das Walberla« im Vordergrund düster herausragt. Der Berg hat zwei Gipfel mit einem langgezogenen niedrigeren Sattel dazwischen und sieht aus wie ein alter Gaul, der jahrelang einen übergewichtigen Reiter zu tragen hatte; für die Einheimischen ist er ein heiliger Ort, auf den sie Wallfahrten machen. Es ist ein warmer Abend im Oktober, und in der Luft liegt das herrliche Gefühl, dem Herbst ein Schnippchen zu schlagen und etwas geschenkt zu bekommen, das man nicht verdient hat. Das Bier schmeckt köstlich, würzig, rauchig, dabei mild, und es kostet nur neunzig Pfennig. In der Fränkischen Schweiz gebe es mehr Brauereien als in den ganzen USA, sagt Herbert.

Wir sehen zu, wie die Bodennebel aufsteigen, sich über die Wiesen legen und die kleinen Senken füllen. Alles ist sehr friedlich. Tief über einem bewaldeten Kamm auf der gegenüberliegenden Seite geht der Mond auf. Inge ist natürlich und nett, kein bisschen affektiert. Vielleicht weiß sie gar nicht, wie gut sie aussieht. Vielleicht sagt ihr das auch niemand, hier oben auf der Höhe.

»Mach schon, Herbert«, sagt sie. »Lass deinen Tenor hören.« Und sie beginnt ein schönes Volkslied zu singen, *Der Mond ist aufgegangen*, und Herbert fällt tatsächlich mit einer angenehmen Zweitstimme ein. Ich hätte nie gedacht, dass er eine so gute Stimme hat. Es sitzen noch ein paar andere Leute auf der Terrasse, und sie singen oder summen zumindest mit und klatschen zum Schluss. Der Text endet damit, dass der Sänger seinem kranken Nachbarn alles Gute wünscht. Mir gefällt das. *Revoluzzer*. Dass ich nicht lache. Als es verklungen ist, sitzen wir eine Weile in geselliger Runde schweigend da, so wie man es tut, wenn man gerade etwas Stimmungsvolles erlebt hat und keiner das Bedürfnis verspürt, etwas dazu zu sagen. Dann kommt Herbert noch mit einem Goethe-Zitat, das sogar ich erkenne: »Verweile, Augenblick, du bist so schön.«

»Wir könnten noch ein Bier trinken«, sage ich, »vielleicht verweilt er dann.«

»Könnten wir«, sagt Herbert, und wir tun es auch, und der Augenblick verweilt, denn Inge sagt, ich soll mal im Mai kommen, wenn alles blüht und der Sommer sich ankündigt, oder gleich im Sommer, wenn an einem warmen Juliabend die Glühwürmchen den ganzen Tag über ihre Batterien aufgeladen haben und dann wie Fünkchen durch die Dunkelheit fliegen. Wie ein letzter Gruß des vergangenen Tages, sagt Herbert.

Am nächsten Morgen ist das ganze Haus schon um sechs Uhr auf den Beinen, alle gehen geräuschvoll ihren Geschäften nach, und Herbert weckt mich fürs Frühstück um sieben. Das findet in der Küche statt, eine herzhafte Angelegenheit mit Hausmacherwurst und -marmeladen. Dann heißt es hinübergehen zum Haus von Herberts älterem Bruder und Grüß Gott sagen.

Dieser füttert gerade das Vieh, und so setzen wir uns an den Küchentisch und warten. Die *Bild*-Zeitung liegt herum mit der flammenden Überschrift FRAUENCALLGIRLRING IN OBERBAYERN, Herbert macht »ts, ts« und schüttelt ein wenig den Kopf, wird neugierig, seine Nase schwebt über der Zeitung wie die einer Katze, die plötzlich einen Napf mit unbekanntem Futter vor sich hat, und er liest begierig, ohne Brille, das Gesicht schutzlos.

Dann tritt Manfred ein. Er ist dunkler, kleiner, aber breiter als Herbert und rotgesichtig wie ein echter Bauer. Er nickt uns zu, geht gleich in die Küche und beginnt mit Händen, Ellbogen und Hinterteil eine Serie routinierter Bewegungsabläufe rund um Brotschneidemaschine, Kühlschrank und Schubladen. Seine Bewegungen signalisieren: *Ich bin hier der Boss*, und ihr Ergebnis besteht aus einer Scheibe Brot mit Dosenbratwurst, einer halben Gurke und einer geöffneten Flasche Bier. Er trägt das Ganze zum Tisch, setzt sich zu uns, isst, trinkt, schluckt, rülpst und sagt: »Was gibt's denn Neues in der großen weiten Welt?«

»Nichts«, sagt Herbert.

»Aha.«

»Und hier?«

Manfred schüttelt den Kopf.

»Aha.«

Das könnten Matt und ich sein.

Nach dem Mittagessen helfe ich Herbert, in einer Waldlichtung hinter dem Dorf Feuerholz zu machen. Es ist ein schöner, sonniger Herbsttag, die Bäume haben alle Schattierungen von dunkelgrün über rostfarben und gelb bis braun, und die Sonne fällt schräg zwischen den Stämmen ein.

Das Stottern und Furzen der Kettensäge, der Geruch des frischen Holzes, der dumpfe Aufschlag der Klötze auf dem Boden, das Zusammenwerfen der Klötze zu einem Haufen – eine klare, sinnvolle Angelegenheit, eines von den Dingen, die man gern tut, wenn alles andere kompliziert ist. Das Gefühl, dass man in dem Maße die Kälte abwehrt, wie man die frisch gesägten weißen Schnitte zu Haufen auftürmt. Der hier wird die Wärme des nächsten Winters sein, und der dort die des übernächsten. Nichts daran ist ungut.

Es sei die gleiche Befriedigung wie beim Torfstechen, erkläre ich Herbert. Der Geruch an einem sonnigen Tag, wenn der Torf trocknet. Seine Konsistenz in deiner Hand, wenn du den Wagen belädst. Der Plumps, wenn er im Schuppen landet. Dann wieder der Geruch, wenn er brennt, und wie er dich im Winter zu einem Sommer in Donegal entführen kann. Wenn sich deine Seele löst und umherschweift wie ein Papierdrachen am Himmel. Und im Moos in Irland empfindest du den Himmel als noch großartiger. Die Lerchen hoch droben bei schönem Wetter. Und du mit deiner Proviantschachtel und einer Thermosflasche Tee liegst unter diesem Himmel, und die Heidekrautkissen federn dich hinauf zu ihm. Ehe Matt vor zwei Jahren anfing, im Laden zu arbeiten, sind wir im Sommer immer mit dem Rad zum Torfstechen gefahren. Haben ein Transistorradio mitgenommen, uns auf einen Büschel Erika gelegt und in dieser freien Natur *Radio 1* gehört.

»Ich denke, ich käme gern mal nach Irland«, sagt Herbert.

»Dann besuch mich im nächsten Sommer«, sage ich. »Da führ ich dich herum.«

»Regnet es dort nicht dauernd?«

»Nein. Nur meistens.«

»Dann ist's ja gut. Komm mal mit. Ich möchte dir was zeigen.«

Ungefähr eineinhalb Kilometer folgen wir einer Fahrspur, dann einem Pfad, danach geht es querfeldein einen Hang hinauf, durch eine Buschreihe mit Unterholz, wo wir nur schwer vorankommen, weil man sich den Weg durch die Zweige bahnen und aufpassen muss, wenn sie zurückschlagen, bis wir zu einer von einer Mauer umgebenen Einfriedung gelangen.

»Da wären wir«, sagt Herbert.

Die Mauer ist so niedrig, dass man hinübersehen kann. Auf eine gemähte Wiese mit verstreuten Obstbäumen und Grabsteinen, von denen einige stehen, andere liegen. Das alles erinnert mich an einen irischen Friedhof mit seiner stillen Unordnung. Der hier scheint weiter weg zu sein, als er tatsächlich ist, so als würde man durch das verkehrte Ende eines Teleskops blicken.

»Ich glaube, keiner weiß, dass es ihn gibt.«

»Was ist das hier?«

»Ein jüdischer Friedhof.«

»Aus dem Dritten Reich?«

»Nein, nein. Die hier waren die Glücklichen, die starben vorher. Es gibt jüdische Friedhöfe in ganz Franken, weil es in den meisten fränkischen Städten und in vielen Dörfern jüdische Gemeinden gab.«

Das überrascht mich. Ich hatte mir immer vorgestellt, das Ganze sei ein städtisches, ein anonymes Phänomen gewesen.

»Wer mäht das Gras?«

»Das machen wir.«

»Gab es auch in Burgbernbach Juden?«, frage ich.

Er zuckt mit den Achseln. »Es muss welche gegeben haben«, sagt er.

Am Abend gehen wir in Forchheim ins Kino, in *Die Reifeprüfung*; ich hatte den Film bis dahin noch nicht gesehen. Er ist einer von der Sorte, in den ich mit Molly gegangen wäre, die ihn allerdings nicht gemocht hätte. Er gehört zu jenen, von denen die Männer glauben, die Frauen würden sie mögen, aber sie tun es nicht. Man denkt, es sei eine Liebesgeschichte, aber es ist keine; es geht dauernd bloß um die männliche Hauptfigur. Inge ist mitgekommen, aber sie meint hinterher, das Mädchen hätte besser vor der Heirat wissen sollen, was sie will, und außerdem habe jede, die mit Dustin Hoffman davonlaufe anstatt mit dem gutaussehenden reichen Mann, den sie geheiratet hat, nicht alle Tassen im Schrank.

Hinterher, wieder zurück auf dem Bauernhof, setzt sich Manfred auf ein letztes Bier zu uns. Während Inge und ich uns noch über den Film unterhalten, reden Herbert und er eine Zeit lang mit ihrem Vater über den landwirtschaftlichen Betrieb, und als dann der alte Mann zu Bett geht, legt Manfred ein paar Schallplatten auf. Seine Auswahl überrascht mich. Er hat eine riesige Sammlung von Jazzplatten. Dave Brubeck, Thelonious Monk, Charles Mingus und so weiter. Den Oberkörper wiegend, mit den Fingern schnippend, die Augen geschlossen, das lange Gesicht – ein Mann im Frieden mit der Welt. Manfred, der Beatnik. Führt zu der Frage, wie sein Leben wohl verlaufen wäre, hätte er den Hof nicht übernommen. Und warum er die Schallplatten nicht in seinem eigenen Haus aufbewahrt.

Es ist zwar nicht gerade die Art von Musik, auf die ich stehe, aber wir sitzen im Wohnzimmer, von dem aus man den Abhang hinunter zu dem Wald überblickt, wo wir heute Morgen das Holz gemacht haben, und Manfred legt eine LP von Oscar Peterson auf. Es ist ein schönes Stück und heißt *Night Train*, dessen Forte genau auf das hinausläuft, was mich bei Jazz regelmäßig auf die Palme bringt: dass er nirgendwo hinführt. Aber der Trick beim Jazz ist, dass er ja nirgendwo hinführen muss, weil er genau an der Stelle, wo er gerade ist, einfach passt. Du befindest dich irgendwo in einem Schwebezustand, na gut, in einem »Nachtzug« selbstverständlich, rollst durch eine Landschaft, die du nur ungefähr erkennen kannst, und die geheimnisvolle Dunkelheit draußen verstärkt die Wärme und Gemütlichkeit drinnen, so wie es bei uns Vieren hier oben in diesem Zimmer ist, wenn wir den Blick hinab über die Lichtung schweifen lassen. Wir haben Vollmond, und zarte Nebelschleier hüllen drunten den Waldrand ein, und ein Reh kommt heraus, steht eine Minute lang da und blickt zum Hof herauf, als ob es Petersons nachdenkliches Klavier ebenfalls hören könnte. Dann ist es verschwunden.

Die Rückfahrt an einem Sonntagabend lässt mich melancholisch werden, jedes Mal aufs Neue. Die Dunkelheit, die kommende Woche, die Wasserscheide zwischen dem Rest deines Lebens und dem unwiederbringlichen Wochenende. Dieses Wochenende habe ich ziemlich oft über Molly nachgedacht. War es Liebe? Ich weiß, dass ich sie zu Beginn geliebt habe. Wir lernten uns auf dem Youth-Fellowship-Ausflug nach Rathlin Island kennen, ich war siebzehn, und sie war vierzehn, obwohl sie, als wir anfingen, miteinander zu gehen, vorgab, älter zu sein. Ich hatte sie nie zuvor zu Gesicht bekommen, weil sie draußen auf dem Land lebte, in eine gemischte Schule in

Ballymena ging und deshalb mit einem anderen Bus fuhr. Sie trug eine Wollmütze über ihrem langen, blonden Haar und sah absolut hinreißend aus. Frisch. Sie war ein Wildfang, der am Hafen von Ballycastle mit den Jungs, die sie aus der Schule kannte, herumalberte, sie schubste und dann davonrannte, solche Sachen. Natürlich war das kindisch, aber mir gefiel es. Sie war lustig. Unkompliziert. Als wir auf die Insel kamen, ging die eine Gruppe Vögel beobachten, und die zweite wanderte bis ans andere Ende. Ich sah, dass Molly sich der Wandergruppe anschloss, also ging ich auch mit. Wir folgten dem Höhenkamm, und der Wind wehte so stark vom Atlantik her, dass wir uns dagegenlehnen konnten, ohne umzufallen. Unsere ganze Gruppe, ungefähr zwölf, stand in einer Linie da, die Arme ausgestreckt, und die Ärmel unserer Jacken schlackerten und flatterten nur so. Wir lachten und schauten einander an, und ich stand direkt neben ihr. Es war schön, wie wir so lachen und einander ansehen konnten und dabei wussten, dass wir gerade das gleiche Hochgefühl erlebten. Im Glitzern ihrer Augen, die die meinen in den Bann zogen, lag ein Versprechen, dass das, was hier mit uns geschah, etwas war, worüber wir später reden würden, und das taten wir auch, nachdem es angefangen hatte zu schütten, die Gruppe sich auflöste und wir schnell nach einem Unterschlupf suchten. Wir landeten in einem Trockenschuppen für Seetang, der an den Seiten offen war, aber oben dicht. Irgendjemand hatte einen Gaskocher und Speckstreifen und Eier mitgeschleppt, und wir brutzelten daraus etwas zusammen, und es roch himmlisch, und da begannen wir zu reden und verglichen das Erlebnis mit den Achterbahnen in Portrush oder Newcastle. Sie war das erste Mädchen, mit dem ich jemals richtig geredet und es nicht bloß verulkt hatte.

»Warum bist du so still?«, fragt Herbert.

»Ich habe gerade an meine ehemalige Freundin gedacht.«

»Vermisst du sie?«

»Manchmal.«

»Warum hast du sie verlassen?«

»Sie hat mich verlassen.«

Als ich an die Uni ging, wollte ich genauso ein Klugscheißer sein wie meine Mitbewohner, und Molly war eine Sechzehnjährige vom Land. Ich nahm sie nie zu Univeranstaltungen der deutschen Fakultät mit oder ins Pub zu meinen Kumpels.

Ich schämte mich ihrer.

»Bei mir war es das Gleiche«, sagt Herbert. »Meine Freundin hat mich auch verlassen, die Ulrike. Wir waren seit der Schule in Marktredwitz zusammen, haben die ganzen Trips in den Fernen Osten und nach Marokko gemacht. Und dann sagt sie eines Tages, dass sie einen anderen Mann kennengelernt hat und mich verlassen will. Ich habe nie eine andere Frau gewollt, mir nie vorgestellt, mein Leben mit einer anderen zu verbringen.« Er schlägt mit den Fingern einen kurzen Trommelwirbel auf das Lenkrad. »Ich nannte es Liebe, sie nannte es einen Käfig. Zum Schluss lief es darauf hinaus, dass sie mich nicht so sehr liebte wie ich sie. Wie es halt immer ist. Einer liebt immer mehr als der andere, und das ist derjenige, der dann leidet. Also ist es besser, der zu sein, der nicht so sehr liebt.«

»Planen lässt sich das ja nicht immer.«

»Nein. Hast du Inge bemerkt?«

»Natürlich habe ich Inge bemerkt.«

»Du weißt schon, was ich meine.«

»Nein.«

»Inge war sehr von dir eingenommen, das meine ich.«

»Oh.«

»Also tu ihr nicht weh, was auch immer du tust. Mehr will ich dazu nicht sagen.«

# 6

*Mitchellstown, 3. Oktober*

*Lieber John,*

*ich freue mich zu hören, dass du dich in Deutschland gut eingelebt hast. Letzten Sonntag war unser Erntedankgottesdienst, und er war sehr gut besucht, muss ich sagen, und die Kirche war ein einziges Meer von Gemüse, Obst und Blumen. Aber sie scheinen deinen Tenor im Kirchenchor zu vermissen! Pfarrer McLeod hat sich nach dir erkundigt.*

Die Kirche, du liebe Zeit. Mein geheimes Leben. Die ganze Woche über redet man ordinäres Zeug und raucht und säuft in Coleraine, und dann kommt man fürs Wochenende heim und geht jeden Sonntagfrüh lammfromm in die Kirche, singt sogar im Chor mit. Noch so ein Ding, von dem ich meinen Kumpels an der Uni nie was erzählt habe.

*Apropos Blumen: Ich hatte die Ehre, bei der diesjährigen Blumenschau die Maude-DeVere-Rosenschale für das »hervorragendste Schaustück« in der Kategorie »Blumen und Blumenarrangements« zu gewinnen. Die Preisrichterin, Mrs. Audrey Foster-Clark, hat freundlicherweise einige sehr schmeichelhafte Bemerkungen gemacht.*

Die Foster-Clarks sind das Aristokratischste, was Mitchellstown zu bieten hat. Mrs. Foster-Clark, Sir Williams Frau, pflegte alle heiligen Zeiten mal in ihrem Rover und mit einem großen Hut einen Ausfall aus dem Clark House hinein nach Mitchellstown zu machen, den Wagen seitlich vor unserem Geschäft zu parken und damit die anderen Parkplätze zu blockieren, in den Laden zu schweben, sich eine Auswahl an Kleidern und Kostümen ins Auto tragen zu lassen und wieder zu verschwinden. Wochen später brachte sie dann die Kollektion zurück und behielt manchmal ein oder zwei Stücke. Beim letzten Mal dauerte es über einen Monat. Schließlich rief mein Vater an und fragte, ob die Sachen zu ihrer Zufriedenheit seien. Gleich am nächsten

Tag tauchte sie im Laden auf, schmiss alles ungeordnet in einem Haufen auf den Ladentisch und segelte davon. Ich wurde damit beauftragt, die Kleidungsstücke auseinanderzusortieren und zurück auf die Bügel zu hängen. Eines der Kleider stank nach Rauch, und als ich es ausbreitete, hatte es einen Flecken am Busen. Ich zeigte es meiner Mutter. »Wir geben es einfach in die Reinigung und verkaufen es zum Sonderpreis«, sagte sie. Ich kann mir richtig vorstellen, wie sie sich im Glanz eines dürren Lobes von Mrs. Foster-Clark sonnt. Der Gedanke macht mich wütend.

*Wir hoffen, dass wir den Laden bald wieder aufmachen, wenigstens zeitweilig, sobald der Schutt weggeräumt ist. Zum Glück erweisen sich unsere Kunden als sehr treu und fragen dauernd, wann wir wieder aufmachen, und wer weiß, vielleicht wendet sich ja alles langfristig zum Besseren, wo wir jetzt endlich den alten Ladentisch los sind, und ich habe auch schon ein, zwei Ideen für die Zukunft, obwohl dein Vater, um ehrlich zu sein, die ganze Angelegenheit ziemlich schlecht verkraftet, und Matt selbstverständlich auch, aber das ist ja wohl natürlich. Wir wohnen noch immer bei den Mayberrys, und ich muss sagen, die stellen sich als eine feste Burg in schweren Zeiten heraus.*

Das Interessante ist das, was meine Mutter nicht schreibt. Kein Wort von den Dalzells, dem Familienzweig meines Vaters, und wie und ob sie überhaupt in dieser schwierigsten Situation helfen, in der unsere Familie wohl jemals steckte. Auch mir sind die Mayberrys lieber. Ich dachte früher immer, dass es tatsächlich Beeren mit diesem Namen gäbe, weil die männlichen Familienmitglieder alle Gesichter haben, die aussehen, wie »Maibeeren« aussehen würden: rund und rotbraun, perfekt geschaffen für die Melonen, die sie am 12. Juli tragen, dem Oranier-Tag. Grundehrliche, rechtschaffene Leute, die ohne zu zögern alles für dich tun würden und bigott sind bis zum letzten Mann.

*Leider muss ich dir schreiben, dass letzte Woche auch die Millers in unserer Straße einen Treffer abbekommen haben. Werden die denn nie gescheit? Es wird höchste Zeit, dass die Regierung diesem Unsinn ein Ende macht. Wenigstens ist die Entschädigung umstandslos eingetroffen und hilft uns vielleicht bei den Veränderungen, die wir planen.*

Millers in unserer Straße haben also einen Treffer abbekommen. Das ist in Mitchellstown der Ausdruck dafür, ausgebombt zu werden, und er bedeutet, dass Millers Eisen- und Haushaltswarengeschäft, eine wahre Schatztruhe mit allem, was man sich nur wünschen konnte, wenn es um Nägel, Schrauben, Papier, Leder und Werkzeuge ging, in die Luft gejagt worden war. Und wer soll da bitte gescheit werden?

*Ich bin sicher, du vergisst nicht deine gute Erziehung und machst den Leuten keine Umstände, und räumst auf und machst dein Bett und so weiter.*

*Liebe Grüße*
*Deine Mutter*

Man könnte meinen, ich wäre etwa zwölf und bliebe ein ausgedehntes Wochenende lang im Elternhaus eines Freundes. Aufräumen, mein Bett machen, geht's noch? Das waren die Anweisungen, die Matt und ich immer mit auf den Weg bekamen, wenn wir irgendwo über Nacht blieben. Matt regte mich jedes Mal mit seinen Bemühungen auf, allen zu gefallen. *Dürfte ich vom Tisch aufstehen? Kann ich irgendwie in der Küche helfen? Danke für die Einladung.* Einmal bin ich richtig gemein zu ihm gewesen. Da war ich vierzehn, und er war zwölf, und wir übernachteten bei den Mayberrys. Deren Sohn William war so alt wie ich, und Matt wollte unbedingt immer mit uns herumrennen, und wir wollten ihn nicht dabei haben, weil wir damals gerade anfingen, SCHEISSE und FICKEN und ARSCHLOCH zu sagen und dreckige Witze zu erzählen und zu rauchen. Das schien Matt echt zu stören, und so rannte er zu Tante Lettie und verpetzte uns, woraufhin sie uns ordentlich den Kopf wusch. Also spielte ich am nächsten Tag Elfmeterschießen mit Matt, während William in das Zimmer hinaufschlich, in dem Matt schlief, und das Bett durcheinanderwarf, das dieser so fein säuberlich gemacht hatte. Als Tante Lettie es sah, hielt sie Matt eine kräftige Standpauke, und er brach in Tränen aus. Gott, ich erinnere mich noch an seinen Gesichtsausdruck, als ihm klar wurde, dass ich nur mit ihm gespielt hatte, damit William fort konnte. Mein Gott, was war das fies.

Ich werde mein Leben geradebiegen, wenn ich nach diesem Jahr nach Hause komme. Ich werde in Mitchellstown in die Kneipe gehen, so wie ich das hier mache. Ich werde zu Hause rauchen, ich werde nicht mehr in die Kirche gehen.

»Was ist denn hier los?« Ich liege im Bett an einem nackten Rücken.

»Ich bin's, Toni.«

Ich bin ebenfalls nackt.

»Du bist in meinem Bett«, sagt sie. »Du bist eingeschlafen. Erinnerst du dich?«

Ich erinnere mich dunkel und sehr verschwommen. Wir waren im *Schwan* und sind dann noch auf einen Absacker zu ihr, wie wir das gelegentlich tun. Es ist mitten in der Woche, und zu irgendeinem Zeitpunkt muss Herbert dann heimgegangen sein, und Toni und ich haben weitergetrunken. Ich kann mich nicht mehr erinnern, wie ich ins Bett gekommen bin. Ich kann mich nicht erinnern, ob …

»Haben wir …?«

»Irgendwas gemacht?«

»Ja.«

»Nein. Möchtest du reden?«

»Eigentlich nicht.«

»Aber ich.« Sie dreht sich in ihrem schmalen Bett so, dass sie mir ins Gesicht sieht, und ihre großen Brüste stoßen gegen meine Brust.

»Worüber?«

»Über Männer.«

»Oh.«

»Und Sex.«

»Oh.«

»Was ich sagen will, ist … du könntest doch jetzt mit mir schlafen, stimmt's?«

»Ich weiß nicht recht.« Eigentlich glaube ich es nicht, aber ich möchte es nicht aussprechen. Ihr Kopf ist dicht vor meinem, und ihre Hakennase glänzt im Schein der Straßenlampe draußen.

»Doch, du könntest es. Du könntest mit mir schlafen, und es würde überhaupt nichts bedeuten. Gib's zu.«

»So würde ich das nicht ausdrücken.«

»Egal. Was ich wissen will, ist: Sollte es mir etwas ausmachen, was mein Freund treibt, oder nicht? Er ist noch so jung, er ist nicht viel älter als du, vielleicht ist das für euch Männer ja anders.«

»Was treibt er denn?«

»Letztes Wochenende fand ich einen Slip unter seinem Bett.«

»Deiner war's nicht?« Da liege ich von Angesicht zu Angesicht mit einer nackten Frau im Bett, aber das Ganze hat etwas komplett Asexuelles, ungeachtet dessen, dass mir Toni vorhin unterstellt hat, ich sei in der Lage, jetzt mit ihr zu schlafen. Für mich fühlt sich das an wie früher, als ich zwölf war und bei einem Freund übernachtete, und wir in einem Bett lagen, uns Geheimnisse zuflüsterten und dauernd darauf warteten, dass jetzt gleich seine Mutter hereinkommt und sagt, wir sollen still sein und endlich schlafen.

»Selbstverständlich nicht meiner. Glaubst du, ich kenne meine eigenen Unterhosen nicht? Es war ein riesengroßes weißes Baumwollding, das ich nicht mal als Leiche anhaben möchte. Grauenhaft.«

»Vielleicht lag das ja schon seit Ewigkeiten da.«

»Letzte Woche lag es nicht da. Ich hätte es nie entdeckt, wenn ich nicht diesen blöden Reinlichkeitsfimmel hätte. Rolfi sagt mir fortwährend, ich soll nicht aufräumen, aber ich kann nun mal nicht anders.«

»Was hat er dazu gemeint?«

»Er sagte, es sei die von seiner Schwester.«

»Komisch.«

»Vielleicht doch nicht komisch.« Sie stützt sich auf einen Ellenbogen und sieht zu mir herunter. »Schau, Rolfi ist einer dieser deutschen Buben, denen die Mama immer noch die Wäsche macht. Jede Woche schickt sie ihm ein Paket mit frisch gewaschener und gebügelter Wäsche. Und seiner Schwester auch. Rolfi sagt, seine Mutter hätte einfach die Pakete verwechselt und ihm die Wäsche seiner Schwester geschickt, und er hätte es gerade aufgemacht, als ich kam, und das Ding unters Bett geworfen, um sich peinliche Erklärungen zu ersparen.«

»Aha.«

»Was glaubst du?«

»Soll das *ein* Slip für eine *ganze Woche* gewesen sein?«

»Du glaubst es nicht, oder?« Sie dreht sich auf den Rücken, Hände hinter dem Kopf, die Nasenspitze senkrecht nach oben. »Ich auch nicht. Er schläft mit anderen Mädchen. Sie bleiben bei ihm über Nacht und vergessen ihre Slips. Das ist die Wahrheit.«

Sie dreht mir wieder den Rücken zu. Sie zittert. Nein, sie bebt. Sie weint. Ich kuschele mich an sie und lege meinen Arm um sie. Sie hält ihn fest. Nach einer Weile beginnt sie leise zu schnarchen.

*AUSHILFE GESUCHT.* Seit ich in Burgbernbach bin, hängt das Schild im Fenster des Fotoladens, und ich gehe jeden Tag daran vorbei, und Gott weiß, wie lange es vorher schon da hing. Mein Austauschstipendium kann mit den Lebenshaltungskosten in Deutschland nicht mithalten. Alles außer Bier ist hier teurer.

Ich öffne die Tür, entlasse einen Schwaden Zigarettenrauch auf die Straße und betrete das Geschäft. Herr Brand, der Fotograf und mein Vermieter, steht mit einem Polizisten zusammen, eine Zigarette nachlässig zwischen den Fingern. Sie stehen einander halb zugewandt, blicken zu Boden, halten die Arme verschränkt. Sie sehen aus, als wüssten sie schon seit Längerem nicht, was sie sagen sollen.

»Grüß Gott. Stimmt was mit der Wohnung nicht?«, fragt mein Vermieter.

»Grüß Gott. Nein, ich bin hier wegen des Schildes.«

»Ach, hängt das immer noch da?« Er schlurft zur Tür, reißt es herunter und entzwei, hustet, wirft die Fetzen Richtung Papierkorb, trifft daneben, macht eine wegwerfende Handbewegung. Der Polizist sieht zu und zeigt ein halbes Lächeln.

»Das heißt, Sie brauchen gar keine Aushilfe?«, frage ich.

»Ich kann dir kein Lehrergehalt zahlen. Das ist mehr was für Schüler. Taschengeld, verstehst?«

»Ich bekomme kein Lehrergehalt. Ich bin nur Hilfslehrer. Was meinen Sie mit Taschengeld?«

»Vier Mark die Stunde.«

»Klingt okay für mich.«

»Gut. Was für einer bist du gleich wieder? Ein Engländer?«

»Ein Ire.«

»Das ist gut. Man muss schon ein Irrer sein, um hier zu arbeiten.« Er gibt sein meckerndes Lachen zum Besten und sieht den Polizisten an, um sich moralische Unterstützung zu holen. »Du verstehst? Ein Irrer.« Dieses beschissene Wortspiel höre ich nun ungefähr zum hundertsten Mal, und schon beim ersten Mal habe ich es nicht witzig gefunden, aber ich lache trotzdem.

»Das ist mein jüngerer Bruder Rudi«, sagt er mit einer Kopfbewegung zum Polizisten hin, der mir ein freundliches, offenes Lächeln schenkt. Der ist auch sonst ein gesünderes Exemplar, größer, besser gebaut, blond. »Er ist der Ortssheriff.«

»Sie sind am Gymnasium?«, fragt der Polizist.

»Ja.«

»Richten Sie Herrn Kraus einen schönen Gruß von mir aus.«

»Okay. War er Ihr Englischlehrer?«

»Ja. Er war der Grund, warum ich die Schule verlassen musste.«

»O Gott.«

»Egal. Schon lange her. Aber sagen Sie ihm: Sollte ich ihn jemals erwischen, dass er angetrunken Auto fährt …«

»Eher unwahrscheinlich.«

Er wedelt beschwichtigend mit der Hand.

Der Fotograf fragt: »Das erinnert mich: Kannst du Auto fahren?«

»Ja.«

»Gut. Ich brauche jemanden, der mich zu Hochzeiten und solchen Sachen fährt.«

Sein Bruder grinst plötzlich den Boden an, kontrolliert seine Miene aber gleich wieder. Aha. Der Fotograf hat also seinen Führerschein verloren. Alkohol am Steuer wahrscheinlich.

»Stört dich Rauchen im Auto?«, fragt er.

»Nein, ich bin selbst Raucher.«

»Umso besser. Ich bräuchte dich so ungefähr zwei Stunden spätnachmittags und an den Samstagnachmittagen. Abgemacht?«

»Abgemacht.«

# 7

»Um Himmels willen, das sieht doch jeder Depp, dass dieser Kraus vollkommen verklemmt ist.« Tonis ramponierter alter Mercedes heult in den höchsten Tönen. Sie hat den zweiten Gang eingelegt und überdreht ihn total. »Wahrscheinlich analfixiert.«

Kraus ist mein Betreuungslehrer, Leiter der Fachschaft Englisch, ein großer, dicker Mensch mit einer Beatles-Frisur und einem Dauergrinsen, das ausdrückt: »Mir macht es nichts aus, dass du mit allem und jedem falsch liegst.« Toni war neulich abends bei ihm zu Hause zu einer Party eingeladen.

Wir drei, Toni, Herbert und ich, versinken in den durchgesessenen Vordersitzen, als wären wir Insekten, die gerade von einer fleischfressenden Pflanze verdaut werden. Toni packt den Schalthebel, der oben aus der Lenksäule herausragt, und fuhrwerkt mit ihm herum, als müsste sie einen dicken Eintopf in einem riesigen Bottich umrühren. Schließlich rammt sie den Vierten hinein, ohne sich mit dem Dritten aufzuhalten. Der Wagen verlangsamt plötzlich die Fahrt, wir werden nach vorn geworfen, das ganze Auto schüttelt sich wie ein Schiff bei Schraubenumkehr, bis schließlich die Zahnräder ineinandergreifen und einrasten.

»Und katholisch. Das sind die Schlimmsten.« Vor uns taucht Unheil verkündend ein Traktor auf, aber Tonis Kopf bleibt uns zugewandt.

»Pass auf den Traktor da auf«, sagt Herbert. Toni hat sich, seit wir Burgbernbach verließen, wegen Kraus in Rage geredet. Ich vermute, sie lässt an ihm ihren Zorn auf ihren Freund aus. Und sobald es ein Verkehrsproblem gibt, ärgert sie sich auch darüber, als ob die Straße auf *sie* achten müsste und nicht umgekehrt. »Er hat sich mit mir unter seinen Schreibtisch gesetzt, dort hockten wir wie in einem Zelt, fragt mich nicht, wieso, und da hat er mir alles über die Sachen erzählt, die er und seine Frau im Bett treiben. Hättet ihr gedacht, dass sie im Schlafzimmer eine Schaukel aufgehängt haben?«

Der Bauer streckt den linken Arm hinaus, und die Bremslichter leuchten auf.

»Und außerdem hat er sie dauernd ›Mutti‹ genannt. ›Mutti, komm wieder schaukeln!‹ Stellt euch das mal vor!«

»Toni, um Himmels willen.«

Sie dreht den Kopf zurück zur Windschutzscheibe, bremst, weicht auf die falsche Straßenseite aus, drückt auf die Hupe und gestikuliert zum Seitenfenster hinaus. »Blödes Bauernvolk!«

Wir sind auf dem Weg zu einem Dubliners-Konzert in Würzburg.

Das ist nicht die Art von Konzerten, mit denen ich an der Uni angeben würde. Roy Harper, Dory Previn, Van Morrison – damit kannst du punkten. Nicht mit den Stones, Rod Stewart, Credence Clearwater Revival, auch nicht mit T. Rex. Mit Planxty kannst du punkten. Keinesfalls mit den Dubliners. Aber es ist ganz lustig. In der Pause betrachte ich mir die Platten, die verkauft werden, und gehe dann an die Bar im Foyer. Sie besteht aus einer Tischplatte auf Böcken und wird eng umlagert. Die Leute schieben sich kreuz und quer durch die Reihen, kommen von irgendwoher und gehen mit ihren Guinnessgläsern irgendwohin wie Ameisen, die um etwas Essbares herumwuseln. Schwaden von Tabakrauch schweben über der Szenerie. Vor mir verlässt ein Mann mit zwei Gläsern das Geschiebe und hinterlässt eine Lücke zwischen zwei Leuten, die mit den Rücken zueinander auf Barhockern sitzen. Ich dränge mich fix dazwischen, erwische einen der Barkeeper, bekomme ein Glas Bier und mache mich wieder auf den Rückweg. Eine Stimme sagt auf Englisch:

»Was ist denn aus der Architektur geworden?« Das Mädchen zu meiner Linken hat sich halb umgedreht. Ich erhasche einen Blick auf ihr verschmitzt dreinblickendes Auge unter einer dunklen Haarlocke und ihren lächelnden Mundwinkel.

Sie redet mit mir.

»Was?«

»Du sagtest damals, du wolltest Architektur studieren. Aber offenbar machst du jetzt Deutsch, sonst wärst du ja wohl nicht hier.« Sie dreht sich ganz herum und hält ein Guinness in der Hand. Dunkle Haare fallen in immer kleiner werdenden Locken über einen Rollkragen, dazu ein ernster, gerader Mund, der in beiden Mundwinkeln die Andeutung eines Lächelns versteckt, grüne Augen, die mich konzentriert wie ein Buch studieren. Herr im Himmel. Sie ist es tatsächlich.

»Teresa Cassidy. Nicht zu fassen. Was machst du denn hier?«

»Vermutlich das Gleiche wie du. Mein Auslandsjahr.«

»Ah ja, klar, natürlich, was sonst. Ich habe dich gar nicht in München gesehen.«

»Im Kurs?«

»Nein. In der Kneipe. Ich bin nicht oft in den Kurs gegangen.«

»Und ich bin nicht oft in die Kneipe gegangen.«

»Ah ja. Hattest du früher nicht eine Brille?«

»Nur zum Lesen. Wo ist denn nun deine Schule, John?«

»In einem kleinen Ort namens Burgbernbach. Mit einer Stadtmauer rundherum. Mit vier Toren. Und sogar mit einer Burg.«

»Klingt nett.«

»Ist eigentlich ein bisschen wie Mitchellstown, beziehungsweise wie es dort wäre, wenn sie nicht das ganze alte Zeug abgerissen hätten.«

»Oder in die Luft gesprengt.«

»Ja, Ersteres ist wenigstens leiser. Prost.«

Bei ihr hat sich eine sehr vorteilhafte Verwandlung vollzogen; zuletzt hatte ich sie in der grünen Schuluniform gesehen, und jetzt stand sie in einem melierten Wollpullover mit Jeans und Turnschuhen vor mir. »Hab ich das mit der Architektur tatsächlich gesagt?« Wir müssen schreien, weil sie über die Lautsprecheranlage die Wolfe Tones spielen.

'T wasn't long ago we faced a foe,
The old brigade and me,
And by my side they fought and died
That Ireland might be free.

»Ja«, sagt Teresa. »Ersatzweise Journalismus. Und die dritte Option war Archäologie, wenn ich mich recht erinnere.«

»Du meine Güte.« Dieser ruhige, feste Blick, den sie hat, und dieser stetige Ansatz zu einem Lächeln machen es mir schwer zu entscheiden, ob sie mich auf den Arm nimmt oder nicht. Aber letztlich klingt das Ganze doch nach mir.

»Kommst du auch aus Irland?« Ein Mann guckt seitlich um sie herum. Er trägt Schlägermütze, Bart und John-Lennon-Brille. Seine Hand ruht auf Teresas Hüfte. Schwer zu sagen, was das über seinen Status aussagt. Sie schmiegt sich nicht an ihn ran oder so.

»Wir stammen aus derselben Stadt«, sage ich.

Der Gong verkündet das Ende der Pause.

»Norbert ist an meiner Schule«, sagt sie. »Er ist irischer als du und ich. In den Ferien fährt er jedes Mal nach Irland, er spielt Blechflöte und spricht Gälisch. Sonst noch was? Ach ja, er hat sogar den *Ulysses* gelesen.«

»Sieh mal einer an«, sage ich. »Ich habe nur den Film mit Kirk Douglas gesehen.«

Jemand in einem Natoparka streckt die Hand über Norbert hinweg nach einem Guinness aus und zwingt ihn dadurch,

Teresa loszulassen und sich zu ducken. Er lugt unter dem Drillichärmel hervor wie ein Pfadfinder aus einem Zelteingang. »Kirk Douglas?«, fragt er.

»Ja. Am besten gefällt mir die Szene, wo er dem Zyklopen den Speer ins Auge rammt.«

»Ich meinte das Buch von James Joyce«, sagt Norbert.

»War nur ein Scherz«, sage ich.

»Er arbeitet noch am irischen Humor«, sagt Teresa. »Stimmt's, Norbert?«

Daraus schließe ich, dass er nicht ihr Freund ist.

*Armoured cars and tanks and guns*
*Came to take away our sons*
*But every man must stand behind*
*The men behind the wire.*

»Was hältst du von dem Konzert, John?«, fragt sie.

»Ich persönlich hab's eigentlich mehr mit Planxty. Mir gefiel aber dieser Song über Derry.«

»*The Town I Loved So Well.* Ja, wunderschön.«

Der Gong ertönt erneut. Das Foyer leert sich.

»Das war eine schreckliche Geschichte mit der Freundin deines Bruders«, sagt Teresa. »Die Freundin von Johns Bruder wurde von einem fallenden Dachziegel erschlagen. Er hatte sich durch eine Bombe gelöst«, schreit sie zu Norbert hin, der sich inzwischen wieder aufgerichtet hat.

»War das eine IRA-Bombe?«, fragt er.

»Ja«, antworten wir beide.

»Hatten sie eine Vorwarnung ausgegeben?«

»Ja«, antworten wir wieder gleichzeitig.

»Dann wollten sie sie nicht töten«, sagt er.

»Das ist bestimmt ein großer Trost für Jane«, sage ich.

Wir nippen alle an unserem Guinness.

»Ich sehe dich nie zu Hause in Irland«, sage ich zu Teresa,

da alle schweigen. Ich hätte gern etwas anderes gesagt, aber mir fällt partout nichts ein.

»Ich komme nicht oft nach Hause«, sagt sie. »Nicht mal in den Ferien.«

Der letzte Gong ertönt.

»Wir trinken wohl besser aus«, sage ich.

»Schau mal bei mir vorbei, wenn du in die Gegend kommst«, sagt Teresa.

»Ja, und du bei mir, falls du mal nach Burgbernbach kommst«, sage ich.

Norbert sagt etwas, das für mich weder englisch noch deutsch klingt.

»Wie bitte?«

Er wiederholt es. »Prost. Auf Irisch«, fügt er hinzu und leert sein Guinness.

Auf der Heimfahrt nagt der Wurm der Unzufriedenheit in meinem Innern. *Ich sehe dich nie zu Hause in Irland* – also wirklich! Als ob es dort irgendeinen Ort gäbe, wo wir uns begegnen oder verabreden könnten. Als ob es dort einen Konzertsaal gäbe, wo ich nicht Angst hätte, dass man mir den Schädel einschlägt oder dass sie Teresa anpöbeln. Als ob es ein Pub gäbe, in das wir gehen könnten, ohne dass alle sofort verstummen, um zu hören, worüber wir reden. Als ob zu Hause ein normaler Ort wäre.

»Es waren eine Menge Iren da«, sagt Herbert.

»So viele habe ich nicht gesehen«, sage ich.

»Die ganze Reihe hinter uns. Die haben jedes Lied mitgesungen.«

»Das waren Deutsche.«

»Woher weißt du das? Die sahen irisch aus. Viel irischer als du.«

»Ganz einfach: Iren sind nicht so blöd, mit Schlägermütze und Bart durch die Gegend zu ziehen und Pfeife zu rauchen«, gebe ich zurück.

»Oho. Was hat dich denn in eine derartig schlechte Laune versetzt?«, fragt Herbert.

*Mir ist gerade klar geworden, dass ich zu doof und zu ichbezogen war, um Teresa zu fragen, wo in Deutschland sie lebt, weshalb ich keine Chance habe, sie zu besuchen* – lautet die Antwort auf diese Frage, die ich aber für mich behalte.

»Ich stieß in der Pause auf einen Deutschen, der glaubte, er gäbe einen besseren Iren ab als ich.«

»Solche Typen kenne ich«, sagt Toni. »Die denken, sie können alles besser. Genau wie Kraus, der meint, er hätte eigentlich als Engländer auf die Welt kommen müssen. Mit seiner Pfeife, mit der er sich einbildet, wie Sherlock Holmes auszusehen, und seinem lachhaften Mini, der dauernd kaputtgeht. Und manche Deutsche glauben, sie wären eigentlich Italiener.«

»Wie ich«, sagt Herbert.

»Das ist mir neu«, sagt Toni. »Und deutsche Franzosen gibt es auch.«

»Nicht so sehr viele. Aber deutsche Amerikaner«, lässt Herbert sich von dem Geplänkel anstecken.

»O ja. Jede Menge«, fährt Toni fort.

»Und deutsche Deutsche?«, frage ich.

»Ja. Die sind leider Nazis.«

»Deutsche Russen?«

»Keine. Aber immer sind es Männer«, behauptet Toni. »Rollenspieler. Wie kleine Jungs mit Revolvern. Diese Deutschen beim Konzert, die denken, alle Iren sind … Freiheitskämpfer.«

»Oder Whiskeytrinker«, schlägt Herbert vor.

»Oder Fallensteller«, sagt Toni.

»Fallensteller?«, frage ich.

»Was weiß denn ich«, sagt Toni. »Harte Männer jedenfalls.«

»Die sich von ihren Frauen nichts gefallen lassen«, ergänzt Herbert.

»Die kennen John nicht«, sagt Toni.

8

»Ich frage mich schon ewig, warum die hässlichsten Leute immer die meisten Abzüge brauchen«, sagt Peter Brand.

»Wo ist eigentlich seine Warze?«, frage ich. Die Gesichtszüge des ehemaligen Bürgermeisters, die in der Fixierschale zum Vorschein kommen, sind merkwürdig makellos im roten Licht der Dunkelkammer. Er hält den Kopf leicht schräg, zeigt ein ironisches Lächeln und hat ein Auge halb geschlossen wie ein Filmstar der Fünfzigerjahre.

»Gute Frage.« Peter hält den Zeigefinger ausgestreckt wie ein Chemielehrer im Unterricht. Er fischt den Abzug mit der Pinzette heraus und hängt ihn an die Trockenleine. »Schau her.« Er schaltet das normale Licht ein und gibt mir das Negativ. »Fällt dir was auf?«

»Nein.«

»Dreh's mal um.«

Auf der Rückseite sind rings um Augen und Mund überall silbrige Striche zu sehen, und große konzentrische Kringel sitzen direkt auf der Nasenspitze.

»Ein gewöhnlicher Bleistift«, sagt er. »Kommt schwarz auf dem Negativ und wirkt wie ein Radiergummi auf dem Positiv. Genial, oder? Das hat man früher in der Berufsschule gelernt. Die Jungen heutzutage haben alle keine Ahnung. Marlene Dietrich, Jean Harlow, Lale Andersen, Greta Garbo – diese Alabasterhaut in den Dreißigern. Alles Blei. Heh-heh.«

»Willy Brandt wäre dankbar für eine solche Behandlung.«

»Unser Willy ohne seine Falten?« Peter lässt wieder sein pfeifendes Lachen hören. »Ach, da würde ihn ja keiner mehr erkennen. Keine einzige Frau würde für ihn stimmen. Falten sind bei einem Mann doch sexy.« Er nickt. »Ein Zeichen von Charakter, von Erfahrung. Frauen mögen das. Der Trottel von Bürgermeister ist der Einzige, der das nicht begriffen hat. Nur gut, dass ich noch das Negativ habe, das ich vor fünf Jahren gemacht habe. Ich glaube nicht, dass ich heute eines retuschieren könnte.«

»Weil du deine Fingerkuppen verloren hast?«

»Nein.« Er streckt die rechte Hand aus und spreizt die Finger. Sie zittern wie Blätter im Wind. »Ich werde eben dir beibringen müssen, wie es geht. Hol mir doch mal noch was von dem Fixativ hinten aus dem Laden, ja?«

Der hintere Teil des Ladens ist ein einziges Chaos. Altersschwache Lampen, Stative und andere Teile und Gerätschaften, Stöße mit vergilbtem Fotopapier, uralte Chemikalien, die einen scharfen Geruch verströmen. Jedes Mal, wenn ich die nackte Glühbirne einschalte, habe ich Angst, der ganze Laden könnte in die Luft fliegen. Die Flasche mit dem Fixativ steht auf einer Kommode. Ich ziehe eine Schublade auf. Knöpfe. In der nächsten Schublade kleinere. In der nächsten noch kleinere. Dann Nadeln, Scheren, noch mehr Knöpfe, Bänder, Zwirnsrollen. Es könnte Tillys Schatztruhe sein.

»Was ist mit all den Kurzwaren da draußen?«, frage ich Peter, als ich wieder in der Dunkelkammer bin.

»Das hier war mal ein Textilgeschäft. Vor dem Krieg. Ich bin noch nicht dazugekommen, das Zeug wegzuschaffen. War das größte Geschäft in der Gegend. Sie haben eine Trennwand eingezogen und zwei Geschäfte daraus gemacht, das hier und den Milchladen nebenan.« Er schüttet das Fixativ in die Schale.

»Was, wenn du die Falten betonen möchtest, statt sie zu entfernen? Nimmst du dann einen weißen Stift?«

»Unsinn. Ein weißer Stift würde das Licht genauso abblocken wie ein schwarzer. Man würde den Abdruck löschen müssen, den die Aufnahme hinterlassen hat. Wie würde man das machen?« Er schaut mich an, als er das fragt, aber nur um einen Fixpunkt für seine Augen zu haben, während er überlegt. »Wegkratzen, vermutlich«, sagt er. »Aber wer möchte schon mehr Falten haben?«

»Wer hat die Trennwand eingezogen?«

»Die Nazis. Das Haus gehörte einer reichen jüdischen Familie. Man hat sie 1938 verjagt.«

»Was ist mit ihnen geschehen?«

»Was glaubst du wohl? Das Gleiche, das mit ihnen allen geschehen ist. Vielleicht haben es die Kinder noch rechtzeitig nach England geschafft, ich habe so was gehört. Aber ich bin mir nicht sicher. Ich habe nicht allzu viele Fragen gestellt, als das Haus zum Verkauf stand. Ich war froh, dass es so billig war, um die Wahrheit zu sagen. Und der Verkäufer war froh, es loszuwerden.«

»War er ein Nazi?«

Peter wäscht sich die Hände im Ausguss und trocknet sie. »Er war das größte, fetteste Nazischwein von Burgbernbach. Fritz Bausewein, der Ortsgruppenleiter. Diese Schönheit hier.« Er hält das Foto des Bürgermeisters hoch.

Ein Brief von Matt.

*22. Oktober*

*Lieber John,*
*ich hoffe, dir geht es gut. Wir wohnen noch immer bei den Mayberrys, bis die Bauarbeiter grünes Licht geben, dass unser Haus wieder sicher ist. Die ganzen letzten Tage haben sie den Schutt weggebracht. Zuerst wollten wir alles durchsehen, damit keine Wertsachen verlorengehen, aber es war hoffnungslos, alles war von einer Staubschicht überzogen oder zerfetzt, und*

*dann hat Dad gesagt: »Was soll's, lasst sie alles wegschaffen.« Bloß Tilly Burnside blieb mittendrin, kroch auf Händen und Knien herum, grub nach ihrer Fingerhutsammlung und so weiter. Zum Schluss musste die Polizei reingehen und sie raustragen. Sie war von oben bis unten staubig, schrie irgendwas Fürchterliches, und ihre Knie waren ganz zerschnitten. Jetzt ist also alles fort. Das Fassadenschild »The Emporium J. Dalzell & Sohn, Draperie, Hut- und Putzmacher & Schneiderei«, die facettierten Glasfenster mit der eingeätzten Inschrift, der Mahagonitresen (wusstest du, dass er einer der längsten in Nordirland war? Du hast ihn ja sowieso nie gemocht), die Druckluftröhren, die diese kleinen Büchsen transportierten, na ja, eigentlich wurden sie gestohlen, eines nachts herausgerissen wegen des Bleis, die Treppe mit dem gerillten Handlauf, die unten am Fuß in einen Halbkreis auslief, die doppelseitige Uhr, die nach zwei Seiten des Diamond zeigte. Erinnerst du dich, wie sie auf der rechten Seite immer fünf Minuten nachging?*

Zwei Minuten.

*Alles weg. Schwere Zeiten, echt. Und die Unionisten unter Faulkner stecken mit Hume & Co. unter einer Decke und wollen uns wieder mal verschaukeln.*

Das klingt nach meiner Mutter. Wieder mal. Während der letzten fünf Jahre sind wir ihrer Meinung nach ununterbrochen verschaukelt worden.

*Ohne den Beistand des Herrn wäre ich verloren. Für mich ist es leichter, darüber zu schreiben, als mit dir darüber zu reden, John. Ich kenne deine kritische Einstellung nur zu gut. Aber das Einzige, was mir in diesen finsteren Zeiten hilft, ist die Gewissheit, dass meine liebste Jane nicht für immer und ewig von mir gegangen ist, sondern nur an einen besseren Ort, und dass wir eines Tages vereint sein werden. Bitte den Herrn, dass er auch zu dir kommt, John. Öffne ihm dein Herz. Bitte in wahrer Demut um die Vergebung deiner Sünden, und Er wird dich umarmen mit Seiner unendlichen Liebe. Ich bete für dich.*

*Herzliche Grüße*
*Matt*

Ach, du meine Güte. Ich weiß nicht, was ich darauf antworten soll. Solche Sachen haben auf dem Land rings um Mitchellstown unterschwellig schon immer eine Rolle gespielt. Dort gehen die Leute jeden Sonntagmorgen in die Kirche und in die Gospel Hall am Sonntagabend, dazu das Regiment zittriger elektronischer Klänge einer Hammondorgel, Lieder in einer Dur-Tonart von deprimierender Vorhersagbarkeit und ein Prediger, der über den Herrn Jaysus spricht und seiner Zuhörerschaft flehentlich die Wiedergeburt durch Umkehr ans Herz legt, und das in einem Akzent, der irgendwo zwischen Aghadowey und Texas anzusiedeln wäre. Rote Vorhänge und Kissen und Kiefernholzmöbel und Lächeln und Begrüßungen und Händeschütteln von Gleich- zu Gleichgesinntem. Und es sind alles nette Leute, wirklich und wahrhaftig.

Die meisten in Mitchellstown haben keine Ahnung von dieser Parallelwelt, aber ich kenne sie von der Familie meiner Mum her. Das ist etwas, worin sie sich geborgen fühlt, dem sie sich aber niemals hingibt, wenn mein Vater anwesend ist, genauso wenig wie dem Dialekt, den sie nur bei den Mayberrys benutzt. Tante Letties Vorstellung von einem schönen Abend ist der Besuch des Gotteshauses in Killymena an einem Sonntagabend. Als Teenager bin ich mit meiner Mutter ein paarmal hingegangen. Beim letzten Mal hatten sie gerade neue Stühle aufgestellt anstelle der Bänke, die sie zuvor hatten. Lettie war so dick, dass sie gleich zwei brauchte; sie saß mit rotem Gesicht da und guckte durch die Gegend und kicherte die ganze Zeit.

Ungefähr ein Jahr nach Beginn der Unruhen überflutete diese Bewegung die Städte. Zuvor ging man zur Youth Fellowship, wenn man Spaß haben wollte. Zum Tischtennis, zu Ausflügen, zu Partys. Zu den Mädels. Dann plötzlich waren sie alle »bekehrt« und »wiedergeboren« und machten ein Mordsding daraus. Fielen auf die Knie in ihren Küchen und Gärten oder wo auch immer und flehten den Herrn an, er möge in ihr Leben treten. Gingen nach der Erweckungsandacht zum Prediger hin. Legten Zeugnis ab vor der Youth Fellowship. Liefen mit einem demonstrativen Lächeln durch die Welt. Auch Matt. Wir haben immer über sie gelacht, Molly und ich. Wir haben immer gesagt, das sei wie in dem Film *Invasion der Körperfresser*, wo Aliens aus dem Weltraum die Körper der Stadtbewohner in Besitz nehmen und keiner weiß, wen es erwischt hat und wen nicht.

Und dann hat es Molly erwischt.

Allmählich kriege ich den Dreh mit dem Deutsch raus, was mir in der Schule oder an der Uni nie so recht gelungen ist. Jetzt beantwortet keiner mehr meine deutschen Fragen auf Englisch oder extra langsam. Ich spreche sogar ein wenig fränkischen Dialekt. »Gell«, fügt man hier jeder Behauptung hinzu. »Nooh!« sagt man, wenn man bei irgendetwas zustimmt. Die Franken können kein T oder P sprechen; die Konsonanten klingen alle butterweich. Mein Vermieter spricht seinen Vornamen »Bejder« aus, wie alle anderen auch. Ich mag das Fränkische. In dieser Identität am Rande der Hochsprache, die es einem zuweist, fühle ich mich geborgen, sie ist mir vertraut.

»Das ist doch verrückt, Mr. Dalzell«, sagt Ulli.

Seine Freundin Biggi nickt. »Das ist ja wie im Mittelalter. So primitiv.« Sie sind beide wieder gleich angezogen, dieses Mal mit handgestrickten grünen Rundhalspullovern und Jeans.

Reihenweises Kopfnicken. Zwar sind Ulli und Biggi oft die Meinungsführer, was in diesem Fall jedoch nicht nötig ist, denn wenn es um Nordirland geht, ist die Klasse stets einer Meinung. »Ja«, sagt ein anderer. »In Deutschland wäre es undenkbar, dass eine Religion über die andere herfällt.«

Diese Kids sind aufgeweckt und gut informiert, und ihr Englisch ist um Klassen besser, als es mein Deutsch in der Schule war. Was ich ihnen aber nicht sagen werde. »Eigentlich geht es gar nicht um Religion«, erkläre ich ihnen.

»Worum geht es denn dann?«

»Darum, wer das Sagen hat.«

»Aber, Mr. Dalzell, die Protestanten unterdrücken doch die Katholiken.« Seit ich ihm damals nicht erlaubt habe, mich zu duzen, hat er sich eine besondere Art zugelegt, »Mister Dalzell« zu sagen, die nicht direkt unverschämt, aber auch nicht der Gipfel an Hochachtung ist.

»Na ja, nicht so richtig. Früher vielleicht. Ein bisschen.«

»Aber dieser Paisley«, sagt Biggi.

»Na gut, der schon.«

»Mr. Dalzell, Sie sagten, Sie hätten keine katholischen Freunde.«

»Ja, na ja, das stimmt schon, aber das ist nicht die ganze Wahrheit. Die Katholiken haben auch keine protestantischen Freunde.«

»Warum nicht? Wir hier sind alle Freunde, egal, ob wir Katholiken oder Protestanten sind.«

»Na seht ihr, da haben wir's. Das ist ja vielleicht das Ausschlaggebende. Wir gehen nicht in die gleichen Schulen. Wir gehen nicht in die gleichen Clubs. Wir treiben nicht mal den gleichen Sport.«

»Auch nicht Fußball?«

»Fußball schon, aber nicht im selben Team. Es gibt protestantische Clubs und katholische Clubs. Protestantische Ärzte und katholische Ärzte. Protestantische Geschäfte und katholische Geschäfte. Protestantische Kneipen und katholische Kneipen. Protestantische Urlaubsorte und katholische. Protestantische Autos und katholische Autos.«

»Nein, echt? Jetzt nehmen Sie uns aber auf den Arm, Mr. Dalzell?«

»Nein, tu ich nicht.«

»Was ist denn ein katholisches Auto?«

»Der Käfer. Ich habe Freunde, die behaupten, der Papst kriegt Prozente von jedem verkauften Käfer, weshalb jeder, der einen fährt, ein Katholik sei. Das ist selbstverständlich völliger Blödsinn, aber es stimmt, dass von allen Käfer-Eigentümern, die ich kenne, keiner ein Protestant ist.«

»Und ein protestantisches Auto?«

»Alle britischen Marken. Man kann es tatsächlich so zusammenfassen: Jeder, der eine britische Marke fährt, ist vermutlich Protestant, und jeder, der eine ausländische Marke fährt wie Mercedes oder Volvo oder Peugeot, was auch immer, ist wahrscheinlich Katholik. Es stimmt nicht in jedem Fall, aber als Faustregel erfüllt es seinen Zweck.«

»Das ist verrückt.«

»Das ist Tatsache. Ich kann nach kurzer Zeit immer sagen, ob mein Gesprächspartner Protestant oder Katholik ist.«

»Vom Aussehen her?«

»Nein, das ist was Instinktives. Lasst mich überlegen.« Diese Kids bringen mich dazu, mir zu wünschen, dass mir die Geschichten in meiner Heimat selbst klarer bewusst wären, und sie zwingen mich, mehr darüber nachzudenken, als ich das je tat. Wenn das, wofür sie uns nordirische Protestanten halten, nämlich für eine faschistische Spezies, die man mit den Nazis, militanten Buren und dem Ku-Klux-Klan in einen Topf werfen kann, nicht der Wahrheit entspricht, was ist dann die Wahrheit?

»Da ist zunächst mal der Akzent. Menschen, die einen sehr ausgeprägten ländlichen Akzent haben, sind eher Protestanten. Dazu kommt, ob es, nachdem man eine Weile miteinander geredet hat, Themen gibt, über die man nicht redet, die man umgeht.

Wie Politik, selbstverständlich, aber auch andere Sachen. Schulen. Was wir in unserer Freizeit machen. Was glaubt ihr, warum die Iren so viel übers Wetter reden? Das tun sie deshalb, weil sie im Verlauf der Unterhaltung ein kontroverses Thema berührt und erkannt haben, dass sie unterschiedlichen Religionen angehören. Das Wetter ist ein unverfängliches Thema. Es gibt kein katholisches oder protestantisches Wetter.«

»Herr Dalzell?« Der Hausmeister schwingt in einer Vorwärtskurve um den Türpfosten herum. »Telefon.«

Nur sein oberes und unteres Ende sind sichtbar: der Kopf, der gefährlich wackelig auf einem langen Hals balanciert, und seine gleichermaßen langen Füße, was ihm das Aussehen einer Bogenleuchte verleiht. Toni nennt ihn »das Insekt«.

Ich folge ihm zu dem kleinen Raum neben dem Haupteingang, wo er Zeitung liest und gegenüber jedem, der vorbeikommt, den Zustand der Welt beklagt. Er deutet auf den schwarzen Apparat auf dem Telefonbuch.

Ich nehme den Hörer auf. »Ja?«

»Du kannst Englisch sprechen, John, ich bin's, Teresa. Entschuldige, dass ich dich aus dem Unterricht geholt habe, aber wir haben unsere Telefonnummern nicht ausgetauscht.«

»Ich habe gar kein Telefon. Und ich weiß noch nicht mal, wo du steckst.«

»Ich habe auch keins. Aber ich bin nur eine halbe Stunde von dir entfernt, sagt Norbert jedenfalls, in Bamberg. Ich wollte dir nur sagen, dass wir am Samstag in deine Gegend kommen. Norbert will Wein einkaufen, und wir werden durch Burgbernbach fahren, mehr oder weniger, und ich dachte, vielleicht hättest du Lust, uns zu begleiten.«

»Super. Komisch, dass du gerade jetzt anrufst. Wir sprechen im Unterricht soeben darüber, dass daheim Protestanten und Katholiken nie über was reden.«

»Nie worüber?«

»Ach, egal. Wann holt ihr mich ab?«

Der Schulleiter Herr Delius, Herr Kraus, die Religionslehrerin Frau Kern und der Hausmeister stehen um ein Riesendurcheinander im Foyer herum. Es sieht nach aufgeplatzten Mehltüten aus, nein, stopp, unter das Mehl sind noch Glasscherben gestreut und Stücke von Stacheldraht und Kleckse von etwas Rotem. Blut. Oder Ketchup. Ein Schülerstreich? Vandalismus? Auf einer an die Wand gehefteten Tapetenrolle heißt es: »Burgbernbach, 9. November 1938«. Aha. Toni schon wieder. Herbert weiß bestimmt mehr. Ich besuche ihn in seinem Klassenzimmer, wo er gerade Zeitung liest und auf seine Schüler wartet.

»Was führt denn Toni da im Schilde?«

Er wedelt mit der Hand. »Ein Projekt mit ihrer AG Kunst. Gestern Abend vor fünfunddreißig Jahren war die Reichskristallnacht. Die Nacht, in der in ganz Deutschland Juden verhaftet, ihre Geschäfte verwüstet und ihre Synagogen niedergebrannt wurden. Für die Juden war es der Anfang des Weges nach Auschwitz.«

»Hat sie sich das genehmigen lassen?«

»Offenbar nicht.«

Nach Unterrichtsschluss um ein Uhr ist eine außerordentliche Lehrerkonferenz anberaumt worden. Das Lehrerzimmer ist voll. Kein Geplauder wie sonst, keine Gespräche über Pläne für die bevorstehenden Ferien, nur eine Art gedämpfter Spannung im Hinblick auf das, was kommt. Die einzigen freien Plätze sind die bei Toni. Sie hält den Blick auf eine Tasse Kaffee gerichtet, rührt ständig darin herum, als würde sich das Objekt ihrer Hingabe bei entsprechendem Eifer in etwas völlig anderes verwandeln. Abgehärmt und bleich sieht sie aus, als hätte sie schlecht geschlafen. *Alt.*

Herr Delius eröffnet die Konferenz. »Wir sind hier, um darüber zu befinden, ob diese Ausstellung, falls es sich denn um eine solche handelt, im Foyer der Schule gezeigt werden darf, eine Angelegenheit, welche übrigens von Kollegin Klein auf dem üblichen Dienstweg im Vorfeld hätte abgeklärt werden sollen.«

Herr Kraus meldet sich. »Diese Ausstellung ist eine Schande, und im Foyer der Schule ist für so was kein Platz.«

»Ich begreife diese ganze Aufregung nicht«, sagt Herbert. »Die Ausstellung hat einen historischen und einen künstlerischen Wert. Und sie richtet keinen Schaden an.«

»Sie richtet sehr wohl Schaden an«, sagt Herr Kraus. »Sie sorgt in der Schülerschaft für Unruhe.«

»Und außerdem ist das weder Kunst noch Geschichte, sondern primitivste Nestbeschmutzung«, sagt Frau Kern. Ihr blondes Haar ist zu einem straffen Knoten auf dem Kopf gebunden. »Es wird höchste Zeit, dass sich der Kunstunterricht an dieser Schule mit dem wahren Schönen befasst.«

Herr Kraus nickt emphatisch und mit schwabbelnden Hängebacken. »Man sollte endlich einen Schlussstrich unter diese Epoche ziehen, es kann doch keiner mehr dieses Zeug hören.«

»Ich denke, wir sollten das aus einem anderen Blickwinkel betrachten«, sagt Herr Delius. »Natürlich ist die Ausstellung gerechtfertigt, besonders im Bereich der Kunst. Aber Sie werden mir sicher zustimmen, Kollegin Klein, dass Kunst einen universellen Geltungsanspruch erfüllen muss. Dessen natürliche Feinde sind Beschränkungen und Behinderungen.« Er macht eine Würgebewegung mit den Händen. »Wenn also, liebe Kollegin Klein, diese Ausstellung in Ihr Fachgebiet fällt und demzufolge Kunst und kein Geschichtsprojekt ist, dann sollte sie stärker abstrahieren. Ohne Überschriften und Titel. Ein aufschlussreicher

Kommentar zu Gewalt im Allgemeinen wäre denkbar. Zum Krieg in Vietnam beispielsweise.«

Es gibt zustimmendes Gemurmel.

»Oder zur Gewalt in Nordirland«, sagt Kraus.

»Genau«, sagt Delius. »Vielleicht könnte Herr Dalzell …«

»Was?«, frage ich.

Kurzes Klopfen an der Tür, und gleich darauf erscheint der Kopf des Hausmeisters, der auf dem langen Hausmeisterhals balanciert.

»Die Putzfrauen möchten wissen, ob sie das Zeug wegräumen sollen.«

»Kleinen Moment, Herr Hausmeister«, sagt Delius.

Der Kopf des Hausmeisters verschwindet wieder.

»Da diese Ausstellung von der Fachschaft Kunst initiiert wurde, werde ich sie unter den bereits genannten Auflagen genehmigen«, sagt Delius. »Aber nicht als ein Projekt des Geschichtsunterrichts.«

»Es hat seinen Zweck erfüllt«, sagt Toni. »Ich werde es wegräumen.«

Herr Delius spreizt die Hände. »Das wär's dann also.«

»Das war knapp«, sage ich zu Herbert und Toni. »Danke, lieber Gott, für den Hausmeister.«

»Trotzdem muss man Delius bewundern«, sagt Herbert. »Deshalb könnte ich auch nie Schuldirektor sein.«

»Kunst ist vergänglich«, sagt Kraus. Vereinzeltes Kichern. Alles löst sich auf, Unterhaltungen kommen in Gang.

»Arschloch«, sagt Toni.

»Nimm's nicht zu schwer«, sagt Herbert.

»Was – das da?«, sagt sie, als wäre sie nie auch nur auf den Gedanken gekommen. »Du glaubst, dass ich mir deswegen einen Kopf mache? Pffff. Es hat wirklich seinen Zweck erfüllt. Wegen Rolfi mach ich mir einen Kopf.«

»Neue Unterhose?«, frage ich.

»Schlimmer. Ein Kondom. Benutzt. Schwamm in der Toilette. Er hat sich nicht mal die Mühe gemacht, es hinunterzuspülen. *Ja, ja, die Kunst ist vergänglich. Und die Liebe auch.* Am schlimmsten ist, dass ich jetzt nicht mehr weiß, wo ich am Wochenende hin soll.«

# 9

Norbert hat einen weißen Ford Taunus mit einem »Atomkraft – nein danke«-Aufkleber und Schonbezügen aus Fell. Teresa und ein dünnes Mädchen mit strähnigem blondem Haar namens Dagmar sitzen hinten im Fond, als ich – von Norberts blechernem Hupsignal herbeizitiert – herunterkomme. Zu meiner Überraschung und ohne Kommentar vonseiten Norberts stellt sich Dagmar selbst als seine Freundin vor. Wir brechen zum Weinbaugebiet auf, und Norberts leere Weinflaschen klirren in der Kiste im Kofferraum.

»Was für deutsche Weine kennt ihr denn so?«, fragt Norbert.

Ich sage: »Liebfrauenmilch.«

Von hinten steuert Teresa bei: »Blaue Nonne.«

»Und Goldener Oktober.«

»Und Piesporter.«

»Warum sagt ihr nicht gleich, dass ihr keine Ahnung habt«, kommentiert Norbert.

Die Gegend ist jetzt wirklich schön, eine Landschaft mit runden Hügelkuppen und Anhöhen, deren waldbestandene Kämme sich gerade gelb, braun und rot verfärben. Bald sehen wir die ersten Weinberge. Die Rebstöcke sind noch grün und schlängeln sich wie kräftige Schösslinge die Hügel hinauf.

»Die Vegetation, die als Letzte austreibt und als Letzte welkt«, sagt Norbert.

Wir kurven durch die Weinlandschaft bis zu einem Ort namens Bullenheim und schauen bei einem Weinanbauern vorbei, den Norbert kennt. Ich hatte mir einen dunklen Keller mit Holzfässern und Spinnweben vorgestellt, aber der Raum, in dem der Wein produziert wird, gleicht eher einer Molkerei, nichts als Stahltrommeln und Rohre. Man durchquert ihn auf dem Weg in die Küche, wo der Wein verkostet wird.

Am Tisch sitzt die Oma und liest eine Fernsehzeitschrift. Ihr Sohn, der Weinbauer, schickt sie in andere Regionen des Hauses und verräumt ihre Lektüre.

»Jetzt streng dich gefälligst an, dass du uns mit deinen Weinen nicht enttäuschst«, sagt Norbert. »Wir haben ausländische Gäste dabei.«

»Aus Italien?«, fragt der Bauer, ein hoch aufgeschossener, schlaksiger Bursche namens Willi, und sieht dabei Teresa an.

»Nein, aus Irland«, sagt Norbert.

»Aus Irland, so, so. Gäste aus Irland hatten wir noch nie. Also, er hier schaut ja wie ein Ire aus, aber sie …«

»Na, da sieht man wieder mal, wie man sich täuschen kann. Sie ist eine echte Irin, er nicht.«

»Natürlich ist John ein Ire«, sagt Teresa.

»Ich dachte, er wäre Brite«, sagt Norbert.

»Brite, ja«, sage ich. »Und auch Ire. Wie die Schotten. Sie sind Schotten und Briten. Oder wie du. Du bist Bayer und Deutscher.«

Norbert will davon nichts wissen. »Ich bin gar nichts. So denke ich nicht. Das ist die Art von Denken, die wir uns abgewöhnen müssen.«

»Und wer hat mit diesem Gerede angefangen?«, frage ich.

»Wir sind Europäer«, sagt Dagmar.

»Das ist richtig«, sagt der Bauer.

»Ich bin schon jetzt ganz erschöpft. Ich setze mich hin«, sagt Teresa und rutscht um den Tisch herum in die Ecke. Damit zwingt sie Norbert zu einem Platzwechsel, aber der hatte sich ungünstig drüben beim Bauern positioniert, weshalb ich mich ohne Umschweife neben sie setze. Dagmar rückt von der anderen Seite zu ihr auf und lässt so den äußeren Sitzplatz für Norbert übrig, den er ungnädig einnimmt.

Teresa hat Jeans an und ein sehr vorteilhaftes gelbes T-Shirt; beides steht ihr ausgezeichnet und bringt ihren gesunden Teint gut zur Geltung. Kein Wunder, dass Willi sie für eine Italienerin hielt.

»Tolle Bräune. Wie kommt's?«, frage ich.

»Wir waren im Sommer in Spanien.«

»Aha. Wer ist wir?«

»Ich und mein Freund.«

»Oh.«

»Mein Exfreund.«

»Okay.«

»Schön«, sagt Norbert. »Dann fangen wir doch mal mit dem Wein an, der für die Region hier typisch ist, einem Müller-Thurgau. Der schmeckt normalerweise erdig und trocken, mit einem fruchtigen Beigeschmack.«

Auf dem Tisch stehen eine Batterie von Weinflaschen, kleine Gläser und ein Körbchen mit Brot. Norbert macht eine Flasche auf, gießt etwas Wein in sein Glas, lässt ihn darin kreisen, hält ihn gegen das Licht, beschnuppert ihn, macht ein Gewese, nimmt einen Schluck, schiebt ihn im Mund umher und gurgelt damit, als wäre es Mundwasser, schluckt ihn hinunter, schaut zur Decke hinauf und sagt »Ah«.

Ich sehe Teresa an. Unterdrückt sie ein Lächeln? Sie nimmt ihr Glas. »Prost«, sagt sie.

»Prost«, sagt Dagmar.

»Prost«, sage ich.

»Sláinte«, sagt Norbert.

Wir trinken.

»Ihr kippt den Wein runter wie Bier«, sagt Norbert. »Ihr müsst schlürfen, nicht schlucken.«

»Wir hatten letzte Woche kaum Gelegenheit, miteinander zu reden«, sagt Teresa. »Gefällt es dir in Burgbernbach besser?«

»Es ist okay. Es ist nur so, dass es keinen allzu großen Unterschied zu Mitchellstown gibt. Von den Bomben jetzt mal abgesehen.«

»Na, das ist ja schon mal ein ziemlich großer Unterschied, oder?«

»Tja, da hast du recht. Ich hätte sagen sollen, dass es keinen allzu großen Unterschied zu dem Mitchellstown von früher gibt. Das Leben in Mitchellstown hat sich so radikal verändert, dass man sich kaum mehr daran erinnert, wie es früher war. Aber weißt du was?«

»Was?«

»Ich fange allmählich an, mich zu fragen, ob das bloß eine protestantische Perspektive auf die ganze Angelegenheit ist.«

»Wie meinst du das?«

»Die Idee, vor den Unruhen sei alles gut und schön gewesen.«

Teresa hält ihr Weinglas am Stiel und schwenkt den Inhalt hin und her. »Am Telefon hast du gesagt, du hättest mit deiner Klasse darüber geredet, dass sich Protestanten und Katholiken nie über gewisse Sachen unterhalten.« Sie hat die ganze Zeit ihr Weinglas betrachtet, aber jetzt sieht sie mich direkt an. »Was für Sachen?«

»Also, was haltet ihr jetzt von diesem Wein?«, fragt Norbert.

»Recht nett«, sagt Teresa.

»Yeah«, stimme ich zu.

»Und nun zum Silvaner«, sagt Norbert. »Jetzt habt ihr mal Gelegenheit, einen richtig guten Tropfen kennenzulernen an Stelle des Zuckerwassers, das ihr zwei für Wein haltet. Trinkt mal aus.«

Wir leeren den Müller-Thurgau, und Norbert schenkt uns neue Gläser mit Silvaner ein.

»Sachen wie die Unruhen«, sage ich. »Wie's für einen war, in Mitchellstown aufzuwachsen. Ob man diskriminiert wurde. Was man über die Bombenkampagne der IRA denkt. Ob die protestantische Mehrheit das Recht hat, britisch zu bleiben. Solche Sachen.«

»Eine ziemliche Liste. Wo fangen wir also an?«

»Such dir was aus.«

»Schön. Dann fangen wir mit dem 12. Juli an, an dem ihr stolzen Protestanten euren Sieg vor dreihundert Jahren über uns armselige Katholiken feiert.«

»O Gott.«

»Du hast es dir gewünscht. Ich denke da an einen ganz besonderen, den ich nie vergessen werde. Wir sind jedes Jahr am 12. Juli irgendwohin gefahren. An dem Tag waren wir gerade auf dem Heimweg vom Strand in Portballintrae. Das dürfte so 1965 oder 66 gewesen sein. Wart mal, die Zwillinge hatten gerade Schwimmen gelernt, das heißt, sie waren acht, also war es 1965.«

»Die Zwillinge?«

»Ja. Wusstest du das nicht? Malachy und Seamus sind Zwillinge. Wie auch immer, du weißt, dass man die Strecke entweder über Coleraine oder über Ballymoney fahren kann. Also, erst mal hat es im Auto einen heftigen Streit zwischen meiner Mum und meinem Dad gegeben, weil Mum sagte, der 12. werde in Ballymoney gefeiert und wir sollten über Coleraine fahren, und Dad sagte, er finde in Coleraine statt und wir sollten über

Ballymoney fahren. Am Schluss hatte er sich durchgesetzt, und wir fuhren über Ballymoney.«

»Und dort fand dann der Umzug statt.«

»Ganz genau. Die Autos und Busse waren schon Meilen vor dem Ort geparkt, und meine Mutter tobte und sagte, mein Vater hätte das wissen müssen und er solle umkehren, woraufhin er sagte, bin ich denn ein Oranier oder was, dass ich das weiß, und jetzt sei es zum Umkehren zu spät. Wir fuhren so weit nach Ballymoney hinein, wie wir konnten, das heißt, bis zu der Stelle, wo ein stämmiger Polizist mit weißen Handschuhen den Verkehr anhielt, aber einen Verkehr gab es eigentlich gar nicht, bloß unser Auto. Wir alle innen drin, der stämmige Polizist, der uns den Weg versperrt, die Musikkapellen auf der gegenüberliegenden Seite, und die Menge in unserem Rücken, die uns beobachtet. Und ich konnte spüren, wie uns der Hass entgegenschlug, weil sie alle wussten, dass wir Katholiken waren, denn niemand sonst würde versuchen, durch den Umzug des Oranierordens hindurchzufahren. Keiner im Auto sagte ein Wort, und mir war klar, dass wir alle das Gleiche dachten. Ich konnte spüren, wie sich der Hass hinter uns steigerte, ich wusste, dass gleich etwas passieren würde. Und schon gab es einen Knall, und das Rückfenster flog uns Kindern um die Ohren. Jemand hatte eine Bierflasche geworfen. Chaos. Seamus fing an zu schreien und zu weinen, mein Vater fuhr einfach los, der Polizist sprang aus dem Weg, ein dicker Mann mit einer riesigen Trommel stolperte in die Seite unseres Wagens und fiel auf den Hintern, die beiden Männer, die das Votivbanner trugen, hielten zwar gerade noch rechtzeitig an, aber die Fahne flog übers Wagendach, und dann waren wir durch und drüben auf der anderen Seite, und der nächste Polizist sprang aus dem Weg, und wir machten uns durch zwei Reihen brüllender Menschen aus dem Staub. Was die nicht alles geschrien haben. ›Scheiß Katholen‹, ›scheiß auf den Papst« und so weiter. Sie warfen Steine und Büchsen. Nach diesem Tag blieben wir am 12. immer zu Hause. Ein komischer Tag, wenn du weißt, du kannst nirgendwohin, als wärst du im Besenschrank deines eigenen Hauses eingesperrt und würdest mit anhören, wie Fremde in deiner Wohnung randalieren.«

»Vielleicht hast du dir das alles nur eingebildet, diesen Hass, der euch aus der Menge entgegenschlug.«

»Die Bierflasche habe ich mir nicht eingebildet. Marke *Double Diamond*.«

»Vielleicht ist da einfach irgendwas eskaliert. Ich meine, da sehen die Menschen, wie ihr ihren heiligen Umzug unterbrecht, mitten hindurchfahrt und andere Leute umschmeißt.«

»Da ist mit Sicherheit was eskaliert.«

»Was für ein Auto hattet ihr?«

»Einen Volkswagen. Was hat das damit zu tun?«

»Nichts. Ich bin nie bei einem Oranierumzug gewesen. Um diese Zeit machen wir immer Urlaub im Donegal.«

»Das ändert an der Sache aber nichts, ob du dabei bist oder nicht.«

»Für uns hat das allerdings schon einen Unterschied gemacht.«

»Sieht so also deine Lösung für den Norden aus? Dass jeder am Zwölften in Urlaub geht?«

»Nein, natürlich nicht.«

»Was haltet ihr von dem?«, fragt Norbert.

»Ich schmecke keinen Unterschied, um ehrlich zu sein«, sage ich.

»Ihr müsst zwischen den einzelnen Sorten ein wenig Brot kauen, um eure Geschmacksknospen zu neutralisieren.«

Wir tun es.

»Ich mag dieses Sauerteigbrot«, sagt Teresa. »Ich wünschte, wir könnten es bei uns daheim bekommen. Jetzt bist du dran.«

»Na gut. *Doherty's* Fahrradgeschäft.«

»Wie bitte?«

»Jeder weiß, dass sich dort die IRA-Leute von Mitchellstown treffen.«

»Also ich nicht. Ich dachte, das sei nur ein Fahrradgeschäft.«

»Wir haben aufgehört, unsere Räder dorthin zur Reparatur zu bringen, weil man nie wusste, ob man nicht in einen Kreis von Männern platzt, die gerade besprechen, wie sie dein Haus in die Luft jagen.«

»Jetzt mach mal halblang.«

»Wirklich. Da war immer dasselbe kaputte Fahrrad auf den Kopf gestellt, und alle saßen drum herum und haben es angestarrt, als wollten sie es per Fernheilung oder so reparieren, und jedes Mal herrschte ein großes verlegenes Schweigen. Leute, denen man auf der Straße begegnete. Leute, die zu uns in den Laden kamen. John Joe McGrath, von dem wir Brennholz kauften. Seamus Logan, der den Schuppen hinter unserem Haus gebaut hat.«

»Woher weißt du, worüber die geredet haben? Vielleicht nur über Fußball oder Pferde.«

»Auch da schlug uns was entgegen.«

»Aha.«

»Außerdem gingen John Joe McGrath und Seamus Logan wegen der ersten Bomben in Mitchellstown ins Gefängnis.«

»Wie wollt ihr zwei euer Deutsch verbessern, wenn ihr die ganze Zeit englisch redet?«, fragt Norbert.

»Von dir lernen sie sowieso kein Deutsch«, sagt Dagmar zu Norbert. »Du sprichst ja bloß fränkisch.«

»Eigentlich finde ich es gut, einen Dialekt zu lernen«, sagt Teresa. »Dieses Gefühl, sich am Rand einer Sprache einzunisten, hat für mich etwas Vertrautes und Behagliches.«

»Für mich auch.« Mir gefällt, wie sie die Unterhaltung über zu Hause in andere Gefilde gesteuert hat. Als wollte sie mir auf einer anderen Ebene begegnen als auf der vom Schicksal für uns vorherbestimmten.

»Hast du nicht mal gesagt, du wärst Planxty-Fan?«, frage ich sie.

»Oh, yeah«, sagt Teresa. Und mit glasklarer Stimme beginnt sie zu singen. »*Sorrow and sadness, bitterness, grief …*«

Bei mehrstimmigem Gesang konnte ich schon immer mühelos mittun, und so falle ich ein.

»*Memories I have of you, won't leave me in peace,*
*My mind is running back to the West Coast of Clare,*
*Thinking of you, times we had there.*«

»O ja, toller Song«, sage ich in die Stille, bevor es peinlich wird.

»Kennst du schon ihre neueste Platte, *The Well Below the Valley*?«, fragt Teresa.

»Nein. Taugt sie was? Irgendwas Schönes, Langsames drauf mit Mandolinen?«

»Ja, wieder ein feiner Song von Andy Irvine über unerwiderte Liebe.«

»Na prima, ab und zu brauchen wir doch alle ein bisschen Erwiderung.«

Sie lacht. Sie lacht wieder genauso, wie ich es von damals im Bus in Erinnerung habe. Wie sie so spontan den Kopf hochwirft und die Augen schließt. Wie sie sich vollständig ihrem Lachen hingibt. Sich etwas Größerem anvertraut. Eine Mischung aus Grazie und Hingabe, verpackt in einer schönen Figur. Diese wundervollen Schenkel in ihren Jeans und die hübschen kleinen Füße in Stiefeln, deren Spitze ein ganz klein wenig nach oben zeigt. Ihre hinreißenden Unterarme.

Norbert starrt mich an. Nicht gerade freundlich.

Ich starre zurück.

Dagmar sagt etwas zu ihm.

Darauf er: »Wir versuchen hier, eine allgemeine Unterhaltung zu führen. Du sprichst immer nur mit mir.«

Dagmar sagt zunächst gar nichts und bläht kurz und heftig die Nasenflügel auf. Dann sagt sie: »Deine Vorstellung von einer allgemeinen Unterhaltung besteht darin, dass du Teresa ununterbrochen mit etwas volllaberst. Aber sie will gar nicht mit dir reden. Ist dir das noch nicht aufgefallen?«

»Halt die Klappe, du blöde Kuh«, sagt Norbert. »Du bist ja bloß eifersüchtig.«

Zack.

Ihr Kopf fährt herum, als hätte sie eine Ohrfeige bekommen, und ihr Mund steht offen.

»Ich glaube, wir fahren besser wieder«, sagt Teresa.

»Sie sind doch der junge Beck, nicht wahr?« Die Oma ist wieder in der Küche aufgetaucht, stützt sich mit einer Hand am Türpfosten ab und mit der anderen auf einem Gehstock. »Von drüben überm Berg. Der Norbert Beck?«

Norbert nagt an seiner Unterlippe, als müsse er überlegen. »Der bin ich.«

»Ich habe erst neulich mit Ihrer Tante gesprochen. Beim Einkaufen in Uffenheim. Sie sagte, Sie kämen nie nach Hause. Sie haben sie heute doch bestimmt besucht, oder?«

»Na klar«, sagt Norbert und trinkt sein Glas aus. »Will jemand Wein kaufen? Wenn nicht, dann fahren wir jetzt.«

»Du warst doch derjenige, der Wein kaufen wollte«, sagt Dagmar.

»Ich habe mir meinen Wein natürlich daheim in Uffenheim besorgt. Hast du das nicht mitbekommen? Sind alle startklar?«

Ungeordneter Rückzug. Die Weinbauern sind etwas ungehalten, dass wir nichts kaufen, und das zu Recht. Schließlich haben wir etwa vier Flaschen getrunken.

»Ich wusste gar nicht, dass deine Verwandtschaft Wein herstellt. Warum sind wir nicht dorthin gefahren?«, fragt Teresa draußen. Norbert lächelt bloß, als gäbe es da etwas, das zu verstehen nur er klug genug ist.

Teresa sucht noch die Toilette im Hof auf; Norbert und Dagmar beginnen derweil eine gedämpfte Auseinandersetzung und zischen sich gegenseitig an, weshalb ich mich in der Hoffnung auf dem Rücksitz niederlasse, Teresa während der Heimfahrt neben mir zu haben.

Bis ich Norberts erhobene Stimme höre: »Ich habe es dir schon mal gesagt, dass der Gast immer vorne sitzt, und das war auf dem Herweg dieser …, wie heißt er doch gleich wieder, und jetzt ist es Teresa.«

»Ich bin genauso ein Gast«, sagt sie.

»Ich will dich nicht neben mir sitzen haben.«

Sie klettert zu mir nach hinten, macht einen Buckel und sieht zum Seitenfenster hinaus.

Teresa kommt zu uns, setzt sich auf den Beifahrersitz, und wir fahren los. Norbert fängt an, auf sie einzuquasseln. Ich kann von hinten nicht hören, was er sagt, aber ich glaube, es hat mit der Schule zu tun. Ich warte auf eine günstige Gelegenheit, mich einzumischen und zu fragen, wann ich die Planxty-LP haben könnte, oder um ein neues Treffen oder einen Ausflug vorzuschlagen, aber Norbert hält einfach nicht den Mund. Nach einer Weile hört Dagmar auf, zum Fenster hinauszuschauen, und beginnt, mich anzusehen und an ihren Haaren herumzuzupfen und sie zu zwirbeln. Dann berühren sich unsere Oberschenkel, anschließend legt sie ihren Kopf an meine Schulter, als wollte sie schlafen, doch kurz darauf spüre ich ihre Hand auf meinem Oberschenkel, und ihr kleiner Finger tastet sich immer weiter nach oben in die Nähe meines Reißverschlusses. Als Nächstes dreht sie mir ihr Gesicht zu, reibt ihre Wange an meiner und fängt an, mich zu küssen. Ich rutsche von ihr weg, und da beginnt sie tatsächlich zu weinen, in großen, gequälten Schluchzern, und als ich aufblicke, sehe ich Norbert, wie er uns über den Rückspiegel beobachtet, die Augen optisch vergrößert und kalt und wissend, als wären wir Fische in seinem Aquarium.

Niemand sagt ein Wort, bis wir in Burgbernbach ankommen. Teresa muss aussteigen, um mich hinauszulassen, und als sie sich schon wieder abwendet, um einzusteigen, sage ich noch: »Wegen der Schallplatte. Ich dachte, ich könnte vielleicht nächstes Wochenende nach Bamberg kommen.«

Sie dreht sich noch nicht mal um. »Ich habe es mir anders überlegt«, sagt sie. »Ich verleihe meine Platten nicht. Ich will nicht, dass sie zerkratzt werden.«

»Eigentlich würde ich trotzdem gern nach Bamberg kommen«, sage ich, aber Teresa hat die Tür schon zugezogen. Sie fahren davon. Niemand wirft einen Blick zurück.


# 10

Am nächsten Morgen, einem Sonntag, gehe ich zur Telefonzelle beim Rathaus und wähle die Nummer, die Teresa mir gegeben hat. Ihre Vermieterin hebt ab, und nach einer holperigen Erklärung meinerseits wird Teresa an den Apparat geholt.

»Was sollte das denn gestern?«, fragt sie als Erstes.

»Himmel, ich weiß es auch nicht, ich wollte nur höflich sein.«

»Ich glaube, du hast eine übertriebene Vorstellung von dem, was Höflichkeit bedeutet.«

»Sie hat angefangen. Und ich wollte einfach ihre Gefühle nicht verletzen.«

»Besonders gut ist dir das jedenfalls nicht gelungen. Sie hat die ganze Strecke bis Bamberg geheult.«

»Hör mal, zwischen Dagmar und Norbert geht irgendetwas Unergründliches und Verqueres ab, und sie hat versucht, mich gegen ihn zu benutzen, um ihn eifersüchtig zu machen.«

»Aus welchem Grund sollte sie ihn eifersüchtig machen wollen? Die leben doch zusammen.«

»Weil sie die Nase voll davon hat, dass er dir schöne Augen macht.«

Das Schweigen am anderen Ende der Leitung zeigt mir, dass Teresa das noch gar nicht so aufgefallen ist. Schon komisch, wie wir Sachen bei anderen registrieren, aber bei uns selbst nicht.

»Wie war der Rest der Fahrt?«, frage ich.

»Schrecklich. Dagmar saß die ganze Zeit weinend und schniefend auf dem Rücksitz, und niemand hat ein Wort gesprochen.«

»Was machst du heute Abend?«

»Weiß ich noch nicht. Warum?«

»Ich könnte nach Bamberg kommen, und wir könnten zusammen ausgehen.«

»Du bittest mich um ein Rendezvous?«

»Ja.«

»Aha.«

»Also, was hältst du davon?«

»Ich weiß nicht, ob wir das tun sollten.«

»Warum nicht?«

»Mein Dozent hat mich davor gewarnt.«

»Wieso, der kennt mich doch gar nicht.«

»Vor dem einen, das wir auf jeden Fall vermeiden sollten.«

»Und das wäre?«

»In Cliquen mit anderen Briten oder Iren durch die Gegend zu ziehen, als ob wir daheim wären.«

»Bei uns beiden ist das was anderes.«

»Weshalb?«

»Weil wenn wir daheim wären, würden wir nicht zusammen durch die Gegend ziehen. Das weißt du auch.«

»Du meinst, es ist quasi unsere Pflicht, zusammen auszugehen.«

»Genau. Interkonfessioneller Dialog, so was in der Art.«

»Tja, wenn du es so formulierst … Warst du schon mal in Bamberg?«

»Nein.«

»Dann hole ich dich am besten vom Bahnhof ab.«

»Super. Mich hat noch nie jemand von einem Bahnhof abgeholt.«


»Aus weiblicher Sicht gibt das nicht viel her«, sagt Teresa.

»Wohl eher nicht.«

Wir unterhalten uns über *Lord of the Flies*, die Lektüre, die wir beide mit unseren Abschlussklassen lesen müssen.

»Also, ich will das zwar nicht überbewerten, aber in dem ganzen Text kommt kein einziges weibliches Wesen vor.«

»Jetzt, wo du es sagst.«

»Mir fällt nichts ein, was – nach Meinung des Kultusministeriums – Mädchen mit dem Text anfangen sollen. Und eigentlich fällt mir auch nichts ein, was – nach Meinung der literarischen Welt – da für uns Frauen drin sein sollte. Als ich das zum ersten Mal las, kam ich mir vor wie damals, als ich mit meinem Freund und seinen Kumpels zu einem Fußballspiel ging. Diese ganzen unverständlichen Männerrituale. Frauen würden nie so ein Chaos anrichten.«

»Noch zwei Bier, bitte«, rufe ich der vorbeieilenden Kellnerin zu.

»Upps«, sagt Teresa. »Jetzt dauert es bestimmt eine Ewigkeit. Wenn man ›bitte‹ sagt, verwirrt man die Leute hier bloß. Dieses ganze Höflichkeitszeug gilt als unnötiges Getue, als Luxus, als angelsächsische Charakterschwäche. Damit handelst du dir nur Ärger ein. Siehe gestern Abend mit Dagmar.«

»Ich habe sie doch weggeschoben.«

»Zuerst nicht. Und überhaupt: Gehst du nicht angeblich mit Molly Frazer?«

»Nein. Sie ist jetzt bekehrt.«

»Was?«

»Wiedergeboren.«

»Ich wusste gar nicht, dass sie tot war. Entschuldigung, da konnte ich jetzt nicht widerstehen.«

Wir sitzen nebeneinander in der Mitte eines voll besetzten Tisches in einem alten Wirtshaus namens *Schlenkerla* und trinken das wunderbare dunkle Bier. Man nennt es Rauchbier, weil das Malz vor dem eigentlichen Brauen geräuchert wird und dem Bier seinen typischen Geschmack verleiht. Anfangs waren wir beide noch etwas unsicher und verkrampft, aber dieses kleine Lächeln, das sie am Bahnhof aufsetzte, wie eine Verkäuferin, die sich überlegt, ob sie auf das Viertelpfund noch eine Scheibe draufgeben soll, ist stetig größer geworden, seit wir hier gelandet sind, und jetzt leeren wir bereits unser zweites Bier.

»Und wie steht's mit dir und Steve?«, frage ich.

»Ach, wir sind noch immer Freunde, wie man so sagt, wir haben eigentlich nie richtig Schluss gemacht, aber wir haben uns gegenseitig für dieses Jahr freie Hand gelassen, so was in der Art, wie auch immer man dazu sagen will, du weißt schon.« Sie wedelt mit der Hand.

»Nein.«

»Er ist wirklich ganz nett, auf die Art, wie Engländer halt nett sein können, verstehst du. Gute Familie, Vater Anwalt, politisch eher links, jede Menge Sympathie für die Republikanische Bewegung in der ganzen Familie und so weiter, alles sehr ehrenwert und löblich, aber aus unserer Beziehung war einfach die Luft raus. Und außerdem studiert er Mathe und macht im Juni sein Examen, wenn ich noch hier bin, und was dann? Ich muss noch ein Jahr dranhängen, wenn ich zurückkomme, und er wird sonst wo sein. Jedenfalls läuft es letztlich auf das Gleiche hinaus.«

»Auf welches Gleiche?«

»Wie bei dir und Molly.«

»Deine Entscheidung, richtig?«

»Könnte man sagen. Woher weißt du das?«

»Genial geraten.«

Die Kellnerin kommt mit einem Tablett voller Bierkrüge vorbei, steht mit dem Rücken zu unserem Tisch und schaut überallhin, nur nicht zu uns.

»Zwei hierher!«, sage ich. Sie knallt sie vor uns hin.

»Du hast dazugelernt«, sagt Teresa.

»Wirklich schön hier«, sage ich. Und das ist es auch. Balken dick wie Baumstämme stützen die Decke, dunkle Paneele ringsum, ein grüner Kachelofen in der Ecke, gescheuerte Tischplatten aus Holz. Ein Gewirr aus Stimmen, Gelächter und den Geräuschen der Krüge, die auf den hölzernen Tischplatten abgestellt oder umhergeschoben werden; dazu Ellbogen, die einem in die Seite gebohrt, und Hinterteile, die an Schenkel gedrückt werden. Das Lustige dabei ist, dass Teresa und ich uns unter diesem großen Baldachin von Lärm unser eigenes kleines Unterhaltungszelt errichtet haben. Keiner, der auch nur einen halben Meter von uns weg ist, hat eine Chance mitzuhören, was wir reden, und wir können jedes einzelne Wort verstehen, das der andere sagt.

»Und dann bleibt da noch die Frage«, fährt sie fort, »was ich selbst nach meinem Examen mache. Wo ich leben will und so weiter.«

»Und die Antwort?«

»Auf jeden Fall nicht in Nordirland. Ich kann mir nicht vorstellen, dorthin zurückzugehen. Um dort zu leben, meine ich. Sogar mal abgesehen von den Unruhen: Du kannst dort einfach nicht so leben wie in England. Oder wie hier. Das Land ist schlicht zu klein. Dauernd triffst du Leute, die entweder deinen Dad kennen oder jemanden aus deiner Schule. Nach fünf Minuten Unterhaltung steckst du schon in irgendeiner Schublade. Und damit meine ich nicht nur die Religion. Willst du zu Hause leben?«

»Um ganz ehrlich zu sein: Ich tu mein Bestes, um ein Nachdenken über solche Sachen möglichst zu vermeiden.«

»Du brauchst dir doch nur mal vorzustellen, du lebst mit einem Partner zusammen, ohne verheiratet zu sein, wie das die Leute hier tun, ohne dass irgendjemand die Nase rümpft. Bei uns daheim steht gleich der Priester in der Tür, oder in deinem Fall der Pastor, und die Leute reden hinter deinem Rücken in den Geschäften, und deine Eltern sind unglücklich und schämen sich, und du würdest an keiner Schule eine Stelle kriegen, weil derselbe Priester im Schulaufsichtsrat sitzt. Und mal ganz abgesehen davon: Was habt ihr beiden denn so getrieben, du und Molly? Nein, ich meine jetzt nicht das, ich meine so alltägliche Sachen. Ich kann mir da nichts vorstellen. Was macht man als Liebespaar in Mitchellstown? In Canterbury beispielsweise war immer irgendwas los, und falls nicht, dann konnten Steve und ich problemlos ins Pub gehen. Aber zu Hause können wir das eben nicht, stimmt's? Oder in die Disco, wenn es überhaupt eine gäbe.«

Natürlich hat sie recht, es war ja wirklich nie irgendwas los.

»Wir haben das gemacht, was alle gemacht haben«, sage ich. »Sind herumgefahren, meistens. Manchmal runter ans Meer. Haben Chips, Süßigkeiten und Limo gekauft. Haben geraucht. Sind ins Kino gegangen. Wie viele scheiß Filme wir uns angeguckt haben. Und seit sie das Gemeindehaus in die Luft gejagt haben, kannst du nicht mal mehr tanzen gehen. Was hast du so gemacht?«

»Wann?«

»In Mitchellstown. Wenn du mit jemandem ausgegangen bist.«

»In Mitchellstown bin ich nie mit jemandem ausgegangen.«

»Was? Wir wollten alle mit dir ausgehen. Der ganze Bus. Evangelen und Katholen ohne Unterschied.«

»Meine Eltern hätten mich niemals gelassen. Das war einer der Gründe, warum ich nach England gegangen bin. In Mitchellstown habe ich auf dem Hof mitgeholfen und am Küchentisch meine Hausaufgaben gemacht.«

Das erklärt ihr gutes Deutsch. »Hat deine Familie Steve überhaupt kennengelernt? War er jemals bei euch daheim?«

»Nein, natürlich nicht. Ich habe meinen Eltern nie viel von ihm erzählt. Eigentlich so gut wie gar nichts.«

»Hattest du in Canterbury eine Wohnung zusammen mit Steve?«

»Ja, im letzten Jahr.«

»Wussten das deine Eltern?«

»Um Himmels willen, nein! Die wären durchgedreht.«

»Deine Brüder sicher auch. Die haben immer auf der Straße vor eurem Haus patrouilliert und Verehrer davongejagt.«

»Das haben sie nie getan.«

»Das haben sie sehr wohl getan. Ich weiß es, weil ich einer von ihnen war. Ein Bruder von dir hat mir einen Stecken durch die Fahrradspeichen gesteckt und mir gesagt, ich soll abhauen.«

»Upps. Das dürfte Malachy gewesen sein. Der hatte schon immer seinen eigenen Kopf. Was wolltest du damals eigentlich vor unserem Haus?«

»Ich weiß nicht, ich wollte dich einfach nur sehen, wie das halt so ist.«

»Wie was halt so ist?«

»Wenn man verliebt ist.«

»Aha.« Sie sieht mich an, nickt langsam und trinkt einen Schluck Bier. »Aber du bist drüber hinweggekommen.«

»Nach einer Weile.«

»Aha«, sagt sie erneut, nimmt noch einen Schluck, einen großen dieses Mal. »Sollen wir noch woanders hingehen?«

Das *Schlenkerla* ist das älteste Gebäude in der Straße und wird beiderseits von jüngeren, höheren Häusern flankiert. Seine Fachwerkbalken sind so stark gekrümmt, dass es wie ein Betrunkener dasteht, der von zwei nüchternen Kumpanen gestützt wird.

»Los, komm, John, ich will dir was zeigen«, ruft Teresa.

Sie steht schon an der Ecke. Wir gehen nach rechts durch ein Gässchen und kommen am Ufer der Regnitz heraus. Auf der gegenüberliegenden Seite sieht man eine Reihe von Holzhäusern mit steilen Dächern und von unterschiedlicher Größe. In den Fenstern brennen Lichter, die Balkone der oberen Stockwerke blicken über den Fluss, und die Erdgeschosse haben Gewölbebogen. Davor sind Holzbarken festgemacht und schaukeln sanft auf dem Wasser.

»Sie nennen es *Little Venice*, Klein Venedig«, sagt Teresa.

»Ein bisschen Deutsch versteh ich auch«, sage ich.

»Sorry. Ich wollte nicht überheblich sein.« Sie neigt sich ein wenig in meine Richtung, als sie das sagt, und gewährt mir das strahlendste Lächeln des ganzen Abends. Wenn sie das noch einmal tut, bin ich endgültig verloren.

Die Häuser sehen so heimelig aus, dass man denkt, wer auch immer sie bewohnt, muss einfach glücklich sein. Der Fluss windet und wälzt sich schwarz und glitzernd um seine Achse.

Ich sehe gern auf fließendes Wasser. Und auf Feuer. Das beruhigt mich. Bamberg ist der schönste Ort, an dem ich je gewesen bin, was ich aber nicht laut sagen möchte, denn ich bin noch nirgendwo groß gewesen.

»Ist das nicht der schönste Ort, den du je gesehen hast?«, fragt Teresa.

»Genau das habe ich auch gerade gedacht.«

»Ja, wen haben wir denn da?«, ruft eine vertraute Stimme.

Als wir uns umdrehen, sehen wir Norbert und Dagmar auf uns zukommen. Unter der Straßenlaterne zeigt sein Gesicht eine eigenartige Grimasse, als hätte ihm eine dritte Person die Mundwinkel zu einem Lächeln nach hinten gezogen.

»Deshalb warst du nicht daheim«, wendet er sich an Teresa. »Wir haben uns schon gewundert.«

»Du hast dich gewundert«, sagt Dagmar.

»Kommt mit uns auf ein Bier«, sagt Norbert. »Wir gehen in den Jazzkeller.«

»Sorry«, sagt Teresa. »John muss zum Zug.«

»Soll er doch. Er findet den Weg schon allein, nicht wahr, John? Schließlich bist du ein großer Junge.«

Ich spüre, wie hinter meinem Rücken Teresas Hand in meine schlüpft, gleich einem kleinen warmen Tier, das sich Schutz suchend vergräbt. Es fühlt sich einfach wunderbar an, und ich spüre, wie es mir heiß über den Rücken läuft.

»Ich begleite ihn«, sagt sie. »Viel Spaß, ihr zwei.«

»Wie ihr wollt.«

Norbert tritt verstimmt den Rückzug an, Dagmar folgt gesenkten Kopfes. Und Teresas Hand kuschelt noch in meiner. Sie drückt sie leicht und lässt sie dann los.

»Ich muss nicht unbedingt jetzt zum Zug«, sage ich.

Plötzlich lacht sie – ein umwerfendes Ereignis, eine brillante Darbietung.

»Worüber lachst du?«

»Über nichts. Über dich. Über uns. Das sag ich dir ein andermal. Vielleicht. Ich möchte dir noch ein Lokal zeigen. Das *Pizzini*.«

Die Weinstube erstreckt sich über zwei Etagen mit kleinen, abgestoßenen Tischen und alten Teppichen, Stühlen und Sesseln. Einige Tische sind voll besetzt, und über allem schwebt das angenehm ruhige Gemurmel von Unterhaltungen. Über die Stereoanlage ist Leonard Cohen zu hören. Mir kommt das alles sofort vertraut vor. Wie das Wohnzimmer eines Ferienhauses, in dem man als Kind jedes Jahr den Sommer verbrachte. Wo man zwar seitdem nie mehr war, wo aber noch alles beim Alten ist.

Die Frau, die an unseren Tisch tritt, um die Bestellung aufzunehmen, lächelt mich an, als wäre auch ich ein alter Bekannter. Als wäre sie eine längst verschollene Tante aus Kindheitstagen. Als würde sie um meine Eigenheiten wissen, mich aber dennoch mögen. Schlank und elegant wirkt sie, trotz Jeans und ausgeleiertem Pullover.

»Zwei Silvaner, bitte«, sagt Teresa. Die Frau nickt und entfernt sich.

»Aha, ohne ›bitte‹ geht's also doch nicht.«

»Hier ist es etwas anderes.«

»Das kann man wohl sagen.«

Ich beobachte die Frau, wie sie anderswo die Bestellungen aufnimmt. An lebhaften Tischen wird es still, sobald sie sich nähert. Selbst ein Dschingis Khan würde sich in ihrer Gegenwart vermutlich jäh zusammenreißen und zivilisierter Umgangsformen befleißigen.

»Das ist mein Lieblingslokal«, sagt Teresa. »Aber ich kann die anderen nie dazu bringen mitzugehen.«

»Kann ich mir vorstellen«, sage ich. »Es würde nicht zu Norbert passen.«

»Ach, Norbert. So schlecht ist er gar nicht.«

»Er ist ein Arsch mit Ohren.«

»Er ist mir eine große Hilfe an der Schule.«

»Er behandelt Dagmar wie eine arme Verwandte.«

»Er hatte eine unglückliche Kindheit.«

»Und dafür hast du was übrig.«

»Quatsch. Seine Tante hat ihn großgezogen, nachdem seine Mutter mit einem anderen Mann davongelaufen war. Deswegen geht er nicht heim. Dagmar hat mir das alles erzählt.«

»Er ist trotzdem ein Arsch.«

»Jetzt sei nicht so.« Sie stützt den Ellbogen auf den Tisch und legt ihr Kinn in die hohle Hand. »Das passt nicht zu dir. Das passt nicht zu deinen Augen. Erinnerst du dich an das Busunglück, als du Malachy und Seamus geholfen hast? Als Einziger.«

Zwei Gläser Wein tauchen wie von selbst vor uns auf.

Das Busunglück. Das muss sechs Jahre her sein. Es geschah, als wir im Schulbus diesen neuen Fahrer hatten, den unerfahrenen, der die Mütze der Ulster Verkehrsbetriebe zu weit am Hinterkopf sitzen hatte, dem dauernd eine Kippe von der Lippe hing, der ständig den Takt der Elvis-Songs, die er vor sich hin summte, auf dem Lenkrad mitschlug, und der eines Morgens am Waldrand kurz vor Coleraine einen Traktor überholte, mit den Rädern rechts aufs Grasbankett geriet und es danach nicht mehr zurück auf die Straße schaffte, sodass sich der Bus tiefer und tiefer in den Boden grub. Er neigte sich langsam, aber stetig zur Seite, und dann kam der schreckliche Augenblick, in dem jedem klar wurde, dass er sich zu weit geneigt hatte und sich gleich überschlagen und den steilen Abhang zum Raine hinunterstürzen würde. Alle fingen an zu schreien und fielen von den Sitzen,

Schulranzen flogen auf den Boden, und es gab einen mächtigen Schlag, denn der Bus war gegen einen Baum gekracht, dessen Äste durch die Fenster des Oberdecks stießen und den Fall des Busses stoppten. Natürlich kam es zu einem wilden Gerangel, jeder versuchte hinauszugelangen, bevor der Baum nachgab, und groß war die Erleichterung, als wir alle draußen waren. Ich stand am nächsten zum Bus. Ich alberte gerade mit den anderen Burschen herum, und wir stießen und schubsten uns, taten so, als würden wir einander an die Eier gehen wollen, spielten die harten, gänzlich unbeeindruckten Männer, als sich ein Mädchen direkt vor uns hinstellte und sagte: »Kann mir mal jemand helfen, bitte, ich kriege meine Brüder nicht heraus.« Sie hatte genau neben dem dicksten Ast gesessen, als der durchs Fenster krachte und die Stelle aufspießte, an der kurz zuvor noch ihr Kopf gewesen war, bevor sie der Aufprall des Busses zu Boden warf. Sie selbst hatte es ohne einen Kratzer ins Freie geschafft, aber ihren Brüdern schien der Ast den Fluchtweg zu versperren. An viel mehr kann ich mich nicht erinnern, nur daran, dass die beiden problemlos hätten hinausgelangen können, doch der eine befand sich in einem Schockzustand und war nicht ansprechbar, und der andere wollte ihn nicht zurücklassen. Der vor Angst Starre lag unter den Ästen, also zog ich ihn an den Füßen heraus, wobei er sich überall aufschürfte, und der andere kam von selbst nach. Die beiden dürften damals in ihrem ersten Jahr in St. Columb's gewesen sein.

»Mein Gott, mir war nie bewusst, dass du das warst mit deinen Brüdern. Da hast du noch völlig anders ausgesehen.«

»Ich habe mich bald darauf ziemlich verändert.«

»Das kann man wohl sagen.«

»Du warst so nett an diesem Tag. Ich habe noch monatelang über dich nachgedacht.« Lichter funkeln in ihren Augen, als sie lächelt, und in ihren Wangen bilden sich zwei Grübchen. Ihre

Unterlippe drückt sich weich und voll gegen das Weinglas, während sie trinkt. »Wie das halt so ist«, sagt sie.

»Das waren also Seamus und Malachy. So was.« Meine Artikulation wird schwerfällig. Sie hat wunderschöne Lippen, vollendet geformt wie ihre Arme. Die obere weist einen hübschen Amorbogen auf, recht neckisch, und die untere wölbt sich leicht schmollend vor, sodass man sich auf ihr ausruhen möchte. Vielleicht kann ich sie später küssen. Ich bin gerade im Begriff, mich zu verlieben, jetzt und in diesem Augenblick.

»Das war ihre erste Woche in St. Columb's. Die war auch ohne den Unfall schon aufregend genug für sie. Seamus lag eine Woche lang mit Fieber im Bett.«

»War er derjenige, der sich nicht bewegte?«

»Wahrscheinlich. Er war schon immer der Ängstlichere. Und Malachy war immer an seiner Seite.«

»Du hast sie sehr gern.«

»Als sie vier waren und ich neun, musste meine Mutter wegen irgendwas, über das sie nie sprach, ins Krankenhaus, und sie war ein halbes Jahr lang weg, und was immer es war, es wurde kuriert, aber ich musste mich damals um die Jungs kümmern. Ich kenne sie in- und auswendig. Ich weiß, wie sie sich gerade fühlen, wenn ich sie nur ansehe. Wir schreiben uns jede Woche.«

»Seamus kenne ich. Er und ich haben im Sommer einmal zusammen Wache geschoben. In der Nacht, bevor die Bombe hochging.«

Sie erzählt mir noch ein wenig mehr über die Zwillinge. Ich lausche wie in einem Kokon, beobachte, wie süß sie aussieht, wenn sie sich wegen irgendetwas ereifert, wie sie die Stirn in Falten legt, ihr Glas umherschiebt, nickt, sich auf die Lippe beißt. Ihre Brüder scheinen ein wenig störrisch zu sein, besonders Malachy, der schon mehrmals das Auto in den Graben gefahren hat; sie sorgt sich um ihn, das sieht man ihr an. Beide arbeiten offenbar gern auf der Farm, und das Anwesen wird wohl zwischen ihnen aufgeteilt werden müssen, falls sie beide auf dem Hof bleiben möchten, weshalb es für ihren Vater wichtig sei, weitere Wiesen hinzuzukaufen.

Himmel. Es ist schon fast halb elf. Der letzte Zug nach Burgbernbach geht um zehn vor.

Draußen nieselt es. Teresas Dufflecoat schimmert.

»Darin besteht das zweite große Versagen der demokratischen Nachkriegsgesellschaft in Deutschland, nämlich die von den Nazis ins Exil getriebenen Künstler wieder einzugliedern. Bertolt Brecht, Anna Seghers, Marlene Dietrich«, erklärt sie mir.

Das zweite, mein Gott. Worin bestand des erste? Herrje, sie nimmt es wirklich ernst. »Aber ich rede die ganze Zeit über meine Zulassungsarbeit. Worüber geht deine?«, fragt sie.

Ich befürchte schon die ganze Zeit, dass sie mich das fragt. Ich versuche, meine Stimme frisch und unbekümmert klingen zu lassen. »Sie soll den Titel *Fränkisches Tagebuch* kriegen und ungefähr so etwas werden wie Heinrich Bölls *Irisches Tagebuch*. Voll authentischer Substanz und prägnanter Beobachtungen des hiesigen Alltags, über die Menschen, denen ich begegne, Filme, die ich sehe, und so weiter.«

»Aha.« Sie hält beim Gehen die Arme vor dem Körper verschränkt und sieht zu Boden. »Welche Sekundärliteratur benutzt du dafür?«

»Eigentlich keine.«

»Aha.« Sie wirft mir einen kurzen Blick von der Seite zu.

»Selbstverständlich muss ich wegen der Tagesaktualitäten in die Zeitungen gucken, in die *Frankfurter Allgemeine*, den *Spiegel* und so weiter.«

Sie nickt. »Ah ja.« Bislang hatte ich nicht vor, irgendwas mit Tagesaktualitäten zu machen, und überhaupt besteht das

Reizvolle meiner Arbeit vor allem in der Tatsache, dass ich dafür gar keine Sekundärquellen brauche, aber mir steht jetzt nicht der Sinn danach, das Teresa zu sagen.

Ich befürchte, sie hält mich sonst für oberflächlich statt für superklug.

Wir überqueren den Fluss auf der älteren der beiden Brücken, die direkt unter dem Torbogen des darüber gebauten Rathauses hindurchführt. Ein Hauch kalter Luft vom Fluss, das entspannende Geräusch des Wassers.

Als wir zum höchsten Punkt der Brücke gelangen, geht Teresa hinüber zu einer Heiligenstatue und betrachtet, mit dem Rücken zu mir, die Aussicht.

Wir beide stehen im Zentrum einer monumentalen Kulisse: Hoch droben und uns gegenüber schwimmen zwei von Scheinwerfern angestrahlte Kirchen wie Schiffe in der Dunkelheit, die eine oberhalb und hinter der anderen, und direkt vor uns erstreckt sich das Alte Rathaus bis in die Flussmitte wie ein weiterer imposanter Dampfer, der vom anströmenden Wasser gezwungen wird, auf der Stelle zu verharren. Ein Netz aus Schleusen und Brücken, verbunden mit Mühlen, überspannt einen schnell dahinfließenden Fluss; zwei Wasserarme teilen sich vor einer Insel, auf der alte Fachwerkhäuser stehen, und vereinigen sich direkt unter unserer Brüstung. Den rechten Arm überspannen eine Schleuse und eine Holzbrücke. Das Wasser schießt weißlich über den Schleusenboden.

»Schau dir das an«, sagt Teresa und breitet beide Arme aus, und ich umarme sie ohne nachzudenken von hinten. Meine Wange liegt an ihrer, sie ist wunderbar kühl und von einem feuchten Film überzogen, und sie dreht sich im Ring meiner Arme, sodass ihre Lippen meine Wange berühren, und mein Mund nähert sich dem ihren, und da dreht sie sich vollends zu mir, legt ihre Arme um mich, und wir küssen uns. Ein wunderbarer, inniger Kuss, unsere Zungen berühren sich. Sie lehnt sich zurück an die Brüstung, zieht mich an sich, spreizt ein wenig die Beine für einen sicheren Stand, und ich schiebe mich dazwischen und lege meine Hände um den Dufflecoat herum auf ihren Rücken. Wir atmen heftig, ich streiche mit meiner Hand über ihre Wange, und wir küssen uns erneut.

»Was jetzt?«, fragt sie, hält mich fest und sieht mir in die Augen.

»Kann ich über Nacht bleiben?«

»Nein.«

»Kann ich dich wiedersehen?«

»Ja. Natürlich.«

»Wann?«

»Nächstes Wochenende. Ich ruf dich an.«

»Versprochen?«

»Versprochen.«

»Worüber hast du vorhin so gelacht?«, frage ich sie.

»Ich hatte mir gerade überlegt, was unsere Eltern wohl sagen würden, wenn sie uns so sähen. Stell dir vor, das hier wäre die Hauptstraße von Mitchellstown.«

»Nein, danke. War es für dich unangenehm?«

»Was?«

»Mit jemandem von daheim durch die Gegend zu ziehen.«

»Ich werde es verkraften.«

Wir küssen uns wieder, und ihr Körper ist mir schon völlig vertraut, als er sich an mich drückt.


Der Zug nach Burgbernbach schleppt sich alt und ausgelaugt von der Mühseligkeit eines langen, ratternden Tages dahin. Er riecht nach schalem Zigarettenrauch und abgestandenem Schweiß, der Fußboden und die Fenster sind voller Schmutz, die Leute müde oder betrunken, und an jedem noch so kleinen

Kaff macht er Halt. Ich schaue in die Nacht hinaus und sehe im Fenster mein Spiegelbild, in dem ich grinse wie ein Debiler und eine Frische und Munterkeit ausstrahle wie ein neugeborenes Lamm.

Mitten in der Nacht wache ich auf. In meinem Inneren ist alles in Aufruhr, es mahlt, wühlt und rumort vor sich hin. Ich sehe ihr Gesicht, leuchtend wie ein Diamant, sehe, wie im *Pizzini* die Lichter in ihren Augen tanzen, höre ihr Lachen, spüre ihre Hand in die meine schlüpfen. Ich kann nicht wieder einschlafen, ich will nicht wieder einschlafen. Ich möchte an sie denken. Daran, wie sie »versprochen« gesagt hat. Ich möchte ihre Hand halten, sie halten, sie küssen. Bei ihr sein.

»Herr Dalzell?« Wieder das Insekt. »Da ist noch mal diese Frau am Telefon.«

Ich flitze durch die Flure zu seinem kleinen Zimmer, nehme den Hörer auf, sage »Hello«, stehe wie paralysiert da, lausche ihrem und meinem Atem, und es hört sich an wie Seegang in einer Muschel. Mir kommt es wie eine Ewigkeit vor, bis sie spricht.

»Ich hatte völlig vergessen, dass der Mittwoch ein Feiertag ist. Ich wollte schon die ganze Zeit mal nach Würzburg, und, ja also … Hättest du Lust mitzukommen, John? Der Zug fährt sowieso durch Burgbernbach.«

»Gott sei Dank muss ich nicht bis Freitag warten; ich glaube, das hätte ich nicht durchgehalten. Ich habe schon zwei schlaflose Nächte hinter mir.«

Ich höre, wie sie langsam ausatmet, wie eine Welle, die über einen Felsen zurückrauscht.

»Mir geht es genauso«, sagt sie.

# 11

Sie steht nackt in meinem Bad, mit dem Rücken zu mir. Sie hat sich im Handwaschbecken die Haare gewaschen und hebt die Arme, um sie am Nackenansatz zu richten, eine Bewegung, die im Spiegel ihre Brüste in mein Blickfeld rückt. »Kommt mal raus zum Spielen«, hatte ich gestern Nacht zu ihnen gesagt, während ich ihren BH öffnete. Kaum freigelassen, wollten sie sich seitwärts davonmachen. »Schaut mich an, wenn ich mit euch rede«, sagte ich, und Teresa lachte. Dann küsste ich die beiden, und sie hörte auf zu lachen. Die Erinnerung daran lässt mich lächeln, und sie lächelt im Spiegel zurück. Ich umarme sie von hinten, sie lehnt sich zurück, und wir stehen einfach da und wiegen uns leicht vor dem Fenster, von dem aus man einen Ausblick auf den Hinterhof des Fotogeschäfts hat, auf die letzten Häuser der Altstadt, auf das Neubaugebiet dahinter und dann auf den Wald. Im Bad ist es gemütlich warm, aber über Nacht hat weißer Frost die ganze, vom Fenster eingerahmte Landschaft überzogen, wie um diese Aussicht auf ewig zu fixieren: den Vorplatz der Tankstelle und die Baumstämme, die im Hof der Sägemühle daneben liegen, das Feld zwischen der Altstadt und der Siedlung, deren Gärten und Dächer.

»Schau dir mal die ganzen neuen Häuser an«, sagt sie. »Jeder muss sein eigenes haben. Die Witwe, bei der ich wohne, hatte mit ihrem Mann drei Kinder, und sie haben für jedes Kind ein extra Haus auf demselben Grundstück in Bamberg gebaut. Die Kinder sind eins nach dem anderen fortgezogen, aber die Witwe will die Häuser nicht verkaufen oder auch nur vermieten. Sie glaubt, dass sie irgendwann alle zurückkommen, um nahe bei der Mami zu sein, aber das ist das Letzte, was die im Sinn haben. Hörst du zu, John?«

»Mit angehaltenem Atem.«

Wenn sie den Kopf wendet, wie sie es gerade tut, schwillt der Muskel seitlich an ihrem Hals. Ich küsse die Haut in der Senke zwischen ihrem Schlüsselbein und dem Hals und lege meine Wange dorthin.

»Und weißt du, was noch dazu kommt: Die Häuser werden nicht von einem einzigen Unternehmen hochgezogen, wie sie das bei uns zu Hause machen, sondern jedes wird individuell von einem Architekten entworfen und von verschiedenen Firmen gebaut. Dadurch wird alles teurer, und zum Schluss sehen die Häuser trotzdem alle gleich aus. Was denkst du, was der Grund dafür ist? Du hörst ja überhaupt nicht zu.«

»Ich kann nichts dafür. Du bist schuld, so wie du hier herumhüpfst.«

»Es ist die Angst vor der Zukunft, das ist der Grund. Ein tiefsitzendes Gefühl von Unsicherheit. Jeder verschanzt sich in seiner Festung.«

Am Stadtrand fährt ein Zug in den Bahnhof ein.

»Das ist der, mit dem ich gestern gekommen bin. Denkst du, man kann uns durchs Fenster sehen?«

»Nie und nimmer.«

Sie dreht sich endgültig in meine Arme.


Sie sitzt am Tisch und liest Peters Morgenzeitung, die drunten durch die Türklappe in den Flur klatschte, während ich mich in der Küche mit dem Frühstück beschäftige.

»Nicht zu fassen«, sagt sie und schüttelt den Kopf. »Die wollen tatsächlich Nixon absetzen.«


Als gestern der Zug von Bamberg nach Würzburg in Burgbernbach einfuhr, hat sie vom Waggon aus nach mir Ausschau gehalten und noch immer unsicher gelächelt, als ich in dem leeren Abteil zu ihr stieß. Auch mein eigenes Lächeln dürfte eher von der verkrampften Art gewesen sein; wir wussten ja beide nicht genau, wie die Dinge zwischen uns standen. Sie saß am Fenster, nahm ihren Dufflecoat vom gegenüberliegenden Sitz weg, den sie für mich freigehalten hatte. Es war das dritte Mal, seit damals im Bus und neulich im *Schlenkerla*. Dass sie sich vorbeugte, ihren Mantel wegnahm, wie aus dem Nichts heraus Platz schaffte, lächelte – eine Magierin. Einen Platz für mich. Sie trug einen Wollpullover, grau mit schwarzen Einsprengseln, sie hat ihn selbst gestrickt, erzählte sie mir später, und Wranglers.

Wir setzten gleichzeitig zu unterschiedlichen Gesprächsthemen an und verstummten gleichzeitig wieder, um den anderen fortfahren zu lassen. Als hätten wir zwei verschiedene Stücke einstudiert. Ich hatte mir tatsächlich im Voraus Sachen überlegt, über die wir sprechen könnten, und sie schien das Gleiche getan zu haben. Ich wollte über die Fränkische Schweiz reden, sie wollte mir erzählen, was ihre Klasse diese Woche aus *Lord of the Flies* gemacht hatte. Unsere Unterhaltung verlief zunächst holprig und schubweise. Ich versuchte außerdem noch das, was sie sagte, auf versteckte Bedeutungen hin abzuklopfen, während ich gleichzeitig unterhaltsam sein wollte. Es war wie dieser Hochseilakt, bei dem der Artist von einem Pfosten zum anderen laufen und dabei einen kreiselnden Teller jonglieren muss. Nach einer Weile fanden wir irgendwie zusammen und gelangten in einen gemeinsamen Rhythmus.

Als wir in Würzburg ausstiegen, kroch uns die Kälte über die Fußgelenke hinauf und zwickte uns in die Unterschenkel wie ein unartiger Hund. Eigentlich zwickte sie nur in meine, weil Teresa selbstverständlich besser für das Wetter gerüstet war. Sie trug eine wollene Strumpfhose und eine gestrickte Mütze mit einer Troddel.

»Großer Gott, es ist verdammt kalt«, sagte ich.

»Hat dir denn keiner gesagt, worauf du dich hier im Winter gefasst machen musst? In Bamberg haben sie diese Woche alle ihre Wintersachen rausgeholt. Winterstiefel, Wintermäntel, Wintermützen. Ich habe mir sogar diese Strumpfhosen da spendiert. Zu Hause werde ich die nie brauchen«, sagte sie. »Los, bewegen wir uns ein bisschen, das wärmt uns auf. Diese Stadt birgt so viele Schätze, dass wir uns gar nicht alles an einem Tag ansehen können. Da wären die Residenz mit den Gemälden, die Festung Marienberg mit einer großartigen Aussicht, laut Norbert, und einem Museum, der Dom mit Reliquien und das Mainfränkische Museum mit Dokumenten zur Stadtgeschichte. Wusstest du, dass Würzburg von einem Iren gegründet wurde? Vom Heiligen Kilian aus Mullagh im County Cavan. Eigentlich verdankt ganz Westeuropa seine Christianisierung den Missionaren aus Irland. Unser Land bewahrte damals das ganze Wissen und die Gelehrsamkeit, die im restlichen Europa nach dem Untergang des Römischen Reichs verlorengegangen waren. Sankt Columbanus, Sankt Dymphna, Sankt Gall. Und Sankt Malachy, nach dem mein Bruder benannt wurde. Je von dem gehört?«

»Nein. Die klingen alle sehr katholisch für mich.«

»Zu der Zeit war jeder katholisch.«

»Das sollte ein Witz sein.«

»Oh. Egal. Jedenfalls hat man ihn zum Dank für seine Arbeit enthauptet. Also, was machen wir jetzt zuerst?«

»Wie wär's mit den Läden und Geschäften?«

Heute Morgen waren dann alle ihre Sachen über die Rückenlehne des Stuhls beim Fenster drapiert: Mantel, Wranglers, Pullover, Wollstrumpfhose, BH, Slip, die Stiefel unter dem Stuhl. Sie musste irgendwann in der Nacht Ordnung geschaffen haben. Typisch.

Mein Zimmer war wie eine Gefrierkammer gewesen, als wir aus Würzburg zurückkamen, weshalb ich ihr sagte, sie solle sich einstweilen ins Bett legen, was sie auch tat, in voller Montur, die Decke über dem Kopf. Ich schürte den Ofen an, zog mich aus und schlüpfte neben sie.

Ich fuhr mit meinen kalten Händen unter ihren Pullover. Sie schrie auf und gluckste dann plötzlich in sich hinein.

»O Gott, du hast ja gar nichts an, wie hältst du das aus?«

»Auf diese Art wirst du schneller warm, ehrlich.«

»Du machst mir was vor.«

»Ja, vielleicht, aber es ist ein schöneres Gefühl, wenn du dann warm wirst. Wenn die Kälte aufhört. Probier's doch mal.«

»Was tust du da?«

»Ich helfe dir.« Ich machte ihren BH auf.

»War Steve der Erste?«

»Ja.«

»Gab es noch andere?«

»Nein. Mit wie vielen Mädchen hast du geschlafen?«

»Mit zwei. Ja gut, jetzt mit drei.«

»Hmmm. Und wann war das mit der anderen? Vor Molly oder danach?«

»Dazwischen.«

»Echt?« Sie setzte sich im Bett auf und sah mich an. »Wusste Molly davon?«

Sofort wünschte ich, ich hätte es ihr nicht gesagt. »Nein.«

»Aha.« Sie legte sich zurück und schob die Hände hinter den Kopf. Das Zimmer war inzwischen warm geworden, und unsere Atemluft kondensierte nicht mehr. Der Ofen war wie ein großes Tier, das im Schlaf seine Wärme abgab. »Wie dieser Mann im Zug also. Machst du solche Sachen öfters?«

Bei dir werde ich das garantiert nie machen, wollte ich ihr sagen. Ich werde dich auch noch in zwanzig Jahren in aller Öffentlichkeit küssen und mit dir Händchen halten. Lass mich es dir beweisen. Bleib bei mir. »Das war ohne Bedeutung«, sagte ich.

»Ohne Bedeutung, ich verstehe. Hast du die Meinung des Mädchens zu dieser Sache eingeholt?«

»Herr im Himmel, bin ich jetzt vor Gericht oder was? Ich habe mit der Germanistischen Fakultät einen Wochenendausflug nach Dublin zum Goethe-Institut gemacht. Ihr Freund war in Coleraine, Molly war in Mitchellstown. Ich dachte irgendwie, na ja, wir sind Studenten, und angeblich haben wir ja die ganze Zeit sowieso nichts anderes im Sinn als das, und die Leute glauben eh, dass wir unsere Stipendien nur dafür kriegen, und wir waren im Pub und so …«

»Ganz so wie bei uns.«

»Nein, eben nicht. Ganz und gar nicht. Es war so komisch am nächsten Morgen. Wir wussten beide, dass wir einen Fehler gemacht hatten. Wir sagten uns, wir vergessen das Ganze und tun so, als wäre es nie geschehen. Und das ist nicht das Gefühl, das ich jetzt empfinde. Ich empfinde eigentlich das genaue Gegenteil davon.«

»Und das wäre?«

»Das.«

»Aha«, sagte sie, als wir den Platz vor der Residenz erreichten, nachdem wir an den Läden und Geschäften vorbeigaloppiert waren. »Versailles im Kleinformat. Oder Schönbrunn bei Wien.«

Was ich denke: Sie war an allen diesen Orten mit diesem Mistbock Steve gewesen. Und hat mit ihm in Hotels übernachtet. Ich sehe die beiden im Bett.

»Der Fluss ist ein Teil der Stadt. Das mag ich. Wie in London, Dublin oder Paris. Nicht wie in Wien. Wien kehrt dem Fluss den Rücken zu.«

»Warst du mit Steve dort?«

»Ja. Letzten Sommer. Mit InterRail. Bist du schon mal da gewesen?«

»Nein. Ich will an Ostern durch Europa trampen.«

Sie nickte, patschte die Fäustlinge zusammen, stieß einen frostigen Schwall Atemluft aus, der als weißes Wölkchen über die Dächer von Würzburg entschwebte. Wir standen droben auf der Festung und sahen über die Stadt, die halbkreisförmig unter uns lag. Der Main war gezwungen, hier eine Biegung zu machen, und der Hügel, der ihn einengte und die Randgebiete in einen engen Trichter zwängte, wich immer weiter zurück, woraufhin die Stadt Knospen austrieb, den leeren Raum füllte und sich unter dem bunten Flickenteppich aus Weinbergen einrichtete. Das durch die Schleuse fließende Wasser bildete eine weiße Diagonale, und eine Barke passierte gerade die Tore auf unserer Seite.

An Ostern durch Europa trampen. Du lieber Gott. Ich und meine große Klappe. Wenn Teresa an Ostern in Bamberg bleibt und wenn sie möchte, dass auch ich bleibe – dann bringen mich keine zehn Pferde dazu, mich in Europa herumzutreiben.

Das Wetter hat in den letzten paar Tagen einen großen Schritt in Richtung Winter gemacht. Die Kälte hat den Teich im Park vor der Stadtmauer zufrieren lassen und überzieht die Windschutzscheiben mit einer dicken Eisschicht, sodass man frühmorgens das hartnäckige Kratzen der Nachbarn schon lange vor dem Aufstehen hört. Die Kälte beißt in die Backen und macht aus einem dünnen britischen Anorak ein nutzloses Kleidungsstück.

»Was machst du in den Ferien?«, fragte ich.

»Ich weiß nicht. Auf jeden Fall fahre ich an Weihnachten nicht nach Hause. Ich will mal ein echtes deutsches Weihnachtsfest erleben.«

»Wo denn?«

»Weiß ich noch nicht.«


Im Museum in der Festung gab es eine Ausstellung über bäuerliche Artefakte aus dem Mittelalter zum ehrenden Gedenken an den irischen Missionar Kilian, dem man den Kopf abschlug; ikonenähnliche Bilder, Holzschnitte und dergleichen.

»Das musst du dir vorstellen«, sagte sie. »Da kam damals einer den ganzen Weg von Irland hierher. Zu Fuß. Nur um seinen Glauben zu verbreiten. Überleg mal, was das für ein Glaube gewesen sein muss. Und er war nicht der Einzige. Es gab Scharen von denen, die wie frühe Hippies durch Europa zogen. Absolut unfassbar, dass jemand bloß wegen einer einzigen Idee den ganzen Weg zu Fuß geht. Wie groß muss diese Idee gewesen sein. Glaubst du, dass heute jemand nur für eine Idee so etwas auf sich nehmen würde? Würdest du das tun? Kannst du dir in deinem Kopf irgendetwas vorstellen, das gigantisch genug wäre, damit du so was tust?«

»Nee.«


Da lag sie, in meiner Armbeuge, heute am frühen Morgen. Ich hörte ihren leisen Atem. *Sachte, John, weck sie nicht.* Ich richtete mich ein wenig auf. Und da war es, jenes kleine Lächeln in ihrem Mundwinkel. *Sag mir, dass du bei mir bleibst. Wenn ich wüsste, dass du dann bei mir bleibst, würde ich zu Fuß nach Irland gehen. Und zurück.*

Zum Abschluss unseres Tages gingen wir gestern ins *Bürgerspital.* Toni hatte mir gesagt, da müssten wir unbedingt hin, das sei ein ehemaliges Spital, das heute Würzburgs besten Weinkeller beherberge. Der Hauptraum befindet sich im Souterrain, folglich muss man hinter dem Eingang einige Stufen hinabsteigen. Dabei blickt man von oben auf die Köpfe der Leute, auf ein Meer von Weiß und schweißglänzendem Rosa, aufgelockert durch ein paar dunklere Köpfe oder Pelzmützen, die alle zu offenbar respektablen Bürgern gehörten. Wir waren die jüngsten Gäste weit und breit. Wir fanden einen schönen Tisch in einer Ecke.

Der Wein, den wir tranken, war ein *Würzburger Stein.* Teresa sagte, das sei Goethes Lieblingswein gewesen. Wir begannen, uns über andere Autoren und Bücher zu unterhalten. Ein Roman, der uns beiden gefällt, ist *Der Fänger im Roggen.* Ihrer Ansicht nach bin ich das Gegenteil von Holden Caulfield.

»Ist das gut oder schlecht?«, fragte ich.

Sie hob die Schultern. »Trinkt Molly Alkohol?«, fragte sie plötzlich.

»Nicht mehr«, sagte ich. Anfangs trank sie Cider und Babycham und solche Sachen, hat das aber alles aufgegeben.

Teresas Miene verzog sich zu einem leicht spitzbübischen Lächeln. »Kannst du dir Molly hier drinnen vorstellen?«

»Nicht in ihrer derzeitigen Inkarnation, nein. Kannst du dir denn Steve hier vorstellen?«

»Ja, schon.«

»Aha. Was ich eigentlich meinte: Wärst du jetzt lieber mit Steve hier?«

Ihr Lächeln wurde breiter. »Nein«, sagte sie. »So, wie es ist, ist's gerade recht.«

»Gut.«

Daraufhin ich: »Hat es in der Geschichte der Menschheit jemals eine Person gegeben, mit der du jetzt lieber hier wärst?«, worauf sie antwortete: »Nein.« Allerdings fand dieser Teil der Konversation ausschließlich in meinem Kopf statt, und was tatsächlich geschah, war, dass wir einander zulächelten, als hätten wir einen Witz begriffen, bis wir dann schnell wieder woandershin schauten, wonach ein kurzes, bedeutungsschweres Schweigen folgte, in dem ich mit meinem Glas spielte und es auf dem Karomuster der Tischdecke zentrierte, woraufhin sie sagte, es wäre wohl besser, jetzt aufzubrechen, falls wir den Zug erwischen wollten.

Wir fanden ein leeres Abteil und ließen uns darin nieder, als, kurz bevor der Zug sich in Bewegung setzte, die Tür geräuschvoll aufgeschoben wurde und ein weiteres Paar hereinplatzte, älter als wir, Anfang vierzig vielleicht, vollkommen mit sich selbst beschäftigt. Die beiden flüsterten eindringlich miteinander, hockten ganz dicht aufeinander, und nach einem flüchtigen Blick auf uns fing der Mann ein leidenschaftliches Geknutsche an und fummelte binnen Kurzem unter ihrem Mantel an ihren Brüsten herum. Sie beobachtete uns aus dem Augenwinkel und wehrte ihn ab, wenn er gar zu zudringlich wurde, und plötzlich stand er auf und verließ das Abteil, und als der Zug am nächsten gottverlassenen Bahnhof hielt, sahen wir ihn aussteigen und zu einer Frau gehen, die auf ihn gewartet hatte und dauernd auf ihre Armbanduhr deutete. Offensichtlich seine Frau.

Der Zug fuhr an den beiden vorbei, die weiterhin dort standen und sich stritten, beziehungsweise er stand da und ließ sich beschimpfen, und während seine Frau ihm Vorhaltungen machte, warf er der anderen Frau durchs Zugfenster herein einen Blick zu, mit einer Miene, die irgendwo zwischen Stolz und Duldsamkeit anzusiedeln war, und die Frau in unserem Abteil begann gedämpft zu schniefen und sich mit einem Papiertaschentuch aus ihrer Handtasche im Gesicht herumzutupfen.

Dann stand sie auf, trat hinaus in den Gang und überließ uns uns selbst.

»Dieser Mistkerl«, sagte Teresa. »Wer hätte das gedacht?« Sie sah mich an. »Na los, sag schon was.«

»Du hast doch wohl nicht geglaubt, die beiden wären ein Ehepaar?«, war alles, was mir einfiel.

»Warum nicht?«

So viel zum praktischen Wert ihrer ganzen Belesenheit und großartigen Ideen. Der Zug legte sich in eine Rechtskurve und fuhr die Ausläufer des Steigerwalds entlang.

»Schau, dort ist die Burg, voll angestrahlt.«

Sie musste sich zu mir herüberbeugen, um sie zu sehen. Ich nahm sie bei den Schultern, um sie festzuhalten, und spürte, wie sich ihr Körper an mich schmiegte.

»Ich habe die ganze Zeit an dich denken müssen«, sagte ich. »Du gehst mir nicht mehr aus dem Sinn.«

Ihr Kopf drehte sich ein wenig zu mir. An ihrem Mundwinkel entstand ein niedliches Grübchen. »Ich habe dich immer beobachtet, wenn du geübt hast«, sagte sie.

»Was?«

»Du hast geübt. Deinen Gang.« Sie gluckste von tief innen heraus und lachte, und ihr Körper übertrug seine Vibrationen auf mich. »Du warst ungefähr dreizehn. Ihr Stadtkinder seid ja immer am Diamond aus dem Bus gestiegen, stimmt's?, und wir Bauerntrampel blieben sitzen, und der Bus fuhr dann immer an dir vorbei, wenn du gerade an den Schaufenstern eures Ladens entlanggelaufen bist, an diesen großen Glasflächen, und da hast du immer dein Spiegelbild betrachtet, um deinen Gang zu begutachten, und man konnte sehen, wie du versucht hast, deine Knie nicht zu sehr zu beugen.« Sie kicherte. »Das ging wochenlang so. Du hast an deinem Image gearbeitet. Mit dreizehn. Wir haben uns jeden Tag schiefgelacht.«

»Stimmt. Ich erinnere mich. Es war verdammt harte Arbeit, das kann ich dir sagen.«

»Jedenfalls war es das wert. Inzwischen hast du einen schönen Gang.«

»Danke.«

»Keine Ursache.«

»Bleib über Nacht in Burgbernbach, Teresa. Steig mit mir aus.«

»Glaubst du nicht, es ist ein bisschen zu früh dafür?«

»Nein.«

»Okay.«


Unsere Tritte hallten über das gefrorene Pflaster. Wir gingen in perfektem Gleichschritt.

»Wie beim dreibeinigen Wettlauf«, sagte sie.

»Wieso?«

»Der funktioniert nicht, wenn nur einer der beiden gut ist. Du musst mit deinem Partner eine Einheit bilden. Ein Etwas, das anders ist als jeder von euch zwei, mehr als ihr, aber von euch beiden gebildet. Das kann man nicht trainieren; entweder es funktioniert oder es funktioniert nicht.«

»Einmal habe ich den dreibeinigen Wettlauf gewonnen. Beim Volksfest in Mitchellstown so um 1961.«

»Beim dreibeinigen Wettlauf sagt man ›wir haben gewonnen‹, nicht ›ich habe gewonnen‹. Wer war dein Partner?«

»Kann mich nicht mehr erinnern. Wir wurden durch das Los zusammengeführt. Irgendein dürres Mädchen.«

»Aha. Schicksal. Warte mal. War der Preis ein Milky Way?«

»Weiß ich nicht mehr.«

»Ich habe bei so einem Wettlauf mal ein Milky Way gewonnen. Zusammen mit einem pickeligen Jungen.«

»1961 hatte ich keine Pickel.«

»Ich habe nur einen Witz gemacht. Wegen des ›dürren Mädchens‹.«

»Allmächtiger. Das gibt's ja wohl nicht.«

»Seine Nase lief dauernd.«

»Damals lief meine Nase oft.«

»Wie halt bei den meisten Jungs in Mitchellstown.«

»Trotzdem. Das könnte ich gewesen sein.«

»Das könntest du gewesen sein.«

»Ist es das, was du gemeint hast?«, habe ich sie gestern Nacht dann noch gefragt.

»Was?«

»Das mit dem dreibeinigen Wettlauf.«

»Hör auf«, flüstert sie. Sie ist woanders, weit weg, hat sich hinter ihre Augen zurückgezogen, sogar in dem Moment, in dem wir einander nicht näher sein konnten. Wir berühren uns mit der Stirn, liegen da wie müde Boxer, die verschnaufen müssen.

»Warte.« Ihre Stirn zieht sich zusammen, ihre Unterlippe bebt. »Ach, du«, sagt sie und zieht mich in ihre Armbeuge. Dann sagt sie meinen Namen, wie ihn noch nie jemand ausgesprochen hat, als wäre er ein Geheimnis zwischen uns, und umklammert mich wie eine Ertrinkende.

Wir verabschieden uns am Bahnhof. Sie setzt sich auf denselben Eckplatz am Fenster, auf dem sie gestern bei der Herfahrt saß. Ich sehe vom Bahnsteig aus zu, wie sie das Abteil betritt und den Geschäftsmann, der dort bereits sitzt, fragt, ob der gegenüberliegende Sitz belegt sei, und wie der anfängt, übers ganze Gesicht zu strahlen, weil er denkt, er habe das große Los gezogen. Doch dann geht sie zum Fenster, um es herunterzuschieben, er springt auf, um ihr zu helfen, und als er draußen meine Visage erblickt, verflüchtigt sich sein Lächeln, und er geht zurück zu seiner Zeitung, und Teresa beugt sich zum Fenster hinaus.

»Du brauchst nicht zu warten, wenn dir kalt ist«, sagt sie.

»Mir ist nicht kalt«, sage ich.

»Du siehst aber so aus.«

»Mir ist aber nicht kalt. Ehrlich.«

»Meine Vermieterin fährt jedes zweite Wochenende zu ihrem Sohn nach Bayreuth. Kommendes Wochenende auch.«

»Ja, und?«

»Du könntest über Nacht in Bamberg bleiben. Wenn du möchtest.«

»Nichts, was ich lieber täte.«

»Ich mach besser das Fenster zu, bevor es hier drinnen kalt wird.«

»Gut.«

Sie müht sich mit dem Fenster ab, das sich nur zentimeterweise aufwärts bewegt, ohne dass der Mann ihr hilft.

Ein Pfiff ertönt, und der Zug ruckelt und fährt langsam an.

Ich trete näher ans Fenster. »Teresa.«

Sie unterbricht ihr Schieben. »Was?«

»Ach, nichts.«

»Was?«

Ich laufe nebenher, immer schneller. »Ich habe mich wieder in dich verliebt. Ich bin machtlos dagegen. Ich wollte es dir schon die ganze Zeit sagen.«

Sie lächelt. Sie lacht. Sie legt ihre Hand an den Mund.

Sie streckt den Kopf zum Fenster heraus und sagt etwas.

»Was?«, rufe ich.

Sie schüttelt den Kopf und winkt.

# 12

Teresa hat einen Schlapphut auf, der ihr rechtes Auge abschattet, und auf jedem ihrer rundlichen Knie einen Zwilling sitzen; sie hält sie mit den Armen um die Hüften. Sie schaut über die Schulter zurück zu ihrer Mutter, die hinter der Gruppe steht, die Arme verschränkt hält und skeptisch dreinblickt. Mrs. Cassidy ist vollständig bekleidet mit Rock, Bluse und baumelnder Handtasche, obwohl alle anderen, die man am Strand erkennt, Badekleidung tragen. *Ich weiß, du wirst auch das wieder verpfuschen*, drückt ihre Miene aus, was sich aber Gott sei Dank nicht auf mich, sondern auf die Person bezieht, die das Foto macht, vermutlich ihren Ehemann. Im Hintergrund sieht man die Skerry Rocks, das Ganze spielt sich am East Strand in Portrush ab, und Teresa ist ungefähr acht. Ihr Blick sucht die Anerkennung der Mutter. *Schau, Mummy, bin ich nicht ein braves Mädchen.* Diese Anerkennung bekommt sie nicht, aber sie scheint es nicht zu bemerken. Es gibt jede Menge Fotos, auf denen Teresas Mutter mit einem oder beiden Zwillingen schmust – pausbäckige, grinsende Putten in ihren damaligen Daseinsformen, aber kein Bild, auf dem sie Teresa hält. Es gibt zahlreiche Aufnahmen von jeweils einem der Zwillinge, aber keine von Teresa. Das stimmt mich zuerst traurig, dann ärgert es mich.

»Du und deine Brüder.« Ich lege das Album hin. *Und deine Mutter.* »Das hat Steve auch immer gesagt«, sagt Teresa. »Brauchen sie dich, oder brauchst du sie?‹ Und eines Tages sagte er auf einmal: ›Weißt du was? Du behandelst mich, als wäre ich ein weiterer kleiner Bruder. Nörgelst dauernd an mir herum, dass ich ja mein Uni-Zeugs rechtzeitig abgebe, dass ich mich an dieser Uni bewerbe oder an jener, wäschst meine Wäsche und bügelst und machst dies und das.‹ Und er hatte recht. Ich hatte ihn tatsächlich immer mehr so gesehen. Als ein Schäfchen zum Behüten.«

Wir sitzen in der Küche, die sich Teresa mit ihrer Vermieterin teilt. Das Haus ist anders eingerichtet als mein Zimmer, überall alte, dunkle Möbel aus Holz, aber dennoch *gemütlich*. Es ist Samstagmorgen, und wir haben gerade gefrühstückt. Gestern Abend sind wir Pizza essen gegangen, die erste meines Lebens, und dann zurück in Teresas Bett.

»Da werde ich in Zukunft aufpassen müssen«, sage ich. »Auf die ersten Anzeichen, dass du meine Sachen waschen und bügeln willst.«

»Ach was, John, dafür hast du doch bestimmt das Personal bei euch daheim im *Emporium*.«

»Sprechen das die Leute wirklich so aus?« *Empoohrjem*, hat sie soeben gesagt, mit einem recht hochnäsigen englischen Akzent.

»Nur außerhalb des Ladens.«

»O Gott. Äffen sie da jemanden von uns nach?«

Teresa zuckt mit den Achseln.

Mich nicht. Ich spreche den Dialekt von Mitchellstown, wie meine Kumpel an der Universität nicht müde werden zu betonen. Und Matts Akzent ist in den vergangenen Monaten sogar noch schlimmer geworden, wie mir auffiel, als fände er ein perverses Vergnügen daran, wie ein Halleluja-Hillbilly zu sprechen. Und meinen Vater können sie auch nicht meinen. Er würde niemals *Empoohrjem* sagen. Meine Mutter? *Empoohrjem*? *Empoohrjem*.

»Das kann bloß meine Mutter sein, du lieber Gott. Und dann glauben die Leute, dass sie glaubt, wir seien was Besseres, und dabei ist es nur ihr Minderwertigkeitskomplex, ihre fixe Idee, sie müsse die Erwartungen der Familie meines Vaters erfüllen und sich wegen ihres ländlichen Dialekts schämen. O Gott. Familien sind das Allerletzte.«

»Du musst mir mal irgendwann ein paar Fotos von ihnen zeigen.«

»Ich habe aber keine Fotos dabei.«

»Ich meine, in Burgbernbach.«

»Auch nicht. Das ist dir vielleicht neu, aber nicht jeder schleppt ein Fotoalbum mit Familienbildern überallhin mit.«

»Vermisst du sie nicht?«

»Nicht so wahnsinnig. Hör mal, glaubst du denn wirklich, dass deine Brüder in diesem Augenblick ihren Freundinnen Fotos von dir zeigen?«

»Sie haben keine Freundinnen. Hoppla, schon fast zehn. Wir machen uns besser auf die Socken.«

»Wohin?«

»Zur Unibibliothek. Sie hat nur bis eins geöffnet. Habe ich dir gestern Abend schon gesagt. Ich muss was für meine Zulassungsarbeit tun. Ich habe die ganze Woche nicht daran gearbeitet.«

»Und was mache ich inzwischen?«

»Du arbeitest ebenfalls an deiner, was sonst.«

»Aha. Schon klar.« Eigentlich hatte ich mir mein Thema unter dem Gesichtspunkt von möglichst wenig Arbeit gewählt. Und nicht von Herumblättern in Bibliotheken. Und schon gar nicht an einem Samstagmorgen.

Teresa hat sich häuslich an einem Tisch in einer Ecke der UB niedergelassen. »Na, wunderbar«, sagte sie, als sie darauf zusteuerte, »mein Lieblingsplatz ist frei.«

Ich hatte noch nie einen Lieblingsplatz in einer Bibliothek. Aufgeschlagene Bücher umgeben sie wie Verehrer, ihr linker Zeigefinger sticht von einem Buch ins andere, sie macht sich Notizen in ein Heft. Ihre Brille thront auf ihrer Nase, und die Haare fallen ihr ins Gesicht und werden ab und zu nach hinten geschoben. Manchmal bewegen sich ihre Lippen beim Lesen. Manchmal runzelt sie die Stirn. Manchmal schüttelt sie den Kopf, manchmal lächelt sie. Einmal lacht sie auf. Weil sie einen ganzen Tisch für sich braucht, setze ich mich an den nächsten. Sie hat mir ein paar Blätter Papier und einen Kuli gegeben. Ich habe *Fränkisches Tagebuch* oben auf die Seite geschrieben, und das war's.

»Wie kommst du voran?«, fragt sie.

»Gut.«

Sie nickt, beißt sich mit der gleichen seitwärts gerichteten Mahlbewegung des Unterkiefers auf die Oberlippe, die sie auch macht, wenn wir uns lieben, und liest dann weiter.

Ich stehe auf, bevor mich womöglich die Erregung wieder übermannt, und begebe mich zielstrebig zur Fränkischen Abteilung, die sie mir gezeigt hat. Bücher über Tourismus, über Frankenwein, dazu Bildbände. *Die Geschichte Frankens*, aha. Das hier ist was für mich: *Die jüdischen Gemeinden Frankens*.


»Wusstest du, dass sich Franken insofern vom Rest Deutschlands unterschied, als Juden eher in Dörfern und Kleinstädten lebten als in den Großstädten?«

Teresa schüttelt den Kopf und schreibt weiter von ihrem Buch ab. Aha. Wenigstens mal etwas, das sie nicht weiß.

»In einigen Orten war der Anteil der Juden bis zu zehn Prozent.«

»Mmmh.«

»In einigen fränkischen Dörfern kann man die Pogromnacht interpretieren als den Angriff eines Teils der Bevölkerung auf den anderen, mit dem sie seit Generationen nachbarschaftlich zusammenlebten. Der Laden, in dem ich aushelfe, gehörte früher Juden.«

Teresa legt ihren Kugelschreiber hin und reibt sich die Augen. »Klingt nach einem guten Thema für eine Zulassungsarbeit, wenn du mich fragst. Eigentlich klingt das nach einem viel besseren als dieser andere Unfug, an dem du angeblich arbeitest.«

Bamberg wurde auf sieben Hügeln errichtet wie Rom; man nennt es sogar den Fränkischen Vatikan. Wir gehen am *Schlenkerla* vorbei, dann nach links in eine Gasse und an deren Ende die Stufen hinauf, die uns mitten auf einen großen Platz führen. Zu unserer Linken steht der Dom, im romanischen Stil erbaut, wie mir Teresa erklärt. Dahinter liegt die alte Bischofsresidenz, ein mittelalterliches Ensemble von schiefen Fachwerkhäuschen, die auf jede erdenkliche Weise aneinandergebaut wurden. L-förmig vor uns und zu unserer Rechten befindet sich die Neue Residenz, etwa zweihundert Jahre alt, wuchtig in ihrer steingewordenen Einförmigkeit, ein Stockwerk wie das andere, die Reihen der Fenster, Stützen, Träger und Nischen perfekt aufeinander abgestimmt, ein Bild, wie mit dem Lineal gezeichnet.

»Welche gefällt dir besser?«, fragt Teresa. »Die alte Residenz oder die neue?«

»Die alte.«

»Ich wusste es. Alle sagen das. Die Holzbalken, die krummen Dächer, die Höhenunterschiede, die verschiedenen Ebenen, die Sackgassen, die Ecken und Winkel und all das anstelle der kühlen Symmetrie der Renaissance. Stimmt's?«

»Schon. Wenn du es so ausdrückst.«

»Unsere Sehgewohnheiten sind einfach so konditioniert worden. Vor zweihundertfünfzig Jahren wurde Bauen mit Holz als rückständig angesehen, als die Art, in der die Leute Häuser bauten, weil sie es nicht besser wussten. Man schämte sich dermaßen für das Krumme und Schiefe, dass man alles abreißen wollte. Zum Glück fehlte ihnen das Geld. Gebäude wie die Neue Residenz wiesen den Weg in eine geordnete, glänzende Zukunft.«

Eine Nonne taucht aus dem Torweg zur alten Residenz auf und huscht in Richtung Dom; dann kommen drei Chorknaben oder Ministranten, dann ein Priester, und ihre Gewänder flattern im Wind.

»Da muss irgendwo ein Nest sein«, sage ich.

Teresa schaut auf ihre Uhr. »Wahrscheinlich eine Rosenkranzandacht.«

»Ist das ein Rosenkranz auf deinem Nachttisch?«

»Ein Geschenk meiner Mutter.«

»Bist du religiös?«

»Nicht besonders. Und du?«

»Nee.«

Sie dreht sich zu mir und sieht mich an. »Fehlt dir da nicht etwas? Oder hast du nie geglaubt?«

»Ich kann mich nicht erinnern.«

Sie nickt. »Also mir fehlt es schon. Alles war so schön festgelegt.«

»Es war auch schöner, als es einen Nikolaus gab.«

»Wenn ich zu Hause bin, beten wir noch immer den Rosenkranz, wie wir es immer taten. Mein Vater und meine Brüder lassen ihre Arbeit stehen, und um sechs Uhr, vor dem Abendessen, kommen wir zusammen. Dieses Ritual hat etwas Beruhigendes, diese Idee, dass das, was du tust, tatsächlich eine Art Ordnung bewirken kann. So geht es.« Sie nimmt meine beiden Hände. »Sprich mir nach: ›O Herr öffne meine Lippen.‹«

»O Herr öffne meine Lippen.«

»›Und mein Mund wird Deinen Ruhm verkünden.‹ Und jetzt sprich: ›Neige Dich uns zu und hilf uns o Gott.‹«

»Nur, wenn mich das nicht zum Katholiken macht.«

Sie schüttelt ungeduldig meine Hände. »Mach schon.«

»Neige Dich uns zu und hilf uns o Gott.«

»›O Herr eile uns zu Hilfe.‹ Na also. Hat doch gar nicht wehgetan, oder? Das hat einen so schönen Klang, stimmt's? Alles ist da, wo es hingehört.«

»Kannst du das Ganze auswendig?«

»Selbstverständlich kann ich das. Alles, mit Ausnahme der Zugaben. Die variieren.«

»Zwischen Vanillesoße und Sahne?«

»Die Zugaben sind die zusätzlichen Gebete, für euch Protestanten und solche. Sollen wir mal in den Dom hineingehen?«

»Gehen wir zurück auf dein Zimmer.«

Ich verspüre ein drängendes Verlangen nach Teresa, eine verzehrende Begierde. Die erste Phase, bevor ich mit ihr schlief, war irgendwie komisch, völlig asexuell. Es war ein Gefühl wie vor der Pubertät, vor dem ersten Ständer. Es war so ein Händchenhalten-Sehnsuchts-Ding, bestenfalls ein Küssen-Ding. Voller Unschuld. Jetzt kann ich nicht genug von ihr bekommen. Meine Fleischeslust ist unersättlich.

»Wie gefällt's dir?«, fragt Teresa flüsternd.

»Lieber lass ich mir einen gesunden Zahn ziehen, als mir das weiter anzugucken«, flüstere ich zurück. »Das« ist *Aguirre, der Zorn Gottes*, ein neuer deutscher Film mit einem übergeschnappten, glotzäugigen Klaus Kinski, der sich als Konquistador auf einem Floß im Amazonas austobt. Wir sind in einem Kino in der Nähe von Teresas Zimmer in der Bahnhofstraße.

»Vielleicht kapieren wir es nur nicht.«

»Was gibt es hier zu kapieren? Er ist ein verrücktes Arschloch, wegen dem alle anderen sterben müssen. Und mit etwas Glück er auch.«

»Da muss doch mehr dahinterstecken als das.«

»Glaub mir, da steckt nicht mehr dahinter. Das Ganze wird als ein einziger Quatsch verpuffen, während du noch dasitzt und wartest, dass etwas geschieht.«

Teresa hat sich die ganze Zeit vornübergebeugt den Film angesehen, aber den Falten auf ihrer Stirn nach zu urteilen, gefällt er ihr nicht besser als mir. Im Unterschied zu mir glaubt sie aber, er sollte ihr gefallen. Sie befürchtet, dass sie, wenn wir jetzt gehen, die Chance auf einen einzigartigen Einblick in eine menschliche Grundbefindlichkeit vergibt, der dem Betrachter in den letzten Minuten des Films gewährt wird, weshalb sie die günstige Gelegenheit verpassen wird, selbst ein besserer Mensch zu werden. Und das ist die Frau, die eine jungfräuliche Ausgabe von Virginia Woolfs *To the Lighthouse* auf ihrem Nachttisch hat und darunter versteckt ein abgegriffenes Exemplar von Georgette Heyers *Lady of Quality*. Und das ist die Frau, die im Bett alles auszieht, nur nicht ihre wollenen Socken.

»Möchtest du gehen?«

»Unbedingt.«

»Wohin?«

»In dein Bett.«

»Du kannst ja noch gar nicht. Wir haben es den ganzen Nachmittag getrieben.«

»Es geht ums Mitmachen, nicht ums Gewinnen. Weiß doch jeder.«

»Psst!«, sagt der Mann vor uns.


# 13

Als ich am Sonntagabend nach Burgbernbach zurückfahre, ist es schon dunkel. Die Rückkehr von Teresas Vermieterin stand bevor, und ich musste türmen. Die kleinen Bahnhöfe, alle vom gleichen kläglich gelben Licht notdürftig erhellt, schieben sich vorbei: Strullendorf, Pettstadt, Reundorf, Frensdorf. Der nächste heißt Vorra, ich mag diesen Namen. Dann kommen Stappenbach, Unterneuses, Burgebrach, Vollmannsdorf, Mönchsambach, Waldbernbach, Burgbernbach. Siebenunddreißig Minuten bis Burgbernbach.

*Nicht hinauslehnen*, besagt eine Plakette unter dem Fenster. Und *Do not lean out, Ne pas se pencher au dehors, È pericoloso sporgersi*. Die Italiener erhalten nur eine Warnung, alle anderen ein Verbot. Lehnt euch doch hinaus, ihr Italiener, wenn ihr unbedingt wollt, macht schon, lasst euch den Kopf abreißen.

Teresa liebt mich. Sie hat es mir gesagt. Nicht, als wir uns letzte Nacht geliebt haben, obwohl sie es da noch einmal wiederholte, sondern als wir vom Kino nach Hause gingen. Wir hielten uns bei den Händen. »Ich wäre nie aus dem Film rausgegangen, wenn du nicht gewesen wärst«, sagte sie.

»Schön zu wissen, dass ich wenigstens für etwas gut bin.«

Da blieb sie stehen und wandte sich mir zu. »Ich liebe dich, John«, sagte sie. »Anders kann ich es nicht ausdrücken.« Sie sah so bekümmert drein, als sie das sagte.

»Wo ist das Problem?«, fragte ich.

»Das Problem ist, dass ich das noch nie in meinem Leben zu jemandem gesagt habe.«

Da stand es also vor mir, dieses einzigartige Juwel, das jetzt mir gehört. Ich kann es in die Hand nehmen und hin und her drehen und es wie einen Schatz hüten, wie ich das noch nie in meinem Leben getan habe.

Heute Morgen waren wir im Hain spazieren, dem großen waldigen Park zwischen dem Kanal und der Regnitz, und sind bis an sein Ende gewandert, dort über die Brücke, am Regnitzufer zurück und vorbei am Wasserschloss Concordia. Wir redeten über Mitchellstown, Canterbury, Steve, Molly, Seamus, Malachy und Matt.

Wir sprachen andeutungsweise darüber, ob wir nicht vielleicht zusammenbleiben wollen. Teresa möchte nicht in Mitchellstown leben. Sie möchte nicht in Nordirland leben. Wir sprachen über die Möglichkeit, eine Stelle in der Republik Irland zu bekommen. Was für sie besser wäre, aber ohne Chance für mich. Damit bleibt England übrig. Oder Franken. Hier.

Will ich mit Teresa zusammenbleiben, brauche ich einen Job in England oder hier. Will ich einen Job in England oder hier haben, brauche ich ein gutes Examen. Will ich ein gutes Examen haben, brauche ich eine gute Zulassungsarbeit.

»Hört mal zu, ihr zwei«, sage ich zu Herbert und Toni im *Schwan*. »Wenn ihr eine Arbeit über die Reichskristallnacht in Burgbernbach schreiben würdet, wo würdet ihr mit euren Nachforschungen beginnen?«

»Was?«, sagt Herbert.

Ich wiederhole die Frage.

Er überlegt. »Es gibt keine lokalen Studien, nur nationale. Ich würde vermutlich die Leute befragen, die dabei waren. Da muss es noch welche geben. Und dann zur Zeitung gehen. Zum *Steigerwald Kurier*. Falls sie dich ins Archiv lassen. Sie haben noch die ganzen alten Ausgaben aus den Dreißigern und Vierzigern. Warum?«

»Warum fragst du nicht zuerst mal den Fotografen, für den du arbeitest?«, schlägt Toni vor.

»Es ist so«, sagt Peter und lehnt sich nach hinten gegen den Vergrößerungsapparat. Er nimmt einen Zug von seiner Zigarette, Stimme und Hände sind ruhig. Ich habe ihn in seiner stabilen Phase am Montagnachmittag erwischt, nach den ersten drei oder vier Flaschen Bier. In einer Stunde oder so, nach den nächsten paar Flaschen, wird er anfangen herumzustottern und unverständlich zu nuscheln.

Ich warte, wie ich das immer tue, wenn Leute im Begriff stehen, mir zu erklären, wie es ist. Einmal hatte ich mich gegenüber meinem Vater über irgendeinen Zustand aufgeregt, ich weiß nicht mehr, über welchen genau und wie er gerade war, vielleicht waren meine Schulnoten ungerecht, oder das Wetter war scheußlich, oder ich hatte die Nase voll davon, im Laden mitarbeiten zu müssen. Er sagte nur: »Ach, John, irgendwie müssen die Dinge halt sein.«

Soeben habe ich Peter gefragt, was er über die ehemaligen jüdischen Besitzer der Wohnung und des Hauses weiß. Jetzt inhaliert er den Rauch, indem er die Lippen jäh nach hinten reißt und zischend einatmet, als erhielte er eine Elektroschockbehandlung. Dann stößt er den Rauch wieder aus, der in der Luft hängen bleibt, als wäre er unschlüssig, wo in der bereits vorhandenen Waberlohe des Ladens er sich ausbreiten könnte.

»Es ist so«, wiederholt er. »Das alles« – er macht eine kleine, wegwerfende Bewegung mit der Hand – »dieser Laden, der nebenan, die Wohnung droben, die du jetzt hast, das alles gehörte den Goldmanns, die geachtete Geschäftsleute in der Stadt waren, zumindest bis die Nazis kamen. Die Goldmanns besaßen mehrere Textil- und Bekleidungsgeschäfte in der Gegend, und das hier war eines davon. In der bewussten Nacht wurden sie aus ihrem Haus vertrieben und ins Gefängnis gesteckt. Von dort hat man sie nach Nürnberg verfrachtet und später dann nach Auschwitz. Und vergast.« Er wedelt mit der linken Hand, als wollte er etwas verscheuchen. »Die Sachen aus ihren Geschäften wurden versteigert. Hier haben bestimmt noch die meisten Haushalte Bettzeug, Handtücher und Tischdecken, die sie damals billig kriegten, mit den eingestickten *Gebrüder-Goldmann*-Insignien. Aber das hat jetzt nichts mit mir zu tun, das war alles vor meiner Zeit. Ich kam erst Ende des Krieges nach Burgbernbach, als sie schon lange tot waren. Und für mich war das Leben auch nicht gerade einfach gewesen, kann ich dir sagen.

Ich hatte meine eigenen Probleme. Ich war am Freitag, dem 16. März 1945, in Würzburg. Sagt dir dieses Datum etwas?«

»Das Ende des Krieges?«

»Die Nacht, in der Würzburg bombardiert wurde. Da wurde ich vom Fotografenlehrling bei Foto Weber, Domgasse 17, der bei seinen Eltern lebte, zum Waisen, der deren verkohlte Überreste zusammenkehrte und sie in einer Schubkarre zu dem Massengrab fuhr, das sie am Samstag im Park ausgehoben hatten. Warum ich am Leben blieb und sie tot waren? Zufall. Ein anderer Luftschutzkeller. Ich ging in den, der am nächsten bei meiner Arbeitsstelle war, und sie gingen in den unter unserem Haus, das einen Volltreffer abkriegte. Und Rudi war bei unseren Verwandten in Burgbernbach. Meine Mutter und mein Vater waren nur noch so groß wie ausgewachsene Hunde. Wie tote Hunde. Ich erinnere mich noch immer an das schreckliche schabende Geräusch, wie sie in der Schubkarre hin und her rutschten und wie sich Teile ihrer Körper abschälten. Und dieser Gestank von verbranntem Fleisch, von dem du glaubst, du kriegst ihn nie wieder aus der Nase. Manchmal bilde ich mir ein, dass ich ihn noch immer rieche. Und dann die anderen Sachen, die ich in dieser Nacht erlebt habe, in diesen Luftschutzbunkern und Kellern unter der Altstadt und auf den Straßen. Alte Leute, die zu Tode getrampelt wurden, ein Kind, eingeklemmt in einer Brandschutztür, der Kopf total blutig, zitternd, sein Mund ging dauernd auf und zu, aber kein Laut kam heraus, und die Mutter hysterisch. Dann der Feuersturm draußen. Kennst du diesen Albtraum, wenn du vor etwas davonlaufen willst, aber immer langsamer wirst und auf der Stelle trittst? Genau so ist es, wenn deine Schuhe an geschmolzenem Teer festkleben. Eine Herde wiehernder Pferde, die man aus den Ställen freigelassen hatte, rannte herum. Von einem stand der Schweif in Flammen und setzte einen Busch in Brand. Eine Nonne wurde von der Detonation durch ein Krankenhausfenster geschleudert, hing in vollem Habit in einem Baum und brannte lichterloh, und ihr Kopf nickte noch immer von der Wucht des Aufpralls. Jemand schrie: ›Sie lebt noch! Schaut hin! Sie winkt! Ein Wunder!‹ Aber es war kein Wunder, sondern das Gegenteil. Das Gegenteil eines Wunders, was das wohl ist?« Er zieht noch einmal an seiner Zigarette, schüttelt den Kopf, stippt die Asche in den Aschenbecher. »Jedenfalls waren es die Flammen, die ihren Arm verzehrten, die Haut austrockneten und ihre Hand hoben. Ach Gott. Am Sonntag bin ich aufs Land gezogen. Nach Burgbernbach. Ich war sechzehn. Ich bekam Arbeit in der Sägemühle meines Onkels, verlor ein paar Finger« – er wedelt mit der Rechten in meine Richtung –, »und als die Stadt diesen Laden hier zur Verpachtung ausschrieb, vergeudete ich nicht viel Zeit mit der Frage, wem der zuvor gehörte. Ich hatte einen kleinen Bruder, um den ich mich kümmern musste. Ich nahm bei der Bank einen Kredit auf und pachtete den Laden. Später kaufte ich ihn zu einem guten Preis. Weißt du, was ich unter dem Arm trug, als ich aus Würzburg wegging? Das Einzige, was ich besaß? Nein, natürlich weißt du das nicht. Es war dieser Vergrößerer.« Er deutet auf den Leitz Wetzlar Focomat, mit dem er alle seine Schwarzweißabzüge macht. »Von Rechts wegen gehört er Fritz Weber. Bloß dass der völlig verkohlt war, und seine Frau auch. Ich fand den Vergrößerer in seinem Laden, irgendwie hatte er die Nacht überlebt, frag mich nicht, wie, da lagen Messer und Gabeln herum, die in der Hitze geschmolzen waren, und ich nahm ihn unter den Arm, ich habe ihn gestohlen, könnte man sagen, und jetzt steht er da. Aber das ist das einzige Ding, das ich gestohlen habe. Es hatte alles seine Richtigkeit. Also komm mir nicht mit Fragen zur Reichskristallnacht.«

Er starrt auf seinen Zigarettenstummel, lässt ihn zu Boden fallen, dreht ihn mit dem Absatz aus. Er steht noch einen Augenblick lang so da, sieht zu Boden, schwankt ein bisschen und schlurft dann fort zum Laden. Plötzlich knallt und klirrt es, eine Bierflasche zerschellt auf dem Boden. »Scheiße«, sagt er. »Es ist alles Scheiße.«

*Volkszorn gegen die Juden.* Mist, die Zeitung ist in Frakturschrift gedruckt. Seit der fünften Klasse Grammar School habe ich so was nicht mehr gelesen. Ich befinde mich in den Redaktionsräumen der Lokalzeitung, allein auf einem freien Platz an einem großen Tisch, und hocke über dem Archivband 3 von 1938. Türen führen zu kleinen Büros um mich herum und tragen Beschriftungen wie CHEFREDAKTEUR, ANZEIGEN, LOKALREDAKTION, aus denen gelegentlich Leute auftauchen, die Zeitungsseiten umhertragen, während im Hintergrund die Druckerpresse lärmt und rumpelt. Der *Steigerwald Kurier, 11. November 1938.* Es bedurfte keiner besonderen Anstrengungen, um an die Ausgabe zu kommen; ich sagte einfach, ich sammle Material für meine Zulassungsarbeit, tatsächlich sagte ich »Doktorarbeit«, wie Herbert mir geraten hatte, und das freundliche Mädchen am Empfang holte mir den passenden Band und räumte mir einen Platz am Tisch frei.

»Sehe ich aus wie einer, der eine Doktorarbeit schreibt?«, hatte ich Herbert gefragt.

Er betrachtete mich schräg, schob den Mund vor und bewegte langsam den Kopf von einer Seite auf die andere.

»Nimm meinen Aktenkoffer.«

Nachdem ich den Dreh mit der Schrift herausbekommen habe, zeigt sich, dass der Artikel nicht viel hergibt. **Zufolge des Hinscheidens des durch die Mörderkugel des Juden Grünspan niedergestreckten Gesandtschaftsrates der deutschen Botschaft in Paris, Parteigenossen vom Rath, bemächtigte sich der fränki-**

schen Bevölkerung eine ungeheure Erregung. **Die Demonstra-tionen der aufgeregten Volksmenge in der Nacht zum Donners-tag dauerten bis in die frühen Morgenstunden. Die Polizei hielt die Ordnung aufrecht.**

Aha. Hier steht eine interessante Notiz: **In arischen Besitz übergegangen: Das geschäftliche Anwesen Goldmann in der Bahnhofsstraße erwarb Kaufmann Fritz Bausewein ... Damit ist jeglicher Hausbesitz in Burgbernbach in arischen Händen.**

Fritz Bausewein. Das größte, fetteste Nazischwein in Burgbernbach.

Ich blättere die Ausgaben der nachfolgenden Tage durch, die sich mit den Nachwehen der Pogromnacht befassen. Die Leitartikel sind besonders aufschlussreich. Samstag, 12. November 1938: **Mit Juden Mitleid haben, ist größte Dummheit, ja ein Verbrechen! Müßten die Juden büßen, was sie im Laufe ihrer Geschichte den Völkern angetan, so gäbe es keine Strafe, die groß genug wäre, ihnen ihre Verbrechen heimzuzahlen.**

Hier in diesen Räumen saß damals jemand, der diesen vergifteten Blödsinn getippt hat. Was war wohl nach dem Krieg mit ihm geschehen?

In derselben Ausgabe: **Burgbernbach judenfrei! Ortsgruppenleiter Bausewein sandte das folgende Telegramm an den Gauleiter: Gauleiter Julius Streicher, Nürnberg. Mein Gauleiter! Mit der Vertreibung der Familie Goldmann ist der Kreis Burgbernbach nunmehr gesäubert von den letzten Vertretern der jüdischen Rasse. Hiermit melde ich Ihnen den Kreis Burgbernbach judenfrei und leiste zugleich vor Ihnen, mein Gauleiter, den heiligen Eid, daß wir zusammen mit Ihnen weiterkämpfen werden bis zur Vernichtung des Weltfeindes.**

**Heil Hitler!**

**Bausewein, Ortsgruppenleiter**

Die Vernichtung des Weltfeindes. Das war ziemlich unzweideutig. Und das war 1938, noch bevor der Krieg überhaupt ausgebrochen war.

Unten auf der Seite eine Proklamation: **Burgbernbach judenfrei! Am Sonntag Fahnen heraus! Umzug vom Parteilokal Roter Ochse am Kriegerdenkmal vorbei in die Erlöserkirche. Dankgottesdienst durch Pg Pf. Kern.**

# 14

An den Wänden hängen Köpfe von toten Tieren, von Keilern und Hirschen, dazu ein Porträt der Frau, die sie erlegte, mit ihrem Waffenarsenal, und eigentlich ist das ganze Schloss voll von toten Dingen: tote Bilder von toten Leuten mit toten Gesichtern, kein einziges davon lächelt, allesamt sind sie schwer bedrückt von dem erhabenen Gefühl eigener Wichtigkeit, tote Gobelins, totes und weggeschlossenes Porzellan, totes Mobiliar. Wir sind übers Wochenende auf einem Lehrerausflug meiner Schule. Es ist Ende November. In den letzten beiden Tagen sind die Temperaturen leicht gestiegen und pendeln jetzt um den Gefrierpunkt. Schnee ist gefallen und bleibt liegen. Die Bustour führte zunächst entlang der Romantischen Straße nach Rothenburg, das dermaßen schön und romantisch in der Winterlandschaft lag, dass man hätte meinen können, es wäre eigens für Teresa und mich erbaut worden. Dann ging es weiter nach Schloss Schillingsfürst, wo wir an einer Führung teilnehmen.

»Schau dir diese armen erlegten Tiere an«, sagt Teresa. Wir stehen vor einem Gemälde, das die im Gras ausgelegten toten Körper von Rehen, Wildschweinen und Füchsen zeigt, dazu Männer mit Büchsen, die stolz um sie herumstehen. »Wenn du die Tiere gegen die Bauern austauschst, dann hast du ein Bild, wie es in Wirklichkeit war. Orte wie diese machen mir immer wieder klar, warum ich Republikanerin bin.«

»Aye, in Ordnung, also wenn es dabei um sonst nichts geht, kannst du mich auch dazuzählen.«

Am Abend sind wir in Dinkelsbühl. Ich wende mich vom Fenster des Hotelzimmers ab, von der Aussicht auf die schneebedeckte Straße und die Mauer der Wallanlage im Hintergrund, wo wir gerade waren. Teresa platziert ihre Toilettenartikel rings um das Waschbecken, legt ihr Nachthemd unter die Bettdecke, schaut zu mir her, lächelt. Sie reklamiert den Raum für uns beide.

Mein Leben ist inzwischen zu einer einzigen Sehnsucht nach ihr geworden. Ich gehe viel zu früh zum Bahnhof, nur um die Momente auszukosten, bevor der Zug mit Teresa einfährt. Wann werde ich den ersten flüchtigen Blick auf sie erhaschen? Wird mein Herz einen Satz machen? Den macht es immer. Einmal hatte ich in die falsche Richtung geblickt, und dann legten sich von hinten Hände über meine Augen, und ich drehte mich um und schloss sie, ohne zu gucken, in die Arme und hatte plötzlich das überwältigende Gefühl, daheim zu sein. An manchen Tagen kommt es mir vor, als könnte ich einfach nichts falsch machen. Als hätte sich die Vorsehung endlich dazu entschlossen, ihr Werk mit mir zu vollenden und mich hinüber auf die andere Seite zu ziehen. Ich wusste nicht, dass das Leben so sein kann. Mit Matt habe ich immer folgenden Trick ausprobiert: Wenn du dich mit dem Gesicht zur Wand in die Ecke eines Raumes stellst, deine Fäuste ballst und mit ihnen dreißig Sekunden lang, so fest du nur kannst, gegen die Wände drückst und dich dann in die Raummitte begibst, werden sich deine Hände von der Seite deines Körpers wie von selbst nach oben bewegen.

Mach das mal, und plötzlich musst du lachen. Genau so fühle ich mich mit Teresa. Etwas in mir, von dem ich nicht wusste, dass es überhaupt existiert, steuert mich, lässt mich wachsen. Es ist das Gefühl, dass Teresa und ich zusammengehören, dass wir beide eine Einheit bilden, die größer ist als die Summe unserer Teile, dass wir beide ein Wesen sind, in das wir uns sicher zurückziehen und die Tür hinter uns verriegeln können.

Wenn wir jetzt in Bamberg in die Bibliothek gehen, dann sitze ich nicht mehr Däumchen drehend herum und warte, bis Teresa fertig ist, sondern beschäftige mich gleichfalls mit meiner Arbeit. Ich habe inzwischen die Nürnberger Gesetze vom 15. September 1935 komplett durchgelesen, in denen die Beziehungen zwischen Deutschen und Juden geregelt wurden.

»Wo hast du das her?«, fragte Teresa, als sie mich zum ersten Mal mit dem Band sah.

»Der Bibliothekar nennt ihn seinen Giftschrank. Man muss zuerst ein Formular ausfüllen.«

»Mein Gott. Als Nächstes liest du noch *Mein Kampf*.«

Ihre Begeisterung und Zielstrebigkeit, ihr Ehrgeiz und Fleiß haben Gleiches auch bei mir ausgelöst.

Ich bin wiedergeboren.


Teresa gibt sich erneut dem dunklen Geheimnis ihrer Seele hin und liest den nächsten Georgette-Heyer-Roman im Bett, ein abgewetztes und zerlesenes Exemplar von *Cousin Kate*. »Was hast du damals beim ersten Mal gesagt, als der Zug von Burgbernbach abfuhr?«, frage ich sie. »Du hast etwas gerufen, aber ich konnte es nicht hören.«

Ihr Mund zuckt in den Winkeln und formt sich zu einem Lächeln, aber sie schaut nicht auf. »Rat mal«, sagt sie.

»Und wenn ich mich damit zum Idioten mache?«

»Daran musst du dich doch inzwischen schon gewöhnt haben.«

»Ich liebe dich.«

»Das ist schön.«

»Ich rate, was du gesagt hast, du Dussel. War es das?«

Nun lächelt sie ein richtig großes, breites Lächeln. »Ich habe gesagt: ›Jetzt hast du wieder diesen Gang drauf.‹ Den Gang, den du immer vor eurem Laden trainiert hast. Das habe ich gesagt.« Sie legt das Buch zur Seite. »Und jetzt komm ins Bett.«


»Du magst Toni, nicht wahr?«

»Ja.«

»Aber du hast nie mit ihr geschlafen.«

»Doch, ja. Im wahrsten Sinne des Wortes.«

»Was soll das denn heißen?«

»Wir haben beide im selben Bett geschlafen.«

»Zur selben Zeit?«

»Ja. Und wir waren sogar nackt.«

»Was eine ziemlich gängige Voraussetzung ist.«

»Aber wir haben nichts gemacht.«

»Und was war dann der Zweck dieser Übung? Warum wart ihr beide nackt im Bett?«

»Ich hatte bei ihr was getrunken und bin eingeschlafen. Als Nächstes weiß ich nur noch, dass es mitten in der Nacht war und ich nackt in ihrem Bett lag.«

»Macht sie das mit jedem Mann?«

»Ich habe doch gerade gesagt, dass wir nichts gemacht haben.«

»Ich meine, ob sie mit jedem Mann nackt ins Bett geht?«

»Ich war ja nicht jeder Mann. Ich war ein Freund, der in ihrer Wohnung so lange getrunken hatte, bis er einschlief.«

»Wie kam es dann, dass du nackt warst?«

Man kann sich darauf verlassen, dass Teresa unweigerlich die Schwachstelle findet. In der Tat hatte ich darüber auch schon nachgedacht.

»Also?« Sie lässt nicht locker. Sie stützt sich im Bett auf einer Seite auf und sieht auf mich herunter: »Hast du dich selbst ausgezogen? Oder hat sie das übernommen?«

»Ich kann mich nicht erinnern.« Ich kuschele mich an sie.

»Nein, John. Nicht schon wieder. Nun sei mal ernst.«

»Ich bin ja ernst.«

»Hör mal. Wenn du dich nicht erinnern kannst, wer dich ausgezogen hat, dann hast du vielleicht doch mit ihr geschlafen und das ebenfalls vergessen.«

»Sie sagte, ich hätte es nicht getan.«

»Also, soweit es dich betrifft, könntest du es tatsächlich getan haben und wüsstest es nicht einmal. Und wenn du mit ihr geschlafen haben könntest, dann hast du es vielleicht auch getan, und es würde keinen Unterschied machen. Moralisch gesehen.«

»Ach, Teresa.«

Mitten in der Nacht stehe ich auf und gehe zur Toilette im Flur, und als ich auf dem Rückweg zu unserem Zimmer bin, kommt Toni den Flur entlanggehatscht, gleichfalls auf dem Weg zur Toilette, eingemummelt in einen Morgenmantel mit so viel grellem Grün und Rot, dass man meinen konnte, die schrillen Farben und ihr leichenblasses Gesicht stünden in einem ursächlichen Zusammenhang.

»Schau mich nicht an«, flüstert sie. »Ich habe mich abgeschminkt«, und hatscht weiter.

»Toni. Augenblick mal.«

Sie dreht sich um, die Augen halb geschlossen. »Ich will mich jetzt nicht unterhalten, weil ich sonst zu wach werde und nicht mehr einschlafe.«

»Bloß eine Frage.«

»Was?«

»Du erinnerst dich an die Nacht in deinem Bett?«

»Was ist damit?«

»Wir haben nichts miteinander gehabt, richtig?«

»Richtig.« Sie gähnt. »Verdammt. Jetzt werde ich wach. Was soll das alles? Hast du es Teresa erzählt?

»Ja.«

»Ein Fehler. Solche Sachen erzählt man nicht weiter, Sachen, die zu kompliziert sind, um sie zu erklären.«

»Es geht darum, dass ich mich an nichts erinnern kann. Ich kann mich nicht erinnern, dass oder wie ich mich ausgezogen habe.«

»Aha. Das ist es also. Teresa glaubt, ich hätte dich für meine eigenen schändlichen Absichten ausgezogen. Zu deiner Information: Ich habe in keinster Weise Hand an dich gelegt. An kein einziges Teil von dir. Das kann ich dir auch schriftlich geben. Verdammt, jetzt bin ich endgültig wach.«

»Habe ich mich selbst ausgezogen?«

Sie grinst. »Nein.«

»Wieso war ich dann nackt?«

»Rate mal.«

»Doch nicht Herbert?«

»Doch.«

»Verdammt, jetzt bin ich selbst endgültig wach.«

»Geschieht dir recht.«

Herbert hat uns über Weihnachten auf den Bauernhof eingeladen. Er sagt, mit seinen Eltern gebe es keine Probleme, wenn Teresa und ich in einem Zimmer schliefen oder so, seine Eltern seien da recht unkompliziert. Er sagt, normalerweise müsste Schnee liegen. Wir könnten Schlitten fahren und Skifahren lernen. Ich habe bereits heimgeschrieben und Bescheid gegeben, dass ich nicht komme. Von Teresa habe ich nichts geschrieben. Noch nicht.

# 15

»Herr Dalzell? Telefon.« Es ist wieder das Insekt. Ich folge ihm in sein Büro.

»Hallo, Teresa.« Ich mag es, ihren Namen auszusprechen, in die zweite Silbe zu gleiten, auf dem a zu verweilen, als wäre es das letzte Plätschern einer glasklaren Welle, die an einem Strand in Donegal ausläuft.

»John? Bist du das, John?«

»Dad?«

»John? John. Wir haben deinen Brief erhalten.« Er schreit, wie um die große Entfernung zu überbrücken.

Ich hatte den Brief völlig vergessen. »Ist irgendwas passiert?«

»Wir möchten gern, dass du an Weinachten heimkommst.«

»Aber … ich habe jetzt schon alles gebucht.«

»Bitte, John. Es würde uns sehr viel bedeuten, gerade an Weihnachten. Und deinem Bruder auch.«

»Matt?«, frage ich idiotischerweise, als hätte ich noch einen weiteren.

»Er kann nichts dafür, aber es ist schlimm mit ihm, John. Komm heim, auch um deiner Mutter willen.«

Alles läuft aus dem Ruder. Mein Vater sollte mich nicht am Telefon anbetteln. Das Insekt kommt herein, nimmt einen Schlüsselbund vom Haken und wirft mir einen schrägen Blick zu, und ich stelle fest, dass ich mit den Händen gestikuliere, als ob das helfen würde, und mein ganzer Körper ist in sich verdreht, als versuchte ich, mich unter einem extrem niedrigen Türstock hindurchzuzwängen oder etwas in der Art.

»Ich seh mal, was sich machen lässt, Dad.«

»Ich weiß, dass du das tust, John. Pass auf dich auf. Ruf uns an, sobald du es genau weißt.« Und legt auf.

Ich widme der Angelegenheit drei Sekunden Überlegung und entscheide, dass eine Änderung meiner Pläne nicht infrage kommt. Auf ein Weihnachten mit Teresa in der Fränkischen Schweiz wegen Mitchellstown und meiner Familie verzichten? Auf das Zimmer mit der Aussicht über das hoffentlich schneebedeckte Tal, auf die gemütliche Kneipe unten am Weg, auf querfeldein Skifahren, auf Schlittschuhlaufen – zugunsten von Schutt und Trümmern, vernagelten Fenstern, Abdeckplanen und ständiger Angst? Da müsste ich ja verrückt sein. Ein Irrer. Alles, was ich zu tun habe, ist, mir einen wasserdichten Vorwand auszudenken, warum ich keinesfalls heimkommen kann. Und ich muss mit Teresa sprechen. Ich rufe sie in ihrer Schule an, und wir verabreden uns. Sie klingt ein wenig bedrückt, aber das bin ich ja selbst auch. Wir kriegen das schon hin.

In dem Moment, in dem ich aus dem Zug steige, sehe ich, dass Teresa irgendeinen Kummer hat. Was unschwer daran zu erkennen ist, dass sie die Arme verschränkt hält.

»Was ist los?«

»Nichts.«

»Irgendetwas stimmt doch nicht. Sag schon.«

Sie schaut weg und zögert, und mir rutscht das Herz in die Hose. Gleich wird sie mir sagen, dass sie mit mir Schluss machen will.

»Ich habe einen Brief von meinem Vater bekommen«, sagt sie. »Er möchte, dass ich Weihnachten nach Hause komme.«

»Ach, und das ist alles? Meiner möchte das auch. Na und? Wir fahren nicht.« Erleichterung. Ich lege meinen Arm um sie, und wir machen uns auf den Weg zum Ausgang. Doch dann entzieht sie sich. Ihre Stirn ist ein einziges Faltengebirge. Wir drücken die Schwingtüren auf und verlassen das Bahnhofsgebäude.

»Was hast du?«, frage ich.

»Wir können doch nicht *nicht* heimfahren. So einfach ist das nicht.«

»Doch, ist es.«

»Weißt du, wie du und ich über das alles bei uns daheim reden? Als wären wir zwei so was wie Fernsehkommentatoren. Als hätte es nichts mit uns zu tun.«

»Es hat nichts mit uns zu tun.«

»Doch, hat es. Selbstverständlich hat es das. Stell dich doch nicht blöd!«

So etwas hat sie noch nie zu mir gesagt. »Was ist denn passiert?«

»Ach. Meine ganze Familie ist fürchterlich aufgebracht. Die Wiese, die wir schon seit Jahren haben wollten, die Wiese, die wir für Malachy und Seamus brauchen, wenn der Hof beide tragen soll – unser Nachbar hat sie an jemand anderen verkauft. An einen Protestanten. Wie er selbst einer ist.«

»Wie auch ich einer bin.« Ich versuche ein Lachen.

Sie aber lacht nicht. »Genau«, sagt sie. »Er ist nämlich dein Onkel. Ivan Mayberry.«

O Gott. Onkel Ivan. Darauf wäre ich nie gekommen. Die Grundstücke auf dem jenseitigen Ufer des Raine folgen der Biegung des Flusses und grenzen ganz anders aneinander, als man es von der Straße aus für möglich halten würde. Man denkt, die Farmen lägen meilenweit auseinander, dabei sind sie benachbart.

Auf dem Bahnhofsvorplatz bleiben wir stehen.

»Zuvor sind wir immer gut miteinander ausgekommen, wir haben ihn immer für einen anständigen Menschen gehalten, wir haben uns immer gegenseitig geholfen, beim Pflügen, bei der Ernte. Mein Vater glaubt, dass ihn dieser Schwager aufgehetzt hat, dieser Makler mit der grässlichen Stimme wie ein Schaf, von dem jeder weiß, dass er dagegen ist, dass Protestanten Land an Katholiken verkaufen. Ist der nicht auch ein Onkel von dir?«

O Gott im Himmel. Neil Lamont, das Arschloch.

»Und so hat eines zum anderen geführt, und Dad glaubt jetzt, dass deine ganze Familie dahintersteckt, sich verschworen hat, damit wir eure Wiese nicht kriegen, und er sagt, dass Mum von jetzt an nicht mehr in eurem Laden einkaufen wird.«

»Um Himmels willen. Wir haben doch gar keine Wiesen. Wir haben noch nicht mal einen Garten.«

»Ja. Na ja. Jedenfalls ist die Stimmung zu Hause schlecht, und Malachy hat angefangen zu trinken und bleibt nächtelang fort, und mein Vater macht sich Sorgen, und letzten Endes läuft es darauf hinaus, dass ich glaube, ich sollte Weihnachten lieber heimfahren.«

»O nein.«

»Doch, wirklich, John.«

»Herrgottsakrament, Teresa.«

»Wirklich, John.«

»Er ist doch schon ein großer Junge, oder? Soll er doch selber auf sich aufpassen.«

»Jetzt klingst du wie Norbert.«

»Himmel, Teresa. Weihnachten sollte doch so schön werden.«

»Ich kann nicht anders, ich hab's dir doch schon mal erklärt, ich kann ihn nicht einfach sich selbst überlassen. Er ist auch ein Teil von mir. Das macht mich genauso fertig. Kannst du das nicht verstehen? Es sind doch bloß zwei Wochen.«

Jemand hupt. Ein Taxifahrer gestikuliert wütend hinter seiner Windschutzscheibe. Wir stehen direkt vor seinem Taxi. Wir gehen weiter.

»Du siehst, John, es holt uns ein«, sagt sie. »Wir denken, wir wären außen vor, aber das sind wir nicht. Wenn man uns reden hört, könnte man meinen, alles wäre bestens. Man könnte meinen, wir wären zwei verliebte Nachbarskinder in irgendeiner dieser Ami-Schnulzen oder so. Dabei habe ich keine Ahnung, wie du über die ganzen Dinge denkst. Weißt du, dass die Unionisten und die SDLP seit Donnerstag in Sunningdale in England eine Konferenz haben, bei der sie den Versuch einer politischen Lösung unternehmen wollen? Was denkst du über das alles?«

»Ich versuche eigentlich, gar nicht darüber nachzudenken. Es bringt mich fast um meinen scheiß Verstand, dass ich dauernd versuche, nicht darüber nachzudenken. Wohin gehen wir überhaupt?«

Sie macht eine ruckartige Kopfbewegung, wie um sich selbst etwas zu bestätigen. »Nicht darüber nachzudenken ist auch ein Standpunkt. Aber du solltest vielleicht mal damit anfangen. Weil wenn nicht mal Leute wie du, die auf die Uni gehen und von denen man annimmt, dass sie nicht auf den Kopf gefallen sind, sich die Mühe machen nachzudenken, dann wird sich nie was ändern.«

»Schön, wenn du es also unbedingt wissen willst: Manchmal muss ich darüber nachdenken, ob ich will oder nicht. Manchmal kann ich nicht einschlafen, weil ich diesen Ziegel höre, der den Schädel der Freundin meines Bruders gespalten hat, wie er übers Dach rutscht, bevor er runterfällt. Und dann denke ich, sie hat es nicht verdient zu sterben. Ich glaube nicht, dass irgendetwas solche Dinge rechtfertigt. Das ist es, was ich denke.«

»Ach.«

Inzwischen stehen wir an der Ampel. Sie wechselt auf grün, und die Menschen hinter uns geraten in Bewegung und schieben uns vor sich her über die Straße.

»Vielleicht sollten wir das Thema für heute bleiben lassen, John.«

»Jederzeit, gern. Ich war's nicht, der damit angefangen hat.«

Wir gehen weiter.

»Du weißt nicht, wie schön es bei Herbert auf dem Bauernhof ist.«

»Ich lebe selbst auf einem Bauernhof. Ich kenne den Dreck und die Kuhfladen nur zu gut.«

»Drunten am Weg gibt es diese schöne Kneipe. Und Schnee wird auch liegen. Wir könnten Skifahren lernen. Stell dir das mal vor! Wer weiß, wann wir je wieder die Chance dazu haben.«

»Meine Entscheidung steht fest.«

»Was, wenn der Besuch der großen Schwester nichts bewirkt? Wenn Malachy weiter auf Sauftour geht? Willst du für den Rest deines Lebens sein Kindermädchen spielen? Willst du ewig auf der Farm bleiben?«

»Du verstehst das nicht.«

»Ich verstehe, dass dir deine Brüder wichtiger sind als ich.«

»Das ist jetzt wieder typisch Mann.«

»Das sagen die Frauen immer, wenn ihnen nichts mehr einfällt.«

Wir gehen in Richtung Sandstraße; Weihnachtsdekorationen hängen überall, und nach diesem Wortwechsel bleiben wir eine Zeit lang stumm.

Teresa stützt den rechten Ellenbogen mit der hohlen linken Hand ab, ihre Rechte ist zur Faust geballt, und mit der boxt sie sich gegen ihr Kinn. Kurz vor der ersten Brücke fängt sie wieder an.

»Auch ich denke, dass das, was mit dem Mädchen passierte, schrecklich ist. Aber du benutzt das, um jede Form von Diskussion abzublocken.«

»Ich versuche nur, mich nicht zu streiten. Das ist alles.«

»Siehst du denn nicht ein, dass das zwei völlig verschiedene Dinge sind? Wie kannst du mit der Freundin deines Bruders anfangen, bloß weil deine Onkel sich zusammengetan haben, um meinen Vater übers Ohr zu hauen?«

»Du hörst dich an, als würde meine Familie sich zusammensetzen, um Komplotte gegen deine zu schmieden. Das ist totaler Quatsch. Vielleicht hat dein Vater zu viel in das hineininterpretiert, was Onkel Ivan sagte. Ich kann mir nicht vorstellen, dass er Versprechungen macht, die er dann nicht einhält. Er ist ein anständiger Mensch.«

»Er ist ein Lügner.«

»Das ist er nicht.«

»Und ein Betrüger.«

Jemand stolpert von hinten in mich hinein. Wir sind mitten auf dem Gehsteig stehen geblieben. Können wir nicht einfach den Weg noch mal zurückgehen und alles auf Anfang setzen? Wie bei einem Film, der zurückgespult wird: rückwärts zum Bahnhof laufen, zurück in den Zug steigen, und dann von vorn beginnen? Ich brauche jemanden, der »Stopp!« ruft wie seinerzeit Basil McKnight bei den Proben von *Annie Get Your Gun* im Jungbauernverein: »Nein, nein, John. Das geht gar nicht. Versuch's doch mal so.« – Keine Chance.

»Schau mal, das muss doch nicht notwendigerweise mit religiöser Diskriminierung was zu tun haben, wenn jemand eine Wiese verkauft«, sage ich. »Das ist eine normale geschäftliche Transaktion. Die Leute möchten in Gelddingen eben auf Nummer sicher gehen.«

»Was willst du damit sagen?«

»Die Leute sind halt gern vorsichtig, das ist alles.«

»Soll das heißen, dass meine Familie nicht vertrauenswürdig ist? Willst du das damit sagen?«

»Kein Grund, um zu schreien.«

»Wer schreit denn hier? Du sagst, wir seien nicht vertrauenswürdig, und bist dann total überrascht, wenn ich mich aufrege.«

»So was habe ich doch nie gesagt. Himmel, du bist doch diejenige, die behauptet, meine Familie wären allesamt Lügner und Betrüger.«

»Vergessen wir's einfach.«

»Herzlich gern.«

Sie geht wieder weiter, bleibt dann stehen. »Aber ich kann es nicht vergessen. Dafür ärgert es mich zu sehr. Es ist so unfair.«

»Schau, wir können doch von hier aus nichts dagegen tun.«

»Genau. Und deshalb fahre ich heim.«

»Mein Gott, Teresa, tu's nicht. Du kannst dort rein gar nichts ausrichten.«

»Schön, und wie steht's dann mit dir, Mister John Dalzell? Hast du irgendeine Vorstellung davon, was das für unsere Familie bedeutet? Hast du denn gar keine Möglichkeit, auf deine bigotte Verwandtschaft einzuwirken?«

Ich kann nicht glauben, dass sie so was sagt. Ich atme tief durch. »Jetzt fängst du schon wieder an. Lass meine Familie aus dem Spiel.«

»Wie soll ich denn deine Familie aus diesem Spiel lassen? Deine Familie ist es doch, die uns das eingebrockt hat. Weißt du eigentlich, dass uns deine Mutter mal bei der *Stubbs Gazette* auf die schwarze Liste der säumigen Schuldner hat setzen lassen, bloß weil wir einmal vergaßen, eine Rechnung zu bezahlen?«

»Himmel, nein.«

»Und weißt du, was? Das hat sie bloß getan, weil wir Katholiken sind. Weil sie uns ganz tief in ihrem Innern nicht traut.«

»Das ist ein Haufen Blödsinn.«

»Du weißt, dass es das nicht ist.«

»Teresa, bitte, lass es nicht darauf hinauslaufen, dass du katholisch bist und ich protestantisch bin.«

»Das bin doch nicht ich, die es darauf hinauslaufen lässt. Das ist deine Familie, begreifst du das denn nicht?«

»Selbst wenn es so wäre: Wir können uns doch aus alldem raushalten.«

»Nein, John, das können wir nicht.«

Inzwischen haben wir uns auf die Häuserseite begeben, an der der Gehsteig verläuft, um den Passanten nicht im Weg zu stehen; wir sind vor dem Schaufenster eines Reisebüros gelandet und schauen auf ein Plakat mit zwei blauen Stühlen und einem blauen Tisch auf einer weißen, sonnenbeschienenen Terrasse mit azurblauem Meer im Hintergrund, und Teresa spiegelt sich in dem Bild, wie sie so dasteht mit Wintermantel, dickem Schal und Wollmütze, und hinter ihr funkeln die Weihnachtslichter. Ich wäre sehr gern dort mit ihr. Ich wäre sehr gern irgendwo mit ihr. Nur nicht in Mitchellstown.

»Herrgott, Teresa, kann ich denn gar nichts vorbringen, was dich umstimmen könnte?«, frage ich sie.

»Ich finde nicht eine Sekunde lang Ruhe, wenn ich nicht alles in meiner Macht Stehende versuche, um zu Hause zu helfen. Du kennst mich, John, du weißt, dass es so ist.«

WILLKOMMEN IN GRIECHENLAND steht auf dem Plakat. Ich finde nicht eine Sekunde lang Ruhe, wenn sie nicht da ist. Nie im Leben. Ich weiß, dass es so ist.

»Hast du ihnen von uns geschrieben?«, fragt sie.

»Nein. Ich wollte es tun, aber …«

»Umso besser.«

Auf dem Tisch im Plakat stehen eine Flasche Wein und zwei Gläser, und im Vordergrund streckt eine schwarze Katze auf einer weißen Steinmauer alle viere von sich.

»Wir können uns doch zu Hause treffen«, sagt sie. »Und ausgehen.«

»Wohin?«

»Mit dem Auto wegfahren.«

»Und Chips und Cola kaufen.«

»Zum Hafen runter.«

»Und das Meer betrachten.«

Sie legt ihren Arm auf meinen. »Komm, gehen wir ins *Pizzini*, John.«


»Willst du mal meine Vision von der Zukunft hören, Teresa?«, frage ich sie beim dritten Glas Stachelbeerwein.

»Nur zu.«

»Wir gehen an unsere Unis zurück und machen unser Examen, dann kommen wir wieder nach Burgbernbach und unterrichten am Gymnasium, machen jede Menge Kohle mit den wunderbaren deutschen Lehrergehältern, und während der vielen Ferien hauen wir ab nach Frankreich, Italien, Österreich oder in die Schweiz, wozu wir gerade Lust haben.«

»Klingt nett. Was werden deine Eltern dazu sagen?«

»Ich weiß es nicht. Es ist mir egal. Aber bevor ich alle Brücken hinter mir abbreche, enterbt werde und mit einem silbernen Sixpencestück oder was auch immer daheim rausfliege, würde ich gern wissen, was du von diesem großartigen Plan hältst.«

»Glaubst du nicht, dass Leute wie wir zu Hause gebraucht werden?«

»Wofür?«

»Um die Dinge zu verändern.«

»Wie denn?«

»Das wäre in der Tat ein interessantes Thema. Darüber würde es sich lohnen zu sprechen.«

»Ich befürchte eher, dass die Dinge uns verändern.«


Teresas Gesicht zeigt das markante Profil eines geschliffenen Edelsteins, scheint zur Gänze aus leicht abgeschrägten, symmetrischen Facetten zu bestehen, die das Licht der Straßenleuchte draußen vor ihrem Fenster widerspiegeln. Zu beiden Seiten ihres Mundes, genau in den Winkeln, machen die Lippen einen kleinen Bogen nach oben zu einem Lächeln, und zwar unabhängig davon, was der restliche Mund gerade tut, und wenn sie dann tatsächlich lächelt, wandern die Bögen zur Mitte hin. Ich liebe dieses in den Mundwinkeln wohnende Restlächeln; es ist, als würde ihre Seele es hier für die mageren Jahre aufbewahren.

»Auf wann soll ich den Wecker stellen?«, flüstert sie. Wir sind die Treppe zu ihrem Zimmer hinaufgeschlichen, ich mit den Schuhen in der Hand. Wir müssen leise sein, weil ihre Vermieterin da ist, und nach 22:00 Uhr darf Teresa keinen »Herrenbesuch« mehr empfangen. Ich bin vorher noch nie über Nacht geblieben, wenn ihre Vermieterin zu Hause war, deren Zimmer zu allem Überfluss gleich nebenan liegt.

»Auf fünf. Ich muss den Frühzug um 5:40 Uhr erwischen. Ich habe die erste Stunde um 8:15 Uhr und muss vorher heim und meine Schulsachen holen.«

Sie beugt sich auf ihrer Seite aus dem Bett und macht am Wecker herum. Ich gebe ihr einen Kuss auf ihren schönen Rücken. Sie legt sich wieder aufs Kissen zurück.

»Kannst du mich nicht einfach bloß halten?«, flüstert sie nach einer Weile.

»Okay. Ich werd's versuchen.«

»Oder kannst du ganz leise sein?«

»So?«

»Ja.«


Mitten in der Nacht muss ich zur Toilette. Also steige ich nackt aus dem Bett und flitze über den Flur ins Bad. Ich setze mich auf die Schüssel, um nicht den Boden vollzupinkeln, wie es Teresa mich geheißen hat. Das Bad ist tadellos sauber, Kloschüssel, Waschbecken und Wanne glänzend weiß, rosa Vorleger auf dem Linoleum. Teresa hat mir erzählt, dass ihre Vermieterin das Bad jede Woche auf Knien wischt, mit einem Eimer Wasser neben sich und Gummihandschuhen an den Händen. Und jede zweite Woche wischt sie die Tür feucht ab. Es plätschert in die Toilette. Ich versuche, nicht zu denken, um anschließend gleich wieder einschlafen zu können, aber während ich hier in der Kälte sitze, schleichen sich allerlei Dinge in meinen Kopf, strecken sich, gähnen und werden munter.

Es ist beschlossene Sache: Wir fahren an Weihnachten heim. Eine Alternative stand nie zur Debatte. Teresa hat sich sogar schon alle Details für die Zugfahrt nach Hause besorgt. Im *Pizzini* hat sie mir alles erklärt. Und nichts, was danach kam, war so schrecklich wie mein erster Gedanke, Teresa könnte mit mir Schluss machen wollen. Was, wenn es umgekehrt gewesen wäre? Wenn ich es gewesen wäre, der hätte heimfahren, und Teresa diejenige, die hätte hierbleiben wollen? Ob sie wohl nachgegeben hätte? Es hat wenig Sinn, darüber nachzugrübeln, alles läuft eben jetzt so ab, falls überhaupt etwas abläuft. Du kannst dich schon mal dran gewöhnen, Dalzell, dass Teresa das Sagen hat. Was das Grundsätzliche angeht. Also dann, ade Weihnachten auf den Höhen der Fränkischen Schweiz, ade Ski-, Schlittschuh- und Schlittenfahren. Vielleicht im nächsten Jahr? Vielleicht nie mehr. Außerdem habe ich inzwischen meine eigenen Gründe, um nach Hause zu fahren.

Um mir Klarheit zu verschaffen wegen Mum und der *Stubbs Gazette* und der Wiese.

Ich höre das Geräusch einer sich öffnenden Tür und das Schlurfen von Füßen in Pantoffeln. Von langsamen, alten Pantoffelfüßen. Allmächtiger. Es rüttelt an der Tür. »Fräulein Cassidy, sind Sie da drinnen?«, fragt eine zittrige Stimme.

Ich betätige die Spülung. Was, wenn sie draußen wartet? Ich rumore geräuschvoll in der kleinen Toilette und wasche mir ausgiebig die Hände im Waschbecken. Stille. Ich öffne die Tür. Niemand. Ich husche über den Treppenabsatz und in Teresas Zimmer, just als die Nachbartür quietschend wieder aufgeht.

»Bist du denn noch ganz bei Trost?«, zischt Teresa, als ich zurück ins Bett schlüpfe. »Es wäre schon schlimm genug, wenn sie dich ertappt, dass du hier schläfst, auch ohne dass du so nackig bist wie jetzt.«

»Was soll ich denn machen?«, zische ich zurück. »Ich hatte nicht vor, hier über Nacht zu bleiben. Ich habe keinen Schlafanzug dabei.«

»Das ist kein Zustand, dass sich zwei Erwachsene so verhalten müssen.«

»Allerdings.«

»Weißt du, was ich denke?«

»Ich weiß, was ich denke.«

»Hör auf damit, John, nein, hör zu: Warum suchen wir uns nicht eine Wohnung irgendwo zwischen Bamberg und Burgbernbach, wenn wir zurückkommen? In einem der Orte an der Bahnstrecke. Von dort aus kannst du nach Burgbernbach fahren und ich nach Bamberg.«

»Du meinst, nach Weihnachten?«

»Ja. Nach Weihnachten.«

# 16

»Sag mal, John, wie ist das eigentlich? Wie ist das, wenn du dir sicher bist, und zwar absolut sicher, dass sie für dich die Richtige ist?« Toni und ich sind auf dem Nürnberger

Christkindlesmarkt und betrachten mit zusammengesteckten Köpfen den ausgelegten Christbaumflitter. Herbert und Teresa sind zum nächsten Stand weitergegangen.

»Es ist großartig«, sage ich zu Toni und denke kurz noch mal nach. »Also, um ganz ehrlich zu sein, ist es so, dass man die ganze Zeit hofft, dass sie sich *auch* sicher ist, und zwar absolut sicher, dass ich für sie der Richtige bin.«

»Ah, ja.« Sie nickt. »Das dachte ich mir schon.«

»Wie wär's mit so was?«, ruft Herbert und zeigt auf einen Stand voller Zinnteller.

»Mein Gott, Herbert, hast du denn überhaupt keinen Geschmack?«, sagt Toni und geht weiter. »Zinnteller sind wie Wandschränke aus massiver Eiche. Wie nickende Spielzeughunde in den Rückfenstern von Autos. Wie gehäkelte Klopapierhauben. Wie Kordhosen.«

»Was hast du gegen Kordhosen?«, fragt Herbert und sieht auf seine eigenen hinunter.

Die Zeit ist wie im Flug vergangen, und urplötzlich haben wir bereits Montag in der letzten Woche vor Weihnachten. In einer Woche um diese Zeit ist Heiliger Abend, und ich werde in Mitchellstown sein. Wir gehen weiter zum nächsten Stand, wo es nur »Zwetschgenmännla« gibt, kleine Figuren aus getrockneten Pflaumen, die als Kaminkehrer, Hexen, Priester, Jäger oder Zwerge angezogen sind.

Toni deutet auf eines im Trikot der deutschen Fußballnationalmannschaft mit dem Aufdruck »Weltmeisterschaft 1974«. »Das erinnert mich an was: Kommst du am Freitag?«

»Fußball interessiert mich nicht.« Seit Tagen schon gehe ich an dem Plakat am Schwarzen Brett der Schule vorbei, ohne es richtig anzuschauen. Es ist expressionistisch aufgemacht und zeigt Fußballspieler in altmodischen, knielangen Turnhosen, die gerade einen Pass spielen. Das »Spiel« heißt *Der Schalker Kreisel*, was wie irgendwas von Brecht klingt, und soll am Abend des letzten Schultages aufgeführt werden.

»Es geht ja gar nicht um Fußball, du Dummian«, sagt Toni.

»Und warum sind dann Fußballspieler auf dem Poster?«

»Um vom wahren Inhalt abzulenken.«

»Und der wäre?«

»Das wirst du am Freitag sehen.«

»Und außerdem fährt unser Zug am Freitagabend.«

»Am Samstag früh«, sagt Teresa.

»Egal. Wir schaun uns das Stück irgendwann später an.«

»Da wird es kein Später geben«, sagt Toni. »Dafür wird Delius schon sorgen. Wir werden von Glück reden können, wenn er die Aufführung nicht gleich abbricht. Das ist eine absolut einmalige Sache. Ich habe es selbst geschrieben und die Schauspieler dazu verdonnert, den Inhalt nicht zu verraten. Total provokativ und brandaktuell und einfach Spitze. Stimmt's etwa nicht, Herbert?«

»Total provokativ stimmt.«

Teresa ist zur nächsten Budengasse geschlendert. »Schau her«, ruft sie. »Das ist genau das Richtige.« Ich verlasse Toni und Herbert und geselle mich zu ihr. Sie steht vor einem Stand mit Holzschnittimitaten von Albrecht Dürer. Feldhasen, Löwen, er selbst. Sie hebt die *Betenden Hände* hoch.

»Völliger Kitsch«, sage ich.

»Du stellst dir doch nur vor, was Toni dazu sagen würde.«

»Tu ich nicht.« Tu ich doch.

»Würde das deiner Mum gefallen?«

»Selbstverständlich. Sie würde es lieben.«

»Na, also. Man kauft doch Geschenke für andere, nicht für sich. Deswegen sind es ja Geschenke. Dir müssen sie ja nicht gefallen. Du willst deiner Mutter eine Freude verweigern, nur um dir dein Gefühl eigener Überlegenheit zu bestätigen?«

Sie hat recht.

»Außerdem: Betrachte dir doch mal diese Hände. Als ich das letzte Mal bei euch im Laden war, fiel mir auf, dass deine Mutter genau die gleiche Art von Händen hat wie meine – abgearbeitete und von Strapazen gezeichnete. Komm schon, John. Kauf es.« Sie ergreift meine Hand. »Du wirst sehen, John. Weihnachten wird schön. Und ehe wir's uns versehen, sind wir schon wieder hier.«

Seit unserem Streit, seit wir vom Rand des Abgrunds zurückgetreten sind, behandeln wir uns gegenseitig wie rohe Eier und haben ihn nie mehr erwähnt.

»Ist es okay, wenn man hier ›bitte‹ sagt?«

Teresa lächelt. »Ich glaube schon.«

»Zwei Bier, bitte.«

»Na, wo komma mir denn awengla her?« Der schon etwas ältere Wirt, der am Tisch unsere Bestellung aufnimmt, ist offensichtlich Bauer und hat Hände wie Schaufeln, ein rotes, rissiges Gesicht und dicht beieinanderliegende funkelnde Äuglein.

»Aus Irland.«

»Aus Irland.« Seine Äuglein werden groß. »Dann seid ihr also …«

»Irre, jawohl.«

»Haha«, sagt er. »Na ja. Macht überhaupt nichts. Ausländer sind ja auch Menschen.« Er schlurft gemächlich zum Tresen davon.

Knarrende Bodendielen, ein in der Ecke vor sich hin bullernder Kachelofen, der Stammtisch, an dem die Einheimischen bei unserem Eintritt ihre Unterhaltung unterbrechen, uns kurz mustern, sich dann wieder ihrem Bier zuwenden und wie in einem längst bekannten, abgedroschenen Stück ihre ritualisierten Unterhaltungen wieder aufnehmen, Dinge sagen, die sie schon zuvor tausendmal gesagt haben, durchsetzt mit Geseufze und Gebrumme.

Wir haben uns gerade mit der Eigentümerin über einen Mietvertrag geeinigt. Teresa hatte die Anzeige im *Steigerwald Kurier* gefunden. *Möblierte Wohnung in Waldbernbach. Holzofenheizung. Balkon, 210 Mark.* Waldbernbach ist der erste Halt auf der Bahnstrecke von Burgbernbach nach Bamberg. Sie wartete auf mich am Bahnhof von Waldbernbach, denn ihr Zug aus Bamberg war schon zehn Minuten vor dem meinen eingefahren. Die Wohnung liegt oben am Ende eines steilen Anstiegs, der von der Dorfmitte mit ihrer Kirche wegführt; sie hat eine schöne, überdachte Veranda, auf die man über Steinstufen gelangt, und befindet sich im ersten Stock eines alten, renovierten Schulhauses mit riesigen Räumen und vielen Fenstern. Das Mobiliar wurde aus alten Bauernhäusern zusammengekauft, zum Teil Antiquitäten, dazu dicke rote Vorhänge, ein altes Sofa mit einem hohen Tisch davor, alte Holzschränke, ein wuchtiger alter Küchentisch mit sechs Stühlen in der komplett eingerichteten Küche. Es gibt sogar Fernseher und Telefon. Und ein separates Schlafzimmer mit einem großen alten Doppelbett mit Messinggestell. Und einen Schuppen für die Brennholzscheite hinterm Haus. Die Wohnung wurde vorher von der Tochter der Vermieterin bewohnt, die für ein Jahr eine Stelle in den USA angenommen hat. Im nächsten Jahr will sie zurückkehren und deshalb die Möbel in der Wohnung belassen, was uns sehr gelegen kommt, aber anderen Interessenten wohl eher nicht so gepasst hat.

Frau Jelinek ist eine kleine, bekümmert dreinblickende Frau, die Witwe des Dorfschullehrers, wie sie uns erzählte. »Bloß von Januar bis August?«, sagte sie und goss uns eine Tasse Kaffee ein. »Tsss, tsss, tsss. Da lohnt es sich ja kaum, sie zu vermieten.«

Und da sagte Teresa: »Vielleicht bleiben wir ja auch länger«, und mir hüpfte das Herz im Leib.

»Schön, na gut«, sagte die Frau. »Normalerweise würde ich nicht an Ausländer vermieten, aber vielleicht wird meine Tochter von den Leuten dort drüben ja auch freundlich behandelt.«

Der Wirt kommt mit unseren zwei Bieren. *Burgbernbacher Bräu.* Perfekt.

»Was gibt es denn zu essen?«, fragt Teresa.

»Unser bekannt reichhaltiges Menü«, sagt der Wirt, und seine Miene faltet sich zu einem Lächeln. Offensichtlich ein altbewährter Scherz. »Ich kann euch eine gemischte Platte machen.«

»Klingt prima«, sage ich, und er schlurft davon.

Teresa ist wieder gefahren, ich warte an dem winzigen Bahnhof noch auf meinen Zug. Wir haben noch zwei weitere Bier getrunken und die gemischte Platte gegessen: Speck und Schinken, Leberwurst, kalte Bratwurst, Kochkäse, alles hausgemacht. Der Ort, das ganze Drumherum, alles war so vollkommen, dass ich den Bann nicht durch einen Kommentar brechen wollte. Beide umgingen wir das Thema, wie lange wir in Waldbernbach bleiben wollten, und besprachen stattdessen, in welchen Räumen wir unsere Unterrichtsvorbereitungen machen und uns mit unseren Zulassungsarbeiten beschäftigen und wo wir Bettwäsche kaufen würden. *Unser eigenes Schlafzimmer.* Ich muss noch eine halbe Stunde warten. Ich schlendere im Dunkel und im Schnee durchs Dorf und denke: *Da entlang können wir spazieren gehen, dort können wir im Sommer draußen sitzen, und hier werden wir einkaufen.* Ich schaue nach oben und betrachte die Schneeflocken, wie sie im Licht der Straßenlampen zu Boden torkeln. Magisch.

»Das muss man sich vorstellen, zu dieser Jahreszeit zu heiraten, um Gottes willen«, brummt mir Peter aus dem Mundwinkel zu, während er gebückt an seinem Fotostativ herumhantiert. »Da muss man ja nicht ganz dicht sein.« Er richtet sich ächzend auf. »Seid ihr so weit?«, ruft er der Gruppe zu, die vor dem zugefrorenen Teich im Stadtpark von Neustadt steht. Alle nicken. Peter und ich ziehen unsere Handschuhe aus, Trauzeuge und Brautjungfer nehmen gleichzeitig dem Brautpaar die Mäntel von den Schultern, die sie den beiden zuvor übergelegt hatten, und enthüllen auf diese Weise das schulterfreie weiße Kleid der Braut und den Gesellschaftsanzug des Bräutigams.

»So was«, sagt Peter. »Die ist noch nicht mal schwanger. Lächeln!«, ruft er. Aber sie fangen bereits an, vor Kälte zu zittern.

»Kennt ihr den von dem Ostfriesen im Musikgeschäft?«, ruft Peter hinüber. »Ein Ostfriese kommt in ein Musikgeschäft. Sagt er: ›Ich nehm die rote Trompete und das weiße Akkordeon.‹ Sagt der Verkäufer: ›In Ordnung, den Feuerlöscher können Sie haben, aber der Heizkörper bleibt da.‹«

Das Lächeln des Brautpaars bietet einen schrecklichen Anblick. Als hätte ihnen jemand die Lippen auseinandergezogen und dann festgetackert. Ich kann mir nicht vorstellen, was das für Bilder werden sollen. Schon beim Zuschauen muss ich frieren. Ich kann richtig hören, wie ihre Zähne klappern. Ich knipse mit der Leica drauflos, während Peter Nahaufnahmen mit der Rolleiflex macht. Ich liebe das Geräusch des Leica-Verschlusses. Unaufdringlich, und doch solide.

»Sehr schön!«, ruft Peter.

Das Paar schlüpft in die Mäntel und wird an uns vorbeigeleitet.

»Warum heiratet ihr ausgerechnet in der Woche vor Weihnachten?«, fragt Peter.

»Wir haben uns heute vor zwei Jahren kennengelernt«, sagt die Braut. Ihre Zähne klappern jetzt tatsächlich.

»Selber schuld«, sagt Peter, als sie weg sind.

»Deine Witze sind grauenhaft«, sage ich auf dem Heimweg im Auto zu ihm. »Immer über andere Leute, die angeblich blöder sind.« Ich hasse es, wenn ich Engländern sage, wo ich herkomme, und sie dann glänzende Augen kriegen, sich an den zuletzt gehörten Irenwitz zu erinnern versuchen, anfangen zu grinsen und loslegen.

Peter schaut zum Seitenfenster hinaus. »Ach, Rudi, Rudi«, sagt er. Er spricht von seinem Bruder. Wir fahren die Schwarzenbergerstraße entlang, wo alle reichen Leute von Burgbernbach wohnen, und vor einer der Villen steht ein Polizeiwagen. »Reitet schon wieder auf seine alte Tour. Nachforschungen anstellen, nennt er das. Ha. Nachforschungen bei den Frauen anderer Männer. Und ist selbst glücklich verheiratet mit zwei Kindern. Ach.« Er fängt an, im Handschuhfach nach seiner Schnapsflasche zu kramen. »Kennst du den von dem Ostfriesen und seiner Kuh?«

»Nein.«

»Die Kuh eines ostfriesischen Bauern ist krank. Er fragt seinen Nachbarn: ›Was hast du damals deiner Kuh gegeben, als die so krank war?‹ – ›Salmiakgeist‹, sagt der Nachbar. Eine Woche später trifft der Bauer wieder seinen Nachbarn. ›Meine Kuh ist gestorben‹, sagt er. ›Meine auch‹, sagt der andere.«

»Haha. Hör zu, Peter. Was ist der Schalker Kreisel?«

»Der Schalker Kreisel, der Schalker Kreisel, ach ja, hat was mit Fußball zu tun.«

»So viel weiß ich auch schon.«

»Warte mal. Das war eine Taktik in den Dreißigern. Schalke 04 spielte sie. Kurze Pässe, und die Spieler haben dauernd ihre Positionen verschoben oder irgend so was.«

»Klingt faszinierend.«

Er hat die Flasche gefunden. Er setzt sich zurück, schraubt sie auf und nimmt einen Schluck.

»Was anderes. Weißt du irgendwas über einen Pfarrer Kern?«

Peter zieht scharf die Luft ein und zuckt zusammen. Das tut er immer, wenn er Schnaps trinkt. »Einen Pfarrer Kern? Ein Kirchgänger bist du wohl nicht gerade, oder? Du meinst *den* Pfarrer Kern. Eine Burgbernbacher Institution. Ist hier schon ewig und drei Tage Pfarrer. Der Vater der Religionslehrerin an deiner Schule.«

»Das hab ich mir gedacht.«

»Du solltest das hiesige Käseblatt lesen. Letzte Woche hat er sein vierzigjähriges Dienstjubiläum gefeiert. Sogar der Bischof war da.«

»Was bedeuten die Buchstaben Pg. vor seinem Namen?«

»Pg., Pg., ah, natürlich, Parteigenosse. Sie bedeuten, dass er in der Nazi-Partei war.« Er wirft mir einen fragenden Blick zu. »Heutzutage gibt er damit eher weniger an.«

»Ich habe es in einer alten Zeitung von 1938 gefunden.«

»Aha.« Er nimmt noch einen Schluck, schüttelt sich wie ein nasser Hund und schraubt den Verschluss wieder auf die Flasche.

»Er war als protestantischer Pfarrer in der Nazi-Partei?«

Peter hebt die Schultern. »Warum nicht?« Er zündet sich eine Zigarette an, und seine Miene hellt sich auf. »Kennst du den von dem Pfarrer, der den todkranken Mann besucht, der auf der Intensiven liegt und an all diese Schläuche angeschlossen ist? Plötzlich fängt der Mann an zu prusten und zu husten und macht dem Pfarrer hektische Zeichen, er soll ihm Papier und Bleistift bringen, was der Pfarrer auch macht. Der Mann kritzelt etwas drauf und stirbt. Als die Ehefrau eintrifft, gibt der Pfarrer ihr den Zettel, weil er denkt, der geht ihn nichts an. Sie liest laut vor: *Geh von meinem Schlauch runter, du Depp, ich ersticke.* Gut, was?«

# 17

Das Schulfoyer ist gerammelt voll. Erwartungsvolles Summen liegt in der Luft. Das gesamte Lehrerkollegium ist anwesend, und die vorderen Sitzplätze sind für Schüler und Eltern und die Honoratioren reserviert. Einige Schüler grinsen sich zu. Offensichtlich haben Tonis Ermahnungen die Sache nicht vollständig geheim halten können. Die ganze Woche über ist sie schon ein einziges Nervenbündel gewesen; einige Schauspieler haben, unter dem Druck ihrer Eltern, einen Rückzieher gemacht.

»Hoffen wir, dass es nicht um Fußball geht«, sagt Teresa.

»Wenn es nur darum ginge«, sagt Herbert.

»Weißt du, worum es geht?«, frage ich.

Er nickt bedrückt.

Das Licht erlischt, der Vorhang öffnet sich. Toni erscheint. Sie trägt so etwas wie einen Mechanikeroverall. »Liebe Gäste«, sagt sie, »ich möchte darauf hinweisen, dass es sich hier um ein Werk der Fantasie handelt. Ähnlichkeiten zwischen dem, was nun folgt, und realen Ereignissen oder Personen sind in keiner Weise beabsichtigt.«

»Gott sei Dank. Ich habe sie dazu gebracht, dass sie wenigstens das sagt«, flüstert Herbert.

»Sie sind —«, Toni pausiert und lächelt, »Glückstreffer.« Sie verlässt die Bühne.

Herbert stöhnt. »Großer Gott.«

Die Szene spielt im Halbdunkel eines Zimmers. Männerstimmen räsonieren über Fußball. Eine schwelende Kontroverse über die Frage, welche Mannschaft die bessere sei, der 1. FC Nürnberg oder Schalke 04, was üblicherweise ausreichend Stoff für Wirtshausstreitereien bietet. Vereinzelte Lacher im Publikum über altvertraute Männersprüche; der eine Spieler ist eine

»Gurke«, ein anderer eine »Flasche«. Bis hierher bewegt sich alles auf sicherem Boden, eine Art deftiger Schwank.

Punktstrahler beginnen, einzelne Objekte herauszupicken, zunächst so unaufdringlich, dass man meint, man nehme sie wahr, weil sich die Augen an die Dunkelheit gewöhnt haben. Das erste ist die Uhr, die für das konstante Ticken im Hintergrund verantwortlich ist. Sie zeigt drei Uhr morgens. Als nächstes wird die Kellnerin sichtbar, die hinter der Theke gerade ein Glas abtrocknet, gähnt, Grimassen in Richtung der Männer und hinter deren Rücken schneidet und sich offensichtlich wünscht, sie würden alle nach Haus und ins Bett gehen. Die Kellnerin ist Biggi.

»*Kuzorra*. Was ist denn das überhaupt für ein Name?«, sagt einer.

»Oder *Szepan*.«

»*Tibulski*.«

»Richtig stramme deutsche Namen, muss ich schon sagen.«

»*Kalwitzki*.«

»Scheiß Polacken, der ganze Haufen.«

»Aber spielen können sie.«

»Wenigstens sind sie die ganzen scheiß Juden losgeworden.«

»Wurde auch Zeit. Man konnte sich ja kaum mehr umdrehen, ohne über einen zu stolpern.«

Währenddessen war die Beleuchtung immer heller geworden, und das Publikum ist erstarrt, denn jetzt sind die schräg über den Rücken der Männer verlaufenden ledernen Schulterriemen zu erkennen, dazu die SA-Uniformen in der Farbe von abgestandenem Senf, und das Ding, das Biggi die ganze Zeit poliert, ist keineswegs ein Glas, sondern ein Hakenkreuz aus Metall mit einem Standfuß. Sie wirft einen Blick auf die Uhr, schüttelt den Kopf und reißt das alte Kalenderblatt ab. Es ist der 10. November 1938.

Der Schein einer Taschenlampe fällt durchs Fenster herein und imitiert Scheinwerfer, die von außen darüberstreichen, und man hört das Geräusch eines anhaltenden Fahrzeugs.

»Das wird der Chef sein«, sagt einer.

Und schon tritt er ein, in einem langen braunen Mantel, sieht sich um, nickt schmallippig, klatscht dann urplötzlich seine Handschuhe auf den ersten Tisch, was wie ein Peitschenschlag in der Turnhalle klingt. Die Zuschauer fahren hoch. »Ihr faulen Taugenichtse!«, brüllt er. »Könnt ihr nicht ein einziges Mal ein bisschen Eigeninitiative zeigen? Wo wäre Deutschland jetzt, wenn alle bloß denken, der Dienst am Vaterland besteht darin, dass man sich blöd säuft! Ihr seid ja so was von faul, dass euch die Säue beißen! Muss ich erst eure Nasen in die Scheiße tunken, ehe ihr sie riecht?« Mir kommt der Schüler, der ihn spielt, bekannt vor, aber ich weiß im ersten Moment nicht, wo ich ihn hinstecken soll. Ach ja, natürlich, es ist Ulli, der seine langen Haare in ein Haarnetz am Nacken gepackt hat und die Brille jetzt so trägt, dass seine Knollennase noch deutlicher hervorsticht als sonst. Es dauert, bis einer der Männer reagiert.

»Wozu die Aufregung, Ortsgruppenleiter? Setzen Sie sich doch und trinken Sie ein Bier mit uns.«

»Ihr habt wohl nicht gehört, was ich gerade gesagt habe! Der Jude Grünspan hat den Legationssekretär vom Rath erschossen! Überall hat sich das Volk in seinem gerechten Zorn gegen den Feind erhoben! Überall brennen die Synagogen!«

»Aber, Ortsgruppenleiter, was sollen wir denn da tun? Burgbernbach hat keine Synagoge. Wo sollen wir um diese Uhrzeit mitten in der Nacht eine hernehmen?«

Dafür gibt es einen einzigen Lacher. Ulli besitzt die Geistesgegenwart, einen schrägen Blick ins Publikum zu werfen, wie um den Übeltäter auszumachen, und das Lachen erstirbt in peinlicher Stille. Dann wendet er sich wieder dem Tisch zu.

»Gibt es in unserer Heimatstadt etwa nicht genug Juden? Gehen sie etwa nicht direkt vor unserer Nase ihren täglichen Geschäften nach, als hätten sie ein Recht dazu? Verkaufen sie etwa nicht ihre dreckigen jüdischen Waren an brave deutsche Volksgenossen und -genossinnen? Hocken sie etwa nicht gleich gegenüber auf der anderen Seite dieser Straße in ihrem Bau? Steh auf, deutsches Volk! Deine Stunde ist gekommen!« Das Publikum holt hörbar tief Luft und atmet mit einem langgezogenen *Oooh* aus, wie bei einem Fußballspiel, bei dem die gegnerische Mannschaft fast ein Tor geschossen hätte.

Licht aus.

Hin- und Herschlurfen und Flüstern auf der Bühne, desgleichen im Publikum. Jemand in der ersten Reihe steht auf und geht durch den Mittelgang zur Tür. Ich kann einen Haardutt auf einem auf- und abwippenden Kopf erkennen. Es ist Frau Kern. »Erster Glückstreffer«, sagt Herbert. Auch andere erheben sich und gehen. Schauspieler mischen sich unter sie und begeben sich zur Rückseite des Raums. Dann ein Hämmern an der Tür, Gebrüll, Schreie, Ledersohlen, die Holztreppen hinaufstampfen, erneutes Brüllen, ein Klirren, ein Schlag, ein Ruf »Drecksjude!« und ein Klatschen. In unserem Rücken nun die Geräusche von zerbrechenden Gegenständen. Splittern, Krachen, Schlagen, Knirschen. Hälse verdrehen sich nach hinten, um etwas zu sehen, aber alles ist finster. Erneutes Rumoren auf der Bühne, langsam geht das Licht an. Dieses Mal ist es rot. An der Bühnenrampe und vor dem Vorhang stehen Leute und blicken über die Köpfe des Publikums hinweg zur Rückwand des Foyers. Sie sind in Schlafanzug und Nachthemd, und ihre Gesichter werden von den Scheinwerfern in rotes Licht getaucht. Es wird klar, dass es sich um die Menschen aus den Wohnungen auf der anderen Straßenseite handelt, die sich im Schein von Flammen ansehen, was auch immer da gerade vor sich geht. Sie diskutieren, was zu tun sei, einige schlagen vor, die Polizei zu rufen, andere sagen, schau doch hin, die Polizei ist doch schon da, die werden ja wohl wissen, was sie zu tun haben. Einige sagen, das ist ja schrecklich, dass es so weit gekommen ist, andere sagen, das wurde aber auch Zeit, wieder andere sagen gar nichts. Eine Frau steckt sich irgendetwas in die Ohren und geht wieder zurück ins Bett. Die anderen erkennen die SA-Männer. »Guck, dort am Fenster, da ist der Siggi. Und der Sepp und der Nobbi. Was machen die denn mit dem Klavier?« Die Zuschauer holen vernehmlich Luft. Siggi ist der frühere Bürgermeister. Sepp und Nobbi sind zwei seiner Kumpel aus dem *Roten Ochsen*. »Die nächsten Glückstreffer«, sagt Herbert.

Man hört Schreie, ein Fenster, das zu Bruch geht, ein ohrenbetäubendes Klimpern, das sich mit dem Krach eines zersplitternden Objekts vermischt. Finsternis. Der Vorhang geht auf. Die Szene ist expressionistisch verfremdet, Ecken und Winkel grotesk verzerrt wie im *Kabinett des Dr. Caligari*, aber noch immer als Marktplatz von Burgbernbach erkennbar. Auf der einen Seite der *Rote Ochse*, auf der anderen eine große Ladenfassade mit dem Schild *Bekleidungshaus Goldmann*. Dazwischen hat ein Flügel eine Bruchlandung auf den Pflastersteinen gemacht. Die Leute von der Requisite haben tolle Arbeit geleistet; das Instrument ragt aus dem Blickfeld der Zuschauer nach hinten, nichts als Flächen und Kanten. Schwarze und weiße Tasten, groß wie Treppenstufen, sind aus der Tastatur herausgerissen und liegen kreuz und quer auf dem Platz verstreut.

Zwei Frauen treten näher, tragen Einkaufstaschen, diskutieren angeregt. Darüber, welche Klöße die besten sind. Für die eine sind es die Semmelklöße, für die andere die rohen. Sie argumentiert, dass Semmelklöße viel zu einfach zu machen und deshalb undeutsch seien. Die beiden stoßen auf den Flügel. Sie unterbrechen kurz ihre Unterhaltung und betrachten den

Koloss. Dann nehmen sie die Diskussion wieder auf; die eine stürzt über ein paar Klaviertasten und muss von der anderen auf die Beine gestellt werden, die andere versucht, sich unter dem Flügel hindurchzuzwängen, bleibt stecken und wird an den Füßen hervorgezogen. Währenddessen tauschen die Frauen die ganze Zeit über weiter Argumente für und wider ihre Klöße aus, erwähnen aber nie das Musikinstrument. Trotz der Komik lacht niemand im Publikum. Schließlich müssen sie eine Leiter holen; sie klettern über den Flügel und verschwinden aus dem Blickfeld. Dann gibt es einen schrecklichen Knall. Schreie, Martinshorn, Polizei, Sanitäter mit Tragbahren. Anteilnehmende Passanten. Eine völlig andere Szene als die vom Vorabend. Vorhang.

Im Foyer geht die Beleuchtung an. Keiner klatscht. Toni erscheint auf der Bühne. »Das Stück ist aus«, sagt sie.

»Bei deinem Schlag mit den Handschuhen sind sie wirklich alle zusammengefahren«, sagt Teresa zu Ulli. Er sitzt links von mir im Hinterzimmer des *Schwan*, wo Fotos der einheimischen Fußballmannschaften aus den Sechzigern an den Wänden hängen. Rechts von mir sind Teresa, Herbert und Toni, und die anderen Schauspieler sitzen am unteren Ende des Tisches. Zwei gläserne Maßkrüge voll Bier, die Toni ihnen spendiert hat, machen die Runde. Vom Kollegium hat sich sonst niemand uns angeschlossen.

»Ja, und wie«, sagt Ulli. »Der Trick besteht darin, sie vorher nass zu machen, sie richtig einzuweichen. Dann – klatsch!« Er schlägt mit der flachen Hand auf den Tisch und grinst Teresa an wie ein Wolf, wobei sein Blick für meinen Geschmack ein bisschen zu lang auf ihr verweilt. Biggi, die auf seiner Seite am Tischende sitzt, lacht entzückt auf. Wieder sind sie identisch angezogen, dieses Mal mit roten Strickpullovern.

Ein drittes Glas Bier ist wie aus dem Nichts aufgetaucht und steht vor Toni. Es hat die Form eines Stiefels und ist noch größer als die Maßkrüge. Es sieht so aus, als könnte es mindestens anderthalb Liter fassen, ist aber nur halb voll. »Frau Klein, Stiefeltrinken!«, ruft Ulli. Toni nimmt einen großen Schluck aus dem Stiefel und reicht ihn weiter an Herbert.

»Macht ihr euch keine Gedanken darüber, was die Leute in Burgbernbach sagen werden?«, fragt Teresa. Sie schaut hinunter auf das Bier, das sie in Händen hält, dann wieder hoch. »Und entschuldigt die Frage, aber – stellt ihr auf der Bühne nicht eure Eltern dar?«

»Meine Familie gehört hier schon immer zu den Außenseitern«, sagt Ulli. »Mein Vater ist Sozialist, wie es auch sein Vater war. Herr Eder, Stiefeltrinken!«

»Und mir ist es egal, weil ich nicht von hier bin«, sagt Biggi. »Ich wohne im Internat.«

»Außerdem wird auch keiner was sagen«, ergänzt Ulli. »Die haben alle zu viel Angst.«

»O doch, die werden was sagen«, meint Herbert. »Frau Kern hat uns mit einer Verleumdungsklage gedroht. Und Delius schreibt einen Bericht ans Kultusministerium.«

»Kommen Sie schon, Herr Eder, Stiefeltrinken!«

Herbert nimmt der Form halber einen Schluck und reicht den Stiefel an Teresa weiter, die es ihm gleichtut und ihn an mich weitergibt. »Und Kraus hat mir das Du entzogen«, schließt er.

»Er hat dir das Du entzogen? Oho, da fährt einer aber schwere Geschütze auf«, sagt Toni.

Ulli stößt mich an. »Mister Dalzell!«

»Ich weiß schon, Stiefeltrinken.« Ich nehme ebenfalls einen angemessenen Schluck und reiche den Humpen an ihn weiter.

Ulli setzt an und trinkt ihn mit großen Schlucken und heftigem Auf und Ab seines Kehlkopfs leer. Dann knallt er das

Glas mit einem langen Rülpser auf den Tisch. Applaus, Pfiffe, Johlen und Gelächter von allen Seiten. Ein neuer, randvoll mit Bier gefüllter Stiefel erscheint vor mir, dazu ein Bierfilz mit dem Vermerk 4,50 DM am Rand.

»Was bedeutet das?«, frage ich.

»Der Vorletzte zahlt!«, lautet die vielstimmige Antwort.

»Ist das ein Spiel?«

»Richtig. So geht Stiefeltrinken.«

»Aber ich kannte die Regeln ja gar nicht.«

»Regeln sind Regeln«, sagt Ulli. »Ob Sie sie kennen oder nicht.«

»Ich dachte, du wärst Anarchist.«

»Nur bei großen Dingen. Wenn's um Politik, Geld oder Liebe geht. Bei kleinen Dingen nicht. Wie – beim Stiefeltrinken.«

# 18

»Geht's besser?«, fragt Teresa.

»Im Moment schon.«

»Ich hab's dir doch gesagt, dass das keine gute Idee ist, vor der Abfahrt noch diesen Orangensaft zu trinken.«

»Vielleicht waren es ja auch die Bratwürste mit Kraut im *Schwan* oder der Glühwein. Oder das saublöde Stiefeltrinken. Oder alles zusammen.«

»O Gott, hör auf! Sonst krieg ich auch noch Dünnpfiff. Wir hätten nach dem Stück ins Bett gehen sollen. Um ein bisschen Schlaf zu kriegen. Ich bin ganz kaputt. Ich könnte auf der Stelle einschlafen, wenn ich nicht so frieren würde.«

»Hätten wir machen sollen.«

»Entschuldigung.« Jemand quetscht sich an uns vorbei und schiebt die Tür des gegenüberliegenden Abteils auf. Man hört die aus dem Schlaf gerissenen Passagiere aufstöhnen, und der warme, ranzige Geruch von aus Schuhen befreiten Socken dringt heraus. Der Mann schlüpft hinein und schließt die Tür hinter sich. Die Leute im Abteil gehören zu den Glücklichen. Den ganzen Gang entlang sitzen Reisende, die keinen Platz bekommen haben, schwankend auf ihren Koffern. Teresa und ich hocken schon über eine Stunde, seit Würzburg, auf unserem Gepäck, von meinen Ausflügen zur Toilette abgesehen. Es ist halb fünf Uhr früh.

Teresa ist in einem alten Bauernhaus am Ende eines zerfurchten Waldpfades. Ich muss unbedingt zu ihr gelangen, bevor etwas anderes sie erreicht, ein Etwas, das von der anderen Seite durch den Wald kommt. Plötzlich stehe ich im Freien auf einer Wiese, aber etwas Dunkles und Hochaufragendes blockiert den Weg. Sturm ist aufgekommen, und das Gefährt, in dem ich mich befinde, schaukelt von einer Seite auf die andere.

»Wach auf, John. Im Abteil holen ein paar Leute ihre Koffer runter. Die steigen bestimmt gleich aus.«

»Wo sind wir?«

»Kurz vor Köln.«

Toni hat uns zum Abschied eine Tüte mit selbst gebackenen Weihnachtsplätzchen mitgegeben. Sie liegt neben meinen Füßen, die Plätzchen sind zerbröselt, vermutlich war ich das. Ebenfalls zu meinen Füßen, allerdings unversehrt, spitzt das Wildschweinfell aus einem Matchbeutel heraus, das mir Herbert als Weihnachtsgeschenk für Zuhause mitgegeben hat. Sein Bruder Manfred hatte im eigenen Wald einen Keiler geschossen und dessen Fell präpariert. Es war zusammengerollt gewesen, hat sich aber etwas entrollt, und auf der Innenseite lese ich: *Für Mr. & Mrs. Dalzell, die Eltern von MR. DALZELL, von seinem Lieblingsschüler Ulli, FRÖHLICHE WEIHNACHTEN.*

Verdammter Ulli. Wann hat er bloß das Ding in die Finger gekriegt?

Teresa ist mit dem Kopf an meiner Schulter eingeschlafen; wir haben schließlich doch noch Plätze in einem Abteil bekommen. Wir sitzen mit dem Rücken zur Fahrtrichtung, Teresa an der Tür. Den Fensterplatz neben mir nimmt ein pickeliger Bursche ein, der, mit Überzieher, Flanellhose und Schnürschuhen, wie für einen Ausflug der Sonntagsschule angezogen ist, und ihm gegenüber sitzt ein Kerl im Schneidersitz mit einer Wollmütze auf dem kahlgeschorenen Schädel. Er hat nicht nur keine Schuhe an, sondern auch keine Socken an den Füßen, die er unter den Hintern gezogen hat. Seine Füße sind auf der Oberseite rot und an der Sohle schwarz, so schwarz wie die Finger, mit denen er mit äußerster Sorgfalt eine Zigarette rollt; die Jeans hat er sich halb über die Waden geschoben.

»Freie Liebe und so Zeug«, sagt er. »Bloß dass das mehr so eine theoretische freie Liebe ist, falls ihr wisst, was ich meine.« Er erzählt uns von der Kommune in Wien, in der er lebt. Er hat die Art von starrem Blick aus weit auseinanderliegenden Augen, bei dem man denkt, dass alles, was er sagt, ein Witz sei. Oder dass er spinnt.

»Nicht so richtig«, sage ich. »Ist ein bisschen schwer vorstellbar.«

»Ich hätte mir da schon mehr erwartet.«

»Aha.«

»Im Klartext: Mit Flachlegen und Vernaschen ist da weniger drin, als ich dachte, falls ihr mir folgen könnt.«

»Ah ja. Dann ist es ja so wie überall.«

»Ja gut, kann man so sagen.«

»Na, komm, Paddy, du scheinst doch ganz gut auf deine Kosten zu kommen«, sagt der andere Typ.

Teresa ist aufgewacht. »Warum nennt er dich Paddy?«, fragt sie mich.

»Er sagt ja auch Jock zu mir«, sagt der Schotte. »Aber ich heiße tatsächlich Jock. Ich nehm mal an, du heißt nicht Paddy.«

»Ich heiße John.«

»Bei uns heißen alle Iren Paddy«, sagt mein Nachbar.

»Wer ist ›uns‹?«, fragt Teresa.

»Die British Army.«

»Oh.«

»Ich war in Irland und so.«

»Na, da schau her. Und wo?«

»In Londonderry.«

»Zu welchem Regiment gehörst du?«

»Nicht zu den Fallschirmjägern. Leider.«

Teresa richtet sich auf, beugt sich vor und sieht ihn an. »Was soll das heißen? Diese Scheißkerle haben vierzehn unschuldige Leute erschossen. Meine Brüder waren bei der Demonstration dabei. Wir haben Todesängste ausgestanden, bis sie an diesem Abend wieder heimgekommen sind. Sie sagten, sie hätten gesehen, wie ein Junge kaltblütig erschossen worden sei. Und zwar von hinten.«

»Darüber weiß ich rein gar nichts«, sagt der neben mir und sinkt in seinen Sitz zurück.

»Dann solltest du deine blöde Klappe nicht so weit aufreißen, wenn du schon keine Ahnung hast.«

»Da biste ja sauber ins Fettnäpfchen getappt«, sagt Jock und zieht an seiner Zigarette. »Was, Tommy?«

Hinter Aachen wird es allmählich hell. Der Soldat quetscht sich an uns vorbei und geht zur Toilette. »Du solltest von dem Landser da nicht zu schlecht denken«, sagt Jock zu Teresa. »Ich kenn die Sorte. Dumm wie Schifferscheiße. Die greifen sich halt die Arbeitslosen und stecken sie in eine Uniform, und die halten sich dann für die Allergrößten und landen schließlich in Irland, um dort abgeknallt zu werden. Eine Schande. Klar, dass die ihren Ellenbogen nicht von ihrem Arsch unterscheiden können.«

Ich stelle die beiden Guinness ab, die ich von der Bar auf der Fähre geholt habe. »Du hast mir nie erzählt, dass deine Brüder am Bloody Sunday in Derry waren«, bemerke ich so beiläufig wie möglich, aber eigentlich brenne ich schon die ganze Fahrt durch Belgien darauf, Teresa danach zu fragen, und jetzt sind wir zum ersten Mal allein.

Sie nimmt ihre Halbe zwischen die Hände, wie um sie am Bier zu wärmen. »Wir waren vor Angst ganz außer uns. Mein Vater hatte ihnen verboten hinzugehen, aber sie sind trotzdem gegangen und waren bis zum Abend nicht zurück, als die ersten Nachrichten über die Toten kamen.«

»Du hast gesagt, sie hätten gesehen, wie ein Junge von hinten erschossen wurde.«

»Ja, das stimmt. Sie waren in der ersten Reihe der Demonstranten an der Armeeabsperrung und haben zweifellos Steine und Flaschen geworfen. Malachy dürfte einer der Anführer gewesen sein, und Seamus hat sich wahrscheinlich an ihn drangehängt wie üblich. Dann wurden sie mit lila Farbe aus der Wasserkanone besprüht. Auf die Weise hätten die Greifkommandos sie später herauspicken und verhaften können. Deshalb sind sie zurück zur Bogside gerannt.«

»Was dagegen, wenn ich mich zu euch setze?« Jock lässt sich zu uns an den Tisch fallen. »Wollte dauernd schon wissen, was das da ist.« Er zeigt auf das Wildschweinfell, das aus meinem Matchbeutel ragt.

Ich erkläre es ihm.

»Lass mal sehen.« Er legt sich das Fell um die Schultern und wirft einen Blick in die Runde. »Jetzt passt mal auf.« Und schon ist er wieder fort, hopst auf allen vieren durch die Bar und gibt Grunzlaute von sich.

»Und dann?«, frage ich.

»Sie waren schon fast in Sicherheit, als sie von den Panzerwagen verfolgt wurden. Malachy sagt, er hat, als die ersten Schüsse fielen, wegen des peitschenden Knalls sofort gewusst, dass sie mit scharfer Munition schießen. Aber die meisten Leute haben es nicht bemerkt und hielten es bloß für das übliche Katz-und-Maus-Spiel. Malachy und Seamus rannten von der Straße weg und in den Hof vor einem Sozialwohnungsblock. Neben ihnen rannte ein Junge her und lachte, als wäre das Ganze ein Mordsspaß. Er war derjenige mit dem Barett und dem Halstuch, falls du die Fernsehbilder gesehen hast.«

»Hab ich nicht.«

Das Schiff reckt den Bug, fällt ins Wellental und neigt sich nach Steuerbord. Der Rumpf zittert, als es auf einer Woge aufschlägt, und es sinkt weiter, anstatt sich aufzurichten, wie bei einer Doppelfinte beim Rugby. Meerwasser klatscht gegen die Fenster, und an der Bar gibt es ein kollektives Aufstöhnen, vermischt mit ein paar spitzen Schreien. Gleich darauf erschallen Flüche vom Ende des Tresens und erneutes Quietschen. Wir drehen uns um und schauen nach, was vor sich geht.

»Das ist nur Jock«, sage ich.

»Du solltest besser auf das Fell für deine Mutter aufpassen.«

»Cheers.« Es ist mein erstes Guinness seit Langem, aber ich kann mich nicht auf seinen Geschmack konzentrieren, weil ich über das nachdenken muss, was Teresa erzählt hat. Auch ich war damals in Derry, zum Studium, aber nicht an den Wochenenden; da bin ich immer heimgefahren, einerseits, um Molly zu sehen, und andererseits, um aus Derry rauszukommen. An einem Wochenende bin ich mal dort geblieben, und es war so schrecklich, dass ich mir schwor, es nie wieder zu tun. Am Samstag fand, wie meistens, ein Marsch der Bürgerrechtsbewegung statt, und man konnte schon zuvor in den Geschäften und auf der Straße die Spannung spüren. Mein Kumpel Mickey und ich waren dumm genug, mit seinem Mini in die Stadt zu fahren, und als wir wieder zurück wollten, gab es wegen des geplanten Marsches so viele Straßensperren und Umleitungen, dass wir immer weiter weg vom Stadtzentrum gelotst wurden und, wie in einem bösen Traum, immer weiter den Hügel hinauf gelangten, bis wir schließlich oben in Creggan landeten, wo eine gespenstische Stille herrschte. Wir wussten nicht, wie wir da wieder wegkommen sollten, und beschlossen, nach dem Weg zu fragen, aber in der ganzen Wohnsiedlung war nur ein einziger Mann draußen zu sehen. Er lud gerade irgendetwas in seinen Kofferraum. Ich stieg aus dem Mini und ging zu ihm hin. Da sah ich, was er einlud. Leere Flaschen, um die Soldaten zu bewerfen.

Trotzdem hat er mir einigermaßen höflich den Weg erklärt, und schon waren wir zurück auf dem Magee-Campus. Aber den ganzen Nachmittag lang stieg der Geruch von Tränengas von der Stadt herauf wie der Vorbote schlechter Nachrichten.

Und das war noch *vor* dem Blutsonntag.

Zwar hat mir Teresa soeben ein Schlupfloch aus dieser Unterhaltung angeboten, aber ich möchte keinen Gebrauch davon machen.

»Du hast gerade von dem Jungen erzählt.« Das Schiff ruckelt wie ein Zug mit falscher Spurweite, und wir halten unsere Biergläser fest.

»Er war derjenige, den sie in den Nachrichten gezeigt haben, zusammen mit dem Priester, der sein Taschentuch geschwenkt hat, und den Männern, die ihn weggetragen haben. Das musst du doch gesehen haben, oder?«

»Ja, vielleicht, jetzt, wo du es sagst.«

»Malachy sagt, der Junge hat plötzlich kurz aufgestöhnt, einfach so ein leises ›Oh‹ von sich gegeben, als hätte er was vergessen, und ist dann voll aufs Gesicht gefallen. Seamus ist stehen geblieben, um ihm zu helfen, aber Malachy hat ihn mit sich gerissen. Vom Brustkorb des Jungen breitete sich eine Blutlache aus. Und von dem Augenblick an kippte das Ganze in Panik um. Im Hof dort befand sich schon eine ganze Masse Menschen, die vor den Panzerwagen und den Soldaten zu flüchten versuchte, aber es gab nur einen engen Durchgang zwischen den zwei Häuserblöcken nach draußen, und der war von Leuten verstopft, und da begriffen sie, dass sie keine Chance hatten, also legten sie sich hinter einer niedrigen Mauer mit anderen Demonstranten auf die Erde. Seamus war schon fast hysterisch und rief dauernd: ›Die erkennen uns an der Farbe!‹ Sie konnten sehen, wie Soldaten am Zugang zu dem Hof standen und zielten, und Betonsplitter von den Mauern flogen ihnen um die Ohren. Sie dachten, die Soldaten würden sie alle erschießen.«

Ein erneutes Kreischen von der Bar, und danach brüllendes Gelächter.

»Und was dann?«

»Nichts. Jemand hat sie zu sich in die Wohnung gelassen, und dort sind sie bis zum Abend geblieben, haben ferngesehen und die Toten gezählt.«

»Sie haben also geglaubt, die Armee würde wirklich unbewaffnete Demonstranten erschießen.«

»Was soll das heißen, ›sie haben geglaubt‹? Natürlich haben sie unbewaffnete Demonstranten erschossen.«

»Im Widgery Report steht, einige von denen seien bewaffnet gewesen.«

Sie betrachtet mich wie einen besonders dummen Schüler. »Der Widgery Report war reine Augenwischerei. Das weiß ja wohl jeder.«

»Ruppige Überfahrt, was?« Jock lässt sich auf seinen Sitz sacken. »Das da tut mir leid. Eine von den Schnepfen da drüben hat 'n bisschen überreagiert.« Er drapiert das Wildschweinfell über die Lehne seines Sitzes. Es ist von Bier durchweicht. Er dreht die Innenseite nach außen. »Du kannst ja deiner Mutter sagen, dass der Keiler gesoffen hat.« Er sieht uns beide an. »Störe ich bei irgendwas?«

Auf der Innenseite des Fells sind neue Namen hinzugekommen. »Von wem stammt denn dieses Geschmier? Soll ich meiner Mutter sagen, dass der Keiler auch noch schreiben konnte, oder was?«

»Ach das. Wir haben einfach alle unterschrieben. Wie auf einer großen Weihnachtskarte. Das da ist Debbies Unterschrift. Süßes kleines Ding. Aber nicht interessiert an der Entwicklung einer echten, tiefer gehenden Beziehung.«

»Vielleicht ist deine Masche ja doch ein bisschen derb«, sagt Teresa.

»Nein, na ja, also ich streng mich zwar dauernd an, den nächsten Grad an Perfektion zu erreichen, aber vielleicht kann man sie ja tatsächlich noch ein wenig verfeinern.«

Es ist wieder Abend geworden, und die weißen Klippen von Dover schieben sich ins Blickfeld. Der englische Soldat klammert sich an die Reling, und während wir an ihm vorbeischwanken, nickt er in Richtung der Kreidefelsen und ruft fröhlich gegen den Wind: »Wieder daheim, oder?«

Ich brumme unverbindlich irgendetwas.

»Fühlt sich das für dich wie ›daheim‹ an?«, fragt Teresa beim Weitergehen.

»Nein.«

Als ich im Zug nach Holyhead von der Toilette zurück zur Bar komme, ist Teresa in eine Unterhaltung mit einem Bären von Mannsbild vertieft, der ein *Celtic*-Fußball-T-Shirt anhat. Es herrscht ein Geschiebe und Gedränge wie bei einem Rugby-Match, und jeder scheint jeden zu kennen. Die Dialekte klingen südirisch, und die Stimmung gleicht der auf der Heimfahrt im Bus am letzten Schultag. Teresa bricht unvermittelt in ein Gelächter aus und hält sich die Hand vor den Mund. Mein Gott, ich liebe sie. Und seit einer Ewigkeit habe ich nicht mehr gesehen, dass sie sich so freut. Sie sieht mich kommen, schenkt mir ein Lächeln, und ich lächle zurück. »Wir sind schon so gut wie daheim«, sagt der Mann im *Celtic*-Trikot.

Ich lächle und nicke. Nein. Nein, wir sind es nicht. Es fühlt sich eher so an, als entfernten wir uns immer weiter von daheim.

Zurück im Abteil. Jetzt sind wir schon seit fast achtundvierzig Stunden unterwegs. Ein kleiner Mann in weißer Jacke kommt den Gang entlang, hält an jeder Sitzreihe und sagt mit ruhiger Stimme seinen Spruch auf.

»Schlafwagen jemand?«, höre ich ihn fragen, während er näher kommt. »Kojen sind jetzt billig. Nur fünf Pfund.«

»Wie wär's?«, frage ich Teresa.

»Klingt paradiesisch.«

Es ist paradiesisch. Ein Abteil für uns. Die Toiletten in diesem Teil des Zuges sind sauber und leer. Ein Etagenbett mit aufgeschlagenen Decken.

»Okay, Leute«, sagt der Schlafwagenschaffner. »Zehn Minuten vor Holyhead geb ich euch Bescheid.« Er schiebt die Tür zu.

»Ich schnappe mir das obere«, sage ich.

»Sei nicht albern.«

»Dann knobeln wir es eben aus.«

»Komm hier rein und halt die Klappe.«

Es ist, als würden wir uns auf dem Rücken irgendeines sehr großen Tieres lieben, dessen Bewegungen unberechenbar sind. Wir geben uns dem hin.


»Bescherung!« Teresa kramt in einem Beutel unter dem Bett herum. »Aber nur, wenn du versprichst, nicht zu lachen.« Sie gibt mir ein Päckchen, das ich sofort auswickele.

Es ist ein Pullover. Blau mit einem gelben *John Dalzell* darauf.

»Probier ihn mal an. Ich bete zu Gott, dass er passt. Ich kann ihn ja schlecht Malachy oder Seamus schenken, falls nicht.«

Sie hat ihn selbst gestrickt. Er passt.

»Fröhliche Weihnachten, Teresa.« Ich gebe ihr mein Geschenk.

»Oh, John. Ist es das, was ich glaube?«

»Wahrscheinlich.« Es ist ein kleines handgeschnitztes Reh; auf dem Weihnachtsmarkt in Nürnberg habe ich beobachtet, wie sie es gestreichelt und dann wieder zurückgestellt hat. Als ich sie fragte, warum sie es nicht kauft, sagte sie, es sei zwar wunderschön, aber sie wisse nicht, wozu es nütze sein sollte.

»Dem Himmel sei Dank. Ich habe es die ganze Zeit bereut, dass ich es nicht gekauft habe.«

Ich lasse das Reh über ihren Bauch laufen und sich an ihre Brust kuscheln. Dann kuschele ich mich selbst dorthin.


»Wir sind gleich da, Leute!«

Bogenleuchten verströmen grelles Licht vom Dachvorsprung des Bahnhofs, der Regen fällt schräg in langen, silbrigen Schnüren darauf, und ein salziger, feuchter Wind weht vom Meer herüber. Wir bilden eine niedergedrückte, nasse, amorphe

Masse, die in Richtung des weißen Rumpfes der wartenden Fähre schlurft. Polizisten stehen auf beiden Seiten.

»Wie in einem scheiß KZ«, knurrt jemand.

Vier Uhr morgens. Teresa ist auf einem Schlafplatz wieder an meiner Seite eingenickt. Der Sturm ist schlimmer geworden, das Schiff stöhnt und ächzt rheumatisch, verdreht und windet sich wie der Wagen einer Achterbahn. Hinter uns wimmert eine Frau jedes Mal, wenn es wieder schlingert. »Oh, oh, oh, oh.«

Ankunft in Dun Loagháire um sieben. In der Connolly Station um halb acht. Drei Stunden bis zur Abfahrt des Zuges nach Belfast Central. Wir stellen unser Gepäck ein, frühstücken im Bahnhofscafé und spazieren die O'Connell Street zur Liffey hinunter. Es ist noch dunkel, und die Straßenbeleuchtung ist an. Wir sind so lange quer durch Europa gewackelt und geschaukelt, dass wir das Gefühl haben, der Boden unter unseren Füßen bewege sich noch immer.

Die Spiegelungen der Lichter in dem schwarzen Wasser sehen von der Halfpenny Bridge aus wie große, leuchtende, fließende Tränen.

»Hör mal zu«, sagt Teresa. »Wenn wir dann in den Zug einsteigen – da sind ziemlich sicher Leute, die mich kennen.«

»Ich weiß schon, was du sagen willst. Ich werde mich anständig benehmen. Ehrlich.«

»Ich weiß, das hört sich jetzt ganz blöd an. Aber wir sollten nicht nebeneinandersitzen. Ich möchte nicht, dass meine Leute es herausfinden, bevor ich es ihnen sage.«

»Dann sag's ihnen halt.«

»Das ist noch nicht der richtige Zeitpunkt, John. Wir müssen die Sache ein wenig ruhen lassen.«

»Das heißt, wir verabschieden uns hier.«

»Ja.«

11:03. Der Zug fährt in Belfast Central ein. Am entgegengesetzten Ende des Abteils steht Teresa von ihrem Sitz auf, holt sich ihr Gepäck, schaut zu mir her, winkt mir kurz und versteckt zu und steigt aus.

# 19

Nichts versetzt einen schneller in die Lage, sich wieder wie ein Kind zu fühlen, als wenn Vater und Mutter einen mit dem Auto abholen und man anschließend auf der Rückbank sitzt und sie sich unterhalten, als wäre man nicht vorhanden.

»Hast du am Bahnhof die ganzen Cassidys gesehen?«, wendet sich meine Mutter an meinen Vater.

»Ja. Sie haben das Mädchen abgeholt, wie heißt sie doch gleich wieder? Bridget?«

»Die ist doch bestimmt nach irgendeiner Heiligen benannt. Carmen?«

»Mary?«

»Die Schlaue jedenfalls. Ich habe neulich gehört, dass sie auch drüben in Deutschland ist.«

»Du würdest nicht ›schlau‹ sagen, wenn sie Protestantin wäre«, sage ich. »Du würdest ›gescheit‹ sagen oder was Ähnliches.«

Eine Weile herrscht Schweigen. Dann sagt mein Vater: »Sie sind schon länger nicht mehr im Laden gewesen.«

»Sollen sie doch machen, was sie wollen.«

Mein Vater sieht mich im Rückspiegel an. »Hast du sie drüben nicht getroffen, John?«

»Das ist ein großes Land, Deutschland.«

»Ganz bestimmt. Aber ihr müsst doch mit demselben Zug heimgefahren sein.«

»Gut möglich. Ein großer Zug. Wer kümmert sich gerade ums Geschäft?«

»Matt«, sagt meine Mutter.

»Ich dachte, er ist krank.«

»Er scheint drüber hinweggekommen zu sein, Gott sei Dank.«

»Wenn ich das gewusst hätte, wäre ich in Deutschland geblieben.«

»Ich hoffe, du fängst jetzt nicht auch noch an, schwierig zu werden«, sagt meine Mutter. »Uns reicht es noch von Matt.«

»Ach was. Das wird bestimmt nett, wenn wir an Weihnachten alle beisammen sind«, sagt mein Vater. »Genau wie in alten Zeiten.« Er schaut mich wieder im Rückspiegel an. »Stimmt's, Josey?«


In Mitchellstown sieht es schlimm aus. Dort, wo Bomben hochgegangen sind, gibt es Schuttberge – oder Löcher. Die Eisenstangen, welche die mit Beton gefüllten Fässer beiderseits der Straße verbinden, machen noch den solidesten Eindruck. Man hat sie gelb angestrichen, und sie sehen so unpassend aus wie Zahnspangen an einem verrotteten Gebiss. Noch immer haben sie den Schutt von der großen Bombe, die Jane umbrachte, nicht vollständig weggeräumt. Es hat noch zwei weitere Bomben gegeben, eine in der Fountain Street und die andere in der Raine Row, bei der *Tate's Café* in die Luft flog. Es heißt, der Grund sei gewesen, dass die Polizei dort immer auf einen Tee vorbeigeschaut habe.

Schon komisch, wie schnell man sich wieder daran gewöhnt, Angst zu haben.

Matt sieht nicht so aus, als wäre er über irgendetwas hinweggekommen. Er ist bleich wie Zigarettenpapier, verbringt jeden Tag Stunden an Janes Grab, isst kaum etwas, geht auf lange Spaziergänge hinunter zum Raine. Er sagt, er spreche mit Jane.

In *McKenzie's* Zeitungsladen sucht Mr. McKenzie unter der Theke nach unserem Exemplar des *Newsletter*. Ich sehe die braunen Schöße seines Ladenbesitzermantels umherfliegen.

»Wie gefällt es dir denn so in Deutschland?«, dringt seine Stimme gedämpft herauf.

»Super.«

»Die Kerle da drüben hätten mit dem Blödsinn hier bei uns schon längst aufgeräumt, hundertprozentig.«

Mir ist nicht danach, ihm zu erklären, dass die Nazis nicht mehr an der Macht sind. Und dass es die Juden waren, die sie in die KZs steckten, nicht die Katholiken. Rotgesichtig taucht er mit einem Stöhnen auf, legt die Zeitung auf die Theke, sieht sich um und vergewissert sich, dass sonst niemand im Laden ist. »Dein Onkel Neil ist ein ganz Wilder.« Er meint: ein ganz Großer. »Er war kürzlich droben in dieser Versammlung mit Ian Paisley und hat diesen Wendehälsen die Meinung gegeigt. Und, unter uns: Hat er nicht recht?« McKenzie trägt eine sehr große Brille mit wuchtigem Gestell, was seine Augen vergrößert, und sein kahler Schädel sitzt auf einem dünnen Hals mit einem wahren Trumm von Adamsapfel, der beim Sprechen in seiner Kehle herumhüpft wie eine Ratte im Kanalrohr.

»Ich glaube nicht. Ich glaube, Sunningdale ist die größte Chance, die wir haben.«

»Tatsächlich?«

»Ja, tatsächlich.«

»Na, dann.« Er hebt die Hände von der Theke, spreizt die Finger, trommelt kurz auf das Holz. »Ist es nicht wundervoll, was eine Universitätsbildung zuwege bringt?«

Der Morgen des Weihnachtstages. Geschenke unterm Christbaum, wie wir das immer gemacht haben. Dad teilt aus. »Hier bitte, Josey.« Jetzt bin ich also wieder Josey. So hat Matt meinen Namen immer ausgesprochen, als er als Kind gerade das Sprechen lernte. Dad versucht so zu tun, als hätte es die rund achtzehn Jahre seitdem nicht gegeben. Er und wir sind auf einem Ausflug zurück in die Vergangenheit, als er Anfang dreißig war und alle Zeit der Welt hatte, aus seinem Leben das zu machen, was immer er daraus machen wollte.

Das Geschenk meiner Eltern besteht aus einem wattierten Anorak und einem Flugticket zum Nürnberger Flughafen.

»Ein bisschen freudiger könntest du schon dreinschauen«, sagt Mum.

»Es ist bloß so, dass ich schon eine Rückfahrkarte für den Zug habe.«

»Die erstatten dir den Preis für deine Fahrkarte problemlos im Studentensekretariat in Coleraine. Ich habe dort angerufen und mich erkundigt«, sagt Dad.

»Das erspart dir diese fürchterliche Fahrt ein zweites Mal«, sagt Mutter.

Weihnachtsessen bei den Mayberrys. Papierhüte, Knallbonbons, das volle Programm. Was wohl Teresa gerade macht? Wie verbringen die Cassidys Weihnachten? Fragt Teresa sich, was ich gerade mache?

Tante Lettie trägt die Platte mit dem ofenwarmen Truthahn herein. Sie hat Topfhandschuhe an. »Passt auf den Teller auf«, sagt sie. »Der ist so heiß, dass er einem Papisten glatt den

Schnabel verbrennt.« Alle lachen. *Hier muss irgendwo ein toter Jud herumliegen.*

»Übrigens: Meine Freundin ist Papistin«, sage ich.

Ein Augenblick lang Stille. »In Deutschland?«, fragt Onkel Ivan.

»Ja.«

»Na dann.«

Spürbare Erleichterung.

»Die ist bestimmt ganz nett«, sagt Tante Lettie. »Ist es die, die dir den Pullover gestrickt hat, den du da anhast?«

»Ja.«

»Dann muss sie dich sehr gern haben. Irgendwie komisch: Genau das gleiche Muster war vor ein paar Monaten in *Woman's Own* abgebildet, mit genau solchen Buchstaben und allem.«

Es ist ein nasser Tag, zwar ohne Regen, aber mit hoher Luftfeuchtigkeit, und die Krähen krächzen von den Bäumen. Ich habe mir Bob, den Hund, geschnappt, der ruhig und zufrieden vor dem Küchenherd schlief, und gehe mit ihm den Weg hinterm Haus entlang. Die Feuchtigkeit legt sich wie ein Film auf mein Gesicht. Die anderen hängen komatös hingestreckt im vorderen Zimmer herum und warten auf die Weihnachtsansprache der Queen. Ich spaziere am alten Mayberry-Bauernhof vorbei. Seit sie vor über zwanzig Jahren die neue Farm gebaut haben und umgezogen sind, verfällt das alte Gebäude immer mehr. Sie haben den Hof weder verkauft noch verpachtet, weil sie keine Fremden auf ihrem Land haben wollen. Matt und ich haben dort immer gespielt, meistens Verstecken in den hallenden Räumen, in denen sich die Tapeten ablösten, in jenen Tagen, als er noch das tat, was ich ihm sagte. Da war er acht und ich zehn. Wenn er sich versteckte, bin ich durchs Haus getobt und habe gerufen »O WIE FEIN, O WIE GUT; ICH

RIECHE, RIECHE ENGLÄNDERBLUT« und habe dabei auf die Holzdielen gestampft. Oder »ICH HÖRE DEINEN ATEM, ENGLÄNDER, ICH KOMME DICH HOLEN MIT MEINEM FLEISCHERMESSER. HÖR NUR, WIE ICH ES WETZE!« und habe dabei einen alten rostigen Meißel aus Onkel Ivans Werkstatt am alten Rasiermesserstreichriemen gerieben, der über dem Treppengeländer hing. Oder ich habe ganz sanft und tödlich wie Doktor Fu Manchu geraunt: »Ich hölen Atem von Engländel. Hölst du, wie ich Fleischmessel wetzen? Ganz schalf jetzt zum Gulgel schneiden.« Manchmal fürchtete Matt sich so sehr, dass ich sein Schnaufen tatsächlich hörte, sogar wenn er sich in einem anderen Stockwerk befand. Und wenn er dann mit dem Suchen dran war, habe ich gar nicht abgewartet, dass er mich findet, sondern bin gleich in dem Raum, in dem ich mich versteckt hatte, mit Riesengebrüll aus dem knarrenden Schrank oder unter dem rostigen Bett hervorgesprungen und habe dabei eine Axt oder eine Hacke geschwungen, die ich im Schuppen gefunden hatte.

»Das ist nicht fair!«, hat er dann immer geschrien.

Und das war es auch nicht.

Weiter den Weg entlang, so gut es geht um die Pfützen herum, bis zum Gatter am anderen Ende. Durchs Gatter hindurch. Das hier ist minderwertiges, tief gelegenes Marschland, völlig verschilft, und der Wind kräuselt die ausgedehnten Wasserflächen vom Regen der letzten Tage. Es ist Land, das zu rein gar nichts zu gebrauchen ist außer als Weide, und wenn es überschwemmt ist, auch dafür nicht. Sogar die Stellen, die trocken aussehen, sind mit Wasser vollgelaufen, und es saugt an den Füßen, kaum dass man drauftritt. Das ist es, was ich sehen wollte, die Wiese, die die Cassidys kriegen sollten und die Neil Lamont gekauft hat. Der Raine fließt in einer Biegung um die linke Seite der Wiese herum, und wenn sie durchweicht ist wie heute, fallen Erdklumpen in das graue, ungestüme Gewässer und verschwinden mit einem Gurgeln. Das hintere Ende der Flur wird in dem Maße trockener, wie es zu einem Buschwerk hin ansteigt, einem Gestrüpp aus Weiß- und Schwarzdorn. Erst wenn man direkt davor steht, erkennt man, dass die Büsche die Überreste eines altirischen Ringforts oder einer Elfenburg verbergen, einen kreisrunden Erdwall, dessen Eingang zum Hof der Mayberrys zeigt. Bob rennt voraus, bleibt stehen, um im Boden herumzuwühlen oder Kuhfladen zu beschnuppern, auf die er hin und wieder pinkelt, und verschwindet dann im Eingang. Ich folge ihm. Die Senke im Innern des Erdwerks misst knapp zwanzig Meter im Durchmesser und diente damals für Matt und mich und unsere Freunde aus Mitchellstown als Spielplatz, als einer von mehreren. Zuerst schauten wir uns immer *Boots and Saddles* im Fernsehen an und kamen dann hierher, spielten Kavallerie und Indianer, wobei die Indianer mit Kriegsgeheul außen um das Fort herumrannten und die Kavalleristen vom Wall aus durch die Büsche auf sie schossen. Unseren Cousin William konnten wir nie zum Mitspielen bewegen; er sagte, das sei Kleinkinderkram; unsere Mutter sagte, er spiele deswegen nicht mit, weil sich die Farmer von Elfenburgen fernhielten, denn wenn man das »gute Volk« der Elfen störe, bringe das Unglück.

Bob schnüffelt am Eingang zum Souterrain des Forts und wedelt mit dem Schwanz. Ein dunkles Loch und flache Steinplatten, die hinab zu einer engen Zelle mit Steinmauern führen. Man kann zwar mit dem Kopf voraus hineinkriechen, aber sie ist so klein, dass man weder aufrecht stehen, geschweige denn, sich umdrehen kann, weshalb man wieder rückwärts herauskriechen muss. Als Kinder hatten wir dazu allerlei Geschichten parat. Ein Tunnel unter dem Raine. Eine Schatzhöhle von

Piraten. Der Eingang zum Mittelpunkt der Erde. Ein Versteck deutscher Spione; sie seien noch immer da, und irgendjemand müsste ihnen mal sagen, dass der Krieg schon aus sei, aber wahrscheinlich laufe man Gefahr, sofort erschossen zu werden.

Da die Dämmerung hereinbricht, rufe ich Bob herbei, und er pinkelt zunächst einen generös bemessenen Strahl in die allgemeine Richtung des Souterrains, ehe er mir den grasbewachsenen Hügel hinauf folgt. Auf der anderen Seite steht ein gelber Bulldozer in einer braunen Furche aus aufgerissenem Erdreich, eine Krähe fliegt krächzend auf und davon, und jenseits eines Stacheldrahtzauns und eines Wassergrabens befinden sich die Gebäude, denen ich als Kind nie Aufmerksamkeit geschenkt habe und die ich jetzt als die Cassidy-Farm kenne: ein zweistöckiges graues Haus, dazu eine mit orangener Bleifarbe gestrichene Scheune und drei Nebengebäude. Das Hoflicht ist an, und zwei Autos parken auf der Kieseinfahrt. Im Zimmer zur Linken blinkt die Weihnachtsbaumbeleuchtung, und im Zimmer rechts vom Flur schimmert bläulich ein Fernseher.

Ob Teresa gerade fernsieht? Ob sie genauso ruhelos ist wie ich? Wenn ich hier lange genug warte und sie mich sieht, ob sie dann heraus und her zu mir kommt?

Bob winselt. Es ist jetzt dunkel. Kein Anzeichen von Teresa. Wir machen uns auf den Rückweg zur Mayberry-Farm.

*Mary Poppins* läuft im Fernsehen. Danach *Tschitti Tschitti Bäng Bäng*. Dick Van Dyke steht mit einem Haufen Soldaten in Fantasieuniformen in Rothenburg und stolziert auf demselben Marktplatz umher, auf dem ich drei Tage zuvor mit Teresa war. Da ist der Rathausturm, auf den wir hinaufgestiegen sind und wo sie mich ausgelacht hat, weil ich mich so seltsam auf der Plattform herumgedrückt habe.

»Du erinnerst mich an unseren Hund, wie der mal oben auf dem Scheunenboden stand und plötzlich begriff, dass da nichts mehr unter ihm war«, hatte sie gesagt.

»Ich kann nichts dafür. Seit meiner Pubertät habe ich Angst vor Höhe.«

»Ha. Weißt du, es gibt zwei Arten von Menschen: Zur ersten gehören solche wie du, die Angst haben, irgendwo herunterzufallen, und die anderen sind die, die Angst haben, am Fuß hoher Bauwerke zu stehen, weil sie fürchten, die könnten auf sie drauffallen.«

»Das ist selbstverständlich die Gruppe, zu der du gehörst.«

»Selbstverständlich. Es sagt eine Menge über einen Menschen aus, zu welcher Gruppe er gehört.«

»Tatsächlich? Und was genau sagt es dir?«

»Ich muss immer obenauf sein, dann wachsen mir die Dinge nicht über den Kopf, wohingegen deine Angst vor Höhe damit zu tun hat, dass du keine Verantwortung übernehmen willst.«

»Quatsch. Es ist die Beziehung zwischen den Dingen und mir, die mich beunruhigt. Dieses bleistiftdünne Türmchen, das umfällt, während ich oben auf seiner Spitze bin, das ist so ein Ding. *Das* ist das Problem, nicht ich. Wenn dieses Ding nicht zwischen mir und der Erde wäre, dann wäre ich wohl jetzt nicht hier oben, oder?«

»Vielleicht ist es ja was Phallisches.«

»Was Phallisches, das hat noch gefehlt.«

Alle auf der Plattform des Rathausturms haben mich angeschaut, als wäre ich übergeschnappt. Dabei musste ich nur laut loslachen.

»Das da ist Deutschland«, sage ich jetzt und deute auf den Bildschirm.

»Recht hübsch ist es dort«, sagt meine Mutter.

Erster Feiertag, zehn Uhr abends. Ich stehe in der Telefonzelle an der Ecke von Main Street und Diamond.

»Ja?«, fragt eine Stimme. Es ist nicht die von Teresa.

Ich lege auf, warte ein wenig und rufe erneut an.

Dieses Mal ist sie selbst dran. Ich weiß das schon in dem Augenblick, in dem der Hörer abgenommen wird. »Hello?«

»Frohe Weihnachten, Teresa.«

»Hello?«

»Du fehlst mir wahnsinnig.«

Ich kann sie atmen hören.

»Ich halte das nicht aus«, insistiere ich. »Wir müssen uns sehen.«

»Ich ruf dich morgen Nachmittag an.« Sie legt auf.

Zweiter Feiertag, Nachmittag. Alle sind sie drunten im Haupthaus der Dalzells. Ich habe Krankheit vorgetäuscht, um daheimbleiben zu können. Ich sitze neben dem Telefon und warte in der Stille. Warte. Warte. Denke an gar nichts. Warte. Konzentriere mich auf meinen Atem. Wie automatisch er geht. Mein Freund Mickey an der Universität sagte, man solle überhaupt nicht über das Atmen nachdenken, sonst fange man an, sich Gedanken darüber zu machen, wann der richtige Zeitpunkt sei, den nächsten Atemzug zu tun beziehungsweise auszuatmen. Warten. Fängt man an, darüber nachzudenken, wird das Atmen plötzlich zu einem komplizierten Vorgang. Wie eine Menge anderer Dinge. Wie das morgendliche Aufstehen. Jetzt oder doch noch nicht? Warten. Das Gleiche gilt fürs Essen. Wann weiß man, dass man fertig gekaut hat und hinunterschlucken kann?

Das Telefon läutet.

»Ja?«

»Bist du allein?«

»Ja.«

»Ich auch.«

»Wo bist du?«

»In der Telefonzelle unten bei Port Na. Ich habe den Hund dabei.«

»Kannst du warten, bis ich hinkomme?«

»Hast du das Auto?«

»Nein.«

»Das würde zu lange dauern, John. Wir haben das Haus voller Gäste. Und es ist zu gefährlich.«

»Ich renne die ganze Strecke.«

»Ich habe eine bessere Idee. Kannst du dir morgen das Auto ausleihen?«

»Bestimmt.«

»Ich fahre morgen nach Carnlough und übernachte bei meiner Tante. Du könntest irgendwann morgen Vormittag vorbeikommen. Dort kennt uns niemand. Wir könnten uns am Hafen treffen.«

»Um wie viel Uhr?«

»Sagen wir, um halb elf?«

»Okay. Wie geht's dir?«

»Ich bin okay. Du fehlst mir.«

»Du fehlst mir auch.«

Ich kann mir vorstellen, wie sie allein unten an der Straße steht und mit der hohlen Hand die Sprechmuschel abschirmt. Ich kann ihren gebeugten Rücken sehen, ihre Hände, die Krümmung ihrer Finger.

»Das Ganze ist doch lächerlich, Teresa. Ich sag's meinen Eltern, und du sagst es deinen. Was kann uns denn schlimmstenfalls passieren?«

»So einfach ist es nicht. Gib uns noch ein klein bisschen Zeit, John. Du hast keine Ahnung, wie tief die Kränkung sitzt.«

»Könnte ich auch über Nacht bleiben?«

»Wohl kaum. Wegen der Tante, verstehst du?«

»Was ist mit ihr?«

»Sie ist eine Nonne. Schwester Anne. An Weihnachten verbringe ich sonst immer ein paar Tage bei ihr.«

»Warum ist sie nicht in einem Kloster?«

»Das ist der andere Punkt. Sie ist im Kloster.«

»Du wohnst im Kloster?«

»Nur diese eine Nacht.«

»Ich hoffe, du findest nicht plötzlich Gefallen daran.«

»Ich mach jetzt besser Schluss, John. Da kommt ein Traktor. Das ist vielleicht der Nachbar. Er wird sich wundern, warum ich nicht von zu Hause aus telefoniere.«

»Teresa?«

»Was?«

»Geh noch nicht weg«, ist alles, was mir einfällt.

Sie lacht über die Leitung wie ein Elektronengewitter und verstummt dann.

»Bist du noch dran, Teresa? Ich liebe dich.«

»Ich liebe dich auch, John. Komm nicht zu spät.«


»Kann ich mir heute mal dein Auto ausleihen?«, frage ich Matt beim Frühstück. Ich habe die ganze Zeit darauf gewartet, ihn allein sprechen zu können, aber meine Mutter scheint irgendwas zu ahnen und werkelt noch immer mit großer Ausdauer und beständigem Topfklappern in der Küche herum.

»Klar.«

»Wozu brauchst du denn das Auto?«, schallt es aus der Küche. »Wir brauchen dich vielleicht im Laden.«

Ein Problem. »Gestern hat mich mein Kumpel Mickey angerufen und mich zu sich eingeladen, als ihr alle im Haupthaus wart.«

»Soso.« Klapperklapper. »Du hättest nicht zu fragen brauchen, wenn du Matt nicht das Auto verkauft hättest.«

Ich wusste, dass das jetzt kommt. Meine Mutter verzeiht mir nie, dass ich Matt meinen Prefect verkauft habe, bevor ich nach Deutschland gegangen bin. Sie glaubt, ich hätte ihn übervorteilt, als es ihm gerade schlecht ging. Aber ich brauchte doch das Geld, und er hatte es, Himmeldonnerwetter.

»Es ist ja nur dieses eine Mal. Matt hat doch nichts dagegen, oder, Matt? Und ich tanke auch voll.«

»Warum fährst du nicht auch mit, Matt?«, lässt sich meine Mutter hören. »Es täte dir gut, wenn du mal ein bisschen rauskommst.« Sie taucht im Durchgang von der Speisekammer zur Küche auf und trocknet eine Bratpfanne ab.

»Das täte Matt doch gut, oder, John?« Sie wirft mir diesen Blick zu, der besagt: *Bezieh doch Matt in deine Aktivitäten mit ein.*

»Das liegt ganz bei Matt«, sage ich.

»Lieber nicht«, sagt er.


# 20

*I can see clearly now, the rain has gone, I can see all obstacles in my way, Gone are the dark clouds that had me blind, It's gonna be a bright, bright, bright sunshiny day.* Jimmy Cliff und ich singen drauflos, während wir im Prefect auf dem Weg nach Waterfoot das braune Moos droben auf den Hügeln durchqueren. Und dann kommt diese Stelle nach *Look all around, nothing but blue skies, Look straight ahead, nothing but blue skies,* wo die Melodie ein paar Akkordwechsel durchmacht und sich dann auf eine höhere Ebene schwingt. Brillant. Mein Achtspur-Rekorder plärrt, und draußen ist es genau wie im Song. Die Sonnenstrahlen werden von dem dampfenden Bachlauf zurückgeworfen, und das Moos ist von glitzerndem Reif überzogen. Vielleicht sieht es so im Himmel aus. Vielleicht führt uns alle der Weg zu unseren Liebsten durch schöne Landschaften.

Schwere Regenböen kommen von Glenariff Glen herunter und klatschen gegen die Windschutzscheibe. So viel zu Jimmy Cliff.

In Carnlough schüttet es. Ich bin zu früh dran. Am Hafen ist kein Mensch zu sehen. Ich fahre quer durch die Stadt, langsam, betrachte zwischen dem Hin und Her der Scheibenwischer die Leute, die vorübereilen und versuchen, dem Regen und dem Wind in ein Gebäude zu entkommen. Keine Teresa, auch am anderen Ende der Stadt nicht. Ich wende und fahre zurück, und da ist sie, schnellen Schrittes vor mir und auf meiner Seite der Straße, hat die Mantelkapuze über den Kopf gezogen, den sie gesenkt hält, schaut nicht auf, hat die Hände in den Taschen, und ihr Körper macht diese hübschen kleinen Schwingungen, wie sie entstehen, wenn man einen Fuß ganz genau vor den andern setzt. Mein Herz hüpft. Ich fahre an ihr vorbei, halte am Gehsteig an und klopfe gegen das Fenster, als sie auf meiner Höhe ist, aber sie schaut noch immer nicht auf. Ich beuge mich hinüber und stoße die Tür auf. »Teresa!«

Und schon schlüpft sie ins Auto, schiebt die Kapuze nach hinten, wir küssen uns, ihr Gesicht ist kalt und nass, sexy, sie lehnt sich in ihrem Sitz zurück und sagt: »Lass dich mal angucken, nein, dachte ich mir schon.« Sie klingt erleichtert.

»Was denn?«

»Nichts.«

»Was?«

»Du siehst nicht danach aus.«

»Wonach?«

»Nach einem Gutsherrn.«

»Wer sagt so was?«

»Niemand.«

»Wer sagt so was?«

»Vergiss es.«

»Wer sagt so was?«

»Malachy. Vergiss es. Gott sei Dank bist du hier.« Sie ergreift meine Hand und hält sie fest zwischen ihren Händen.

Wir reden kaum etwas, bis wir wieder aus der Stadt sind.

»Fahr da hinauf«, sagt Teresa.

»Wegen der schönen Aussicht, oder was?«

»Von einer Aussicht weiß ich nichts. Aber am Ende dieses Wegs steht kein Bauernhaus wie bei allen anderen.«

»Ah ja. Okay. Was denn sonst. Supercalifragilisticexpialidocious.«

»Du hast zu viel ferngesehen.«

Der Weg verliert sich hinter einer Hecke, und ich halte an. Teresa beobachtet mich mit einem leichten Lächeln auf den Lippen und einem Glanz in ihren Augen.

»Die Aussicht ist einfach toll«, sage ich.

»Du musst ums Auto herum und auf dieser Seite einsteigen.«

»Woher weißt du das?«

»Glaub's mir einfach, ja?«


Schlieren aus Regenwasser schlängeln sich die Windschutzscheibe hinab. Sie fließen zusammen, erstarren, schwellen an, platzen und bilden Muster, die sich niemals wiederholen, verzerren das vor uns liegende Meer und lassen die vagen Konturen Schottlands in der Ferne verschwimmen. Teresas Kopf liegt auf meiner Schulter, meine Hände liegen auf ihrem kleinen Hintern, und ihre Arme hat sie um meinen Hals gelegt. Dort kann ich auch ihren Atem spüren, langsam und regelmäßig, als wäre sie eingeschlafen. Vier Wahrnehmungssphären: die Weite der See draußen, die Schutzhülle des Autos, unsere Körper, die

Hitze dort, wo wir vereinigt sind. Sie dreht den Kopf in meinen Nacken und küsst ihn. »Na«, sagt sie. »Ist das besser?« Und dann: »Oh.«

Es fängt wieder an zu schütten, während wir in Glenarm die Straße zur Burg entlanggehen, um unsere Waden herum spritzt der Regen vom Gehsteig zurück, und die Gullys laufen über. Eine Frau tritt aus einem Laden und holt rasch einen Kasten mit alten Postkarten ins Innere. *Glen Crafts* steht auf dem Schild über der Tür. Wir folgen ihr nach innen. Zum Laden geht es ein paar Stufen hinunter, und ich muss den Kopf einziehen, um durch die Tür zu kommen.

Es riecht muffig, die schiefe Decke wird von Eichenbalken abgestützt, trübes Licht, antikes Mobiliar, alte Bücher, Töpfereien und Schmuck auf verschiedenen Ebenen und in diversen Nischen. Die Frau taucht aus dem Hintergrund wieder auf.

»Was kann ich für Sie tun?« Irgendetwas ist mit ihrem Akzent.

»Wir schauen uns bloß ein wenig um«, sage ich.

»Fürchterliches Wetter, nicht wahr?«

Jetzt bin ich mir sicher. »Sie kommen aus Deutschland, stimmt's? «

»Du liebe Güte. Merkt man das so deutlich?«

»Es ist auch die Kleidung. Ich meine den guten Geschmack. Anders als bei den irischen Frauen.«

»Schönen Dank auch«, sagt Teresa.

Ein Tweedrock mit breiten, blauen und grünen Diagonalstreifen, ein grau gesprenkelter Strickpullover und ein roter Schal. Was Toni tragen würde, wenn sie Irin wäre. Die Frau ist ein wenig älter als Toni, hat blondes gefärbtes Haar mit dunklen Strähnen, freundliche grüne Augen, trägt roten Lippenstift.

»Wir sind gerade von Deutschland zurückgekommen«, informiert Teresa sie. Ich mag das »wir«.

»Von wo genau?«

»Von Bamberg.«

»Aus der Nähe von Bamberg.«

»Na, so was. Ich stamme aus Würzburg. Mein Mann war als Austauschstudent an der dortigen Uni.«

»Und er wollte nicht in Deutschland bleiben?«, frage ich.

»Das lag an mir. Ich bin über Weihnachten mit ihm hierhergekommen und habe mich in den Ort verliebt. Ich will hier nie wieder weg.«

»Siehst du!«, sagt Teresa.


Wir spazieren die Gestade von Waterfoot entlang, auf dem harten, nassen Sand, den die ablaufende Flut zurückgelassen hat und in dem sich die Wolken und der Himmel und wir spiegeln. Wir beide umgeben von Meer, dem beeindruckenden Vorland und einem Tal unter einem graublauen Baldachin. Kleine Wellen plätschern den Strand herauf. Wir ziehen Schuhe und Socken aus, rollen unsere Jeans hoch und waten ins Meer hinaus. Meine Unterschenkel sind blütenweiß, Teresas noch ein wenig gebräunt. Teresa geht ein kleines Stück voraus und sieht auf ihre Füße hinunter. Es gibt zwei Teresas: Die eine steht auf dem glitzernden Sand und die andere auf dem Kopf unterhalb davon.

Eine Welle bricht und wirft ein sich schnell entfaltendes, dünnes und durchscheinendes Netz aus Gischt in unsere Richtung. Teresa hat sie nicht kommen sehen. »Aaah!«, schreit sie auf, als sie ihre Füße überflutet, und macht einen kleinen Satz.

»Wie läuft's denn so mit deinen Brüdern?«, frage ich.

»Ach.«

»Immer noch der Zorn auf meine Familie?«

Teresa verschränkt die Arme, schüttelt brüsk den Kopf und platscht voraus durch das abfließende Wasser. Na schön. Ich möchte ebenfalls nicht über meine Mutter sprechen. Mir fällt nichts ein, wie man das Thema am besten anschneidet.

Mit dem Auto weiter den Küstenbogen entlang. Das Wetter wechselt von Regenschauern zu einem blauen Himmel, frisch wie ein Möwenei. Hinein nach Cushendall, wo es wieder regnet, das Umpfumpf der Scheibenwischer, durch die klaren Felder auf der Scheibe Ausschau nach einer Essgelegenheit.

»Wenn das hier Deutschland wäre, dann gäbe es jede Menge Gasthäuser, wo wir ein Bier und auch was zu essen kriegen könnten«, sage ich zu ihr.

»Wenn das hier Deutschland wäre, dann gäbe es keine Bucht und keine Klippen und keinen Strand, keine Schafe, keine Steinmauern und keine grünen Wiesen im Winter. Und schon sind wir da«, sagt sie. »Schau mal. Sandwiches.«

»Und Guinness, kaum zu glauben.«

»Siehst du?«

»Ich muss dir unbedingt was zeigen«, sagt Teresa, als wir wieder im Auto sitzen.

»Wunderbar. So was wie vorhin?«, sage ich in diesem Gutsherrenton, dessen ich mich nun hin und wieder bediene, seit ich das von ihrem blöden Bruder Malachy gehört habe.

Sie beugt sich herüber und flüstert auf meine Wange: »Nicht so was wie vorhin. Einen bestimmten Ort. Wie vorhin kommt danach.«

»So ist's recht. Hervorragend.«

Wir fahren eine Straße hügelan, die durch den Hof einer Farm führt und schmaler wird. In der Mitte des Weges wächst immer mehr Gras, je weiter wir kommen; zunächst sind es nur ein paar Halme, die sich durch die kleinen Kieshaufen zwängen, später dann dichte Büschel, die gegen den Auspuff schlagen. Und dann verliert sich der Weg vollständig, und es gibt nur noch einen Trampelpfad fürs Vieh, der zwischen zwei niedrigen Hecken hinaufführt.

Das ist noch so etwas, das man nicht in Deutschland finden würde.

Ich stelle den Wagen am Zugang zu einer Wiese ab, und wir folgen dem Pfad in der beginnenden Dämmerung nach oben. Nachdem wir ein Stück weit die Höhe erklommen haben, wirft Teresa einen Blick in die Runde und sagt: »Noch ein kleines bisschen weiter«, und ein paar Schritte später: »Das sollte die Stelle sein.«

»Wofür?«

»Schau dich einfach mal um.«

Ich kann die Lichter in den Farmhäusern am Hang auf der anderen Talseite sehen und wie der Rauch aus ihren Schornsteinen aufsteigt und mal zur einen Seite davonschwebt, mal zur anderen, je nach Windrichtung. Ich kann den Torf riechen. Die Häuser hocken genügsam direkt in den dazugehörigen Wiesen am Fuß der Hänge, die jetzt, mitten im Winter, noch immer grün sind. Aber die Hecken, die sich den Hügel hinaufschlängeln, sind kahl und grau, und ganz oben verlieren sie sich, und die Hügelspitzen bekränzen die Szenerie mit braungelben Schattierungen und einem Reifüberzug.

»Sehr hübsch«, sage ich. »Und jetzt?«

»Mach die Augen zu.«

»Noch ein Weihnachtsgeschenk? Ich hab keins mehr für dich.«

»Augen zu.«

Sie nimmt mich bei der Hand, und wir steigen weiter hinauf. Finsternis, Wind in meinem Gesicht, ihre Hand.

»Das hat mein Vater immer mit uns Kindern gemacht. Achtung, ein Stein. Noch ein kleines bisschen weiter. Um diese Ecke herum. Noch zwei Schritte. Augen wieder auf.«

Was soll da jetzt anders sein? Nichts. Die gleiche Aussicht wie zuvor, die Dunkelheit, die Farmen, der Hügel.

»Sieh mal, da drüben.«

Aha. Die paar Schritte haben das Meer ins Blickfeld gerückt, ein organisches, nach unten spitz zulaufendes Dreieck aus Licht, begrenzt durch Garron Point, das niedrige Profil des nächsten Vorlandes und den Hügelkamm, auf dem wir stehen. Und noch weiter im Süden sieht man eine vulkanische Erhebung und den Strand, an dem wir zuvor entlangspaziert sind. Alles spielt sich auf einer veränderten Bewusstseinsebene ab. Wie in *I can see clearly now*.

»Dein Vater hat solche Sachen gemacht?«

»Ja. Komm weiter, wir sind fast da.« Sie nimmt wieder meine Hand.

»Ich weiß nicht, ob ich noch weitere Aufregungen verkrafte.«

Wir sind jetzt beinahe auf dem höchsten Punkt angelangt, und eine herrliche Brise weht über den Kamm und bringt die Kühle des Reifs mit sich.

»Da ist es«, sagt Teresa.

»Da ist was?«

»Ossians Grab.«

Viel gibt es nicht her. Ein unvollständiger Halbkreis aus mit Flechten überzogenen Felsbrocken, einige aufrecht, andere umgestürzt, nicht sonderlich hoch.

»Wieso ›Ossians Grab‹?«, frage ich. »Es könnte genauso gut ›Finn MacCools Falsche Zähne‹ heißen.«

»Ossian war angeblich ein großer keltischer Dichter. Goethe zitiert Gesänge von ihm in *Die Leiden des jungen Werthers*. Allerdings hat sich herausgestellt, dass es sich bei diesen Gesängen um die gigantische Fälschung eines Schotten handelt. Du hast den *Werther* doch gelesen?«

»Was glaubst du?«

»Du hast ihn nicht gelesen.«

»Stimmt genau.«

Sie nickt, zieht ihre Hand zurück und sieht mich an. »Hör zu, John, ich habe in den letzten Tagen über alles nachgedacht.«

»Ich werde ihn lesen, ich versprech's.«

»Das meine ich nicht.«

»Ich weiß. Es ist nur so, dass ich es gar nicht mag, wenn du solche Dinge sagst.«

»Was für Dinge?«

»Dass du über alles nachgedacht hast.«

»Schön, habe ich aber. Ich habe über meine Zukunft nachgedacht.«

Nicht über unsere Zukunft.

»Versprich mir, nicht zu lachen.«

Mir ist nicht nach Lachen zumute.

»Also es ist so. Was ich wirklich gerne tun würde, ist, in die Politik zu gehen.«

»Wo? Hier?«

»Natürlich hier. Wo denn sonst?«

»Warum das denn?«

»Um die Dinge zum Besseren zu verändern.«

Ich nicke. Ich weiß, sie meint es ernst, ich weiß, sie hat einen Entschluss gefasst. *Mir ist es egal, wo ich lebe, solange es nur mit und bei dir ist.* Die Worte liegen mir auf der Zunge, aber sie werden von einer gewichtigeren Erkenntnis plattgemacht. Sie wird mich in ihr Leben integrieren, wenn sie es kann, sie wird mich auch außen vor lassen, wenn sie muss; und bei mir ist es genau andersherum. Ich möchte sie zum Mittelpunkt meines Lebens machen und sie freiwillig niemals außen vor lassen. Ich bin, in Herberts Worten, derjenige, der mehr liebt.

Ich kann Teresas Hand in meiner spüren und meine in Teresas Hand. Meine rechte Hand, ihre linke. Ineinander verflochten in dem Raum zwischen unseren Oberschenkeln unter dem Tisch. Unsere Hände sind das Verbindungskabel zwischen uns, sie schließen den Stromkreis. Teresa streichelt die Haare auf meinem Handrücken gegen den Strich und beobachtet dann, wie sie sich wieder legen. Wir sind in *Hamilton's Bar* oberhalb von Cushendall. Torffeuer im offenen Kamin, noch ein weiterer Gast beim Fenster, zwei fast leere Guinness vor uns.

Wir haben alles besprochen. Das heißt, fast alles. Teresa will ihr Examen in Germanistik ablegen, danach ihr Lehrerdiplom machen, sich anschließend hier eine Stelle im Schuldienst suchen und in die Politik gehen. Sie ist bereits Mitglied der Social Democratic and Labour Party. Das bedeutet, wir leben bis Ende Juli zusammen in Waldbernbach, können mit dem Geld, das wir bis dahin verdienen, im August in Urlaub fahren, vielleicht nach Südfrankreich, und im nächsten Jahr, wenn sie in Canterbury ist und ich in Coleraine bin, besuche ich sie jedes Mal in den Ferien, ausgenommen an Weihnachten, wo sie herüberkommt. Im darauffolgenden Jahr bewerben wir uns für dieselbe Universität in England und machen dort unsere Lehrerdiplome. Und danach werden wir sehen. Entweder bekommen wir beide eine Stelle hier in Nordirland, oder ich kann ihr die Politik ausreden und wir bleiben in England. Oder gehen sogar zurück nach Deutschland. Und irgendwann, bald, sagen wir unseren Eltern, dass wir zusammenbleiben. Damit kann ich leben. Es wird großartig. Es wird wundervoll. Zum ersten Mal seit unserem Streit in Bamberg kehrt wieder Frieden in meine Seele ein.

»Weißt du, worüber ich mir die ganze Zeit Sorgen gemacht habe?«, frage ich sie.

Sie schüttelt den Kopf und streicht meine Haare wieder gegen den Strich.

»Dass es hier zwischen uns nicht mehr funktioniert. Dass es nicht mehr dasselbe ist.«

Sie hebt den Blick, sieht mich unverwandt mit diesem aus ihrem Innern kommenden Glanz an und nickt langsam. »Ich weiß. Aber es ist noch alles, wie es war, oder?«

»Ja.«

»Wir sollten besser demnächst aufbrechen.«

»Oh. Musst du schon so früh bei deiner Tante sein?«

»Nein, aber dann haben wir mehr Zeit oben auf dem Weg.«

»Wahr gesprochen, meine Liebe. Ganz famos.« Ich trinke mein Guinness in einem Zug aus.


Wir fahren in unserem Kokon aus Wärme und Liebe und Lust die Küste entlang zurück.

»Können wir uns noch mal sehen?«, frage ich.

»Lieber nicht.«

»Wo bist du an Silvester?«

»Da sind wir immer daheim. Wir haben die Nachbarn zu Gast.«

»Doch nicht die Mayberrys.«

»Nein, nicht die Mayberrys. Kurz nach zwölf muss ich hinunter zu den Raineys gehen und ihnen ein gutes neues Jahr wünschen, weil ich die Einzige mit dunklem Haar bin. Achtung.«

Vor uns beschreibt ein rotes Licht Kreise in Hüfthöhe, ein »O« zuerst im Uhrzeigersinn, dann entgegen. Ein Kontrollpunkt der britischen Armee. Ich halte an und kurbele das Fenster herab.

»'n Abend, Sir.« Ein Soldat leuchtet mir mit der Taschenlampe ins Gesicht. Ein zweiter steht da mit schussbereitem Gewehr, quer über den Asphalt schlängelt sich ein Seil, die ersten Dornen einer Nagelkette sind sichtbar, und zwei weitere Soldaten kauern beiderseits der Straße in den Gräben. Auf dem Feldweg zur Linken sehe ich das Heck eines Landrovers der Royal Ulster Constabulary hinter einem Schuppen hervorragen.

»'n Abend.«

»Papiere, bitte.«

Ich gebe ihm meinen Führerschein. Er reicht ihn an einen anderen Soldaten weiter, der damit zum Landrover trabt.

»Woher stammen Sie?«

»Aus Mitchellstown.«

»Ist das Ihr Wagen?«

»Das ist der meines Bruders.«

»Von wo kommen Sie gerade?«

»Wir waren in den Hügeln spazieren.«

»Bisschen dunkel dafür, oder?«

»Yeah, na ja, deswegen sind wir ja wieder umgekehrt. Und außerdem waren wir noch im Pub.«

Er nickt. Er ist ein stämmiger Bursche mit dunklem Schnurrbart, Muskelpakete polstern seinen gerippten, olivenfarbenen Pullover aus.

»Und wohin fahren Sie jetzt?«

»Ich bringe meine Freundin zurück nach Carnlough und fahre anschließend nach Hause.«

Seine Lampe wandert hinüber auf Teresas Gesicht. Sie kneift die Augen zu und schattet sie dann mit der Hand ab.

»Wie steht's mit Ihnen, Miss? Können Sie sich ausweisen?«

»Nein.«

»Und wie heißen Sie?«

»Cassidy.«

»Cassidy.«

»Ganz recht. Cassidy.«

»Gibt's dazu vielleicht auch einen Vornamen?«

»Teresa.«

»Sind Sie ebenfalls aus Mitchellstown, Miss?«

»Ja.«

»Hätten Sie was dagegen, uns zum Landrover zu begleiten, damit wir das überprüfen können?«

»Ja, hätte ich.« Teresa streckt die Beine nach vorn und verschränkt die Arme.

»Hören Sie«, sage ich, »sie ist meine Freundin.«

»Das kann schon sein, aber wir tun hier nur unsere Arbeit, verstehen Sie. Und sie macht sie uns nicht gerade leichter.«

Teresa schaut stur geradeaus und ähnelt einer Studentin bei einer Sitzblockade.

»Werden Sie freiwillig aussteigen, Miss, oder müssen wir Sie heraus *tragen*?«

Sie stemmt sich mit den Beinen gegen den Wagenboden.

»Teresa, um Himmels willen.«

»Ganz wie Sie wollen.« Man hört ein gleitendes Geräusch, dann eine Reihe metallischer Klicks. Er hält sein automatisches Gewehr im Anschlag. »Gefreiter, Laufschritt!«

»Was ist los?« Ein Polizeibeamter ist neben dem Soldaten aufgetaucht und hält meinen Führerschein in der Hand. »Die Sache ist in Ordnung. Ich kenne ihn persönlich.«

»Was ist mit der anderen? Mit dem Mädchen?«

»Wen haben wir denn da?« Der Polizist steckt den Kopf durchs Wagenfenster. Es ist das sommersprossige Gesicht von Sergeant Hamilton aus Mitchellstown. *Zwei von euch in einem Wagen, ein Katholik, ein Protestant.*

»Die kenne ich ebenfalls. Das ist Teresa Cassidy«, sagt er. Teresa sieht ihn nicht an.

»Das hat sie zwar auch gesagt«, erwidert der Soldat. »Aber sie hat keine Papiere bei sich und zickt hier ziemlich herum, um es mal milde auszudrücken.«

»Sie ist okay.«

»Dann fahren Sie weiter. Wir machen hier auch nur unseren Job.«

Ich überlege krampfhaft, was ich jetzt sagen könnte. Teresa sitzt noch immer mit Buckel und verschränkten Armen da. Alles, was mir einfällt, verhakt sich unausgesprochen in meinem Kopf, und dazu gesellen sich die Antworten, die Teresa vielleicht darauf gegeben hätte.

*»Also zu Hause nehme ich immer meinen Führerschein mit, wenn ich im Auto unterwegs bin. Ich sehe einfach keinen Sinn darin, mir das Leben unnötig schwer zu machen. Das bewahrt mich davor, dass sie mich in das Polizeiauto verfrachten, während sie das Polizeirevier zu Hause anrufen und so weiter.«*

*»Ich sehe nicht ein, warum ich mich in meinem eigenen Land ausweisen muss. Ich sehe nicht ein, warum ich denen ihr Leben leichter machen soll. Sollen sie doch anrufen, wenn sie das wollen. ›Gibt's dazu vielleicht auch einen Vornamen?‹ Also wirklich! So eine Unverschämtheit.«*

*»Er hat doch bloß seinen Job gemacht.«*

*»Der hat hier überhaupt nichts zu suchen. Wie du den vollgeschleimt hast. Zum Heulen.«*

*»Vollgeschleimt? Eigentlich habe ich rein gar nichts dagegen, wenn sie versuchen, alle möglichen Leute davon abzuhalten, mich in die Luft zu sprengen.«*

Je länger das Schweigen anhält, desto größer wird es. Ein täppischer Tanz um den heißen Brei. Alle meine Bewegungen werden plötzlich bedeutungsschwer, und ich bin offenbar nicht mehr fähig, sie normal zu koordinieren; sie verlieren ihre Leichtigkeit, das Steuern oder das Schalten, und kommen mir zu übertrieben oder ungelenk vor.

»Ich konnte einfach nicht anders«, sagt Teresa. »Ich weiß, ich hab uns alles verdorben.«

»Ist schon okay.«

Auf dem Rückweg nach Mitchellstown grüble ich über die Szene nach. Ich habe Teresa nichts von dem Flugticket erzählt; unsere Stimmung hatte sich noch nicht richtig erholt. Wir haben uns ein wenig förmlich geküsst, als ich sie absetzte.

»Dann also auf Wiedersehen im Zug«, sagte ich, und sie nickte. Hätte ich irgendetwas anders machen sollen? Ich glaube nicht.

Vielleicht läuft ja im Radio wieder gute Musik. Ich schalte es ein.

*»Noch immer keine Nachricht von Thomas Niedermayer aus Nürnberg, dem entführten deutschen Manager von den Grundig-Werken in Belfast«,* sagt der Sprecher. *»Bisher hat sich noch keine Gruppe zu der Entführung bekannt.«*

Niedermayer. Herr im Himmel. In Burgbernbach gibt es Familien mit dem Namen Niedermayer. Ullis Nachname ist Niedermayer.

# 21

Daheim sehen sie alle fern. Dad, Mum, Matt im Halbkreis um den Kamin.

»War's schön?«, fragt Mum.

»Ja.« Ich setze mich. Jetzt ist es mit Dad, Mum, Matt und mir ganz genau so, wie es schon immer war, seit ich mich erinnern kann. In der Glotze läuft irgendein doofer Film mit jeder Menge vielsagendem Schweigen. Mir reicht's für heute mit vielsagendem Schweigen. Ich könnte eine Zigarette gebrauchen.

Ich stehe auf und will hinaus in den Hof. Was treibe ich da eigentlich? Ich bin jetzt einundzwanzig und verberge vor meinen Eltern noch immer die Tatsache, dass ich rauche. Ich krame im Sideboard herum.

»Was suchst du denn?«, fragt meine Mutter.

»Den Aschenbecher.« Da ist er ja. THE ESPLANADE HOTEL BLACKPOOL. Aus den Flitterwochen meiner Eltern. Ich setze mich wieder hin, balanciere den Aschenbecher auf der Sessellehne, hole meine Zigaretten und die Streichhölzer hervor, zünde mir eine an, atme den Rauch ein, atme ihn aus. Im flackernden Licht drehen sich die Köpfe meiner Mum und meines Dads in meine Richtung, dann zueinander, dann zurück zum Fernseher, wo ein Mann mit verschränkten Armen aus einem Fenster hinaus in den Regen schaut, dann wieder zurück ins Zimmer, wo eine Frau auf einem Bett liegt. Die Frau auf dem Bett dreht sich einmal um, schaut zu dem Mann hin und dreht sich dann wieder weg.

»Ich geh jetzt ins Pub«, sage ich zu Matt. »Kommst du mit?«

»Warum nicht.«

»Sonst noch jemand?«

»Treib's nur nicht zu weit«, sagt meine Mutter.

»In welches wollen wir gehen?«, frage ich Matt, sobald wir auf der Straße sind. Er zuckt mit den Achseln.

»Warst du hier schon jemals im Pub?«

»Nein.«

»Überhaupt schon mal in einem Pub gewesen? Ist ja auch egal. Komm, wir gehen ins *Fountain*.«


»Ein V.S.O.P. ist das einzig Wahre«, sagt einer am Tresen mit piepsiger Stimme. Er klopft mit dem Finger gegen eine Flasche *Bisquit* Cognac. »V.S.O.P. muss er sein. Alles andere kannst du vergessen.«

O Gott, es ist Neil Lamont, der gerade den Connaisseur gibt, den Bonvivant. Er dreht sich um, sieht uns, sein Mund öffnet sich, um eine Bemerkung zu machen, es fällt ihm keine ein, wir nicken einander zu, er räuspert sich, wir setzen uns in eine Ecke.

»Was willst du trinken, Matt?«

»Was du auch trinkst.«

Ich hole uns zwei Halbe Guinness. Wir stoßen an und trinken.

»Igitt«, sagt Matt.

»Ist das dein erstes Guinness? Erst ab dem dritten fängt es an zu schmecken.«

»Das ist überhaupt mein erster Alkohol.«

Zwei Gläser mit Whiskey erscheinen auf dem Tisch vor uns. Doppelte. »Von eurem Onkel«, sagt der Barkeeper. Onkel Neil prostet uns vom Tresen aus zu. »Zum Nachspülen, Jungs. Gehört zum Guinness dazu.«

Wir prosten zurück.

»Ganz nett hier«, sage ich zu Matt. »Oder?«

»Yeah.«

Aber eigentlich stimmt das nicht. Eigentlich ist es eher grottig. Anscheinend hatte jemand eine Art Schweizer Chalet im Sinn, ohne je in der Schweiz gewesen zu sein und ohne nachzusehen, ob die Mitchellstown-Version dem Original irgendwie nahekommt. Die Wände sind mit Fichtenholz verkleidet, und das schlecht; einige der Bretter sind ziemlich krumm, und das Holz wurde vorher nicht abgelagert und schwitzt klebriges Harz aus. Ein Wandgemälde stellt eine Alpenszenerie mit See, Wald und verschneiten Hängen dar. Jede Menge bauchiger italienischer Weinflaschen stehen herum, mit Bastumhüllungen, wie wir sie in der Grundschule geflochten haben. Der Fernseher läuft, der Kontrast ist völlig falsch eingestellt, die

Farbwiedergabe scheußlich. Jemand mit einem Tomatengesicht stellt gerade Vermutungen darüber an, was mit dem deutschen Manager geschehen sein könnte. Mit Thomas Niedermayer.

»Ich hol uns noch eine Runde«, sagt Matt und geht zum Tresen. Bei der Rückkehr trägt er ein Tablett mit neuen Whiskeys und zwei Bieren.

»Wie geht's dir so, Matt?«

»Geht schon irgendwie. Solange ich mich an meinen Strukturen festhalte, läuft's ganz gut.«

»An deinen was?«

»Ich sage Strukturen dazu. Mein fester Rahmen. Die Kirche. Die Boys' Brigade. Fernsehen mit Mum und Dad. Der Laden vor allem. Den Schutt von der Bombe wegräumen und Ordnung schaffen. Eine Ordnung in alles kriegen. Solche Sachen. Sie müssen um mich herum sein. Wie die Kleidung. Schon am Morgen. Gleich nach dem Aufwachen. Die erste Struktur ist das Bad. Ich muss nach dem Aufwachen sofort aufstehen und ins Bad gehen und gleich anfangen mit Rasieren und Waschen und so weiter. Nie innehalten und nachdenken, sonst fallen die Strukturen zusammen. Oder ich erkenne, dass sie gar nicht da sind. Ich habe mich selbst freischwebend aufgehängt. Wie der Kojote in diesen Cartoons, der hinter dem Wegekuckuck herhetzt und der von der Straße herunter und über einen Canyon rennt und in der Luft immer weiter rennt, bis er hinunterguckt. Und dann – gniauuh.« Er macht ein Geräusch wie ein Sturzkampfbomber. »Da liege ich dann immer stundenlang im Bett. Manchmal tagelang. Und Mum kocht mir alle meine Lieblingsgerichte und schleppt sie hoch, und ich esse sie nicht, oder sie bringt mir Urlaubsprospekte, oder sie sagt, sie kauft mir ein neues Auto. Oder sie holt den Pfarrer. Und der kniet sich dann neben mein Bett und betet für mich.«

»Bist du noch immer bekehrt?«

»Weiß nicht. Darüber will ich nicht reden. Das hier schmeckt gut. Wie ist es in Deutschland?«

»Super. Ich bin am Überlegen, ob ich nicht ganz hinziehe.«

»Echt?«

»Yeah.«

»Recht hast du. Hau ab von hier. Das Mädchen da, von dem du erzählt hast, ist das was Dauerhaftes?«

»Was Ewiges, soweit es mich betrifft.«

»Glückspilz.«

»Yeah.«

»Wusstest du, dass Jane und ich vorhatten auszuwandern?«

»Guter Gott, nein.«

»Nach Neuseeland. Sie hat einen Onkel dort, Besitzer einer Ladenkette. Er sagt … O nein.« Matt bricht ab und fängt an zu schluchzen. Und ich kann ihm nicht helfen. Dazu sind wir uns nie nahe genug gewesen, Matt und ich. Zwar ist er nur zwei Jahre jünger, aber wir sind völlig verschieden. Manchmal denke ich, entweder er oder ich wurde, anstelle des richtigen Kindes meiner Eltern, von den Elfen ins Kinderbett hineingezaubert. Er arbeitet zum Beispiel schon mal gern im Laden mit. Er ist gut in geschäftlichen Dingen. Er hat dafür irgendwie eine natürliche Begabung. Er kann mit Leuten verhandeln, ohne sich mit ihnen zu zerstreiten, aber auch ohne sich übers Ohr hauen zu lassen. Er mag das Leben auf dem Land. Schön, tu ich auch, aber ich mag es mir eher ansehen, während er lieber aktiv daran teilhat. Er wäre liebend gern Farmer. Nichts tut er lieber, als am Wochenende drunten bei den Mayberrys mitzuhelfen. Schafe dippen, Heuballen binden, Traktor fahren, pflügen – er hat sogar immer beim Wettpflügen mitgemacht, du lieber Gott. Dazu kommt, dass er sich in Mitchellstown wirklich daheim fühlt: im Jugendclub, im Jungbauernverein, in der Boys' Brigade und so weiter. Zumindest dachte ich das. Nie wäre ich auf die Idee gekommen, dass er von hier weg will.

Er versucht, die Tränen zu unterdrücken, aber sie schütteln ihn auf und nieder wie eine Puppe, und es hört sich an wie trockener Husten, und sein Mund ist zu einer Grimasse verzerrt wie ein furchtbares Grinsen. Die Leute schauen zu uns her und dann wieder zum Fernseher. Nach einer Weile hat er sich offenbar verausgabt wie das Werk einer Kuckucksuhr, das fast abgelaufen ist und wieder aufgezogen werden muss.

»Alles in Ordnung mit dir?«

»Yeah. Bring mir noch eins davon.«

»Bist du sicher?«

»Und davon auch noch einen.«


»Sachte, Matt, sachte.« Ich helfe ihm, sich am Waschbecken abzustützen, und wische ihm die Vorderseite seines Pullovers mit Toilettenpapier ab. Ich habe die ganze Rolle vom Männerklo aufgebraucht und musste noch einen Abstecher ins Damenklo machen, aber ich habe es geschafft, den größten Teil des Erbrochenen zu entfernen.

Matt sagt nichts, schwankt nur von einer Seite auf die andere und summt dabei *Merry Christmas, everybody.*

Mit einem dumpfen Schlag geht die Tür auf, Neil Lamont tritt ein, erfasst die Szene, geht zum Urinal, pinkelt und hält über das Geplätscher hinweg eine Rede. »So ist's recht, Jungs, haltet zusammen, das ist die richtige Einstellung, das ist es, was wir noch lernen müssen. Unsere Art muss zusammenhalten, so wie es die andere Sorte tut. Ein paar Leute hier in der Gegend kapieren das einfach nicht. So wie dieser feine Onkel von euch. Nennt sich Oranier und hätte doch beinahe seine Wiesen an die andere Seite verkauft, wenn ich nicht dazwischengefahren wäre. Gutes Land, das schon seit Ewigkeiten im Familienbesitz ist. Seit Menschengedenken.« Er hopst auf und nieder und macht ein Gewese, als müsste er gleich noch ein Bataillon Pioniere anfordern, damit sie ihm behilflich sind, seinen gewaltigen Schwengel zurück an Ort und Stelle zu hieven. Schließlich zieht er den Reißverschluss zu und kommt mit ausgestreckten Händen zu uns her.

»Lasst mal einen erwachsenen Mann durch, ihr Burschen.«

Ich zerre Matt vom Waschbecken weg, und Neil wäscht sich ausgiebig die Hände, betrachtet sich im Spiegel, klatscht sich mit einem Kamm die Haare an, schaut aus dem Spiegel zu Matt, der sich an der Toilettentür abstützt. »Schreckliche Sache das mit seiner Kleinen.« Steckt den Kamm in die Seitentasche seiner Jacke, tätschelt die Tasche. »Habe gehört, die Kerle, die das getan haben, wohnen nicht besonders weit weg von hier. Und ich habe außerdem gehört, dass die Polizei ganz genau weiß, wer sie sind.« Richtet sich auf, dreht sich um, schaut mich an. »Zum Glück sind nicht alle in der Familie so naiv wie Mayberry. Gott sei Dank habe ich wegen dieses Stücks Land rechtzeitig einen Tipp bekommen.«

»Von wem?«, frage ich, obwohl ich glaube, dass ich die Antwort schon kenne.

»Von deiner Mum. Vernünftige Frau. Aber behaltet das für euch.«

»*He ain't heavy-eh, he's my brother.* Richtig?«

»Richtig, Matt. Nur schön langsam.«

»Weißt du was, John? Die Schruktschuren, du weißt doch, die Schruktschuren?«

»Yeah. Du hast sie mir erklärt.«

»Die sind alle zusammengekracht. Und weißt du was?«

»Was?«

»Es ist scheißegal.«

In Anbetracht dessen, dass Matt ohne meine Unterstützung schon längst wie ein übers Deck schlitternder Liegestuhl zusammengeklappt und nicht in der Lage gewesen wäre, wieder hochzukommen, ist das ein wenig übertrieben. Mit einem dreibeinigen Wettlauf hat das hier auf jeden Fall nichts zu tun. Wohl eher mit einem fünfeinhalbbeinigen.

»Langsam, Matt. Nicht so laut.«

»Ha, ha, ha.« Matt macht den nächsten Ausfallschritt hin zur Straßenmitte, und ich kann ihn gerade noch zurückreißen. Wir hatten ohnehin schon ein paar haarige Situationen an der Ecke vom Pub zur Hauptstraße und wären beinahe im Fluss gelandet.

»Sei still, Matt, um Himmels willen. Wir sind schon fast zu Hause.«

»*So here it is, merry Christmas, everybody's havin' fun.*«

»Diese Freundin in Deutschland, von der ich dir erzählt habe.«

»Genau, genau. Ich bin ganz Ohr.«

»Was würdest du sagen, wenn ich dir erzähle, dass sie von hier ist?«

»*Look to the future, it's only just begu-u-un.*«

»Matt? John! Seid ihr das?« Unsere Mutter steht in der Tür, eingerahmt vom Flurlicht.

Wir schleppen uns zu ihr hin. Unterm Eingang befreit sich Matt aus meinem Griff und lässt sich dann im Wohnzimmer in einen Sessel fallen.

»Dschonn hat 'ne neue Freundin in Deutschland, Mum, was sachstn dazu? Und außerdem isse von hier. Wie immer das zusammenpasst.« Er guckt zweifelnd mit einem Auge zu Mum hinauf, dann klappt das Auge zu.

Gleich darauf sackt sein Kopf nach vorn.

»Du lieber Gott im Himmel. Ich hoffe, du bist jetzt stolz auf dich, John Dalzell. Mehr fällt mir im Moment nicht ein«, sagt Mum. »Schaff ihn die Treppe hinauf und steck ihn ins Bett, bevor dein Vater aufwacht.«

»Es ist besser für ihn, wenn er seinen Rausch hier unten aus-schläft. Er geht dann später von allein ins Bett.« Matt hat ange-fangen zu schnarchen.

»Schön. Du musst es ja wissen. Was hat Matt da gesagt: Dei-ne Freundin ist von hier?«

»Ich weiß nicht, wovon er geredet hat.«

»Liegt Matt noch im Bett?«, fragt Dad.

Mum lässt sich zu einem knappen Kopfnicken herbei. Durch eisiges Schweigen, Blicke, angedeutetes pikiertes Kopfschütteln und dergleichen zeigt sie mir, dass sie wütend auf mich ist, aber in Dads Anwesenheit kann sie mir nicht die Leviten lesen, wes-wegen ich mich schon den ganzen Morgen im Laden und so nahe wie möglich bei Dad aufhalte. Was allerdings nur eine vo-rübergehende Gnadenfrist bedeutet.

Unser Geschäft ist jetzt ein seltsamer Ort, an dem viel im-provisiert wird und wo es zugeht wie hinter den Kulissen einer Bühne. Dauernd denke ich, dass man zum eigentlichen Laden nur irgendwo nach hinten durchgehen müsste. Anstelle der wun-derschönen Treppe von früher führt eine Leiter in den zweiten Stock hinauf, die Decke wird von Eisenstreben gestützt, bis die Vorderfront wieder aufgemauert ist, und der alte Ladentisch, der sich — fast zehn Meter lang — von einem bis zum anderen Ende erstreckte, ist mit Plastikplanen abgedeckt, die rascheln, wenn Leute eintreten, und darunter ist er von Kratzern und Schram-men übersät. Von der pneumatischen Rohrpostanlage, die frü-her über unseren Köpfen quer durchs ganze Geschäft führte und in der die Messingzylinder mit Wechselgeld und Quittungen mit dem Fauchen kleiner Drachen zwischen dem Laden und dem Büro hin- und herzischten, wo meine Mutter präsidierte, ist nichts mehr übriggeblieben. Es ist sehr dunkel hier, weil alle Fenster mit Brettern vernagelt sind; im Moment wäre es sinnlos, neue Scheiben einzubauen, da zuerst neue Rahmen eingesetzt werden müssen. Die Bekleidungsstücke sind noch in ihren Kartons, anstatt auf Bügeln an den Ständern zu hängen. Mein Vater möchte sie gern auspacken, meine Mutter sagt, wir sollten damit warten, bis wir wüssten, in welcher Gestalt das Geschäft nach der Renovierung weitergeführt werden soll.

Mein Vater vermittelt den Eindruck, hier völlig fehl am Platz zu sein. Er wirkt ein wenig beschämt, als wäre er degradiert worden. Vermutlich wurde er das in gewisser Weise auch. Mir fällt auf, dass manche Kunden nun ausdrücklich von meiner Mutter bedient werden möchten, die das früher gerade nicht wollten, weil allgemein bekannt war, dass man mit meinem Vater bessere Preise aushandeln konnte.

Mum geht nach hinten, um das Mittagessen zu kochen. Dad schreibt irgendwelche Sachen in eine Kladde auf dem Kartentisch, der als Büro dient. Ich drücke mich in seiner Nähe herum.

»Wenn du die Preise für die Herrenunterwäsche aus der letzten Lieferung ausrechnest, könnte ich anschließend die Schachteln auszeichnen.«

»Gut.«

»Drunten im Pub haben sie erzählt, dass die Cassidys glauben, man habe sie bei Onkel Ivans Wiesen ausgetrickst.«

»Sagt man das. Ach ja, John, du weißt doch, die Leute reden viel.«

»Sie sagen, es hätte so was wie eine stillschweigende Vereinbarung gegeben. Sie sagen, es sei unfair gegenüber den beiden Jungen.«

»Unfair?«

»Yeah.«

»Ich will dir mal was sagen, John.«

»Was?«

»Irgendwie müssen die Dinge halt sein.«

Leichten Fußes steige ich zur Essenszeit die Treppe hinauf, um nachzusehen, wie es Matt geht. Mum kommt aus seinem Zimmer und zieht die Tür hinter sich zu.

»Daran bist nur du schuld«, zischt sie.

»Ist ihm noch immer schlecht?«

»Ihm ist nicht schlecht. Er ist depressiv. Machst du dir eine Vorstellung von dem Elend, das wir den ganzen Herbst durchgemacht haben, um ihn aus seiner Depression zu holen? Und jetzt steckt er wieder drin. Und schuld bist du. So wie du uns hier unterstützt, hättest du genauso gut in Deutschland bleiben können. Du und dein verfluchtes Pub.«

Noch nie zuvor habe ich sie ein Wort wie »verflucht« sagen hören. Aus ihrem Mund hört es sich wie etwas viel Schlimmeres an. Für mich ist das wie eine Ohrfeige aus heiterem Himmel. Mein Vater hat mir noch nie eine gegeben. Meine letzte Ohrfeige bekam ich von ihr, wie mir jetzt wieder einfällt, als ich dreizehn und zu alt dafür war, nur weil ich gesagt hatte, ich würde die pickelige Pfarrerstochter auf dem Sonntagsschulfest nicht zum Tanz auffordern.

»Meine Idee war es eher nicht. Dad hat mich in Deutschland angerufen, was du vielleicht gar nicht wusstest. Er hat sich eingebildet, du hättest mich gern daheim. Aber dir war Matt ja schon immer wichtiger.«

»Also wirklich, John. So ein Quatsch.« Mit wütendem Kopfschütteln geht sie an mir vorbei.

»Was hast du da übrigens mit Onkel Neil wegen der Mayberry-Wiese ausgeheckt?«, frage ich sie.

»Wovon sprichst du eigentlich?«

»Im *Fountain* haben alle davon geredet. Es hieß, die Wiese hätte ursprünglich an die Cassidys gehen sollen. Es hieß, das sei ihnen versprochen worden.«

»Was geht das dich an, was die Mayberrys mit ihrer Wiese machen?«

»Es hieß, die Cassidys hätten die Wiese nur deshalb nicht gekriegt, weil sie Katholiken sind.«

»Dir reicht es also nicht, dass du Matt sturzbetrunken nach Hause bringst, sondern du bringst außerdem auch noch einen Haufen Verleumdungen von diesem Gassenpöbel mit, der sich dort herumtreibt.«

Aha, wir ziehen also die Glacéhandschuhe aus und legen die harten Bandagen an. Es ist wie eine Erlösung. So hätten wir schon längst miteinander reden sollen.

»Stimmt es oder stimmt es nicht? Habt ihr beide, Onkel Neil und du, die Mayberrys dazu überredet, die Wiese nicht an die Cassidys zu verkaufen, bloß weil sie katholisch sind?«

»Katholisch, katholisch, es hat überhaupt nichts damit zu tun, dass die katholisch sind. Man verkauft Land nicht an Leute außerhalb der Familie, wenn man nicht muss. Aber das verstehst du ja nicht. Du auf deinem hohen Ross, gerade mal ein paar Monate fort in Deutschland, und schon hältst du dich für was Besseres als den Rest von uns. Aber dafür hast du dich ja schon immer gehalten, nicht wahr? Zu fein für den Rest von uns. Ein echter Dalzell, genau wie dein Vater. Na, dann will ich Euch mal ein paar Wahrheiten sagen, Euer Hochwohlgeboren: Es war nicht die Lebensart der Dalzells, die uns über die schwere Zeit der letzten Monate gebracht hat. Ich bin nicht in den Genuss einer Universitätsausbildung gekommen, mit der ich mir ein leichtes Leben hätte machen können, und ich brauche keine Ratschläge, weder von dir noch von irgendjemand anderem, wie ich mein Familienunternehmen zu führen habe. Das werde ich immer zu meinem Vorteil tun, ob es denen passt oder nicht, und die Cassidys werden das genauso zu ihrem Vorteil tun, und so ist es auch schon immer gewesen, und wenn dir das nicht genehm ist, dann kannst du ja in deinem verdammten Deutschland bleiben. Und jetzt habe ich mit dem Mittagessen in der

Küche zu tun, und du hast im Laden zu arbeiten, sobald du dir angeschaut hast, in welchen Zustand du Matt gebracht hast.«

»Worum ging's da eigentlich gerade?« Matt liegt im Bett und sieht zur Decke.

»Um nichts. Um alles. Was machen die Strukturen heute?«

»Ach.«

»Alles ist sinnlos, das ist es doch, oder?«

»Das ist es. Und erzähl mir bloß nicht, es sei nicht so.«

»Okay.« Ich gehe hinüber zum Fenster und schaue hinaus. Dann stimmt es also, was Teresa sagte. Noch schlimmer ist, dass meine Mutter mit drinsteckt. Und jetzt? Was ist mit Dad? Gibt's Hoffnung von seiner Seite? Nein; es hat eine Machtverschiebung stattgefunden, und er ist jetzt nicht einmal mehr pro forma der Chef. Außerdem ist sowieso alles zu spät.

Es habe nichts damit zu tun, dass sie katholisch sind, sagt sie. Ob Teresa das glauben wird? Glaube ich es denn? Muss das überhaupt von Bedeutung sein?

Nicht, wenn wir in Deutschland bleiben.

Matts Schlafzimmer liegt im rückwärtigen Teil des Hauses. Von dort blickt man auf unseren Hinterhof, auf das Lager, das Tor, den schmalen ungeteerten Weg, die rote Backsteinmauer am anderen Ende, und noch ein Stück dahinter und ganz versteckt, wo ihn niemand vermutet, befindet sich der Garten der Munroes mit kleinen Kiespfaden und Bäumen und unterschiedlichen Ebenen, und dann kommt die hohe Steinmauer mit den einbetonierten Glasscherben obendrauf, die den Fair Hill umgibt. Man kann also vom Dach unseres Lagers über den Weg hinweg auf die Mauer der Munroes springen, dann taumelnd und mit rudernden Armen zu verhindern suchen, dass man in ihr Gewächshaus stürzt, anschließend, sobald man sein Gleichgewicht wiedererlangt hat, oben auf ihr entlanggehen, bis man zu der Mauer gelangt, die im rechten Winkel zwischen dem Garten und dem alten Aborthäuschen davon wegführt. Das bringt einen dann direkt zur Fair-Hill-Mauer. Sobald man mit Hilfe der kahlen Stellen, aus denen die Glasscherben herausgefallen sind, dort hinaufgeklettert ist, kann man bis hin zum Lennox-Holzlager gehen.

»Erinnerst du dich noch an das Spiel, das wir immer gespielt haben?«, frage ich Matt.

»Wie weit wir kommen, ohne den Boden zu berühren. Klar.«

»Wir müssen verrückt gewesen sein.«

Wir machten diese Phase durch, als wir noch beide in diesem Zimmer schliefen und etwa dreizehn beziehungsweise elf waren. Sie kam nach den Spielen im alten Haus der Mayberrys. Oberste Regel war, dass uns niemand sah, und das hieß: bei Nacht. Ich glaube, das Ganze ging lediglich ein paar Monate lang, und da auch nur in den Nächten um Vollmond herum. Wir haben uns immer den Wecker auf zwei Uhr gestellt, sind dann durchs Fenster aufs Dach des Lagers geklettert, und los ging's.

Am Anfang sind wir nur bis zur First Mitchellstown Presbyterian Church gekommen, die an die Fair-Hill-Mauer stößt. Letztere ist so in den Sockel des Gebäudes integriert, dass für uns nur ein schmaler, abwärts geneigter Sims blieb. Doch wir lernten im Lauf der Zeit, uns darauf zentimeterweise und mit dem Rücken zur Kirche voranzuschieben. Nach einer Weile begannen die Füße an den Gelenken zu schmerzen, weil sie die ganze Zeit abwärts zeigten. Drunten lag ein Haufen alter und von Brennnesseln überwucherter Ziegelsteine, der einem mit Sicherheit irgendeinen Teil des Körpers gebrochen hätte, wäre man runtergefallen, was die Sache noch aufregender machte. Sobald man es hinüber auf die andere Seite geschafft hatte, konnte man problemlos auf der Mauer bis zum Lennox-Schuppen rennen, dessen Rückseite sie bildete. Weiter kam man nicht, denn hier war der obere Eingang zum Fair Hill, und die Mauer auf der anderen Seite war für einen Sprung zu weit weg. Bis Matt die Leiter im Lennox-Schuppen entdeckte. Sie muss um die fünf Meter lang gewesen sein. Der Schuppen war an den Seiten offen, damit die darin gelagerten Bretter trocknen konnten, und zwischen dem Wellblechdach und der Fair-Hill-Mauer gab es einen Zwischenraum, durch den man hinunter in den Schuppen gelangen konnte. Dieser hatte einen auf Balken gelagerten Holzfußboden, der für uns eindeutig nicht als Erdboden zählte. Wir schoben die Leiter zwischen Dach und Mauer hinaus, und je weiter wir sie hinausschoben, desto schwerer wurde sie, und wie es der Zufall wollte, kam sie, wenn ihr Gewicht das andere Ende nach unten zog, genau auf der gegenüberliegenden Mauerkante zu liegen. Bingo!

Dann stand der halsbrecherische Balanceakt über den Abgrund an, den einer nach dem anderen auf der wippenden Leiter zu absolvieren hatte. Das war der beste Teil. Nervenkitzel pur. Völlig losgelöst und abgehoben. Du über der Welt allein im silberigen Mondenschein. Manchmal träume ich noch heute davon, und es ist immer ein guter Traum, mit vielen Variationsmöglichkeiten. Auf der anderen Seite war es einfach. Es galt ein paar Eisengatter zu den Wiesen zu überwinden, den Bullen auf dem McCullough-Grundstück und die mannshohen Nesseln direkt an der Mauer zu meiden, aber davon abgesehen war die Strecke problemlos bis zur Rückseite der Häuser in der Kilmartin Street. Auch hier bildete die Mauer wieder die Begrenzung der Hinterhöfe und war mit Glasscherben bestückt, die aber keine echte Herausforderung darstellten, weil die meisten scharfen Kanten schon abgebrochen waren. Auf diese Weise kam man zum Haupteingang des Fair Hill, der etwa zehn Meter breit war. Weiter ging es nicht. Von da mussten wir wieder zurück, wieder über die Leiter. Wir ließen sie immer als Brücke über die beiden

Mauern liegen und hofften einfach, dass in der Zwischenzeit kein Lkw oder Transporter vorbeikommen würde; ein Pkw hätte darunter durchfahren können. Dann holten wir die Leiter ein und verstauten sie ordentlich. Bis wir wieder im Bett lagen, war es meist nach vier, und wir waren richtig high vom Adrenalin, wegen der Kontrolle, die wir über unseren Körper hatten, und wegen der Sprünge und Balanceakte. So ging das immer weiter während dieser paar wunderbaren Monate, und dann hörten die nächtlichen Touren plötzlich auf. Ich weiß auch nicht, warum. Erwischt hat man uns nie.

Ich denke, man könnte sagen, dass wir uns damals nahe waren.

»Hast du gesehen, dass sie direkt am Haupteingang ein Sperrgitter eingezogen haben? Und bei Nacht ist es zu«, sagt Matt.

»Also könnte man jetzt eine komplette Runde laufen.«

»Wenn man nicht vorher erschossen wird.«

»Stimmt, damit muss man heutzutage immer rechnen.«

»Erzähl mir was von deiner Freundin.«

»Willst du wirklich was über sie wissen?«

»Ja.«

»Sie ist das schönste Mädchen, das du dir vorstellen kannst.«

»Stammt sie wirklich von hier?«

»Wie sollte das gehen?«

»Hast du nicht so was gesagt?«

»Da musst du was durcheinandergebracht haben.«

»Erzähl mir trotzdem von ihr. Spricht sie Englisch? Wo habt ihr euch kennengelernt? Wie heißt sie?«

»Teresa.« Ich habe Mühe, dem Namen eine deutsche Aussprache zu geben. Ich erzähle ihm, dass sie zwar sehr gut Englisch spreche, wir uns aber auf Deutsch geeinigt hätten, damit ich meines verbessern kann. Ich erzähle, dass sie Studentin ist, dass sie in Bamberg Englisch studiert und dass ich sie bei einem Dubliners-Konzert kennengelernt habe. Ich hänge ihr Herbert als fürsorglichen großen Bruder an und dessen Bauernhof als den ihren. Ich setze sie in die von Herbert ausgeliehene Ente und lasse mich von ihr durch die Gegend fahren. Ich sage, wir wollen in Bamberg leben.

»Klingt prima«, sagt Matt.

Das tut es.

Ich erzähle ihm von der Magie, die sich einstellt, wenn ich mit ihr schlafe.

»Wenigstens haben wir *das* auch getan«, sagt er. »Jane und ich haben miteinander geschlafen. Kurz vor der Bombe. Das erste Mal hat's … nicht gebracht. Aber danach war es schön.«

Ich drehe mich zu ihm um. Ein winziges Lächeln zeigt sich auf Matts Gesicht.

»Da bist du baff, was?«, sagt er.


# 22


»Wartet. Gleich ist's so weit«, sagt Tante Lettie.

»Der Schwarzwald-Kuckuck«, sagt Onkel Ivan. »Aus deinen Gefilden, John.«

Sie hatten ihre Flitterwochen im Schwarzwald verbracht; ich kann mir nicht vorstellen, warum, oder was sie dort gemacht haben, was sie aßen, tranken, sich ansahen – und was die Leute von ihnen dachten.

Der Kuckuck legt los. Zwölf Mal.

»Na dann, ein gutes neues Jahr, alle miteinander.«

»Gutes neues Jahr.«

»Gutes neues Jahr.«

»Gutes neues Jahr.«

»Gutes neues Jahr.«

»Gutes neues Jahr.«

Nur mein Vater schweigt. Matt täte es wahrscheinlich auch, wenn er hier wäre, aber er ist nicht hier. Er ist mit der Begründung daheimgeblieben, dass er einen ruhigen Abend vor dem Fernseher verbringen wolle. Wir trinken ein Fingerhut großes Gläschen Sherry und starren ins Feuer.

»Tja. Das wäre wieder mal geschafft.« Neil Lamont meint das Jahr, nicht den Sherry.

»Aye. Und das neue wird kein bisschen anders sein«, sagt Ivan Mayberry.

»Nein, kein bisschen«, sagt meine Mutter.

»Aber überhaupt kein bisschen«, sagt Neil Lamont.

»Dann besteht ja wenigstens darüber Einigkeit«, sage ich, und alle gucken mich an.

Ich könnte jetzt bei Herbert auf dem Bauernhof sein, Glühwein oder Sekt trinken. Draußen auf den Wiesen glitzert der Schnee, Teresa sitzt neben mir, beide waren wir den ganzen Tag auf den Skiern, sind inzwischen ganz gute Fahrer, ein großes Bett wartet.

»Schalt mal den Fernseher ein«, sagt Tante Lettie. »Da kommt jetzt dieser Andy Stewart. Mit der *Hogmanay Show*.«

»Ich geh mal mit Bob Gassi«, sage ich.

Meine Mutter wirft mir erneut einen forschenden Blick zu, doch dann entspannt sich ihre Miene. Kein zu Fuß erreichbares Pub in der Nähe, scheint ihr gerade einzufallen. »Geh nicht zu nahe an den Fluss«, sagt sie. »Und bleib nicht zu lange aus. Wir gehen bald heim. Morgen ist auch wieder ein Tag.«

Im Schein der Taschenlampe, die ich eigens zu diesem Zweck mitgenommen habe, gehe ich, wie schon letzte Woche, den Weg hinter dem Haus entlang. Ich platsche mit schmatzendem Schuhwerk den Pfad hinauf zum Ringfort. Dort binde ich Bob an einem Gebüsch fest, mache mich auf den Weg um den Hügel herum, und dort unten sind die Lichter der Cassidy-Farm. Es ist fünfundzwanzig Minuten nach zwölf.

Von Teresa weiß ich, dass sie sich an die Hogmanay-Tradition hält und immer auf den Weg zu ihren Nachbarn am anderen Ende macht, um ihnen als Erste alles Gute fürs neue Jahr zu wünschen. Sie macht das seit Jahren, weil sie schwarze Haare hat, was genauso Glück bringen soll wie der Brocken Kohle, den sie immer mitbringt. Nach ihren Worten bricht sie immer so gegen halb eins auf, um den Raineys Zeit zu lassen, erst einmal anzustoßen.

Die Sehnsucht nach ihr verzehrt mich, seit wir uns in Carnlough gesehen haben. Ich bin so voller Liebe und Lust, dass es mich schier wahnsinnig macht. Mein Plan sieht grob so aus, sie auf diesem Gang zu den Nachbarn abzufangen und zu schauen, wie es weitergeht. Also dann – Uhrenvergleich. Ich klettere über den Zaun, lasse den Lichtstrahl der Taschenlampe über die Wiese und den Weg streichen, um einen Überblick über das Gelände zu bekommen, schalte sie aus und marschiere los. Es handelt sich auch hier um ein sumpfiges Stück Land mit Schilfinseln und herausragenden Felstrümmern. Ich orientiere mich an den Lichtern der Cassidy-Farm.

Als Nächstes saust mir irgendetwas in die rechte Seite und wirft mich um. Ich strecke meine Hände aus, um den Sturz zu mildern; sie werden gepackt und samt den Armen nach hinten gedreht; Knie drücken auf meinen Rücken, mein Gesicht liegt in einer Pfütze. Der Griff um meine Hände lockert sich, eine Hand reißt mich an den Haaren und dreht mein Gesicht zur Seite, eine Taschenlampe leuchtet mir in die Augen.

»Wer zum Teufel bist du?«

Ich mache den Mund auf, um zu sprechen, schlucke brackiges Wasser, verschlucke mich, würge.

»Das ist doch der Wieheißtergleichwieder«, sagt eine weiter entfernte Stimme.

»Tatsächlich. Graf Rotz vom Diamond. Was zum Teufel hast du hier zu suchen?«

Ich huste einen Schwall Wasser. »Lasst mich los, verdammt noch mal. Ich führ bloß meinen Hund aus.«

»Du bleibst schön liegen, hast du gehört?« Die Hand schlägt meinen Kopf wieder nach unten, die Knie lösen sich von meinem Rücken. Ich drehe mich um, setze mich auf und hebe den Kopf zur Taschenlampe hin. Eine zweite Lampe gesellt sich dazu. Ich sehe rein gar nichts.

»Und wo ist dieser scheiß Hund?«

»Was ist denn hier los?« Teresas Stimme.

»Geh zurück ins Haus.«

»Was macht ihr da?«

»Geh zurück in das verdammte Haus, hab ich gesagt!«

»Wen habt ihr denn da?« Das Geräusch eines sich öffnenden Gatters.

»Hört mal, was soll denn das Ganze hier«, krächze ich. »Ihr kriegt doch bloß Scherereien. Ich habe nur den Hund ausgeführt, und er ist abgehauen.«

»Mitten in der Nacht, jaja, schon klar. Du hältst dich unbefugt auf unserem Grundstück auf, das ist es, was du tust. Wir hätten dich erschießen können. Wir haben dich schon eine Meile weit kommen sehen.«

»Um Himmels willen, Malachy, lasst ihn gehen«, sagt Teresa. »Das sieht doch jeder, dass der nichts im Schild führt.«

»Steh auf, Freundchen.«

Ich stehe auf. Zwei Lampen leuchten mir noch immer ins Gesicht. »Könnt ihr die nicht mal ausmachen?« Ich höre ein Knipsen, Plastik gegen Metall, und eine Lampe erlischt. Der Mann, der sie hält, hält auch ein Gewehr. Der Lauf zeigt auf mich. Ich

zittere. Die andere Lampe strahlt mich weiterhin an. Der Lichtkegel wandert von meinem Gesicht hinunter auf die Füße.

»Streck mal schön die Hände hoch. Tu, was ich sage, verdammt.«

Ich tu, was er sagt. Er kommt zu mir her, fährt mit den Händen von meinen Achselhöhlen seitlich hinab zur Hüfte.

»Und jetzt zieh Leine und geh dahin zurück, von wo du
kommst, und lass dich hier nicht wieder blicken.«

»Gutes neues Jahr«, sage ich.

»Hau bloß ab.«


»Was hat dich denn hinunter zum Fluss geführt?«, fragt Tante
Lettie. Meine Mutter sagt gar nichts. Ihr Blick spricht Bände:
Schon wieder ein verdorbener Abend!


Ich werde wachgerüttelt.

»Los, komm schon«, sagt Matt.

»Komm schon, was?«

»Die Runde«, sagt er. Er ist vollständig angezogen und riecht
nach Whiskey.

»Um Himmels willen. Wo bist du gewesen?« Als wir heim-
kamen, war von ihm nichts zu sehen, und wir hatten angenommen, er sei zu Bett gegangen.

»Im *Fountain*.«

Ich schaue auf die Uhr. Es ist halb drei.

»Die haben doch schon seit Stunden zu.«

»Wir sind dann alle noch zu Onkel Neil nach Hause.«

»Leg dich ins Bett, Matt. Wenn Mum dich hört, ist die Hölle
los.«

»Los, komm schon, John. Wir schaffen das.«

»Geh ins Bett.«

Ich werde erneut geweckt, diesmal von einem gewaltigen Krach. Ich weiß sofort, was los ist. Ich springe aus dem Bett, werfe mir den Morgenmantel über, stürze hinaus auf den Treppenabsatz und laufe meinem Vater direkt in die Arme.

»Wir rufen besser die Polizei«, sagt er. »Das müssen Einbrecher sein.«

»Das sind keine Einbrecher. Das ist Matt.«

Er liegt mitten in den Überresten des Munroe-Gewächshauses und kichert vor sich hin.

»Rühr dich nicht von der Stelle, Matt«, sage ich und lasse den Lichtkegel meiner Taschenlampe über die Umgebung schweifen.

»Ich kann nirgendwo Blut sehen«, sagt mein Vater.

Wir bewegen uns behutsam auf den Scherben, knien uns hin und helfen ihm auf die Beine. Dann leuchte ich ihn von oben bis unten ab und auch die Stelle, wo er gelegen hat. Es ist tatsächlich nirgendwo Blut zu sehen.

»Es ist ein Wunder«, sagt mein Vater.

»Es ist sein Anorak; der und die Handschuhe«, sage ich.

Ein Fenster geht auf. »Was ist da draußen los? Ich habe die Polizei angerufen. Sie ist schon unterwegs.«

»Es ist alles in Ordnung, Mr. Munroe«, rufe ich. »Es ist nur Matt.«

»Was treibt der denn da?«

»Es ist alles okay. Könnten Sie die Polizei noch mal anrufen? Und ihnen sagen, es sei falscher Alarm gewesen? Gutes neues Jahr.«

Mit einem dumpfen Schlag geht das Fenster wieder zu.

»Was in Gottes Namen hatte er nur vor?«

»Das ist eine lange Geschichte. Wir schaffen ihn besser ins Haus und sehen ihn uns genauer an.«

»Er wollte bloß wieder dir imponieren«, sagt meine Mutter in der Küche zu mir. »Es ist doch immer das Gleiche. Und du nimmst aber auch kein bisschen Notiz von ihm.«

»Hauptsache, er ist okay«, sagt mein Vater.

Matt hat nicht einen Kratzer abbekommen. Wir bringen ihn zu Bett und legen uns selbst schlafen. Minuten später werde ich wieder wachgerüttelt. Es ist Matt.

»Was ist denn jetzt wieder los?«

»Ich hab's geschafft, John. Ich hab's geschafft.« Er riecht noch immer nach Whiskey.

»Du hast was ganz Tolles geschafft. Du bist in das scheiß Gewächshaus gestürzt, das hast du geschafft.«

»Ja, aber auf dem Rückweg, John. Auf dem Rückweg.«


*BITTE, LASSEN SIE MEINEN MANN FREI.*
*Frau des deutschen Managers appelliert an Entführer*
*»Mein Mann hat immer nur im Interesse der irischen Bevölkerung gehandelt und mit seinem Unternehmen über 1.000 Arbeitsplätze in Nordirland geschaffen. Meine beiden Töchter und ich sind verzweifelt ...«*

»Irgendwas Interessantes in der Zeitung?«

Es ist Molly. Ich habe sie gar nicht bemerkt, weil ich auf dem Gehsteig vor McKenzies Laden stehe und den *Newsletter* lese. Sie sieht sehr attraktiv aus, mit dem über den Kopf gezogenen Cape und den langen, lockigen Haarsträhnen, die darunter hervorspitzen.

»Wie geht's dir denn so in Deutschland?«, fragt sie.

»Super.«

»Es ist bestimmt toll, wenn man mal ein bisschen rauskommt. Es erweitert den Horizont.«

Sie selbst war noch nie weiter weg als beim Jamboree der Pfadfinderinnen in Newcastle.

»Wie geht's in der Bücherei?«, frage ich.

»So wie immer. Was ist mit deinem Gesicht passiert?«

»Ich bin gegen einen Baum gelaufen. In der Nacht.«

»Ohne Taschenlampe?«

»Doch, schon mit, aber ich hatte gerade woandershin geleuchtet.«

»Aha. Wie lange bleibst du jetzt zu Hause?«

»Am Freitag reise ich wieder ab.«

»So früh?«

»Die Schule fängt am Montag an.«

»Ich wette, dort drüben wartet jemand auf dich.«

»So ist es, ganz recht.«

»Ist sie nett?«

»Sehr nett, ja. Wie steht's denn mit dir? Gibt es einen Freund?«

»Nichts Ernstes. Da war eigentlich nichts mehr, seit, tja, seit uns.«

»Bist du noch immer in der … Youth Fellowship?« Was ich tatsächlich wissen möchte, ist, ob sie noch immer »bekehrt« ist.

»Ach, ich weiß nicht. Nicht so richtig.« Sie lacht zaghaft. »Also, John, pass auf dich auf. Wirst du überhaupt jemals zurückkommen?«

»Klar. Ich muss ja mein Examen machen.«

»Schön. Na dann.«

»War nett, dich zu treffen, Molly.«


Tilly ist bei meiner Mutter im Büro, als ich zurückkomme. Sie steht und meine Mutter sitzt, und dennoch sind sie beide gleich groß. Meine Mutter schreibt Rechnungen, und Tilly versucht, sie für einen Katalog von *Empress Mills Posamentier- und Kurzwaren* zu interessieren, den sie in der Hand hält und durchblättert und dabei mit einem Stift auf Artikel deutet und Dinge sagt wie: »Zuschneideschere, mit Winkelung, achteinhalb Zoll, die werden wir brauchen. Stickschere, vierdreiviertel Zoll. Die auch.«

»Komm mir jetzt nicht mit diesem Zeug, Tilly«, sagt meine Mutter. »Wir haben im Moment andere Probleme.«

»Wir müssen jetzt bestellen, damit wir die Sachen bis Februar haben.«

»Jetzt nicht, Tilly.« Meine Mutter sieht über den Rand ihrer Brille auf, erblickt mich, nimmt mir die Zeitungen ab und geht nach hinten ins Haus.

Tilly seufzt und legt den Katalog hin.

»Wie geht's dir so, John?«

»Gut, Tilly, und selbst?«

»Man lebt, man lebt. Ach. Ich weiß auch nicht.« Sie sieht sich über die Brille hinweg im Büro um. »Wenigstens hat mir Matt geholfen, die wertvollsten Sachen zusammenzupacken, bevor die Bombe losging.«

»Das war ich, Tilly.«

Sie betrachtet mich überrascht. »Tatsächlich? Ach, tja, na so was aber auch. Seit 1927 geh ich in diesem Laden ein und aus. In den allerersten Wintern hab ich oben unterm Dach bei den anderen Mädels geschlafen. Damals war ich noch so ein kleines Ding.«

»Viel größer bist du noch immer nicht.«

»Ja, na gut. In jenen Tagen ist man noch nicht zur Arbeit in die Stadt und danach wieder zurückgefahren, John. Man hat in der Stadt gearbeitet und dort gewohnt. Im Winter war's so kalt, dass wir ganz steifgefroren waren. Es gab zwar droben offene Kamine, aber für uns wurde nie Feuer gemacht. Der alte Herr, dein Großvater, der war ein richtig übler Geizkragen. Warst das wirklich du, der mir geholfen hat, die Sachen zusammenzusuchen, bevor die Bombe losging? Ich hätte schwören können, es war Matt.«

»Dunkelbraune Dreiviertelzoll-Velours-Ösenknöpfe.«

»Stimmt, stimmt.« Sie zieht eine Schublade im Schrank zu ihrer Rechten auf und stellt sich auf die Zehen, um hineinzulugen.

»Da sind sie ja, die lieben Kleinen.« Sie seufzt und schiebt die Schublade wieder zurück. »Weißt du was, John?«

»Was, Tilly?«

»Es wird nie wieder so, wie's mal war. Nie wieder.«

Ich will gerade mit dem Essen anfangen, als ich im Laden das Telefon läuten und gleich darauf höre, wie Tilly den Anruf durchstellt. Es ist Teresa, ich weiß es einfach, ich stehe auf, aber meine Mutter kommt bereits den Flur entlang und nimmt im Vorübergehen ab. »Für dich«, sagt sie und reicht mir den Apparat. »Ein Mädchen. Klingt sehr englisch.«

Ich fummele ein wenig mit dem Telefon und der Schnur herum, bis sie in die Küche geht, und halte dann den Hörer ans Ohr.

»Hallo?«

»Kannst du reden, John?«

Die Küchentür steht offen. »Augenblick, bitte.« Ich beuge mich so weit wie möglich vor und schiebe sie mit dem Fuß zu.

»Ich habe gehofft, dass du es bist«, flüstere ich. »Meine Mum hält dich für eine Engländerin.«

»Na, ich hab mich ja auch extra angestrengt. Alles in Ordnung mit dir?«

»Mir geht's gut.«

»Es tut mir leid, was da vorgefallen ist. Aber man kann Malachy keinen Vorwurf machen, weil er dich für einen Eindringling gehalten hat. Was hattest du eigentlich dort zu suchen?«

»Ich wollte dich treffen, was denn sonst.«

»Gott, du armer Kerl. Nur noch einen Tag, dann ist's vorbei.«

Ich habe ein breites Lächeln im Gesicht, als ich auflege. Ich kämpfe zwar dagegen an, aber es lässt sich nicht verscheuchen.

Während ich meine Freude noch zu unterdrücken suche, kommt meine Mutter aus der Küche.

»Ich dachte, deine Freundin ist eine Deutsche.«

»Ist sie auch. Das war nur jemand von der Uni.«

»Eine Engländerin?«

»Ja.«

»Was grinst du so? Du führst doch nichts im Schild, oder? Wie zum Beispiel, diese Deutsche zu betrügen?«

»Natürlich nicht.«


»So geht das nicht«, sagt meine Mutter.

Ich finde, so geht es wunderbar. Wir stehen in der Behelfsbaracke vor dem Aldergrove Airport. Ins Hauptgebäude dürfen nur Passagiere. Matt und Dad und sie müssen sich hier von mir verabschieden. Und das wird mir die Gelegenheit geben, den Plan umzusetzen, den ich schon seit Tagen ausbrüte.

Aber nein. Sie schnappt sich einen Flughafenangestellten, der gerade vorbeikommt. »Unser Junge geht jetzt für ein ganzes Jahr nach Deutschland«, übertreibt sie. »Können wir uns nicht da drinnen von ihm verabschieden?«

»Aber das geht doch hier genauso«, sage ich, »es spielt doch keine Rolle, wo.« Aber es ist zu spät.

»Kommt mal mit, Leute«, sagt der Mann, ein rundlicher kleiner Typ mit tiefsitzenden breiten Hüften, fast wie ein Clown in einer dieser Fasshosen. »Wenn ihr nichts dagegen habt, gefilzt zu werden, können wir euch reinlassen.« Er pest zu einem Seiteneingang, und wir folgen ihm.

*Fuck. Fuck. Fuck.*


»Jetzt können wir in aller Ruhe einen schönen Tee trinken, bevor du abfliegst«, sagt meine Mutter und dirigiert uns zum Café. »Wir haben noch jede Menge Zeit.«

»John sollte vielleicht zuerst sein Gepäck aufgeben«, sagt Matt.

»Ja, das erledigen wir besser gleich«, sagt meine Mutter und vollführt einen Schwenk zu den Warteschlangen beim Check-in.

Das wäre das endgültige Aus.

»O Gott«, sage ich und bleibe abrupt stehen.

»Was?«, sagt mein Vater.

»Das Bügeleisen. Ich hab's nicht ausgemacht. Ich habe heute früh ein paar Hemden gebügelt.«

»Dort ist ein Telefon. Wir rufen Tilly an.«

»Das nützt nichts. Sie kommt nicht ins Haus.«

»Warum nicht?«

Ich hole Tillys Hausschlüssel hervor. »Ich hab ihn mir gestern von ihr ausgeliehen, als ihr alle in Ballyraine wart.«

»Sieht ganz danach aus, als ob wir uns dann hier verabschieden müssten«, sagt mein Vater.

»Och, John«, sagt meine Mutter. »Warum ist alles immer so, wie es nicht sein soll?«

»Wir könnten uns doch wenigstens am Check-in-Schalter verabschieden«, sagt Matt.

»Es wäre wirklich besser, wenn ihr gleich losfahrt«, sage ich. »Ich würde mir das nie verzeihen.«

Umarmungen reihum. Meine Mutter weint sogar. Dann gehen sie, und ich stelle mich in die Schlange vor dem Check-in.

»*Bye*, John«, ruft meine Mutter. »Pass auf dich auf. Schreib bald.« Und fort sind sie.

Ich schere aus der Schlange aus und gehe nach links zum Informationsstand von British Airways. Eine schwarzhaarige, rotlippige Dame betrachtet mich. »Guten Morgen, Sir«, sagt sie in genau dem Ton, der das *Sir* Lügen straft.

»Guten Morgen. Ich hätte da ein kleines Problem.«

»Ja?«

»Ich habe ein Ticket für den Flug um 10:30 nach London Heathrow.«

»Ja?«

»Ich hätte es gern zurückerstattet.«

Sie beäugt meinen Karren mit dem Gepäck. »Sie fliegen nicht?«

»Nein. Mir ist was dazwischengekommen.«

»Ralph!«

Ralph taucht aus dem rückwärtigen Büro auf, dick und schwitzend, ein Sandwich kauend, der Hemdzipfel lugt aus dem Hosenbund.

»Der Herr da hätte gern sein Ticket zurückerstattet.« Er schaut auf meinen Gepäcktrolley und wischt sich den Mund.

»Sie haben es sich anders überlegt, Sir, oder?«

»Mehr oder weniger. Ich habe wohl so was wie eine paranoide Angst vorm Fliegen.«

»Augenblick, Sir.« Er watschelt davon zur Sicherheitskontrolle, die wir vorhin passiert haben. Der Mann, der mich vor ein paar Minuten abgetastet hat, kommt mit ihm zurück. »Es gibt ein Problem?«

»Kein Problem. Ich habe es mir nur mit dem Fliegen anders überlegt, das ist alles.«

»Sie sind soeben mit Ihrer Familie hier durchgegangen, und wir haben ein wenig gegen die Vorschriften verstoßen, damit sich Ihre Mutter in der Haupthalle von Ihnen verabschieden kann. Wissen die, dass Sie nicht fliegen?«

»Es hat nichts mit meiner Familie zu tun.«

Er hebt den Hörer von einem Telefon am Schalter ab, wendet mir den Rücken zu und brummelt irgendetwas hinein. Ein rotblonder RUC-Constable schlendert herbei, eine Hand am Riemen seiner Maschinenpistole, das an seiner Jacke befestigte Sprechfunkgerät knistert und rauscht, und er lässt meinen

Gepäcktrolley nicht aus den Augen. Aus der Schlange am Check-in wird eine Reihe von Gesichtern, die mich anstarren.

»Also, was ist hier los?«

»Hören Sie«, sage ich. »Ich erklär's Ihnen. Ich habe dieses Flugticket zurück nach Deutschland als Weihnachtsgeschenk von meinen Eltern bekommen, aber ich will es nicht benutzen. Ich treffe mich mit meiner Freundin um halb vier im Hauptbahnhof von Belfast, und wir fahren dann mit dem Zug zurück nach Deutschland. Ich konnte das meinen Eltern nicht sagen, weil sie katholisch ist und ich protestantisch, und wir haben beschlossen, es vorläufig noch geheim zu halten. Das ist los.«

»Na schön.« Der Polizist reibt sich die Nase, als wollte er sie verlängern. »Das heißt, kein Gepäckstück von Ihnen ist im Flugzeug, richtig?«

»Richtig.«

»Und das hier nehmen Sie mit sich.«

»Ja.«

»Was macht ihr dort drüben in Deutschland?«

»Wir studieren beide Deutsch, und das ist unser Auslandsjahr.«

»Gibt's ein Problem mit dem Ticket?«, fragt der Polizist.

»Nein«, sagt Ralph.

Der Polizist macht eine ruckartige Kopfbewegung zur Seite, als würde er elegant einen Ball ins Tor köpfen, zwinkert und zieht wieder ab.

Belfast bietet einen schrecklichen Anblick. Die Straßen gleichen großen Papierstapeln, die angezündet wurden, dann aber nicht richtig Feuer fingen und möglicherweise auf der Rückseite weiter vor sich hin glimmen; sie sind vorne versengt und haben schwarz geränderte Löcher, und so riecht es auch, und Polizei und Militär sind allgegenwärtig. Wenigstens kriege ich das Geld für mein Ticket zurück, jedenfalls den größten Teil; sie haben sich meine deutsche Adresse notiert. Ich fühle mich wie früher, als ich siebzehn war, die Schule schwänzte und durch die Geschäfte in Coleraine gammelte: Womöglich sieht mich jemand, womöglich fällt den Leuten auf, dass ich kein Recht habe, hier zu sein. Ich gehe in den Smithfield Market und schaue die gebrauchten Bücher durch. Ich mag den Geruch hier und die Penguin- und Pan-Taschenbücher aus den Fünfzigern, und das durchs Glasdach einfallende Licht vermittelt einem das Gefühl, als würde man unter Wasser schwimmen und zwischen Felsbrocken und wabernden Farnwedeln umhergründeln. Es fällt mir jedoch schwer, mich auf die Texte auf den Rückseiten der Bücher zu konzentrieren; also schaue ich mich lieber im Gramophone Shop um und kaufe *St. Dominic's Preview* von Van Morrison.

Dann ist es Zeit, zum Bahnhof zu gehen und mein Gepäck aus der Aufbewahrung zu holen. Der Zug steht schon da; ich bekomme einen Fensterplatz, von wo aus ich den ganzen Bahnsteig entlangsehen kann. Ich verstaue meine Sachen in der Ablage, belege mit einem Gepäckstück den Platz gegenüber und lasse mich auf meinen Sitz fallen. Der Zug füllt sich sehr schnell, und schließlich sind nur noch wenige Plätze frei. Um zehn vor vier sehe ich Teresa die Treppe herunterkommen, mit der ganzen Familie im Schlepptau. Im neuen Mantel, mit rotem Barett und Schal, sehr fesch. Ich lehne mich in meinem Sitz zurück und beobachte, wie sie sich auf dem Bahnsteig verabschiedet. Zuerst von der Mutter, dann von Seamus, unter Tränen, dann von Malachy, dann kommt ihr Vater an die Reihe, der sie umarmt und so fest an sich drückt, dass man sehen kann, wie sich die Muskeln unter seinem Tweedjackett spannen.

Sie steigt ein wenig weiter vorne ein. Endlich. Jeden Moment wird sie in mein Abteil kommen. Da ist sie. Eine Aufwallung von Liebe durchflutet mich wie ein Wasserschwall, der nach einem heftigen Regen aus einem Rohr schießt. Ich bin schon auf den Beinen, da taucht, *fuck*, der scheiß Malachy hinter ihr auf und schleppt ihre Koffer herein, den Blick zu Boden gerichtet. Ich setze mich wieder, verstecke mein Gesicht hinter der Hülle von *St. Dominic's Preview*, es rumpelt und rumst, eine Tür wird zugeschoben. Ich blicke wieder auf. Teresa steht am offenen Fenster und beugt sich hinaus.

Ein Ruck, ein Quietschen, und der Zug fährt endlich los und verlässt den Bahnhof. Ich höre sie »Auf Wiedersehen« rufen, und dann schließt sie das Fenster und kommt zu mir her. Und lächelt.

# 23

Klack. Ich liebe das satte, metallische Geräusch des Rolleiflex-Verschlusses. Schon am Klang hört man, dass das Ding gut gemacht ist. Genau wie beim Türschloss eines BMW. Peter hat mir die Kamera für ein, zwei Wochen geliehen. Die drei Rehe, die ich gerade auf der Lichtung fotografierte, haben das Klacken nicht gehört. Sie stehen still wie Statuen, goldbraun vor schwarzem und weißem Hintergrund, halten die Ohren gespitzt und schauen in meine Richtung.

Ich bin an meinem Geheimplatz. Um hierher zu gelangen, überquere ich zuerst die Gleise der Bahnstrecke Bamberg-Würzburg und folge dann dem Feldweg hinauf in den Forst hinter Waldbernbach. Nach dem letzten starken Schneefall hat ein Traktor eine Spur gezogen, in der ich bis zum Kamm der Hügelkette gehen kann. Ich habe die Stelle vor zwei Wochen gefunden, als ich mich durch ein Unterholzdickicht zum hintersten Winkel des Waldes durchschlug. Hier brauche ich richtige

Winterstiefel. Es knirscht unter meinen Tritten. Hinunter in die Schlucht, hinüber über den Bach, drüben wieder bergauf. Es ist ein mühseliges Gehen, weil ganz unten eine kreisförmige Gruppierung dichter Büsche steht, die auf den ersten Blick undurchdringlich zu sein scheint. Ich zwänge mich einfach hinein und weiche den zurückschlagenden Ästen aus. Dahinter liegen alte, umgestürzte Baumstämme kreuz und quer wie die Mikadostäbe eines Riesen, allesamt moosbewachsen, auf der Unterseite faulig, die Oberseiten schneebedeckt. Dieser Teil des Waldes ist mit dem Traktor nicht zugänglich, und so lassen die Bauern die Bäume einfach liegen. Ein riesiger Stamm ist quer über zwei andere gefallen, und ich muss unter ihm durchkriechen. Etwa auf halber Höhe bergauf wird das Geäst lichter und ermöglicht mir den Blick auf die anderen, etwas niedrigeren Hügel. Dazwischen und dahinter erkennt man noch weitere bewaldete Bergketten. Wo auch immer der Blick hinfällt, sieht man verschneiten Wald. Ich kann mir vorstellen, dass einmal die ganze Welt ein einziger Wald war. Und dann gelange ich am höchsten Punkt des Hügels an meinen magischen Platz, einen nahezu mystischen Ort, schwerelos zwischen Himmel und Erde schwebend. Hier ist es so ruhig, dass das Einzige, was ich hören kann, mein eigener Atem ist. Innehalten und reglos stehenbleiben, eine Weile zur Ruhe kommen, der Stille lauschen. Der Schnee bewirkt geheimnisvolle Verwandlungen bei Stämmen, Strünken und Felsen, besonders jetzt in der Abenddämmerung. Die Lichtung liegt vor mir, eine ausgedehnte Schneebrache, von der man glauben könnte, es gäbe sie schon seit Ewigkeiten. Ich betrete sie nie. Dort stehen jetzt die Rehe, die Spur ihrer Hufe kommt von links herein. Sie blicken noch immer mit gespitzten Ohren in meine Richtung.

Ein Platschen, dann der dumpfe Aufschlag von Schnee, der von einem Ast gerutscht ist. Die Rehe schießen davon wie Pfeile von einem Bogen. Lauft, ihr Guten, lauft. So ist's recht, nur zu. Und haltet euch von diesen Jägern in ihren grünen Lodenkitteln fern, die heute am Schlachttag im Gasthaus in Waldbernbach hocken, wo es frisches Kesselfleisch von dem Schwein gibt, das am Morgen getötet wurde, riesige Portionen Brat-, Leber- und Blutwürste, dazu den Rauch von ihren Pfeifen, Zigarren und Zigaretten und die feuchten Ausdünstungen ihrer Kleidung, die sich mit den Dampfschwaden aus der Küche vereinen.

Aus der Ferne dringt das Geläut der Kirchenglocken von Burgbernbach herüber und verklingt. Ich bleibe stehen und rühre mich nicht. Lasse die Stille in meinem Innern widerhallen und spüre, wie sie sich ausbreitet.

Wenn der richtige Zeitpunkt gekommen ist, beginne ich, Aufnahmen zu machen. Sie kommen instinktiv zustande oder gar nicht; es ist ein unbewusster Prozess, bei dem Denken nur hinderlich ist, eine Art von Meditation. Peter hat mir einen Vorrat an Agfa Schwarz-Weiß-Filmen überlassen, deren Verfallsdatum schon überschritten ist. Ich liebe den Wald. Ich denke, für die Franken ist der Wald das, was für die Iren das Meer ist. Ich liebe die Ruhe, die mich überkommt, wenn ich Fotos mache. Ich liebe es, in Peters Dunkelkammer die umgestürzten Bäume, die aussehen wie Urwaldmonster, hervorzulocken und sie auf dem Papier herauszukitzeln. Und ich liebe den Heimweg zurück nach Waldbernbach und zu Teresa.

»Bist du's, John?«

»Ja.« Auf dem Fußabstreifer stampfe ich den Schnee von den Schuhen, gehe zur Küche durch und bringe Holzscheite von dem kürzlich unterhalb des Fensters aufgeschichteten Holzstoß mit. Teresa arbeitet am Küchentisch und hat ihre Bücher um sich herum ausgebreitet.

»Ein paar gute Aufnahmen gemacht?«

»Ich glaube schon.« Ich lege die Scheite neben dem Holzofen ab, öffne die Klappe, werfe zwei hinein, schließe sie wieder, höre das Feuer auflodern, wärme ein wenig meine Hände, richte mich auf.

Teresa schenkt mir ein Lächeln. Sie trägt ihre Brille.

»Glücklicher Heinzi«, sage ich. Von ihrem Schoß funkelt mich Heinzi feindselig an, der getigerte Kater, der uns adoptiert hat, und sein Schnurren wird lauter. »Bleib so.« Ich nehme die Rollei zur Hand, die um meinen Hals baumelt, und mache ein paar Aufnahmen.

Klack, klack, klack, klack. »Wie lange arbeitest du noch?«

»Noch ein bisschen.«

»Gehen wir anschließend ins Gasthaus?«

»Könnten wir eigentlich.«

Ich lege noch ein Scheit nach und gehe hinüber ins Wohnzimmer. Wir lassen die Tür zwischen beiden Räumen immer offen, damit das Wohnzimmer, wo ich meinen Arbeitsplatz habe, mit geheizt wird. Ich habe aus den Polizeiakten in Nürnberg ziemlich viel über die Goldmanns erfahren. Sie waren zu viert, Max Goldmann, seine Frau Berta Goldmann und ihre beiden Kinder, Deborah, acht, und Alexander, sechs. In der Nacht des 11. November wurden sie und alle anderen Juden aus den umliegenden Dörfern auf einem offenen Lastwagen nach Nürnberg geschafft. Dort hat man sie und Hunderte anderer in eine Reihe von Miethäusern in der Pillenreuther Straße 62–66 gepfercht; die Häuser stehen noch, ich bin mit Teresa dort gewesen. Außerdem existiert auch noch eine »Liste der zu evakuierenden Juden aus Nürnberg« vom 19. November 1941, auf der die Namen Max Israel Goldmann und Berta Sara Goldmann feinsäuberlich abgehakt sind. Wohin sind die Kinder verschwunden?

»Seid ihr satt geworden?«

Wir nicken. Für den Wirt ist es Ehrensache, seine Gäste zu fragen, ob sie satt wurden, nicht etwa, ob ihnen das Essen geschmeckt hat. Er weiß, dass sein Geräuchertes gut ist, denn er hat das Schwein selbst geschlachtet und den Schinken selbst geräuchert. Eine Portion kostet zwei Mark fünfzig.

»Und jetzt einen Schoppen?«

»Gerne.«

So sieht unsere Routine aus. Ein Bier, manchmal etwas zu essen, Schinken oder eine Portion angemachter Camembert, oder auch Bratwürste mit Kraut für vier Mark, wenn uns gerade der Magen knurrt, und danach einen gekühlten, fruchtigen Müller-Thurgau direkt von der anderen Seite des Waldes. Wir haben hier das große fränkische Los gezogen. Rein zufällig. Der Wirt hat uns erklärt, dass Waldbernbach auf einer Wasserscheide liegt, und zwar zwischen Bierfranken, das sich südwärts bis Bamberg und darüber hinaus erstreckt, und den Ausläufern der Weinberge von Weinfranken, die gleich jenseits des Waldes beginnen. Somit genießen wir das Beste aus zwei Welten. Mönchsambacher Bier, das ein Stück weiter die Straße entlang gebraut wird, gefolgt von einem Handthaler Stollberg. Nehmt den Weg hinten zum Dorf hinaus, hat uns der Wirt gesagt, vorbei an den Tischen, wo im Sommer das Bierfest stattfindet, dann hinauf zum Wald und den Weg zwei Kilometer weiter, und ihr kommt auf der anderen Seite bei den Weinbergen heraus, die an den Hängen eines schönen Tals namens Handthal liegen, von wo aus man einen Blick hinaus auf Unterfranken hat. Dort gibt es ein gutes Gasthaus, die Besitzer bauen ihren eigenen Wein an. Ihr müsst das im Sommer machen, hat der Wirt gesagt, da könnt ihr draußen auf der Terrasse sitzen und den Sonnenuntergang betrachten.

Er kommt mit zwei randvollen Schoppengläsern an unseren Tisch zurück, die grüngelben Farbtöne des Weins verwirbeln sich, das Glas beschlägt außen. Nie verschüttet er auch nur einen Tropfen.

»Zum Wohl.«

»Sieht toll aus«, sagt Teresa.

Er nickt und geht wieder. »Sagt's bloß nicht weiter, sonst können wir uns hier vor lauter Iren nicht mehr retten.« Den Scherz bringt er jedes Mal. Wir lachen pflichtschuldigst und trinken einen ersten Schluck. Aaah.

»Sag jetzt nichts«, baut Teresa vor. »Ich weiß, was du gerade denkst. Ich denke darüber nach, ganz bestimmt.«

»In Ordnung.« Und es ist in Ordnung. Teresa denkt darüber nach, ob wir unsere gemeinsame Zukunft nicht hier gestalten sollten, vielleicht nicht gerade in Waldbernbach, aber doch nicht allzu weit weg. Es ist in Ordnung, wir haben ja noch viel Zeit.


»Nein, das traust du dich nicht!«, sagt Toni, als Herbert eine Spielfigur in die Hand nimmt.

Wir sind in Waldbernbach im Dorfgasthaus und spielen ein wunderbar übellauniges, missgünstiges Brettspiel namens »Malefiz«. Herbert und Toni sind uns in unserer Wohnung besuchen gekommen. Das Wetter hat gehalten, überall liegt eine dicke Schneedecke. Teresa hat ein Irish Stew gekocht, wir haben zunächst ein paar Guinness getrunken, die wir im Duty-free-Shop auf der Fähre gekauft hatten, und sind dann in die *Linde* gegangen. Herbert und Toni waren die ganze Zeit ungewöhnlich schweigsam, und nach einer Weile schlug Toni vor, dieses Spiel zu spielen, das in einer Ecke bei den Illustrierten lag. Eigentlich geht es wie »Snakes and Ladders«, ein »Leiterspiel« mit Schlangen, nur dass es die Mitspieler sind, die hier die Barrikaden setzen. Man kann das Vorankommen der anderen mit den eigenen Spielsteinen blockieren, und man kann sie sogar vom

Brett werfen, wenn man im selben Quadrat landet. Es ist in etwa wie Schlange stehen in Deutschland.

»Was?«, fragt Herbert. »Ach, das?« Er reibt sich das Kinn und zieht eine Braue hoch. Er hat soeben eine Eins gewürfelt. Jetzt kann er einen Sperrstein setzen und damit Teresas führende Spielfigur stoppen. Oder er kann meine führende Figur vom Brett nehmen und auf die Ausgangsposition zurücksetzen. Oder er kann das Gleiche mit Tonis führender Figur machen. Allerdings ist ihre im letzten Quadrat vor dem Ziel, und sie hat schon fast gewonnen. Alles, was sie seit mehreren nervenaufreibenden Runden noch dafür braucht, ist eine gewürfelte Eins. Herbert räuspert sich. Teresa und ich tauschen Blicke.

Herbert zuckt mit den Achseln und schmeißt Tonis führende Figur raus.

Tonis Arm fegt quer übers Brett, Würfel und Steine fliegen nur so durch die Gegend. Ein paar kullern in die Ecken, einer plumpst ins Wasserbecken auf dem Tresen, wo der Wirt gerade abspült, plopp, ein paar weitere gehen als geräuschvoller Schauer auf dem Tisch nieder, an dem die Dorfburschen Karten spielen. »Heeey«, macht einer von ihnen.

»Sag bloß nicht, ich hätte dich nicht gewarnt«, sagt Toni.

»Das ist doch nur ein Spiel«, sagt Herbert.

»Das ist kein Spiel«, sagt Toni. »Das ist das, was du immer tust.«

»Du hast doch nichts zu befürchten. Dir kann doch nichts passieren. Dir ist deine Stelle doch sicher.«

Teresa wirft mir einen Blick zu. *Wovon reden die bloß?*

»Die ganze Arbeit, der ganze Aufwand, den die Kids betrieben haben«, sagt Toni. »Sie hatten sich so gefreut, das Stück noch mal aufzuführen.«

Aha. Ich hatte mich schon gewundert, warum keiner mehr das Stück erwähnt.

»Wenn ich erst mal mein zweites Examen in der Tasche habe, wird alles anders«, sagt Herbert. »Wenn ich erst mal an einer anderen Schule bin.«

»Nein, das wird es nicht«, sagt Toni. »Es wird immer einen Delius geben. Es wird immer jemanden geben, der will, dass du irgendwas genau so machst, wie er will, oder am besten gar nichts machst, weil er sich dann in der Lage sieht, deine Einstellung gegenüber dem bayerischen Staat vorteilhafter darstellen zu können.«

»Nicht so laut«, sagt Herbert. »Die Leute hören zu.«

»Sollen sie doch.« Toni ist nicht zu bremsen. »Sollen sie doch hören, dass Burgbernbach ein Nazi-Nest war, wo sogar der protestantische Pfarrer in der Partei gewesen ist. Sollen sie doch hören, dass die Burgbernbacher die Juden wie Tiere aus ihren Häusern gejagt haben und dass man ihren Besitz und ihre Häuser in derselben Clique verteilt hat, die auch heute noch im Ort den Ton angibt. Sie wissen's ja sowieso.«

»Komisch, wie so ein Spiel alles auf den Punkt bringen kann, was zuvor abgelaufen ist.« Teresa spricht zu meinem Rücken. Sie liegt im Bett und liest Georgette Heyer, und ich stehe am offenen Fenster mit der Nikon auf dem Stativ und mache Aufnahmen von der mondbeschienenen Landschaft. »Ja. Der arme Herbert. Er hat mir richtig leid getan.«

»Trotzdem. Das ist schon ein ziemliches Ding, dass er sich von Delius hat dazu bringen lassen, Toni zu einer schriftlichen Erklärung zu überreden, dass sie das Stück nie mehr aufführt. Findest du nicht auch?«

»Hmmm.«

Ich höre sie das Buch zur Seite legen. Etwas raschelt. Ich spüre, wie sie meinen Rücken fixiert.

»Hättest du das gemacht? Was Herbert gemacht hat?«

»Wenn meine Stelle davon abhinge?«

»Ja. Nehmen wir mal an, Delius hätte gesagt, er würde dich fest anstellen, wenn du dafür deine Zulassungsarbeit vernichtest.«

»Nein.« Dafür nicht. Aber wenn Delius uns beiden – vorausgesetzt, Teresa würde mitmachen – Stellen bei vollem Gehalt anbieten würde. Wenn wir dafür immer zusammenbleiben könnten. Ja. Ganz klar, ja.

# 24

Die schneebedeckten Konturen auf der Waldlichtung weisen eine merkwürdige Symmetrie auf.

»Der Bierkeller«, sagt Teresa.

Natürlich. Bei dem, was sich da beiderseits des Pfades auf den Abhängen drängt, mal in kleinen Senken hockt, mal parallel zum Kamm verläuft, handelt es sich um Brotzeittische und Sitzbänke, nicht um Unterholz.

»Stell dir doch nur vor, wie es hier an einem Sommerabend sein muss«, sage ich zu ihr. Steter Tropfen höhlt den Stein.

In derselben Traktorspur, der ich bei meinen Fotoexkursionen folge, tauchen wir in den Wald ein. Es ist vier Uhr und noch immer hell, doch weit oben am Himmel steht bereits der Mond.

Im Wald ist es deutlich dunkler. Ich schalte die Taschenlampe ein.

»Nun schau sich einer dieses Stadtkind an«, sagt Teresa. »Mach die Lampe aus und gib deinen Augen die Chance, sich an die Dunkelheit zu gewöhnen.«

Ich gehorche, und gleich überfällt mich die Dunkelheit, lässt dann aber ein wenig nach. Die Reflexion des Schnees reicht aus, um den Weg zu erkennen.

»Jetzt sag nicht schon wieder: ›Stell dir vor, wie es hier an einem Sommerabend sein muss.‹ Okay?«

»In Ordnung. Trotzdem muss es hier wunderschön sein.« Wir sind am anderen Ende herausgekommen und stehen auf einer Anhöhe oberhalb eines Weinbergs; alle Stöcke sind zurückgeschnitten und haben einen Überzug aus Schnee. Auf halber Höhe des Hanges zeigt ein verfallener Burgfried wie der arthritische Finger eines alten Mannes hinauf zum Nachthimmel. Links davon die Lichter des Wirtshauses, zu dem wir unterwegs sind. Dahinter ein kleines halbrundes Tal wie ein Amphitheater, das zur Linken von einem bewaldeten Bergkamm eingefasst wird. Daran schließt sich eine große, graue Ebene mit den Lichtpünktchen der Dörfer an, und irgendwo in der Ferne verschmelzen Schnee und Himmel.

Hinein ins Wirtshaus. Diese wundervollen Sekunden, wenn du noch ganz durchfroren bist, aber bereits die Wärme spürst, von der du weißt, dass sie gleich zu dir kommt. Wir hängen unsere Mäntel auf und hören die Holzscheite, die sich knackend und knisternd im Kachelofen ihren Platz suchen. So gut wie keine Gäste. Und ein Tisch am Fenster, nur für uns.

»Zwei von unserem Haus-Silvaner?« Der junge Wirt hat ein wettergegerbtes, freundliches Gesicht mit Koteletten.

»Ja, bitte.«

Er balanciert zwei große, gut gefüllte Gläser quer durch den Raum zu unserem Tisch, ein paar Tropfen perlen auf die gefirnisste Tischplatte, aber die Gläser sind noch immer randvoll, und dieses generöse bisschen Extra rührt das Herz mit seinem Übermaß, als wär's eine Springflut in Donegal. Wir stoßen an. Pling. Schlürf. Eine herbe, fruchtige Frische, bei der du spürst, wie sie zu dir spricht: *Blutkreislauf, ich komme. Gleich wirst du was erleben.* Ahhh.

»Nett hier, oder?«

»Ach, John.«

»Stell dir vor, wie …«

»Du hast versprochen, es nicht zu sagen.«

»Ach komm, Tes, gib's einfach zu, nur ein Mal. Wäre es nicht toll, hier zu leben?«

»Ja. Natürlich.«

»Na also.«

»Was also?«

»Na, dann tun wir's doch einfach.«

»Nein.«

»Ach, Tes. Du willst allen Ernstes in Mitchellstown leben, ja?«

»Warum nicht?«

»Weil es dort einen Haufen Idioten gibt, auf deiner und auf meiner Seite, deswegen nicht, und weil sie uns dort keine Sekunde lang in Ruhe lassen werden.«

»Genau das müssen wir ändern.«

»Daran wirst du verdammt gar nichts ändern.«

»Wir haben das doch schon oft genug durchdiskutiert. Wenn jeder so denkt wie du, ändert sich nie was.«

»Ich will ja gar nicht, dass jeder so denkt wie ich. Bloß du sollst es tun. Nur du.«

»Das wäre weiter nichts als ein Davonlaufen.«

»Meinetwegen.«

»Du glaubst, hier ist alles besser? Hier werden die Leute genauso von ihrer Vergangenheit verfolgt wie unsere zu Hause. Sogar noch schlimmer.«

»Schon, aber es ist deren Vergangenheit und nicht meine. Und das ist ein verdammt großer Unterschied.«

Sie legt ihre Hände auf meine. »Ich denke einfach, es gibt die Möglichkeit, dass man zu einer Lösung kommen kann. Für alle. In Frieden. Wenn *wir* das nicht tun, wer dann?«

Ich will jetzt nichts weiter dazu sagen. Aber ich mache Fortschritte. Sie wird einlenken. Ich will, dass es mit uns so weitergeht. Ich will ein glückliches Leben mit Teresa führen. Warum sollte ich das nicht dürfen? Aber genug fürs Erste. »Ich habe ganz vergessen, es dir zu sagen: Ich habe Herbert und Toni für morgen Abend eingeladen.«

»Reden sie wieder miteinander?«

»Ja. Ich könnte mein berühmtes Roastbeef machen.«

»Kochen kann er also auch. Du bist mir vielleicht einer. Du bist ja wirklich eine gute Partie.«

»Wird auch langsam Zeit, dass du das erkennst. Noch einen Wein?«

»Wollt ihr mal den neuen Wein probieren, den heurigen aus den Trauben vom letzten Herbst? Wir haben das Fass gerade angestochen«, sagt der Besitzer.

»Muss Wein denn nicht alt sein?«, frage ich.

»Überhaupt nicht. Ein gängiger Irrtum. Manche sind besser, wenn sie jung sind. Da muss man mit beiden Händen zugreifen und genießen. Wie in der Liebe.«


»Seid ihr durch den Wald gekommen?«

»Ja.«

»Von Waldbernbach? Sollen wir euch heimfahren? Dieter fährt sowieso in die Richtung, stimmt's, Dieter?«

Bei der Kirche in Waldbernbach zwängen wir uns gegen Mitternacht aus Dieters Ford Taunus und gehen Arm in Arm hinauf zu unserer Wohnung.

Teresa verkrampft sich, und dann sehe ich es ebenfalls. Zwei dunkle Bündel, auf die Steinstufen hingekauert, die zu unserer Wohnung führen. Das eine ist ein Rucksack, das andere eine Gestalt mit einem Heiligenschein aus Rauch über sich und hat zudem eine Stimme. »Wurde auch langsam Zeit.

Gott, ich bin schon ganz steif.« Nervtötender Mitchellstown-Akzent.

»Malachy! Um Gottes willen. Was tust du denn hier? Ist daheim irgendwas passiert?«

»Nichts ist passiert.« Er steht auf und wischt sich über den Hintern. »Hallo, Schwesterchen. Wen bringst du denn da an?«

»John Dalzell.«

»Aha. Aus Mitchellstown? Was macht denn der hier?«

»Die Frage ist wohl eher, was du hier machst.«

»Ich komme aus Bamberg, von der Adresse, die du uns gegeben hast. Die Frau sagte, du seist hierhergezogen. Ich warte schon seit zwei Stunden. Was bedeutet das alles? Warum bist du umgezogen? Warum kennt daheim keiner diese Adresse? Was geht hier vor?«

»Und auch dir ein fröhliches Hallo«, sage ich.

»Oh, nein, nur das nicht. Oh, großer Gott. Teresa. O nein.«

»Wenn du dich weiterhin so aufzuführen gedenkst, Malachy, kannst du auf der Stelle wieder heimfahren.«

»Lebst du mit dem zusammen?«

»Ja. Ich hätte euch das alles noch in einem Brief geschrieben. Was machst du hier?«

»Willst du mich nicht hineinbitten?«

Zwölf Zigaretten hat er geraucht und sie auf den Stufen ausgedrückt, kleine schwarze Brandflecken im Schnee, in denen die Stummel stecken.

»Kann ich dich mal kurz sprechen?«, fragt er Teresa ohne Umschweife, sobald wir im Haus sind. »Allein.«

»Oh, lasst euch durch mich nicht stören«, sage ich. »Ich geh gleich ins Bett.«

# 25

»Und?«

»Was und?«

»Himmel, du und er, ihr wart eine Ewigkeit da drinnen. Was macht er hier?«

»Er ist von daheim ausgerissen. Er hatte einen Riesenstreit mit den Eltern. Er sucht was, wo er bleiben kann.«

»Für wie lange?«

»Bloß für ein paar Tage, bis er wieder klar denken kann.«

»Und danach?«

»Ich weiß es nicht.«

»Einen Streit worüber?«

»Nichts Weltbewegendes.«

»Aha. Und deshalb ist er bis hierher nach Deutschland gekommen.«

»Ich bin todmüde, John. Können wir nicht morgen früh darüber reden?«

»Ob er es vielleicht schafft, sich ein verdammtes bisschen höflicher zu benehmen? Als ich ihm das letzte Mal begegnet bin, hat er mich fast ersäuft, fast erschossen und mir befohlen, mich zu verpissen, und jetzt kommt er daher und bittet, unterschlüpfen zu dürfen.«

»Das ist halt alles ein bisschen viel für ihn.«

»Das ist auch ein verdammtes bisschen viel für mich.«

»Morgen früh, John, ja? Nein, John, jetzt läuft nichts, er kann alles hören. Das Wohnzimmer ist ja gleich nebenan.«

»Ich konnte nichts von dem hören, worüber ihr beide gesprochen habt.«

»Das ist was anderes. Nein, John, wirklich, ich kann nicht.«

Ich drehe mich um, lege mich auf den Rücken und starre die Decke an. Ich bin hundsmiserabler Laune. Fast zwei Stunden lang haben die miteinander geredet, und ich habe die ganze Zeit im Bett gewartet, und Teresa hat nicht ein einziges Mal hereingeschaut.

»Es tut mir leid, John. Ich muss mich ein paar Tage lang um Malachy kümmern. Kannst du das nicht verstehen?«

»Muss ich dann die ganze Zeit im Schlafzimmer bleiben?«

»Ach, John, bitte. Fang du jetzt nicht auch noch an, schwierig zu werden. Malachy ist schon schlimm genug.«

»Malachy, Malachy. Scheiß auf Malachy.«

Ich bleibe auf dem Rücken liegen, die Hände hinter dem Kopf, und warte, dass sie den ersten Schritt macht. Nach einer Weile sagt sie: »Na schön, wenn du ganz leise bist und nicht zu lange brauchst.«

»Vergiss es.« Ich hoffe, das sitzt. Offensichtlich tut es das, weil sie sich zum Einschlafen nicht an meinen Rücken schmiegt.

Na toll. Heute ist Faschingsdienstag, der Höhepunkt der Fastnachtszeit. Wir hatten geplant, den ganzen Tag auf dem Berg oberhalb von Waldbernbach Schlitten zu fahren, und am Abend sollten Toni und Herbert uns besuchen kommen, ganz so, als wären wir Ehepaare. Ich hätte meine Kochkünste vorgeführt, und danach wären wir ins Gasthaus gegangen. Stattdessen hat mich Teresa hinunter zur Telefonzelle geschickt, um die Einladung rückgängig zu machen, und jetzt sitze ich schweigend am Frühstückstisch und betrachte mir, wie Malachy den Inhalt einer Tabaksdose zerrupft, als wäre dies das Wichtigste auf der Welt. Teresa ist lange vor mir aufgestanden, und ich habe wieder ihre gedämpften Stimmen durch die Wand hindurch gehört. Soeben hat sie seinen Teller und seine Tasse weggeräumt und schrubbt in der Spüle daran herum, als wäre sie seine Bedienerin.

»Wie bist du überhaupt hierhergekommen, Malachy?«, frage ich.

»Och.« Er legt eine Linie Tabak, der so kraus ist wie sein Bart, auf ein Zigarettenpapier, nimmt es zwischen beide Daumen und Zeigefinger, rollt es hin und her, verfolgt den Vorgang durch seine John-Lennon-Brille, als würde er gerade seine kleinen Geheimnisse in die Zigarette packen. »Spontaner Einfall. Bin ab Dublin geflogen.« Er leckt das Papier der Länge nach an und steckt sich die Zigarette in den Mund. Zündet sie an. Inhaliert. Schließt die Augen.

Vielen Dank, mir brauchst du keine zu rollen.

Er schraubt die Tabaksdose sorgfältig zu und steckt sie in die Brusttasche seines Hemdes. Atmet aus. Führt sich als unergründliches Arschloch vor. Wendet sich an Teresa. »Gibt's in dem Haushalt keine Cornflakes? Trinkt ihr überhaupt keinen Tee mehr?«

»John, jetzt, wo Malachy da ist, brauchen wir noch ein paar Sachen. Möchtest du nicht mit dem Zug nach Burgbernbach zum Albrecht fahren und dort was einkaufen?«

»Was für Sachen?«

»Du weißt so gut wie ich, was wir brauchen.«

»Ich weiß vor allem eines. Wann ich unerwünscht bin.«


Es ist ein sonniger Tag. Der Schnee schmilzt, der Boden im Zug ist glitschig, schmutzig braun und grau. Ich latsche durch die wenig einladenden und ebenso glitschigen Gänge bei Albrecht. »Wir schließen in fünf Minuten«, ruft mir das Mädchen an der Kasse nach. Das Radio läuft und schmettert gerade einen Faschingsschlager: *Bubi, Bubi, noch einmal, es war so wunderschön, Bubi, Bubi, noch einmal, es kann doch nichts geschehn.* An der Kasse berappe ich mit meinem schwer verdienten Fotografenlohn. Die Kassiererin grinst mich an. Sie hat sich einen Zahn schwarz angemalt und trägt falsche Sommersprossen. »Wir machen wegen Fasching zu«, weiht sie mich ein.

»Ich hasse Fasching«, sage ich zu ihr.

Malachy hat nicht angeboten, für sich selbst zu bezahlen. Kann sich einen Flug von Dublin leisten, aber muss sich dann seine scheiß Cornflakes kaufen lassen. *Und richtigen Toast, wenn du schon mal dabei bist.* Wie lange wird er wohl bleiben? Was hat er vor? Ist er herübergekommen, um die große Schwester zu kontrollieren? Warum schlägt sich Teresa auf seine Seite? Wieso benimmt sie sich so komisch?

Das Ganze ist ein Witz. Ich lasse mir das nicht länger gefallen. Sobald ich nach Waldbernbach zurückkomme, wird die Sache ausgefochten.

Ich mache mich durch den Matsch auf den Rückweg zum Bahnhof und beeile mich, um den Zug um 12:28 zu kriegen. Der Postbote radelt mit einem Römerhelm auf dem Kopf vorbei und ruft »Helau«. Durch das Fenster der Druckerei sehe ich, wie sie eine Flasche Sekt aufmachen. In ganz Burgbernbach schließen die Geschäfte früher, damit die Leute den Höhepunkt der Faschingssaison feiern können. »Tff, tff.« Ein Erstklässler aus meiner Schule kommt um die Ecke herum auf mich zugerannt und macht das Geräusch, das vermutlich alle Kinder auf der Welt machen, wenn sie so tun, als würden sie schießen. Er steckt in einem Cowboykostüm und zielt mit seinem Revolver auf mich. »Sie sind tot, Herr Dalzell!«

»Man kann keinen Menschen erschießen, wenn er rennt«, erkläre ich ihm. Das war das Grundprinzip unserer Cowboyspiele in Mitchellstown.

Er bleibt stehen. »In Deutschland schon«, sagt er.

Ein Auto hält neben mir. Du lieber Gott, ein Polizeiwagen. Das Seitenfenster wird heruntergekurbelt. Es ist bloß Rudi, Peters Bruder.

»Aha, auf dem Heimweg vom Einkaufen. Ganz der Familienmensch. So ein Glück, dass ich Sie hier treffe. Ich muss Ihnen nämlich etwas sagen. Wegen Ihres Führerscheins. Schaun Sie nicht so besorgt, es ist nichts Ernstes, nur eine Formsache. Steigen Sie ein, ich habe gerade Dienstschluss. Ich fahre Sie nach Waldbernbach und erklär's Ihnen auf dem Weg, dann brauch ich nicht extra noch mal ins Geschäft zu kommen.« Ich steige auf der anderen Seite ein, er legt den Gang ein und fährt los. Das graue, reptilartige Diensttelefon hängt neben dem Tacho, seine Kordel schwingt und klatscht gegen das Armaturenbrett wie ein Schwanz.

»Wie geht's, wie steht's?«, fragt er.

»Gut.«

»Haben Sie Kraus einen schönen Gruß von mir ausgerichtet?«

»Hab ich vergessen. Morgen hole ich es nach.«

Er lacht. »Das ist vielleicht ein Haufen, Kraus und Delius und, Herrschaftszeiten, wie hieß die gleich wieder, die Schlimmste von allen, die Reli-Lehrerin, die die Haare immer so zu einem Knoten hochgesteckt hatte …«

»Frau Kern.«

»Genau die. Die alte Kuh.« Er nickt und hebt den Finger zum Gruß für jemanden auf dem Gehsteig. »Die kann man alle in einen Sack stecken und mit dem Knüppel draufhauen, ohne einen Falschen zu erwischen.« Ein entgegenkommender BMW blinkt uns an. Drinnen sitzt eine Fahrerin in einem pinkfarbenen Mantel und wedelt Rudi mit einer Hand zu, scheint dann überrascht zu sein, als sie mich sieht. Rudi begrüßt sie mit dem gleichen Fingersalut, schaut konzentriert in den Rückspiegel, während sie vorbeifährt, und räuspert sich. »Bei Peter alles klar?«

»Ja.«

»Trinkt er nicht zu viel?«

»Nicht mehr als sonst.«

»Zum Glück hat er Sie zum Herumchauffieren. Worüber ich auch mit Ihnen reden wollte. Sie haben keinen deutschen Führerschein, oder?«

»Nein. Einen britischen. Ist das ein Problem?«

»Nicht, wenn Sie rechtzeitig handeln. Mit Ihrem britischen Führerschein dürfen Sie hier nur ein Jahr lang fahren, und danach müssen Sie einen deutschen beantragen. Lächerlich, nicht wahr? Briten dürfen sich jederzeit in ein deutsches Auto setzen und rumfahren, ohne jemals zuvor im Rechtsverkehr gefahren zu sein, und dann, nachdem sie ein Jahr lang so gefahren sind, dürfen sie es plötzlich nicht mehr. Aber so ist es nun mal.«

»Nächstes Jahr bin ich nicht mehr hier.«

»Aha. Na dann.« Er trommelt mit den Fingern auf das Lenkrad. »Da geht's wohl wieder heim, was? Nach Nordirland. Dort möchte ich nicht Polizist sein. Weiß Gott nicht.« Er schüttelt den Kopf. »Na ja. Peter wird Sie vermissen. Er spricht ununterbrochen davon, was für ein guter Arbeiter Sie sind.«

»Zu mir sagt er so was nie.«

»Nein, das würde er nie im Leben tun. Typisch Peter. Er will sich nicht von anderen Leuten abhängig machen. Deshalb hat er auch nie geheiratet.«

Inzwischen haben wir Burgbernbach hinter uns gelassen. Plötzlich klopft Rudi mit beiden Mittelfingern aufs Lenkrad. »Wie heißt der Ort, aus dem Sie kommen?«

»Waldbernbach.«

»Der in Irland, natürlich.«

»Mitchellstown.«

»Mitchellstown, genau. So heißt das.«

»Was ist mit Mitchellstown?«

»Es gibt einen internationalen Haftbefehl der irischen Polizei, die jemanden im Zusammenhang mit einem Sprengstoffdelikt in Mitchellstown sucht. Er soll sich auf der Flucht in Deutschland aufhalten. Ist das nicht ein Zufall?«

In meinem Magen zieht sich etwas zusammen. Etwas, das heraus will. »Wissen Sie den Namen?«

»Keine Ahnung. Warten Sie, wie heißt dieser Popstar? Wir haben eine seiner Platten zu Hause. Herrje.« Er schlägt sich gegen die Stirn. Er singt. »Irgendwas mit *Walking in the Rain*.«

»David Cassidy.«

»Das ist er.«


Jetzt geht alles sehr schnell. Rudi hat die Einsatzzentrale in Bamberg angerufen; dort hieß es, sie würden eine Streife verständigen, die in Waldbernbach zu ihm stoßen soll.

Während wir zwischen grellweißen Schneewechten auf Waldbernbach zufahren, beschäftigt mich ein einziger Gedanke: Seit wann weiß Teresa Bescheid? Seit der Bombe? Seit ihr Vater anrief? Seit Weihnachten? Seit gestern Nacht? Im Geist gehe ich die letzten paar Monate nach Hinweisen durch, und mein Verstand diskutiert mit sich selbst. Welches wäre die längste Zeitspanne, die du verzeihen könntest? Wie habe ich nur so blöd sein können? Dabei war der Fall von Anfang an sonnenklar. Malachy war mit beteiligt, als die Bombe unseren Laden in tausend Stücke zerriss und die Freundin meines Bruders umbrachte.

»Da kommen sie schon«, sagt Rudi. »Typisch Bamberg. Fahren bei diesem Schnee mit einem BMW durch die Gegend.«

Direkt vor uns hat ein Polizeifahrzeug angehalten, Front in unsere Fahrtrichtung, Blinker rechts gesetzt für die Abzweigung von der Bundesstraße Bamberg-Würzburg nach Waldbernbach. Wir biegen nach links ab und folgen dem Wagen ins Dorf. Vorbei am Dorfweiher und an der Kneipe, in der wir zwei Abende zuvor waren, vorbei an der Kirche und dann nach links die steile, nicht geräumte Steigung hinauf zum alten Schulhaus.

»Die sind so was von behämmert, dass ich wetten könnte, sie schalten noch Martinshorn und Blaulicht ein«, sagt Rudi.

Doch sie tun es nicht. Die Hinterräder drehen im Schnee wild durch, das Heck schwingt nach links und nach rechts, als gäbe es im Wageninnern zwei Kraftfelder, von denen das eine im hinteren Teil die Geduld mit dem vorderen verliert und überholen möchte. Rudi fährt einen extra weiten Bogen, als er die Kollegen passiert. Unter den Uniformmützen sehen zwei eingeschnappte Mienen zu uns her; der uns am nächsten sitzende Beamte hat ein kupferrotes Bärtchen am Kinn wie eine Bubblegum-Blase.

»Was habe ich gesagt?«, kommentiert Rudi.

Ich überlege, ob ich nicht vorschlagen sollte, auf die anderen zu warten, auch wenn sie behämmert sind. Ich lasse es bleiben. Es wird schon gut gehen.

Da ist bereits das Haus. Die Tür geht auf, und Malachy erscheint auf den Stufen, eine Hand in der Tasche, in der anderen eine Zigarette. Er sieht blass aus, die Augenbrauen hell und buschig in seinem blutleeren Gesicht. Er gähnt, streckt sich, nimmt einen Zug, bläst den Rauch von sich, blickt die Straße entlang zu uns her.

»Ist er das?«, fragt Rudi.

»Das ist er.«

»Sie bleiben hier.«

Rudi fährt an den Rand, öffnet die Tür, setzt einen Fuß auf den Boden. Teresa taucht hinter Malachy auf und sieht direkt zu uns herüber. Ich schicke mich an, gleichfalls auszusteigen.

»Malachiii!«, kreischt sie, ihre Stimme zieht den letzten Vokal in die Höhe. Die Windschutzscheibe verwandelt sich in einen Stern, Myriaden goldener Fäden ziehen sich im Sonnenschein in alle Richtungen, es gibt ein Geräusch wie von einem Spaten, der in den Rasen sticht, Rudi stürzt, zuerst denke ich, er ist im Schnee ausgerutscht, er schlägt mit dem Kinn an der Tür an, sackt zu Boden.

Dann sehe ich, dass Malachy einen Revolver in der Hand hält.

»Herr im Himmel.« Es ist meine eigene Stimme.

»O Gott«, sagt Malachy. Er kommt die Stufen herab. Ich bewege mich vorsichtig um die Vorderfront des Volkswagens. Mitten im Spinnennetz der zersprungenen Windschutzscheibe ist ein Loch. Rudi liegt auf der Erde und stemmt sich mit einer Hand hoch, hustet Blut in den weißen Schnee und fällt dann mit dem Gesicht voraus in den roten Matsch. Ich höre, wie das Knirschen von Malachys Tritten hinter mir näher kommt.

»WER IST DER IRE?«

Ich trete vom Wagen zurück. Die zwei Polizisten aus dem BMW nähern sich wachsam und blicken von mir zu Malachy. Sie haben ihre Pistolen gezogen.

Ich drehe mich zu Malachy um. Er starrt entgeistert auf Rudi.

»Sag ihnen, ich wollte das nicht, um Himmels willen«, sagt er. »Es sollte bloß ein Warnschuss sein, aber ich bin ausgerutscht.« Er hat den Revolver noch immer in der Hand und gestikuliert damit in Richtung der Polizeibeamten. »Sag's ihnen.«

»IST DAS DER IRE?« Die Beamten sind inzwischen herangekommen, stehen links von mir, ihre Blicke sind auf Malachy gerichtet.

Da rennt Malachy los, bergauf und am Schulhaus vorbei.

»Ja«, sage ich.

»HALT!«

Malachys Füße schlagen wild nach beiden Seiten aus, schlackern nach links und nach rechts, fliegen davon, er fällt aufs rechte Knie, stemmt sich mit der Waffe in der Hand wieder hoch, rennt erneut los.

»STEHEN BLEIBEN! WAFFE WEG!«

Malachy bleibt stehen und kehrt uns den Rücken zu. Er brüllt: »ES WAR EIN SCHEISS UNFALL. SAG'S IHNEN!«

Die Polizisten gehen in die Hocke und legen an.

Jetzt schreien alle durcheinander. Teresa: »ES WAR EIN UNFALL!« Zu Malachy: »WIRF DEINE WAFFE WEG!« Zu mir: »JOHN, TU DOCH WAS!«

Die Polizei: »WAFFE WEG ODER WIR SCHIESSEN!«

Malachy sieht auf seinen Revolver hinab, als bemerke er ihn erst jetzt. Er dreht ihn hin und her in seiner Hand. Ich brülle ebenfalls, aber ich weiß nicht, was.

Die Polizisten feuern. Peng. Peng. Peng, peng, peng.

Malachys Arme und Beine wollen in alle Richtungen fliehen. Er geht erneut zu Boden. Gebe Gott, dass er bloß wieder im Schnee ausgerutscht ist, denke ich. Aber er rührt sich nicht. Teresa rennt zu ihm hin. Ich folge ihr. Sie stürzt, ich will ihr aufhelfen, sie entwindet sich mir und eilt dorthin, wo ihr Bruder im Schnee liegt, mit dem Gesicht nach unten, die Arme ausgebreitet. Sie sinkt in die Knie und dreht ihn um. Da liegt er mit aufgerissenen Augen und starrt in den Himmel. Sie nimmt seine Hand. Sie lässt sie wieder fallen und sieht zu mir hoch. So kann die Geschichte doch nicht ausgehen, es muss doch eine Möglichkeit geben, alles zurückzudrehen und anders ablaufen zu lassen. An ihr haften die gleichen Schneebatzen wie an Malachy.

Die Pupillen ihrer Augen sind winzig klein, meilenweit entfernt. »Ich hatte ihn überredet, sich zu stellen«, sagt sie. »Wir haben nur noch auf deine Rückkehr gewartet.«

# TEIL 2

April 2007

# 26

»Meine dunklen Sachen sind in meinem Gepäck«, sage ich zu Matt. »Ich ziehe sie in Mitchellstown an.«

»Ja«, sagt er und streicht sich über den Nasenrücken. Er selbst steht in schwarzer Trauerkleidung da, selbstverständlich. Er räuspert sich. »Die liegen wohl ganz unten drin?«

Und so komme ich zehn Minuten später im schwarzen Anzug von den Toiletten zurück, Jeansjacke und -hose habe ich in den Trolley gestopft. Matt hat die Hände in den Taschen und spielt die Situation herunter, pfeift gelassen durch die Zähne, irgendetwas Gedämpftes und dem Anlass Gemäßes.

»Okay?«, fragt er.

»Klar. Null problemo.«

Aber als wir losmarschieren und den Flughafen von Belfast durchqueren, hat sich ein kleiner, scharfkantiger Splitter des vertrauten größeren Brockens unserer Probleme erneut zwischen uns gezwängt, und instinktiv geben wir ihm Raum. Vor uns teilt sich ein Männerchor, um uns durchzulassen; soeben heimgekehrt, sie sind glücklich in ihrer Uniform aus grauen Hosen und schwarzen Blazern, so wie es Männer sein können, und ihr Belfaster Akzent klingt straff und gespannt wie eine Zeltleine nach dem Regen. Matt schreitet voraus, sein Hals hebt sich von den Schultern auf die übliche ärgerliche Art ab, die diesen Hals kennzeichnet. Früher dachte ich immer, es sei der Haarschnitt. Matt trug seine hellen Haare rundum kurz, in den Siebzigern sogar noch dann, als der Rest von uns schon längst aufgehört hatte, zum Friseur zu gehen.

*Warum lässt du dir nicht einen ordentlichen Haarschnitt machen, so wie Matt?* Jetzt trägt er das Haar im Nacken länger, sodass wir beide von hinten eigentlich gleich aussehen müssten. Meine Frau konnte uns allerdings immer unterscheiden. »Ich weiß auch nicht«, sagte sie einmal. »Doch, ich weiß es. Es ist sein Hals. Der sieht einfach vertrauenerweckender aus als deiner.« Sie wäre auch mit Matts Bewertung meines bevorzugten Outfits rückhaltlos einverstanden gewesen. »Musst du eigentlich immer noch rumlaufen, als ob du auf dem Weg zu einem Stones-Konzert wärst?«, fragte sie einmal gegen Ende unserer Ehe. »Du bist doch jetzt schon weit über vierzig.« Und das war vor mehr als zehn Jahren.

Draußen ist es, wie üblich, kälter als in Frankfurt, von wo ich komme, außerdem windig, und unheilvolle, regenschwangere Wolken jagen über einen zartblauen Himmel.

Seite an Seite verstauen wir meine zerknautschten Taschen in den Kofferraum von Matts poliertem BMW.

»Schade, dass die Kinder und Inge nicht mitkommen konnten«, sagt Matt und drückt den Deckel des Kofferraums sanft wie den eines Attachékoffers zu. »Mum und sie haben sich immer sehr nahegestanden.«

Dazu sage ich nichts, denn Matt weiß selbst, dass das nicht der Wahrheit entspricht. Aber hier handelt es sich um eines jener Dinge, an die er eben gern glauben würde. Es gibt noch ein paar andere. Dass es mir finanziell genauso gut geht wie ihm. Dass ich unserer Mutter genauso nahestehe wie er. Dass meine Familie intakt ist.

Während wir die Ausfahrt aus dem Flughafengelände nehmen, fragt Matt: »Und – wie geht's?« Er intoniert das Fragezeichen in einer Weise, die seine übliche resignierte Befürchtung kundtut, meine Lebensumstände könnten sich weiter verschlechtert haben.

Zu meiner persönlichen Situation gibt es nichts Neues zu berichten. Mir gehört ein kleines Fotogeschäft in einer Stadt in

Franken. Kein Mensch kauft heutzutage mehr eine Kamera in einem Laden wie dem meinen, aber ich bin als Schulfotograf gut beschäftigt, was genauso lukrativ ist wie die Hochzeits- und Erstkommunionsfotografie. Doch einen wachsenden Anteil an meinem Einkommen hat jener Bereich meiner Tätigkeit, der mir am meisten Spaß macht: Porträtaufnahmen. Ich bin gut bei schroffen, kontrastreichen Schwarz-Weiß-Fotos von männlichen Würdenträgern »in den besten Jahren«, wie sich die Herrschaften selbst zu beschreiben belieben. Bürgermeister lassen sich gerne von mir ablichten, auch Direktoren und Schulleiter. Ein authentischer Gesichtsausdruck ist wie ein guter Folksong; viele Menschen haben dazu beigetragen, ihn zu formen, er gehört nie einem allein, und der Spielraum bei der künstlerischen Interpretation ist groß. Alles findet sich in den Gesichtszügen. Dort gibt es Falten für Humor, Falten für Feinsinn, Enttäuschung, Widerspenstigkeit und Übellaunigkeit. Jeder wird, nach und nach, zu einer Mischung aus alldem. Der Kunstgriff besteht darin zu entscheiden, welche Falten man zurücknimmt oder ganz entfernt, oder, was mir viel besser gefällt, welche man betont. Das bewerkstellige ich nicht mit digitaler Trickserei, sondern nach alter Väter Sitte mit Pediküreskalpellen von unterschiedlicher Breite beziehungsweise bei Abschattierungen mit Bleistiften unterschiedlicher Stärke. Mein Schaufenster spiegelt diesen Konflikt wider – den zwischen dem Künstler, als welchen ich mich gern betrachte, und dem Kunsthandwerker, der das ausführt, was der Kunde wünscht. Kinder mit Hündchen, ehrwürdige alte Männer mit Augen tief wie Brunnen, Bräute in Pink in einem Park.

»Das Geschäft läuft gut«, sage ich.

Von Frauen werden meine Dienstleistungen eher weniger nachgefragt. Sie halten nichts von meiner Lieblingstechnik, fotografisch gesprochen. Was das Private angeht, so hatte ich mal eine Ehefrau und eine Geliebte, und jetzt habe ich weder das eine noch das andere. Vor über zehn Jahren begann ich eine Affäre mit der Frau eines meiner jüngeren Kunden, und ein halbes Jahr später wusste meine Frau davon, allerspätestens, und hat meine Mutter angerufen, um es ihr noch am selben Tag zu erzählen. Ich weigerte mich, Schluss zu machen, ich kann mich heute nicht mehr erinnern, weshalb, das heißt, eigentlich kann ich es schon, aber ich kann es nicht mehr nachvollziehen. Ich dachte damals, es sei Liebe. Jedenfalls hat mich meine Frau verlassen und hat meine beiden Töchter mitgenommen. Es versteht sich von selbst, dass auch sie wütend auf mich sind. Beim letzten Mal, als die Jüngste mich besuchte, haben wir uns total verkracht. Mein Fehler, ein blöder Streit über die Musik, die sie hörte. Ich konnte die Sachen, die ich dabei sagte, gar nicht glauben. Jetzt bin ich geworden wie meine Mutter, dachte ich. Und Katja, meine Geliebte, war von meiner jähen Verfügbarkeit damals so geschockt, dass sie endgültig mit mir Schluss machte, und seitdem haben wir uns auch nicht mehr gesehen. In der Realität zog sich diese Geschichte natürlich länger hin als hier in der Kurzfassung, und viel schmerzlicher war das Ganze auch, aber im Kern stimmt es so. Mein Bruder weiß das alles mehr oder weniger. Er ignoriert es nur gern, wo er kann.

»Und privat?«

»Privat läuft's auch gut«, sage ich. »Und wie steht's bei dir?«

»Da gibt es schon ein oder zwei Dinge, aber es wäre nicht richtig, vor der Beerdigung darüber zu sprechen.«

Sobald man das Flughafengelände verlässt und sich von Belfast entfernt, findet man sich im Nu in einem Geflecht von Landsträßchen wieder, die sich rund um Lough Neagh zwischen den Heckenreihen verdrücken oder um die Anhöhen winden. Es ist April, und um acht Uhr abends ist es noch immer hell, für mich, der ich gerade aus Deutschland komme, in etwa so irritierend, als träte ich unvorbereitet auf eine Stufe, die weiter unten liegt als erwartet. Die Wiesen sind grün, aber die Hecken ragen noch immer wie graue Skelette in die Landschaft, eine auf dem falschen Fuß erwischte Natur, so als würde man eine Frau zu früh zum Ausgehen abholen, wenn sie sich zwar schon angekleidet und ihren Schmuck angelegt hat, aber noch nicht fertig geschminkt ist.

»Ist für die Beerdigung alles geregelt?«, frage ich.

Matt nickt. Er hat wie immer alles geregelt.

»Wo ist Dad aufgebahrt?«

»Im Arbeitszimmer.«

»Und wie geht's Mum?«

»Sie hält sich erstaunlich gut.«

Mich erstaunt das ganz und gar nicht, und so zockeln wir anschließend schweigend um den See herum. Meine Frau hat sich stets gewundert, dass mein Bruder und ich uns so wenig zu sagen haben, selbst wenn wir uns ein ganzes Jahr oder länger nicht gesehen hatten. Ein Grund ist der, dass wir beide ein wenig Angst vor den möglichen Gedankengängen des anderen haben. Nächste Woche sind beispielsweise hier Wahlen angesetzt, und es sieht ganz nach einer verheerenden Niederlage für die gemäßigten Parteien wie die Ulster Unionist Party und die Social Democratic and Labour Party aus. All diese Jahre der Verhandlungen und eines relativen Friedens, und jetzt scharen sich die Leute um die Extremisten ihrer Clans. Was hält mein Bruder von alldem? Für wen wird er stimmen? Doch hoffentlich nicht für Ian Paisley? Ich weiß, dass er 1998 für das Belfast Agreement gestimmt hat, inzwischen aber desillusioniert ist. Das gehört zu den Themen, über die wir nicht mehr sprechen; wir haben es getan, und jedes Mal endete es damit, dass er sagte: »Wie gut, dass du heimkommst und uns erklärst, wie wir zu denken haben.« Die andere unterschwellige Spannung in unserem Schweigen resultiert daraus, dass ich, zumindest in Matts Augen, permanent gegen so etwas wie eine Familienpflicht verstoßen habe, weshalb es zumeist sicherer ist, den Mund zu halten. Um es kurz zu fassen: Seit seine Verlobte durch die Bombe umgebracht wurde, die unser Geschäft in Mitchellstown zerstörte, lebt er für unsere Familie, das heißt, für unsere Eltern, oder um es noch genauer zu sagen, für meine Mutter, und seiner Ansicht nach sollte ich das auch tun.

Meine Frau pflegte zu sagen, da müsse es etwas geben, das weiter zurückliege als das. Sie sagte, ihrer Meinung nach verspüre Matt das Bedürfnis, etwas zu kompensieren. Meine Defizite.

»Da ist er«, sagt Matt, während wir die Anhöhe des Thorn Hill erklimmen und der Eisenbahnaquädukt, der sich über den Raine spreizt, in Sicht kommt. Als wir Kinder waren, hat immer derjenige, der ihn zuerst sah, gerufen »Mitchellstown!«, woraufhin mein Vater stets auf die Hupe drückte. »William!«, sagte meine Mutter dann jedes Mal, aber eher, weil man es von ihr erwartete. Dann lachten wir alle. Ein richtiges Familiending. Also greife ich, einem plötzlichen Impuls folgend, hinüber und drücke auf die Hupe. Matt wirft mir einen erschrockenen Blick zu, dann füllen sich seine Augen mit Tränen, und dann, zu meiner Überraschung, auch die meinen.

Unser Vater ist gestern gestorben. »Er ist morgens einfach nicht aufgewacht«, sagte mir Matt am Telefon. »Ein Herzinfarkt im Schlaf. Typisch. Als wollte er niemandem zur Last fallen.«

Mitchellstown hat man früher immer erst wahrgenommen, wenn man praktisch schon da war, denn es schmiegt sich in einen kleinen Talgrund um den Fluss Raine. Doch seit den Siebzigern sind am Ortsrand zwei Wohnsiedlungen aus dem

Boden geschossen, die nicht ins Tal passen und über die Senke hinausspitzen. Sie haben die Einwohnerzahl zusätzlich zu den Tausend, die es gab, als ich dort aufwuchs, um ein paar Hundert erhöht, und die Mehrheit der Zugezogenen dürfte eher katholisch sein als protestantisch, ganz im Gegensatz zu früher. Dementsprechend haben die Geschäfte mittlerweile auch vorwiegend katholische Besitzer.

Die Straße führt nun mit deutlichem Gefälle ins Tal, trifft dort auf den von links kommenden Fluss und folgt seiner Biegung durch Jefferson's Wood. Am hinteren Rand des Waldes liegt die Cassidy-Farm. Ich werfe im Vorbeifahren einen verstohlenen Blick in die Einfahrt, ob es irgendeinen Hinweis auf Teresas Anwesenheit gibt, aber natürlich gibt es keinen. Es hat auch nie einen gegeben, kein einziges Mal in dreißig Jahren. Ich habe sie in dieser ganzen Zeit nie wiedergesehen, aber morgen könnte das der Fall sein.

Dann verläuft die Straße unter einem Bogen der Eisenbahnbrücke hindurch, überquert den sie begleitenden Fluss auf der kleineren Steinbrücke, beschreibt eine Kurve nach links und wendet sich wieder nach rechts zur Main Street, wo die Läden geschlossen sind und das Tageslicht allmählich schwindet.

Pittoresk, denke ich jedes Mal. Aus der Ferne betrachtet. Das untere Ende der Main Street auf dieser Seite des Diamond bestand früher aus einer Ansammlung kleinerer Geschäfte – Textilwaren, Lebensmittel, Metzger – und Pubs; jetzt steht auf der linken Seite eine einzige große Haushaltswarenhandlung, und auf der rechten Seite teilen sich eine Bank und ein Supermarkt eine genauso große Fläche. Nachdem sie unseren Laden in Schutt und Asche gelegt hatte, setzte die IRA ihre Bombenkampagne noch jahrelang fort. In der Main Street stürzte ein Geschäft nach dem andern in sich zusammen und ergoss sich als Flutwelle aus Steinen, Glas und zerstörtem Mobiliar auf die

Straße, bis diese schließlich in voller Länge wie ein alter, kaputter Kamm mit mehr Lücken als Zähnen aussah. Erstaunlich, dass in jenen Tagen nur ein Mensch zu Tode kam, Matts Verlobte Jane. Mehr Tote gab es später in einem schmutzigen Krieg, der ganz Nordirland heimsuchte. Protestanten wurden von der IRA erschossen, die behauptete, es habe sich bei ihnen um Angehörige der Polizeireserve gehandelt. Deren Familien stritten es ab. Katholiken wurden von der Ulster Volunteer Force erschossen, die behauptete, sie seien IRA-Mitglieder gewesen. Deren Familien stritten dies ebenso ab.

Das ist der Grund, warum es die Main Street nie auf eines dieser Plakate »Das wahre Irland« schaffen wird, auf denen man putzige kleine Läden und Bars sieht und krumme Häuschen unterschiedlicher Größe und mit malerischen Schornsteinen, die schräge Rauchwolken in den Abendhimmel schicken. Die Häuser der Main Street sind alle von einheitlicher Größe und Farbe, und die ganze Straße sieht inzwischen aus, als wären die Gebäude irgendwo anders vormontiert und dann in zwei Tagen hier hochgezogen worden und hätten anschließend aus demselben Betonmischer einen Kieselputz verpasst bekommen. So kann es tatsächlich gewesen sein; ich war zu der Zeit nicht da. Wie auch immer – daran liegt es vielleicht, dass ich jetzt bei meiner Heimkehr keinerlei Gefühlsaufwallungen verspüre, denn das Zuhause, an das ich mich erinnere, die Uhr mit den beiden Zifferblättern, der zehn Meter lange Mahagoni-Ladentisch in unserem Geschäft, die Firmeninschrift mit den goldenen Lettern hinter Glas, *THE EMPORIUM J. Dalzell & Sohn, Draperie, Hut- und Putzmacher & Schneiderei,* die sich um die Ecke Main Street und Diamond herumzog, die Mahagonitreppe, die in den ersten Stock führte, die schlanken hölzernen Säulen, welche die Arkaden stützten – das alles landete in dem Schutt, der dann zur städtischen Müllkippe am Wee Forest gefahren und später dazu benutzt wurde, das rekultivierte Sumpfgebiet draußen an der Ardragh Road aufzufüllen, auf dem der KRAZY PRICES-Supermarkt errichtet wurde.

Die Main Street schaut also aus, wie sie in den letzten fünfundzwanzig Jahren ausgesehen hat, genau wie der Diamond, dem wir uns gerade nähern. Die Bänke um ihn herum wurden möglicherweise frisch gestrichen, was einem Außenstehenden erklären könnte, warum niemand darauf sitzt, wobei die Wahrheit allerdings die ist, dass das nie jemand tut, zumindest niemand in Mitchellstown oder in einem anderen vergleichbaren Ort in Nordirland. Man tut es nicht. Man setzt sich nicht einfach an einen Diamond, als wäre der eine Art Piazza. Das ist er nicht und wird es wahrscheinlich auch nie sein. Das Ortszentrum, das in einem anderen Land das Herz der Stadt wäre, ist hier ein Niemandsland, ein Vakuum. Eine Idee. Ein Etwas, das von beiden Fraktionen reklamiert wird, von Protestanten und Katholiken, nicht, weil eine der beiden Gruppen es tatsächlich haben möchte, sondern weil jede denkt, die andere wollte es. »Futterneid« ist das treffende deutsche Wort dafür. Das, was eine Katze dazu bringt, auch dann noch weiter aus einer Schüssel zu fressen, wenn sie schon längst satt ist, nur weil eine andere Katze wartend um sie herumstreicht. Der Diamond ist es, um den herum die Musikkapellen marschieren, und zwar am 17. März, am 12. Juli, am 12. August, am 15. August, zuerst mit martialischen, dann mit triumphierenden Mienen. Man überquert ihn auf dem Weg zu einer anderen Straße, oder man stellt sich an eine Ecke und schaut hinüber zu den Leuten, die an der gegenüberliegenden Ecke stehen. Man lungert aber keinesfalls in der Mitte herum.

Ich erinnere mich, wie meine beiden Töchter Lena und Toni, vor fünfzehn Jahren in den Ferien hier auf Besuch, völlig harmlos dort saßen und Eis aßen, und ihre kleinen Beine schwangen unaufhörlich vor und wieder zurück unter die Bank wie eine Art Perpetuum mobile, wie das Kinder eben so machen. Zuerst schwangen sie im Gleichtakt, alle vier Beine vollendet synchron, als wären sie ein einziges. Dann hielt Lena inne, und Sekunden später auch Toni. Dann fingen Lenas Beine wieder an zu schwingen, dieses Mal abwechselnd, und schon schwangen Tonis ebenfalls los, auf die gleiche Weise, tick-tock, tick-tock. Meine Frau und ich beobachteten die beiden von der Tür meines Elternhauses aus, und sie sah mich an und lächelte, und eigentlich hätten wir uns an diesem seltenen Augenblick ehelicher Verbundenheit erfreuen sollen, aber ich konnte einfach nicht umhin, mir den Kopf darüber zu zerbrechen, was wohl die Nachbarn dächten, und mir zu überlegen, wie ich die Kinder von dort wegbekomme und wie ich das erklären soll, wohl wissend, dass meine Frau es nicht verstehen würde, was sie dann auch nicht tat.

Matt und ich umkurven den Diamond, bis wir wieder an der Einfahrt zur Main Street sind, und parken vor unserem Anwesen, einem L-förmigen Gebäude mit dem längeren Teil in der Main Street und dem kürzeren zum Diamond hin. Es ist das einzige Haus, das höher als zwei Stockwerke ist, vormals *Dalzell's Emporium*, jetzt vermietet und neu benannt als NORTH-WEST ELECTRONICS. Matt fährt an den Rand und lässt mich aussteigen. Er sei seit zwei Tagen nicht mehr daheim gewesen, hat er mir erzählt, er wolle später nachkommen.

Ich bin erleichtert, bis zum Arbeitszimmer gelangt zu sein, ohne jemandem zu begegnen. Die Jalousie ist heruntergezogen, und im Halbdunkel sehe ich meinen Vater in dem offenen Sarg liegen, der drüben beim Kamin auf zwei Auflagerböcken ruht. Es freut mich, dass sich jemand um seine Kleidung gekümmert hat. Er macht einen gepflegten Eindruck wie immer, hat einen grauen, gestreiften Anzug an, ein weißes Hemd und eine Paisley-Krawatte, und im Knopfloch steckt eine Rose. Ihm hätte das gefallen. Mit seiner Kleidung ist er immer sehr eigen gewesen; seine Anzüge pflegte er eigenhändig feucht abzuwischen und zu bügeln. Etwas fehlt jedoch, es ist sein Lächeln; zumindest eine Andeutung davon umspielte immer seine Lippen, ganz hinten in den Mundwinkeln, sogar, wenn man ihn bei einem Nickerchen überraschte, das er sich in letzter Zeit immer häufiger gönnte. Eines der Dinge, für die ihn die Leute mochten. Er liegt so reglos da, dass er eine der Anziehpuppen sein könnte, die im Lager umherlagen und darauf warteten, bekleidet und ins Schaufenster gestellt zu werden. Wenn ich an meinen Vater denke, sind es seine Bewegungen, die mir als Erstes einfallen, so ökonomisch, so exakt, aber immer mit einem gewissen Stil. Beim Anstecken der Manschettenknöpfe. Beim Ausrollen eines Stoffballens oder beim Zusammenlegen und -heften eines Hemdes. Beim Golfspielen. Als Dirigent imaginärer Orchester beim Abspielen einer Schallplatte. Er war ein kleiner, wohlgestalter Mann mit schönen, manikürten Händen. Ein Haar bewegt sich im Luftzug des offenen Fensters und erschreckt mich. Seit ich mich erinnern kann, hatte er weiße Haare, und schon Jahre, bevor es in Mode kam, trug er sie im Nacken lang.

»Der Chef«, haben ihn die Mädchen immer genannt. Sie hatten Achtung vor ihm, und ich auch. Die hatte ich immer vor ihm und habe sie auch heute noch. Ich kannte ihn nur nicht besonders gut. All die nie geführten Gespräche, all die nie gestellten Fragen.

*Hättest du den Familienbetrieb auch dann übernommen, wenn du eine Wahl gehabt hättest?*

*Hast du ein glückliches Leben geführt? Oder hast du feststellen müssen, dass sich ein Unbehagen in dein Leben gefressen hat wie ein Schaufelradbagger im Tagebau?*

*Muss das Leben in der zweiten Hälfte ständig immer schneller und enger verlaufen, als würde es dem Hals eines Trichters zustreben?*

*Hättest du so gehandelt, wie ich gehandelt habe, wenn du dich in meiner Lage befunden hättest?*

Solche Sachen eben, Gepäckstücke, zurückgelassen in irgendeinem alten, verstaubten Dienstzimmer eines riesigen Bahnhofs auf irgendeiner Zwischenstation während einer langen Reise, und dann vergessen.

# 27

»Da wäre noch eine Kleinigkeit, John«, sagt Neil und legt seine Hand auf meinen Oberarm. »Ein kleines Problemchen wegen der Lifts morgen. Vielleicht kannst ja du Matt zur Vernunft bringen.« Zwar hat er die Stimme gesenkt, aber sie klingt noch immer wie die eines quiekenden Ferkels.

»Das wär mal was ganz Neues«, sage ich. »Normalerweise ist er es, der versucht, mich zur Vernunft zu bringen. Was ist das Problem?« Neil Lamont, Onkel Neil, klein und dick, Fettbeulen beiderseits des Mundes, die hart wie Nüsse aussehen und sein scharfzahniges Lächeln in Schach halten, als wäre es ein gefährliches Tier. Seine Stirn ist von der Anstrengung, Mitgefühl zu verbreiten, in Falten gelegt. Er ist mit Maggie, der Cousine meines Vaters von den Wäsche-Dalzells, jene mit dem Geld, verheiratet, die sich alle droben im Wohnzimmer versammelt haben und die alle auf den ersten Blick ein wenig schief und gealtert aussehen, wie Nägel, die ein paar schlecht gezielte Schläge abbekamen, aber auf den zweiten sehen sie genauso aus wie immer.

»Er hat Seamus Cassidy und mich für denselben Lift eingeteilt«, sagt er mir. »Das geht ja nun wirklich nicht. Nach allem, was passiert ist. Der Sinn Feiner sollte überhaupt nicht dabei sein. Du redest mal ein Wörtchen mit Matt, ja? Deiner Mum gefällt das auch nicht.«

»Ach, komm schon, Neil, da würde ich mir jetzt keinen Kopf machen. Das hier ist eine Beerdigung, nicht der St. Patrick's Day. Seamus wird schon nicht anfangen, ein Vereinigtes Irland auszurufen oder so was.«

Er lässt meinen Arm los. »Na schön, John. Ich verstehe. Tu, was du für richtig hältst. Du bist ja bestimmt eine Menge klüger als der Rest von uns, mit deiner ganzen Auslandserfahrung.« Er schenkt mir ein kurzes, kaltes Grinsen.

»Ich geh mal besser nach Mum schauen«, sage ich.

Wieder die Treppe hinunter, und jetzt lasse ich mir Zeit. Der Holzschnitt mit Dürers *Betenden Händen*, den ich an Weihnachten mit heimbrachte, hängt noch immer an der Wand, und ich bleibe stehen und betrachte ihn. Ich nehme ihn ab und drehe ihn um. *Frohe Weihnachten 1973* steht auf der Rückseite. Meiner Mutter hat er sofort gefallen, genau, wie Teresa es vorausgesagt hatte.

Eine Frau kommt aus dem vorderen Zimmer, geht zur Haustür und dreht sich um, als sie mich hört. »Ist das John?«

»Ganz recht.« Ich steige die Stufen hinab und versuche herauszufinden, wer sie ist. Im Alter meiner Mutter, mehr oder weniger, ein von Sorgen gezeichnetes, freundliches Gesicht.

»Das ist ein trauriger Anlass, John, der dich nach Hause bringt«, sagt sie und streckt mir ihre Hand entgegen. »Du wirst dich nicht an mich erinnern. Mrs. Cassidy.«

O Gott. »Das ist es in der Tat, Mrs. Cassidy.« Wir schütteln uns die Hände.

»Ist das nicht seltsam?«, sagt sie und deutet auf den Dürer, den ich noch in der Hand halte. »Ich habe genau das gleiche Exemplar.«

Ich weiß.

»Dein Vater war ein feiner Mensch. Einer der Besten.«

»Danke.«

»Wie alt wurde er denn?«

»Dreiundachtzig.«

»Wenigstens hatte er einen schönen langen Lebensabend.«

Ob sie an Malachy denkt, für den das nicht gilt? Ich erforsche ihre Miene, kann dort aber keinerlei Groll entdecken.

»Du bist drüben in Deutschland, stimmt's? Unsere Teresa hat dort fast ein Jahr lang gelebt, und ihr hat es gut gefallen. Habt ihr euch gekannt?«

Sie weiß von nichts. »Wir sind früher im selben Schulbus gefahren«, sage ich. »Wie geht es ihr?«

Sie schüttelt den Kopf. Ihr Gesicht ist eines von diesen sanften, anmutigen Gesichtern, alt, doch vom weichen irischen Licht umschmeichelt. »Oh, dauernd beschäftigt. Besonders jetzt. Hast du bestimmt schon gehört. Sie hat sogar ihren eigenen Fahrer. Sie kommt morgen.« Teresas Name tauchte Ende der Siebziger zum ersten Mal im Zusammenhang mit der Women's Peace Movement auf, danach galt sie als einer der klügsten Köpfe der SDLP, schloss sich dem Women's Forum an und errang einen Sitz in der Northern Ireland Assembly, wo sie Ministerin für Kultur wurde und sich gleichzeitig mit Gälisch und Schottisch, mit Sean-nós-Sängern und Dudelsackkapellen, mit Seamus Heaney und James Simmons befassen musste. Das Seltsame dabei ist, dass sie offensichtlich von allen gemocht wird. Morgen kommt sie also. Ich verfolge ihre Karriere im Internet, wo sie meine nicht verfolgen kann, selbst wenn sie es wollte – ihre Reden, ihre Abstecher in die USA, die Auszeichnungen, die sie erhält.

»Wie läuft's denn so in Deutschland?«

»Gut, gut.«

»Da wirst du wohl kaum hierher zurückkehren.«

»Nein.«

»Sei froh, dass du mit dem ganzen Zeug hier nichts mehr zu tun hast. Ich habe Teresa damals das Gleiche gesagt, aber da konnte man nicht mit ihr reden. Jetzt solltest du besser mal nach deiner Mutter schauen.«

Durch die Scheibe der Innentür sehe ich ihr nach, wie sie um die Ecke biegt, und versuche mich zu erinnern, wann ich sie das letzte Mal gesehen hatte, und dann weiß ich es wieder. Es war 1971. Zwei Jahre, bevor Teresa und ich uns in Deutschland trafen. Der Tag meines Deutschabiturs, der einzige Tag in meinem ganzen Leben in Mitchellstown, an dem ich in der Lage war, mit Teresa zu plaudern. Mrs. Cassidy wartete am Diamond im Auto auf Teresa, zusammen mit Seamus und Malachy, die wie grimmige Terrier dreinschauten. Ich konnte es mir nicht verkneifen, ihr ein »Auf Wiedersehen« nachzurufen, was mir finstere Blicke durch die Autofenster eintrug. Seitdem habe ich Mrs. Cassidy nicht mehr gesehen.

»John. Gott sei Dank, dass du da bist.« Meine Mutter erscheint im Flur; eine elegante, sorgfältig geschminkte Frau in den Siebzigern, größer als mein Vater, die Haare kurz und glatt und leicht rötlich getönt. Die Haltung aufrecht wie eh und je, trotzt sie der Krümmung ihres Rückens, indem sie ihre Schultern zurücknimmt. Ich würde sie ja umarmen, aber sie trägt gerade ein klirrendes Tablett mit vollen Teetassen, die Milch bereits hinzugegeben, und hält den Blick fest auf die gekräuselten braunen Kreise gerichtet, weshalb ich aus Verlegenheit ihr knochiges Handgelenk umfasse.

»Wie geht's dir, Mum?«

»Och, geht schon«, sagt sie. »Ob du mir mal die Tür aufmachst?« Sie nickt zum Esszimmer hin. »Ich komm gleich wieder raus.«

Ich halte ihr die Tür auf, gedämpftes Gemurmel dringt in den Flur, eine weitere Ansammlung von Menschen, die zu uns herschauen, mir unbekannte Gesichter; meine Mutter schlüpft hinein, lehnt sich auf die altvertraute Weise zurück und drückt die Tür hinter sich zu. Ich stehe alleingelassen im Flur des Hauses, in dem ich aufwuchs, wie ein Gast, der darauf wartet, vorgelassen zu werden.

Ich gehe nach hinten zur Küche. Und dort sind sie, die Mayberrys, um den uralten, gusseisernen Rayburn-Herd versammelt, Mums Verwandtschaft von jenseits der Brücke. Sie kommen vom anderen Ufer des Raine, also aus North Antrim, ausnahmslos Ian-Paisley-Wähler. Meine Mutter hat mir schon seit Langem verboten, mit ihnen über Politik zu diskutieren.

Es ist das Gleiche wie oben: Zuerst sehen sie alle älter aus, dann wie immer.

»Hallo, alle zusammen.«

Sie übermitteln ihr Beileid in ihrem Bannside-Dialekt mit all den Knacklauten und zerdehnten Vokalen, so wie meine Mutter spricht, wenn sie mit ihnen zusammen ist, wenn sie keine Fassade aufrechterhalten muss. »Was für ein trauriger Anlass.« Ivan Mayberry, Mums Bruder, sieht aus wie in den Anzug genäht, die Arme seiner stämmigen Frau Lettie hängen leicht abgewinkelt herab, als warteten sie auf die nächste Last, die hochgehoben werden muss, Wäsche, Teig, ein Kalb.

»Keinen bessern Mann gibt's nicht.« Ihr Sohn William, ein oder zwei Jahre älter als ich, der die Farm übernommen hat, seine Frau Sadie. Es gab eine Zeit, da bin ich jeden Samstag mit dem Rad zur Mayberry-Farm gefahren, um mit William zu spielen, der damals ein ziemlicher Spinner war: verrückte Spiele wie Katzen werfen, bloß um zu sehen, wie sie auf den Pfoten landeten, oder in der Scheune Mäuse schießen mit Williams Luftgewehr, oder herausfinden, wer von den Strohballen aus am weitesten springen konnte; einmal sprang er über das ganze lose Stroh hinweg und landete mit dem Rücken auf dem harten Beton, bekam eine halbe Ewigkeit lang keine Luft mehr, lag nach Luft schnappend da wie ein gestrandeter Schweinswal. Ein anderes Spiel bestand darin, den Karren zu nehmen, mit dem die Milchkannen den steilen Pfad hinauf an den Straßenrand geschafft wurden, ihn dort oben anzuschieben, aufzuspringen und bergab zu donnern. Das endete eines Tages damit, dass wir unglaublich Fahrt aufnahmen und am unteren Ende des Wegs quer über die Straße schossen, durch das offene Gatter auf der anderen Seite hindurch, den Bootsslip hinunter und in den Raine.

»Wie geht es Sybil?«, frage ich. Sybil ist die Tochter von William und Sadie, die als Fachärztin für Chirurgie in England lebt und smarter und intelligenter ist als alles, was die Dalzells je hervorbrachten, dazu blond, gutaussehend und kompetent. Sie besuchte die Queen's University in Belfast, ging dann nach England, erfand sich neu und spricht jetzt jenes Englisch, das man früher bei der BBC hören konnte. Inge, die Kinder und ich hatten sie und ihren Mann, einen Rechtsanwalt, einmal auf dem Rückweg von Irland in York besucht. Nie im Leben wäre man darauf gekommen, dass sie aus Aghadowey stammt.

»Sie konnte nicht von der Klinik weg«, sagt Ivan.

»Wisst ihr, wen sie neulich unterm Messer hatte?«, fragt Lettie, und schon beginnen ihre Augen wieder zu blitzen. »Die Herzogin von Kent. Das war doch die, oder, William?«

»Nichts da. Die andere war's. Die vom Fernsehen. Die Angela Rippon.«


Wir unterhalten uns über Sibyl und Deutschland und den Raine und Mitchellstown und meinen Vater, und draußen wird es dunkel. Nach einer Weile schaut meine Mutter herein. »Endlich geht's ein bisschen ruhiger zu«, sagt sie. »Warum gehen wir nicht alle hinauf?«

*Warum kommen die nicht alle herunter?* Ich gehe nicht wieder hinauf, aber die gutmütigen Mayberrys stehen auf und steigen einer nach dem anderen die Treppe hoch. Genau so ist es schon immer gewesen: Meine Mutter fügt sich allen Dalzells, nur bei meinem Vater hat sie es nicht getan. Sie hat in den Vierzigerjahren in unserem Geschäft als Verkäuferin angefangen, als mein Vater im Krieg war und mein Großvater das Sagen hatte. Er war einer von den Draperie-Dalzells – nicht von den Wäsche-Dalzells –, die draußen auf dem Land in dem Gebäude wohnten, das das Haupthaus genannt wurde. Beide Unternehmen waren Ende des neunzehnten Jahrhunderts von meinem Urgroßvater gegründet worden, das eine als Verkaufsstelle für das andere. Die Dalzells haben sich immer als etwas Besseres gesehen und hatten nicht die geringsten Hemmungen, das ein kleines Ladenmädchen von einem Bauernhof jenseits der Brücke auch spüren zu lassen. Folgerichtig hat sich meine Mutter ihr Leben lang angestrengt, den Dalzells nicht den kleinsten Grund zur Kritik zu liefern, was ihr auch rundum gelungen ist, von mir abgesehen. Sie ist die perfekte Haushälterin gewesen, sie brachte den Sohn zur Welt und zog ihn groß, damit er eines Tages das Geschäft übernimmt, das sie persönlich durch schwierige Zeiten steuerte. Nach der Bombe ist sie es gewesen, die die Aussichtslosigkeit erkannte, alles wieder aufbauen zu wollen und dann weiterzumachen wie früher. Sie riet Matt, mit der staatlichen Entschädigung eine Produktion textiler Wandbekleidungen aufzubauen, und organisierte die fehlende Finanzierung für ihn. Sie überredete Dad, die Räumlichkeiten zu vermieten, und eröffnete selbst einen neuen, kleineren Laden in Ballyraine, in dem sie deutsche, französische und italienische Damenmoden verkaufte. Es war *die* Erfolgsgeschichte der ganzen Region; als überall die traditionellen Draperien und Stoffgeschäfte zumachten und von englischen Ladenketten aus dem Markt gedrückt wurden, hatte sie Filialen in drei anderen Städten.

Bei alldem gab es für Dad keine Verwendung. Ich glaube nicht, dass er sich selbst jemals in einer anderen Position gesehen hatte, als »der Chef« in dem Geschäft zu sein, das seine Vorfahren gegründet hatten. Er verbrachte nun seine Zeit im Arbeitszimmer, wie wir es hochtrabend bezeichneten, obwohl darin herzlich wenig Arbeit verrichtet wurde. Angeblich schrieb er an einer Geschichte von Mitchellstown. Eines Tages, als ich wieder einmal in Irland war und nach einem Buch suchte, fand ich ihn dort vor, wie er leeren Blickes zum Fenster hinaussah, genau so wie ich, als ich zwanzig Jahre zuvor angeblich an meinen Hausaufgaben gesessen hatte.

Ich höre, wie sich oben die Wohnzimmertür schließt, nachdem der letzte der Mayberrys eingetreten ist. Womit vertreibe ich mir jetzt die Zeit? Liebend gern würde ich auf ein Bier in die Kneipe gehen, was meiner Mutter jedoch nicht gefallen würde. In den ersten Jahren versuchte ich immer, wenn ich aus Deutschland heimkam, die Pubs in Mitchellstown in der gleichen Weise aufzusuchen, wie ich das mit den Wirtshäusern in Burgbernbach tat – zum Entsetzen meiner Mutter. Aber leider gab es ja katholische Pubs und protestantische Pubs. Letztere waren sehr schlicht, verzichteten auf so frivole Einrichtungsgegenstände wie Spiegel oder antik aussehende Uhren, die geeignet gewesen wären, den Gast davon abzulenken, dass er dem Teufel Alkohol verfallen war. Ein presbyterianisches Pub ist ein Widerspruch in sich.

Sobald ich ein katholisches Pub betrat, erstarb meist früher oder später die Unterhaltung.

Für meine Mutter machte es keinen Unterschied, in welche Pubs ich ging. Sie waren allesamt Vorhöfe der Hölle.

Dann also kein Bier. Ich spaziere ins vordere Zimmer mit der Absicht, den Fernseher einzuschalten, und da sitzt zu meiner Überraschung Tilly Burnside ganz allein auf einem Sessel, »wie bestellt und nicht abgeholt«, wie das in Deutschland heißt. Sie scheint noch kleiner geworden zu sein, seit ich sie zuletzt gesehen habe, ihre Füße baumeln in der Luft.

»Wie geht es dir, Tilly? Weiß überhaupt jemand, dass du hier bist?«

Sie wendet ruckartig den Kopf wie ein kleiner Vogel, ihre Brillengläser blinken. »Matt, nicht wahr?«

»John.«

»John. Deine Mutter war vorhin schon hier. Ich habe ihr gesagt, dass mir nichts fehlt. Ich warte nur auf den Jungen. Schreckliche Geschichte mit deinem Vater. Man wird ihn schmerzlich vermissen. Die Welt ist nicht mehr dieselbe ohne ihn. Ganz und gar nicht mehr dieselbe.«

Tilly, die unbestrittene Herrin über Tausende von Zwirnsrollen, Näh- und Stecknadelpäckchen, Gummi- und Stoffbänder, Litzen, Reiß- und anderen Verschlüsse, Haken und Knöpfe, alle fein säuberlich geordnet in den Reihen der Schubladen hinter ihr am rechten Ende des Ladentischs. Vermutlich hat sie meinen Vater schon zwanzig Jahre lang nicht mehr gesehen. Früher kamen Kunden von meilenweit her auf der Suche nach Tillys winzigen Kostbarkeiten. Natürlich hat sich das finanziell nicht ausgezahlt, aber mein Vater hätte ihr nie im Leben gekündigt. Und dann wurden sie beide durch die Bombe gekündigt.

»Andere Zeiten, Matt, andere Zeiten«, sagt sie. »Seit ich denken kann, gab es Dalzells am Diamond, und ich werde nächste Woche dreiundneunzig.«

»Aber wir sind doch noch immer da.«

»Och, deine Mutter wird wohl kaum ganz allein in diesem großen Haus bleiben.«

Darüber habe ich noch gar nicht nachgedacht, aber Tilly hat selbstverständlich recht. Wohin wird meine Mutter gehen? Hinaus zu Matt? Oder zurück zu ihrem Bruder jenseits der Brücke? Oder kauft oder baut sie sich was Neues? Wie es Neil Lamont auf dem Stück Land versucht hat, das er den Mayberrys abkaufte und das in der Familie »Neils Narretei« heißt. Die steht noch immer an der Stelle des alten Ringforts, das Neil mit dem Bulldozer einebnen ließ. Das Bauwerk wurde nie vollendet, und jetzt ist es eine triefende Ruine aus feuchtem, grauem Beton und ohne Dach, und grüner Moder kriecht vom Boden nach oben.

Es klingelt an der Haustür.

»Das wird wohl der Junge sein«, sagt Tilly.

Ich gehe an die Tür und lasse einen rothaarigen Mann ungefähr meines Alters ein. Eine Bierfahne kommt mit ihm hereingeweht. Er geht unverzüglich ins vordere Zimmer, schaut sich um, sieht, dass sonst niemand dort ist, will vor Erleichterung in die Hände klatschen, erinnert sich des Anlasses und reibt sie stattdessen.

»Tut mir leid, dass wir euch Umstände gemacht haben«, sagt er. »Ich hoffe, Oma hat sich ordentlich benommen.«

»Wie eine Eins«, sage ich.

Er hilft ihr aus dem Sessel.

Ich begleite die beiden zur Tür.

»Du bist doch der, der fortgegangen ist«, sagt sie. »Wohin bist du gleich wieder gegangen?«

»Nach Deutschland.«

»Ah ja. Tut ihnen der Krieg inzwischen leid?«

»Manchen schon.«

»Na ja. Das wird uns wohl reichen müssen, oder?«, sagt sie und wackelt hinaus in die Nacht.

Ich durchquere die Küche auf dem Weg in die Speisekammer. Platten mit Sandwiches, Torten und Küchlein stehen herum, ein Topf mit Suppe köchelt auf dem Herd vor sich hin, und ein riesiger gelber Heißwasserbereiter blubbert in einer Ecke. In der Spüle liegen schmutzige Tassen und Teller, und ich binde mir eine Schürze um, die neben dem Becken hängt, und will abspülen. Damit ich etwas anderes sehe als nur das schwarze Rechteck des Fensters, schalte ich das Hoflicht ein, und augenblicklich hat eine Varietétruppe von Katzen ihren Auftritt auf dem Beton des Hinterhofs. Sie alle lieben meine Mum abgöttisch, und sie füttert sie und schmust mit ihnen mit der allergrößten Hingabe.

Über seine eigene Ehe weiß man ja sowieso höchstens nur zur Hälfte Bescheid, und die Ehen anderer Leute bleiben uns ein Rätsel, und am unerklärlichsten von allen ist uns die Ehe unserer Eltern. Ich stelle mir vor, wie meine Mutter in den vierziger Jahren ihre Stelle als Ladenmädchen antritt, wie mein Vater, elf Jahre älter als sie, aus dem Krieg nach Hause kommt. Ich versuche mir vorzustellen, wie sie hinter dem Rücken von Opa Dalzell miteinander flirten, und es gelingt mir nicht. Was in Gottes Namen haben sie bloß in jenen Tagen in Mitchellstown gemacht? Dad hatte noch nicht mal ein Auto.

Die Haustür geht auf und wieder zu, ich drehe mich um und sehe Matt den Flur entlangkommen. Mit einer geübten Handbewegung lässt er, etwa auf halber Strecke, seinen Schlüssel in einen Aschenbecher auf dem Tischchen fallen und kommt unter der Küchentür zum Stehen. »Die Schürze da, wenn's dir nichts ausmacht. Das ist Dads.« Seine Miene ist die gleiche wie heute Nachmittag, als er mich in meinen Jeans am Gepäckband sah.

»Sorry.« Ich lege sie ab.

»Wie läuft's?«

»Okay.«

»Wo sind denn alle?«

»Oben.«

»Mum ist klasse, oder?«

»Yeah.«

Er nimmt sich ein Stück Gebäck und lehnt sich an die Küchenwand. »Erinnerst du dich noch an die Abendgesellschaften, die Mum und Dad immer gegeben haben?«, fragt er. »Du und ich in der Küche, und alle anderen im vorderen Zimmer.«

»Yeah. Und wir beide haben serviert, und alle sagten dann: ›Was sind das doch für brave Buben!‹«

»Du hast das gehasst.«

»Stimmt. Aber das Essen hat mir geschmeckt. Wir haben immer das Gleiche bekommen wie die Erwachsenen.«

»Mum hat diese Einladungen auch immer gehasst. Besonders wenn die Damen nach oben gehen und dort auf die Männer warten mussten, bis die ihre Zigarren geraucht und ihren Brandy getrunken hatten, um sich erst dann zu ihnen zu gesellen, und dauernd haben sie über das geredet, was in Mitchellstown alles los war. Mum sagte immer, die wollten ständig nur über Abwesende reden, und das hat sie gehasst.«

Zu mir hat sie das nie gesagt.

»Erinnerst du dich, wie wir immer schon Tage vorher Mum bestürmt haben, dass sie Schoko-Eclairs macht?«, fährt Matt fort. »Und dann hat sie immer behauptet, sie könne doch nicht jedes Mal den gleichen Nachtisch machen. Aber meistens hat sie sie doch gemacht. Bloß für uns.«

Zwar kann ich mich daran ganz und gar nicht erinnern, aber weil ich die Stimmung nicht verderben will, sage ich, dass ich mich entsinne. Matt nickt und verspeist sein Küchlein. Ich überlege, ihn zu fragen, ob wir nicht auf eine Halbe ins Pub gehen sollten, verwerfe die Idee aber gleich wieder. Wenn man ihn so sieht, möchte man nicht glauben, dass Matt nach Janes Tod ein paar Jahre lang ein Alkoholproblem hatte; im Klartext: Eine Zeit lang hat er regelmäßig bis zum Umfallen gesoffen, hat in einem der Pubs hier anschreiben lassen, bis unsere Mutter gezwungen war, hinzugehen und seine Schulden zu begleichen. Es muss beschämend für sie gewesen sein, zumal unser Vater davon nichts wissen durfte. Ich war zu der Zeit nicht da gewesen und erfuhr das erst vor zwei Jahren von Matt selbst. Ich glaube, dass meine Mutter mir die Schuld dafür gibt, weil er zum ersten Mal betrunken war, als ich ihn damals an Weihnachten 1973 mit ins Pub nahm. Jedenfalls geht er jetzt nicht mehr in die Kneipe, aber er trinkt ab und zu ein Glas Wein.

»Denkst du nie daran, wieder zurückzukommen?«, fragt er.

»Eigentlich nicht.«

»Wie geht's den Kindern?«

»Ich sehe sie nicht so oft, wie ich es gern täte«, sage ich. Beide haben sie Matt gemocht. Wenn wir kamen, haben wir immer bei ihm auf der Farm gewohnt, und er genoss die Rolle des Onkels, der sie zu den Kühen auf die Weide mitnahm und mit ihnen zum Raine hinunterspazierte.

Plötzlich steigt der Geräuschpegel, auf der Treppe wird gequiekt, gewiehert und gemeckert. Matt macht keine Anstalten, sich zu der Gruppe zu begeben, also tu ich es auch nicht. Geballtes Durcheinandergeplauder am Fuß der Treppe, Verabschiedungen, das Geräusch der sich schließenden Haustür und die Schritte unserer Mutter im Flur.

»Da seid ihr ja«, sagt sie. »Das waren die Letzten. Jedenfalls für heute. Ist noch Tee da?«

Ich schenke ihr eine Tasse ein.

Sie nimmt einen Schluck und sieht zum Fenster hinaus. »Och, schaut euch die armen Viecher an.«

»Ich habe mit dem Pfarrer gesprochen«, sagt Matt. »Ich habe mein Bestes getan, um ihn davon abzuhalten, dass er aus der Trauerandacht einen Erweckungsgottesdienst macht. Er sagt, er werde unsere Einwände berücksichtigen, aber die Leute hätten ein Recht auf die Heilige Schrift.«

»Du meine Güte«, sagt meine Mutter.

»Ich denke, er kriegt das schon hin«, sagt Matt. »Ich muss jetzt jedenfalls weiter. Ich habe versprochen, dass ich gleich wieder zurück bin. Alles so weit in Ordnung bei dir?«

Sie setzt ihre Tasse ab, geht zu ihm hinüber, und er umarmt sie unbefangen.

»Bis morgen früh«, sagt er. »Alles wird gut. John ist ja da.«

Sie lösen sich voneinander, er schreitet schnell den Flur entlang, steckt seinen Schlüssel ein. Die Tür geht auf und zu, und die äußere Tür wird kratzend geschlossen.

Wem hat Matt versprochen, dass er gleich wieder zurück sei?

»Wie geht's dir, Mum?«

»Im Moment ganz gut. Es gibt so vieles, was getan werden muss und was ich vergesse. Ab und zu denke ich mir, da sind all diese Leute im Haus, und warum ist William mir nicht behilflich? Wahrscheinlich ist er schon wieder vor dem Kamin eingeschlafen. Und dann fällt's mir ein …« Jetzt fängt sie an zu weinen, aber als ich mich anschicke, sie zu trösten, sagt sie: »Ist schon gut, John. Ist gleich wieder vorbei. Ich habe vergessen zu fragen – wie lange bleibst du?«

»Ich muss morgen Abend wieder fort. Es tut mir leid, aber so kurzfristig konnte ich keinen anderen Flug kriegen. Und außerdem ist da noch mein Geschäft. Ich könnte ja versuchen, im Sommer wiederzukommen.«

»Ich habe schon überlegt, ob ich vielleicht nach Deutschland komme.«

»Das wäre prima. Du und Matt?«

»Matt hat zurzeit anderes im Kopf. Hat er dir nichts gesagt?«

»Nein. Was?«

»Oh. Das soll er dir lieber selbst sagen.«

»Ist Matt, ist er noch immer, noch immer …«

»Noch immer was?«

»Nichts.«

»Du meinst ›bekehrt‹?«

»Ja.«

»Ich weiß es nicht. Es ist nicht so, wie du denkst, John. Es ist nicht so, dass Matt und ich gegen dich wären. Matt geht seine eigenen Wege.«

»Viele Grüße von Inge, und besonders von den Kindern. Sie will mal anrufen.«

»Das ist nett von ihr. Wie geht es ihnen?«

»Gut, soweit ich weiß.«

»Es hat sich nichts zum Besseren verändert?«

»Nein.«

»Ist sie … Hat sie einen …?«

»Einen Freund? Nicht, dass ich wüsste. Sie hatte mal einen. Aber das war nicht von Dauer.« Warum habe ich ihr das jetzt erzählt? Um selbst besser dazustehen, deshalb.

»O je, o je.«

Sie nippt an ihrem Tee. Ich kann schon die nächste Frage hören, aber sie kommt nicht. Vielleicht fürchtet sie das, was ich antworten könnte. »Ich bin mir sicher, du tust dein Bestes, John«, ist alles, was sie sagt.

»Du überlegst dir wahrscheinlich, das Haus zu verkaufen und dir was Kleineres zu suchen.«

»Vorläufig nicht.«

»Was ist eigentlich aus Neil Lamonts Haus geworden? Das, das er vor Jahren anfing zu bauen.«

»Ach, das ist weiter nichts als eine Ruine. Er wird froh sein, wenn er's verkaufen kann, das ganze Stück Land. Es hat ihm kein bisschen Glück gebracht. Er hat zwar nichts dergleichen gesagt, aber ich glaube, finanziell geht es ihm nicht mehr so gut wie früher. Wie ich gehört habe, stand es schon mehrmals zum Verkauf, aber es gab keine Interessenten. Ich denke, die Nachbarn warten einfach darauf, dass der Preis sinkt.«

»Die Cassidys?«

»Ganz recht. Was ist so interessant daran?«

»Nichts.« Tiefer braucht man bei dem Thema nicht zu graben. Ich widme mich wieder dem Abwasch.

»Lass es bleiben. Ich mach das schon.«

»Ich bin doch fast fertig.«

»Dann geh ich jetzt zu Bett.«

»Wirst du schlafen können?«

»Der Arzt hat mir ein paar Schlaftabletten dagelassen.« Sie wirft mir ihren ganz speziellen Blick zu. »Ach, John.«

Ich weiß, was jetzt kommt, aber mir fällt nichts ein, womit ich es verhindern könnte.

»Dein Vater hat nie verstanden, warum du nach Deutschland fortgehen musstest. Warum du nie zurückgekommen bist und dein Examen gemacht hast. Warum du das alles aufgegeben hast. Warum du alles weggeworfen hast.«

Es ist eine Unterhaltung, die wir jedes Mal, wenn wir uns sehen, führen beziehungsweise eher nicht führen, weil an diesem Punkt mein Vater immer sagte: »Jetzt ist es aber genug, Lily, John weiß schon, was er tut.«

»Ich möchte kein anderes Leben«, sage ich und strecke abwehrend meine Hände nach vorne.

»Na gut. Bis morgen früh.«

»Dann gute Nacht.«

»Gute Nacht.«

Sie macht einen Rundgang durchs Haus, löscht Lichter und schließt Türen. Ich räume die letzten Teller auf und trockne mir die Hände ab. Ich schalte das Hoflicht aus und starre auf das schwarze Rechteck. In Wirklichkeit war es nicht etwa mein Vater, der nie verstand, warum ich nicht mehr zurückkam, sondern meine Mutter. Mein Vater wusste, warum ich nicht mehr zurückkehrte, um mein Examen zu machen. Er wusste es, sagte es aber nie meiner Mutter, sagte es überhaupt niemandem, dessen bin ich mir sicher. Einmal hat er aus Versehen ein Foto von mir und Teresa gesehen, als er mit Mum in Burgbernbach war. Ich hatte das Tablett mit dem Kaffeegeschirr auf den Tisch in meiner Dunkelkammer abgestellt, weil ich die Weihnachtsfotos jenes Jahres mit darauflegen und in den Garten tragen wollte, um sie ihnen zu zeigen. Als ich nach draußen kam, stand Inge mit Mum gerade am anderen Ende, wo sie das Wachstum der Sträucher begutachteten, und in dem Moment, da ich an den Kaffeetisch trat, löste sich etwas vom Boden des Tabletts und flatterte auf die Tischplatte hinunter. Mir war sofort klar, was es war, ich hatte mir am Vormittag alte Fotos angesehen; Inge kam nie in meine Dunkelkammer. Ich betete zu Gott, das Foto möge mit der Bildseite nach unten landen, sodass ich das Tablett abstellen und es konfiszieren konnte, bevor Dad es in die Finger bekam, aber er war flink wie immer. Er hob es auf, sagte: »Was haben wir denn da?«, betrachtete es, betrachtete es genauer, sagte: »Ich kenne sie. Teresa Cassidy, bei Gott. Und das ist drunten in diesem Gasthaus. Besser, deine Mutter sieht das nicht«, und damit gab er es mir zurück. Es war mein liebstes Foto, von Herbert im *Schwan* aufgenommen, Teresa und ich auf dem Gipfel unserer Liebe, wir beide so eng beieinander, dass ich nicht mehr wusste, wo mein Körper endete und ihrer begann, und eine Ahnung davon vermittelt auch dieses Bild, auf dem wir miteinander zu verschmelzen scheinen, die Haare leicht zerzaust, breitestes Kameralächeln, die Augen leuchtend und der Blick leicht derangiert, weil wir gerade einen epochalen Liebesmarathon hinter uns hatten.

Ich ging sofort zurück ins Haus und legte die Aufnahme in die Schachtel, wo sie hingehörte, und als ich wiederkam, verloren wir kein Wort mehr über die Sache, auch später nie.

## 28

Meine Mutter ist seit Tagesanbruch auf den Beinen, räumt auf, macht die Küche sauber, belegt Sandwiches, fährt sogar mit dem Staubsauger umher. Sie trägt einen Kittel und will sich später »etwas Anständiges« anziehen. Sie ist fest entschlossen, den Tag so gut wie möglich über die Bühne zu bringen, damit keiner irgendetwas auszusetzen hat oder sagen könnte, sie erweise meinem Vater nicht die gebührende Ehre.

»Soll ich mal schnell dein Hemd überbügeln, John?«

Ich erledige das selbst. Ich gehe mit einer Büchse Katzenfutter hinaus auf den Hinterhof, und sie kommen von den Dächern und Fässern heruntergeplumpst und flitzen als rotgelbe, schwarze, getigerte und miauende Knäuel auf mich zu. Märzwetter, der Wind fegt um den Hof, graue, knollige Wolken schubsen einander über einen blauen Himmel, Farben, die noch voller Optimismus sind.

Ich nehme Dads Auto und den Anhänger und fahre zur Second Mitchellstown Presbyterian Church, um Stühle für die Trauerandacht in unserem Haus zu holen. Die Kirche thront in der Mitte der Straßengabelung am anderen Ende der Stadt, wo man links nach Cullybackey kommt und rechts nach Ballymena. Ich stelle den Wagen draußen ab und gehe seitlich entlang zum Unterrichtsraum auf der Rückseite. Ich sperre die Tür mit dem Schlüssel auf, den mir meine Mutter gegeben hat, und trete ein. Ich bin seit mehr als dreißig Jahren nicht mehr hier gewesen, erinnere mich aber augenblicklich an den Geruch, eine Mischung aus den Öldämpfen des Heizofens drunten im Keller, dem Bohnerwachs auf den Bodenbrettern und Moder. Das hier ist der Ort, an dem wir Kinder uns immer zur Sonntagsschule trafen, frisch gebadet vom Abend vorher, die Haare gewaschen und ordentlich gekämmt, in Blazer oder Kleid. Die hölzernen Klappstühle stehen in Viererstapeln hinten an der Wand, die gleichen Stühle, auf denen wir an den Sonntagvormittagen vor dem Gottesdienst saßen.

Wir gingen etwa vom achten Lebensjahr an bis zum Abendmahl zur Sonntagsschule und waren vollwertige Mitglieder der Kirchengemeinde. Durch das Abfragen des Kleinen Katechismus wurden wir auf die großen Fragen des Lebens vorbereitet. Wir lernten die Antworten auswendig, die jedes Jahr vom Pfarrer aufs Neue abgefragt wurden.

*Worin besteht die letzte Bestimmung des Menschen?*

*Die letzte Bestimmung des Menschen besteht darin, Gott zu verherrlichen und ihm ein Wohlgefallen zu sein immerdar.*

Irgendwann im Frühling fand dann die Sonntagsschulparty statt, bei der man Buchgeschenke für erbrachte Leistungen bekam.

*Für John Dalzell in Anerkennung seiner Leistung bei der Katechismusabfrage.* Meistens »Observer«-Bücher. Über Autos und Flugzeuge, wenn man Glück hatte. Über Bäume und Sträucher, wenn man keines hatte.

Gegen Ende meiner Laufbahn in der Sonntagsschule verloren die Preise in dem Maße ihren Glanz, in dem die Pubertät die bis dato harmlosen Spiele wie »Der Bauer sucht eine Frau« mit neuer Bedeutung auflud. In jener Zeit versuchte ich, meine Haare lang wachsen zu lassen oder sie zumindest nach vorn zu kämmen. Ich besaß ein kratziges Paar Hüfthosen, Chelsea-Stiefeletten und einen Rollkragenpulli. Und auf die Sonntagsschulparty freute ich mich noch immer, allerdings jetzt aus dem

Grund, weil Sheena Torrence mit ihren Wangengrübchen da
sein würde.

*The farmer wants a wife, the farmer wants a wife,*
*Hey-ho, me daddy-o, the farmer wants a wife.*
*The wife wants a child, the wife wants a child,*
*Hey-ho, me daddy-o, the wife wants a child.*

Am Morgen jenes ereignisträchtigen Samstags ging ich die
Straße hinunter zum Friseur Quigg, um mir die Haare ein wenig nachschneiden zu lassen, wie ich mir vorstellte, bekam aber,
trotz meiner wütenden Proteste, einen extra kurzen Fassonschnitt verpasst. Als er fertig war, warf der Friseur abwehrend
die Hände in die Luft. »Ich kann nichts dafür, mein Junge«, sagte er. »Deine Mutter war heute Morgen da. Sie sagte, ich soll es
so machen. Sie hat bereits bezahlt.«

Ich ging nach Hause. Meine Mutter war in der Küche. Ich
sah, wie sie den Flur entlangschaute, als ich eintrat, und sich
dann wieder dem zuwandte, was auch immer sie gerade am
Küchentisch machte. Ich ging in mein Zimmer und zog mein
kratziges Paar Hüfthosen an, meine Chelsea-Stiefeletten und
meinen Rollkragenpullover. Ich kämmte das, was von meinen
Haaren übrig war, nach vorn und stellte mich vor den Garde-
robenspiegel. Ich sah aus wie der Dorfgimpel, den man gekid-
nappt und mit vorgehaltener Waffe zum Ausstaffieren in die
Carnaby Street geschleppt hatte. Matt kam ins Zimmer. »Wie
sieht das von hinten aus?«, fragte ich.

»Nicht allzu schlimm«, sagte er.

»Lügenbold, blöder.«

Zur Sonntagsschulparty ging ich nicht. Ich blieb in meinem
Zimmer. Ich redete beim Abendessen kein Wort mit meiner
Mutter. Ich ging am nächsten Morgen nicht zur Kirche. Ich
ging zum Zeitungsladen und kaufte mir die *Sunday Times*. Ich
erinnere mich, dass ich im vorderen Zimmer saß und in der

unheimlichen Stille die Zeitung las. Alle waren sie in der Kirche, und ich dachte, von jetzt an ist alles möglich. Jetzt beginnt mein neues Leben.

Was nun?

Ich lade die Stühle auf den Hänger und fahre zurück. Matts Wagen parkt vor dem Haus. Er ist bei unserer Mutter in der Küche. Er hat den heutigen *Newsletter* mitgebracht, und sie beugen sich gerade über den Tisch und lesen.

**DALZELL – 7. April, 2007, unerwartet, zu Hause, William, geliebter Ehemann von Lily, fürsorglicher Vater von John und Matt und Großvater von Toni und Lena. Andacht in seinem Haus heute (Freitag) um 14:00 Uhr, anschließend Begräbnis auf dem Friedhof von Mitchellstown. Spenden ggf. an die Mitchellstown Historic Society.**

**Bitte keine Kondolenzbesuche vor 11:00 Uhr.**
**Dein Großmut lässt uns ohne Not**
**Nach Deiner Gnade sehn,**
**als Kind, Erwachsner, Greis, im Tod**
**zu Dir nur wollen hin wir gehn.**

»Gute Idee mit diesem Kirchenlied«, sage ich. Es war Vaters liebstes.

»Das war Matts Idee«, sagt meine Mutter.

»Ist das mit Toni und Lena so in Ordnung?«, fragt er. »Es musste alles ein bisschen schnell gehen.«

»Aber ja.«

Nachdem wir die Stühle aufgestellt haben, fahren wir mit zwei Autos zum Friedhof und parken dort Matts Wagen, damit wir nach dem Begräbnis zurückfahren können. Bei unserer

Rückkehr füllt sich das Haus erneut mit Besuchern, die vom überfüllten Flur schon ins Wohnzimmer ausweichen müssen. Die Stimmung wird von der dunklen Kleidung diktiert, die alle tragen und ihren Bewegungen eine düstere, gravitätische Feierlichkeit verleiht. Während ich mich im ehemaligen Kinderzimmer umziehe, kommt Matt mit einem Zettel in der Hand herein. »John, könntest du mal runterkommen, wenn du fertig bist?« Ich kleide mich fertig an und finde Matt auf dem Treppenabsatz mit Neil Lamont. »Der erste Lift steht«, sagt er gerade zu Neil. »Wir müssen ihn kurz halten, weil Onkel Ivan nicht mehr der Jüngste ist, aber enttäuscht wäre, wenn wir ihn nicht dazunehmen würden. Der zweite macht mir ein paar Probleme. Im zweiten bist du, dazu Wallace, William Mayberry und Seamus Cassidy. Ist das okay?«

»Das geht nicht«, sagt Neil. »Das geht ganz und gar nicht. Das habe ich schon deiner Mutter gesagt. Ich will nicht in einem Lift zusammen mit einem Cassidy sein, nach allem, was geschehen ist, und ich bin erstaunt, dass du noch fragst.« Er wippt einmal auf den Fußballen. Ihn fotografieren zu müssen wäre mir ein Gräuel. Bei den Linien und Falten in seinem Gesicht gäbe es nichts mehr zu retuschieren; sie haben sich in seine knabenhaften Gesichtszüge eingegraben und sehen aus wie Risse in einem halbfertigen Haus, dessen Fertigstellung seit Jahren auf sich warten lässt, genau wie seine Ruine unten am Raine, aber nähme man die Risse heraus, sähe er bei Weitem zu jung aus.

Matt reibt sich den Unterkiefer und schielt auf seinen Zettel. »Also, wer kommt stattdessen rein?«

»Das sollte nicht allzu schwierig sein. Jeder, der kein Papist ist.«

»Ich spreche von dir. Seamus bleibt drin. Ich habe bereits mit ihm geredet, und er hätte nichts dagegen, mit dir in einem Lift zu sein.«

»Nun hör mal zu, Matt, es besteht doch überhaupt keine Notwendigkeit, jetzt eine solche Haltung einzunehmen.«

»Hör selber zu. Ich habe keine Zeit, jetzt irgendeine Haltung einzunehmen.« Matt steckt den Zettel ein und schaut auf seine Uhr. »Bist du mit dabei oder nicht? Mehr will ich nicht wissen.«

»Ist das dein letztes Wort?«

»Ja.«

»Habe ich wenigstens meinen Protest klar und deutlich zum Ausdruck gebracht?« Neils Stimme eignet sich nicht für tiefere Tonlagen und hört sich kieksig und brüchig an, als ob er dreizehn wäre.

»Voll und ganz.«

»Also gut.«

Das Haus ist jetzt gerammelt voll. Ich sitze im oberen Zimmer, jeder Sitzplatz ist belegt, die Leute drängeln sich auf der Treppe und bis hinaus auf die Straße. Ein Stuhl ist frei geworden, Neil Lamont ist aufgestanden, steht drüben bei den Erkerfenstern und flüstert auf einen Sitzenden ein, zweifellos wegen irgendwas Geschäftlichem. Auf dem Stuhl neben mir sitzt Seamus. Zuerst konnte ich ihn gar nicht richtig einordnen; so geht es mir mit vielen der Anwesenden. Er ist inzwischen fast kahl geworden und trägt einen grauen Schnurrbart. Dann fragt er aus dem Mundwinkel heraus: »Wie geht's dir, John?«, und ich sehe die blauen Augen, und auch der Rest seiner Gesichtszüge erscheint mir wieder vertraut. Er flüstert: »Das letzte Mal hab ich dich 1973 gesehen, als du an Weihnachten aus Deutschland herüberkamst. Wir dachten, du wärst ein Eindringling auf unserem Grundstück. Erinnerst du dich noch?«

»Aber klar doch.«

*Und das vorletzte Mal war es bei Janes Beerdigung. Jane, die durch die Bombe starb, die dein Bruder mit legte. Und das vorvorletzte Mal war es in meinem Ford Prefect, in der Nacht, als wir Wache schoben. War das Malachy damals in dem Cortina, Seamus? Fuhr er her, um mit dir zu reden, als ich ins Haus ging? Hat er dir gesagt, dass er am folgenden Tag mit der Bombe wiederkommen würde?*

Jahrelang habe ich über solche Sachen nachgedacht. Wie lange Teresa schon über Malachy Bescheid wusste. Was sie wusste. In meiner Erinnerung gibt es große Lücken hinsichtlich dessen, was direkt nach Malachys Tod geschah, doch weiß ich noch, dass ich ihr die Frage an diesem letzten Tag wieder und wieder stellte. »Das spielt jetzt keine Rolle mehr«, war alles, was sie zu sagen hatte. Aber für mich spielte es eine Rolle. Für mich spielte es die wichtigste Rolle überhaupt. Und ich erinnere mich noch an Teresas letzte Worte an mich. Wir saßen etwas später an jenem Abend einander am Küchentisch gegenüber, und hinter uns beiden lag ein Jahrhundert des Schweigens. Ich habe den Eindruck, dass wir auf etwas warteten, auf einen Krankenwagen, einen Anruf, aufs Tageslicht, auf Erlösung. Ich weiß nicht, worauf. Auf irgendetwas eben. Außer uns war niemand da. Ich weiß nicht, wohin all die Polizisten verschwunden waren, vielleicht waren sie alle noch draußen gewesen. Ich weiß nicht, ob wir unsere Aussagen da schon gemacht hatten oder erst danach.

»Es tut mir leid«, sagte ich.

»Dafür ist es zu spät«, sagte sie.

Dann hörten wir zwei Türen des Krankenwagens knallen und das Geräusch wegfahrender Autos.

»Und jetzt?«, fragte ich.

»Geh einfach.« Das waren ihre letzten Worte.

Ich weiß, dass ich danach das Haus verließ, aber ich weiß nicht, was ich mitnahm oder wie ich Waldbernbach verließ. Ich muss wohl einige Fotos mitgenommen haben; sie waren die einzigen, die überlebten. Ich erinnere mich, dass ich am nächsten

Tag in meinem alten Zimmer in Burgbernbach saß und wie ein Idiot darauf wartete, dass Teresa zu mir kommt, aber sie tat es nicht. Ich hörte später, dass die Geschichte im Fernsehen kam, aber in Burgbernbach tauchten keine Reporter auf, und nie hat jemand die Spur bis zu mir verfolgt. Ich weiß nicht, wo Teresa in den Tagen nach der Schießerei unterkam; als ich am Freitag in unsere Wohnung zurückkehrte, war sie schon leer, und der Ofen quoll über mit der Asche meiner Fotos. Das Einzige, was zurückgeblieben war, war meine Zulassungsarbeit beziehungsweise der fertiggestellte Teil davon. Teresa war nach Irland zur Beerdigung gereist. Ich dachte, sie käme vielleicht wieder, was nie geschah, und auch nach Bamberg kehrte sie nie zurück. Ich habe keine Ahnung, wie oder wann Malachys Leiche nach Irland gebracht wurde, und auch über die Beerdigung weiß ich nichts. Die Polizei tauchte zweimal auf und stellte noch ein paar Fragen, und das war's dann auch schon. Ein Detail blieb mir im Gedächtnis. Malachys Weg nach Deutschland hatte über Canterbury geführt. Ich vermutete, dass er bei Steve übernachtet hatte.

Ich erzählte Herbert und Toni, was geschehen war, aber sonst keinem.

Monatelang schrieb ich nicht an meine Eltern. Das einzig Gute war, dass diese Phase mit Matts Saufperiode zusammenfiel, wie ich später herausfand, und dass meine Mutter genug damit zu tun hatte, alles vor meinem Vater geheim zu halten und Matts Schulden zu bezahlen, die er im *Fountain* anschreiben ließ.

Jetzt wird es dunkel im Raum, eine jähe Regenbö klatscht gegen die Scheiben, und der Wind rüttelt an den Fensterrahmen. Danach wird es wieder heller. Ich sehe zu Matt hin; er schaut mich an und schürzt die Lippen. *Hoffen wir, dass das Wetter hält.* Der Pfarrer schaut zu meiner Mutter hinüber und wartet auf das

Zeichen zum Beginn. Sie setzt sich ans Klavier, streicht sich den Rock glatt, schlägt eine Seite des Gesangbuchs auf, setzt sich aufrecht. Als Matt und ich mit dem Klavierunterricht begannen, hat sie uns immer beim Üben über die Schulter geschaut, und wenn wir fertig waren, hat sie sich selbst hingesetzt und geübt. Während unsere Stücke immer kürzer ausfielen, wurden ihre immer länger. Nachdem wir ein paar Jahre später das Handtuch geworfen hatten, fing sie an, selbst Stunden zu nehmen. Jetzt ist ihr Können beachtlich, ihr Vortrag ist exakt und flüssig. Sie mag es zwar nicht, wenn man wegen ihres Klavierspiels viel Aufhebens macht oder wenn man sie dafür lobt, aber ich glaube, sie ist stolz darauf wie auf kaum etwas anderes. Ihr ist es schon immer schwergefallen, Komplimente anzunehmen.

Jemand hustet. Stille breitet sich im Haus aus.


Nach Teresas Weggang arbeitete ich in Vollzeit für Peter. Von seiner Seite gab es mir gegenüber nie ein böses Wort wegen des Todes seines Bruders. In dem Jahr bin ich nicht wieder an die Schule zurückgekehrt, womit ich meine Chancen auf eine Festanstellung unter Delius endgültig vergab. Ab 1977 ging ich fest mit Inge, 1979 heirateten wir, 1982 und 1985 kamen die Kinder. Etwa zu dieser Zeit hörte Toni als Lehrerin auf und wurde eine erfolgreiche frei schaffende Künstlerin. Sie starb vor zwei Jahren an Krebs. Peter starb Mitte der Achtziger an Leberzirrhose.

Herbert ist gesund und munter. Er heiratete, nicht Toni, sondern eine nette Lehrerin, deren Betreuungslehrer er eigentlich war. Was haben wir für Witze gerissen, Toni und ich: »Wie geht's denn mit der Betreuung voran, Herbert?« – »Gibst mal wieder Zusatzstunden, was?« Sie haben zwei Kinder. Inzwischen ist er Direktor eines Gymnasiums in Würzburg, und zwar ein beliebter. Er schrieb ein Buch über die Reichskristallnacht in Burgbernbach, das gute Kritiken erhielt, ausgenommen natürlich in

Burgbernbach. Er lässt immer wieder von sich hören, und obwohl meine Ehe mit Inge nicht hielt, ergriff er nie Partei.

Ich wohne noch immer in der Wohnung über dem Laden; sie hat jedoch nur wenig Ähnlichkeit mit der von vor dreißig Jahren. Als Inge einzog, bestand sie als Allererstes auf einer ordentlichen Toilette und einem Bad und heißem Wasser, und bis zu dem Zeitpunkt, zu dem sie mich verließ, war die Wohnung richtig komfortabel geworden.

Vor etwa zehn Jahren und kurz nach Inges Auszug stellte ich gerade ein paar neue Aufnahmen ins Schaufenster, als ich sah, wie draußen ein Auto mit englischem Kennzeichen anhielt. Das ist in Burgbernbach so ungewöhnlich, dass man schon genauer hinsieht, was ich von meiner Position hinter dem Ladentisch aus tat. Eine ältere Frau stieg aus, eine englische Dame der gehobenen Mittelschicht wie aus dem Bilderbuch, in einem hellgrünen Twinset und gefolgt von einem Mann in Kordhosen und einer Tweedjacke, den ich für ihren Ehemann hielt. Sie sah direkt zu meinem Geschäft her und musterte dann links und rechts die Fassade. Angesichts ihres Alters und des konsternierten Gesichtsausdrucks war es offenkundig, wer sie sein musste. Sie näherte sich zögernd, suchte weiterhin nach vertrauten Details an der Vorderfront des Hauses, der Ehemann hinterdrein.

»Grüß Gott«, sagte sie mit einem so englischen Akzent, dass man nie auf die Idee gekommen wäre, sie könnte einmal eine Deutsche gewesen sein.

»Bitte halten Sie mich nicht für anmaßend«, sagte ich, »aber ich weiß, wer Sie sind.«

Vermutlich war mein nordirischer Akzent das Letzte, was zu hören sie erwartet hatte, und ich weiß nicht, ob es daran lag oder an dem, was ich sagte, dass sie so verwirrt dreinsah und sich an den Hals fasste. Hastig schob ich nach: »Sie müssen jemand aus der Familie Goldmann sein, die vor dem Krieg hier wohnte. Es tut mir leid, ich wollte Sie nicht erschrecken oder verletzen, mich hat die ganze Sache einfach interessiert.« Ich stellte mich vor, während sie dastand und ungläubig den Kopf schüttelte und ihr Mann uns strengen Blickes aus dem Hintergrund beobachtete.

»Aber das kann unmöglich das Geschäft sein«, sagte sie. »Es war ja viel größer. Das kann nicht nur an meinen Kindheitserinnerungen liegen. Es gab zwei große, lange Ladentische.«

»Das hier ist nur die eine Hälfte des alten Geschäfts«, erklärte ich. »Man hat aus *Goldmann* zwei Läden gemacht.«

»Wer?«

»Der frühere Bürgermeister. Der Eigentümer.«

»Und wer ist jetzt der Eigentümer?«

»Ich.«

»Ich verstehe.«

»Sie können gern mit nach oben kommen«, sagte ich. »Da hat sich nicht viel verändert.«

Sie befanden sich gerade auf der Durchreise durch Deutschland auf dem Weg zu ihrem Haus in Italien, so wie jeden Sommer, und dieses Mal hatte sie den Bitten ihres Mannes nachgegeben, ihm das alte Wohnhaus der Familie zu zeigen. Sie hatte das abgelehnt, solange ihr Bruder noch am Leben gewesen war. Aber im Jahr zuvor war Alexander gestorben.

Ich führte sie ins vordere Zimmer, das jetzt als Wohnzimmer dient. Es war noch nicht allzu lange her, seit Inge und die Kinder ausgezogen waren, weshalb es darin einigermaßen ordentlich aussah.

»Die sind ja noch immer da«, sagte sie und zeigte ihrem Mann die Schrammen im Parkett. »Wissen Sie, wie die entstanden sind?«

»Ja«, sagte ich. »Durch den Flügel. Die SA-Leute haben ihn zum Fenster hinausgewuchtet, und die Schrammen entstanden durch die abgebrochenen Beine. Ich weiß einiges über das, was an jenem Abend geschah. Aber nicht alles.«

Sie stand auf und trat ans Fenster.

»Sehen Sie, das Gasthaus dort drüben hieß früher *Zum Roten Ochsen* ...«, sagte sie.

»So heißt es noch immer. Aber jetzt ist es ein griechisches Restaurant.«

»Dort haben sie sich immer getroffen. Die von der SA. Jeden Donnerstagabend haben wir ihre schrecklichen Gesänge gehört, und die Hitze ihres Hasses drang bis zu uns herüber. Sie haben stets die Fenster offen gelassen, mit Absicht, so kam es uns vor, damit wir ihre Zusammenkünfte mit anhören mussten, wie sie schrien und mit ihren Fäusten und Biergläsern auf die Tische schlugen. Und dann diese Lieder. Das Schlimmste davon war das, in dem es hieß ›Wenn's Judenblut vom Messer spritzt‹; das haben die immer richtig geschmettert. Man konnte spüren, wie der Hass hochkochte wie Milch im Topf, aber das Ganze beruhigte sich dann meistens wieder und endete in betrunkenem Gebrabbel und Gestolper auf der Straße. ›Wir leben in einem Rechtsstaat‹, pflegte unser Vater zu sagen, ›uns passiert nichts.‹ Wir hatten unsere vier Wände um uns und unseren Vater, der uns beschützte. In jener Nacht brachen sie in unser Haus ein, zerschlugen das Porzellan, warfen das Klavier auf die Straße und verprügelten unseren Vater, als er protestierte. Ich sehe ihn noch heute vor mir, diesen Mann, zu dem ich immer aufschaute, wie er auf dem Fußboden lag, nachdem ihn der Ortsgruppenleiter Bausewein, dieses Dreckschwein, ins Gesicht geschlagen hatte.« Sie zeigte auf eine Stelle bei der Tür zur Küche. »Er flüsterte dauernd ›unerhört, unerhört‹, hielt sich die Nase, aus der das Blut schoss und eine Lache auf dem Teppich bildete. Ich erinnere mich, wie ich dachte, er benutzt seine Nase bloß als Vorwand, um sich den Männern nicht entgegenstellen zu müssen. Meine Mutter war am Telefon, hatte gerade die Polizei angerufen, schaute auf die Sprechmuschel und sagte: ›Die haben aufgelegt. Die haben einfach aufgelegt.‹ Es war ein Albtraum, der ins Leben schwappte, das Ende meines Glaubens an meine Eltern, das Ende meiner Kindheit. Danach schien alles möglich. Und das wurde es auch.«

»Was hat denn Sie hierher gebracht?«, fragte ihr Mann.

»Die Unruhen«, sagte ich.

Er sah mich fragend an, dann entspannte sich seine Miene. »Sie sprechen von den Unruhen in Nordirland.«

»Ja. Selbstverständlich. Die Nacht damals ... das war mehr als nur Unruhe.«

Er nickte. Er sah seine Frau an. Sie sagte nichts.

Ich erzählte ihnen von Tonis Theaterstück. »Eine Sache interessiert mich noch«, sagte ich. »Wie haben Sie es geschafft wegzukommen?«

Da setzten sich die beiden, und ich machte Kaffee, und während wir ihn tranken, erzählte Deborah ihre Geschichte. Sie wurden zwangsweise nach Nürnberg umgesiedelt, in eine winzige Wohnung in einem Mietshaus, das mit jüdischen Familien aus den umgebenden Städten und Dörfern vollgestopft war, und befanden sich unter permanenter Polizeiaufsicht. Dann erhielten Deborah und Alexander Plätze auf einem Kindertransport, der jüdische Kinder zu Pflegeeltern nach Großbritannien brachte.

»Unsere Eltern haben sich immer wieder über dasselbe gestritten«, sagte Deborah. »Unser Vater sagte, das würde sich alles wieder legen, wir würden schon sehen, und Mutter sagte: ›Da legt sich nichts mehr, das ist schon zu weit fortgeschritten, siehst du denn nicht, was vor sich geht, du bist ja blind.‹ Und inzwischen hatten sie auch kein Geld mehr, um selbst herauszukommen; alles, was sie noch tun konnten, war, uns Plätze in diesem Zug zu beschaffen. Natürlich wollten wir nicht weg, wir haben uns mit Händen und Füßen dagegen gewehrt, aber unsere Mutter war unerbittlich. Und an jenem Morgen war sie die Einzige, die nicht weinte, als wir alle zum Nürnberger Bahnhof gingen. Man ließ die Eltern nicht mit hinein, sie mussten draußen bleiben, es war eine sehr große Menge von Eltern, und es war ein einziges Stöhnen und Jammern, schrecklich, und das Schlimmste war, als wir Kinder hinaus auf den Bahnsteig gelassen wurden, da war die Schlange so lang, dass sie eine Schleife machte, die an der Seite des Bahnhofsgebäudes vorbei bis dahin zurückreichte, wo die Eltern noch immer standen und von der Polizei in Schach gehalten und bewacht wurden, und wo wir unsere Eltern noch einmal sahen. Ich erinnere mich an einen Vater, der sich so sehr freute, dass er sein kleines Mädchen wiedersah, dass er losrannte und es hochhob und sich weigerte, es in den Zug einsteigen zu lassen. Ich habe mich oft gefragt, was aus ihnen geworden ist. Ich konnte sehen, dass unser Vater im Begriff stand, das Gleiche zu tun, aber meine Mutter hielt ihn zurück und rief uns zu: ›Los, los, los! Alex, nimm Deborah bei der Hand und geh!‹, und das tat er auch. Das war das Letzte, was wir je von ihnen gesehen haben. Bis 1942 schrieben sie uns. In ihrem letzten Brief stand, sie würden in den Osten gebracht.«

»Das alles hast du mir nie erzählt«, sagte ihr Mann.

»Ich bin sicher, die Lokalpresse wäre an einem Interview mit Ihnen interessiert«, sagte ich, aber Deborah schüttelte den Kopf.

»Nein, wir fahren weiter. Es war eine echte Überraschung, Ihren Akzent zu hören«, sagte sie. »Dort oben haben wir nämlich während des Krieges gelebt. In Belfast. Nach unserer Ankunft in England wurden wir im dortigen Jewish Home untergebracht. Wir arbeiteten auf den Farmen in der Umgebung. Die redeten wie Sie. Nette Leute, Katholiken und Protestanten. Glauben Sie, dort wird es noch mal Ruhe und Frieden geben?«

»Hoffen wir's.«

»Ja, hoffen wir's.«

»Besuchen Sie mich jederzeit, wenn Sie durch Burgbernbach kommen.«

Sie schüttelte den Kopf. »Wir fahren nicht mehr durch Burgbernbach.«

Ich kann nicht behaupten, dass es mir leid tat, das zu hören. Ich möchte nicht leugnen, dass sich in meine Neugierde, Deborah kennenzulernen, eine deutliche Portion Angst eingeschlichen hatte. Angst, sie sei zurückgekommen, um ihr Haus zurückzufordern. Mithilfe eines Darlehens von Inges Vater hatte ich Haus und Laden zu Beginn der Achtziger von Peter gekauft. Zu einem guten Preis.


# 29


Das Geräusch von Schritten draußen, geflüsterte Entschuldigungen. Jemand räuspert sich. »Mrs. Dalzell?« Ein gedrungener Mann im schwarzen Anzug lugt vom Treppenabsatz aus herein. »Gäbe es vielleicht noch einen Platz für Ms. Cassidy?« Meine Mutter sieht sich zweifelnd um, macht eine Schnute. Ich hebe meine Hand, gewinne seine Aufmerksamkeit, deute auf Neils leeren Stuhl. Er zieht sich zurück.

Teresa schiebt sich in schwarzem Kleid und grauem Mantel vorsichtig in den Raum, nickt nach links und rechts. Sie setzt sich auf den Stuhl und sieht zu mir her. Nickt. Sieht woandershin.

»Erinnerst du dich an Teresa?«, fragt Seamus.

»Klar.«

Alles hat sich wieder beruhigt, das Geflüster ist erstorben, man hört nur noch den Atem der Anwesenden. Neil Lamont steht mit verschränkten Armen da. Meine Mutter beginnt zu spielen, und wir beginnen zu singen. Es ist wieder das Lieblingslied meines Vaters.

*Am Schattenufer, in Siloams Au,*
*Blüht die Lilie in der kühlen Luft,*
*Wo Sharons Rose durch den Tau*
*Verströmt so süßen Duft.*

Irgendetwas ergreift mich, schüttelt mich, bringt mich zum Weinen. Ich weiß nicht, ob es mein Wunsch ist, mein Vater möge jetzt an jenem lieblichen, friedlichen Ort sein, oder der Gedanke an all die Jahre davor.

Nachdem das Lied verklungen ist, steht der Pfarrer auf. Er ist ein kleiner, blonder Mann mit einem fein ziselierten Mund und ebensolchen Händen. Er liest von einem Zettel ab, den er in der Hand hält.

*Wie Staub zum Mahl,*
*Der Weg so weit,*
*Verweilst nicht lang*
*Auf dieser Welt.*
*Verlässt das Tal,*
*Zu deiner Zeit,*
*gehst bang,*
*doch nichts dich hält.*

Er faltet den Zettel und steckt ihn weg. Er sagt, dies sei ein Gedicht, das mein Vater vor fünf Jahren bei einer Versammlung der Historischen Gesellschaft vorgetragen habe. Er sagt, er könne für sich nicht beanspruchen, Mr. Dalzell gut gekannt zu haben, er sei sich aber gewiss, dass dieser weder der Welt hinterhergelaufen noch dem Glück hinterhergejagt sei. Er sei ein Mann mit ausgeprägtem Pflichtgefühl gewesen, der, woran auch immer er geglaubt haben mag, gewusst habe, dass er nur als Gast auf Erden weilte und entsprechend gehandelt habe. Er spricht weiter über dieses Pflichtgefühl, über Vaters Soldatenzeit im Krieg, worüber er sich nie geäußert habe. Mir kommt der Gedanke, dass das eines jener Dinge war, über die ich immer mit ihm reden wollte, über seine Erlebnisse im Krieg, besonders in Deutschland gegen Ende zu und dann danach, und dass ich immer dachte, eines Tages würden wir darüber reden. Er spricht davon, wie mein Vater aus dem Krieg nach Hause kam, meine Mutter kennenlernte, heiratete und das Geschäft übernahm.

Großer Gott, Teresa sieht umwerfend aus. Ihr Haar ist noch immer schulterlang. Ob ich ihr wohl diese Linien aus dem Gesicht zaubern würde, wenn ich sie porträtierte? Ich glaube nicht. Diese Fältchen an den Augenwinkeln sind attraktiv. Genau wie die kleinen Pölsterchen darunter. Sie sehen weich aus, wie Kissen. Noch immer hat sie dieses feine, in den Mundwinkeln verankerte Lächeln. Ich sehe sie unverwandt an. Die Andeutung eines Lächelns schleicht sich kurz in ihr Gesicht und wird wieder entfernt, wie wenn man einen gerade geschriebenen Brief faltet und in ein Kuvert steckt. Sie nimmt sich zusammen. Rutscht auf dem Stuhl umher. Hüstelt in die Faust. Ich schaue weg.

Der Pfarrer spricht über die Siebzigerjahre, über die Bombe, die unserem Familienunternehmen ein Ende setzte. Über das Engagement meines Vaters für die Historische Gesellschaft. Darüber, dass er nun heimgegangen sei. »Zum Schluss«, sagt er, »möchte ich noch aus einem anderen Gedicht von W. F. Marshall zitieren.

*Nicht tiefe Trauer soll hier sein,*
*Nicht Totenglocken klingen,*
*Verdorrte Welt erwacht aufs Neu*
*Und Knospen Leben bringen.*
*Mit goldnem Korn zur rechten Zeit*
*Wird Gott das nackte Grab bezwingen.*

*Wir leben hier und unser Sein*
*Füllt sich mit Schatten, Licht.*
*Die Dunkelheit so tief, die Angst*
*Bedrücken uns doch nicht,*
*Denn alle Hoffnung ruht auf Gott,*
*So die Welt uns nicht anficht.«*

Er setzt sich.

Ich nicke ihm anerkennend zu. Er schürzt die Lippen, als wolle er mir sagen: Das ist es, was ich tue, wenn ich nicht das Evangelium verkünde. Mein zweites Programm. Euer Problem, wenn es euch nicht gefällt.

Meine Mutter beginnt wieder mit dem Klavierspiel. Wir singen die letzte Strophe von *Siloam*, diejenige, die in der Zeitung stand. Während sie ausklingt, legt sie das Gesangbuch weg, schlägt ein Notenheft auf und spielt ein Stück daraus. Die Melodie kommt mir bekannt vor, doch ich traue meinen Ohren nicht. Es ist *Moon River*. Jemand fängt an mitzusummen. Ich glaube, das ist Lettie Mayberry, Mums Schwägerin. Ein paar andere stimmen ein. Keiner singt den Text, ein Begleitchor weißhaariger und ergrauter Veteranen für einen Sänger, der gar nicht auftritt.

Mein Vater und meine Mutter waren große Tänzer, und in den Fünfzigern und Sechzigern sind sie gern zu Tanzveranstaltungen ins *Northern Counties Hotel* in Portrush gegangen. Ich erinnere mich, wie aufgeregt sie davor immer waren, wie meine Mutter zum Friseur ging, wie mein Vater nach Brylcreem-Pomade und Old-Spice-Rasierwasser roch und meine Mutter nach Eau de Cologne, wie gut sie aussahen, mein Vater im schwarzen Anzug und meine Mutter im Ballkleid. Ich selbst habe sie nie dort tanzen sehen, aber ich erinnere mich, wie sie bei geselligen Abenden der Pfarrgemeinde übers Parkett schwebten. Und in irgendeinem Fotoalbum gibt es ein Schwarz-Weiß-Foto von den beiden bei einem Ball, Arm in Arm, strahlend und mit großen Augen, meine Mutter elegant nach hinten gelehnt im uneingeschränkten Vertrauen darauf, dass mein Vater sie hält. Ich erinnere mich, wie sie eines Nachts vom Tanzen nach Hause kamen. Ich war von ihrem Gekicher aufgewacht und stand auf, ging hinaus und wollte zu ihnen. Vom oberen Treppenabsatz sah ich, wie sie im Flur standen und sich küssten. Auf Zehenspitzen schlich ich zurück ins Bett.

Tränen glitzern in Letties Wimpern, und als sie zwinkert, rinnen sie die Wangen hinab. Das war die Musik ihrer Generation, nicht unserer, *Moon River, Catch a Falling Star, Cheek to Cheek*, Songs, bei denen man nur einen Wimpernschlag von der Glückseligkeit entfernt war. Das war es, wonach sie strebten. Unsere Generation hat darin nichts Erstrebenswertes gesehen, aber was war daran eigentlich schlecht? Rein gar nichts.

Meine Mutter spielt zu Ende, legt das Notenheft zur Seite, bleibt sitzen, die Hände auf den Knien. Matt geht zu ihr hinüber und legt die Arme um sie. Die Leute stehen auf und verlassen nach und nach den Raum. Ich sehe mich nach Teresa um, aber sie ist fort. Geht sie noch mit zur Beerdigung, oder ist sie schon abgereist? Ich trete ans Erkerfenster und sehe hinunter auf den Diamond. Die aus dem Haus strömende Schar verdoppelt und verdreifacht die Reihen der Menschen, die dort herumstehen. Der Wind kräuselt die Pfützen des letzten Regenschauers. Nichts von ihr zu sehen.

»Sollen wir den Sarg schließen?« Es ist der Bestatter. Ansonsten ist der Raum leer, von meiner Mutter, Matt und mir abgesehen.

»Kommt mal her, Jungs«, sagt meine Mutter.

Wir folgen ihr quer über den Treppenabsatz ins Arbeitszimmer. »Kommt mal her«, sagt sie wieder, winkt uns zu sich und zum offenen Sarg. Sie stellt sich in unsere Mitte und nimmt uns bei den Händen. »Jetzt hört mal zu, ihr zwei. Ihr werdet jetzt euren Vater auf seiner letzten Reise tragen. Wisst ihr, dass er euch auf eurer ersten getragen hat? Euch beide, beide Male. Als er mich vom Krankenhaus nach Hause brachte, bestand er darauf, dass ich fuhr, weil er euch im Arm halten wollte. Vergesst das nicht.«

Als wir den Raum verlassen, warten schon die Gehilfen des Bestatters, und ich gehe hinaus, damit ich nicht hören muss, wie sie den Sargdeckel zunageln. Am Diamond herrscht absolute Stille, von dem leichten Wind abgesehen, der Kleider und Mäntel flattern lässt. Krächzen und Rauschen aus dem Walkie-Talkie des Polizisten, der vom Diamond aus den Verkehr regelt. Flüstern, Knarren und dumpfe Stöße aus dem Innern des Hauses, während der Sarg nach unten gebracht wird. Keine Spur von Teresa.

Es raschelt, als die Leute die Hüte abnehmen. Der Sarg taucht im Hauseingang auf, getragen von den Männern des Bestatters. Sie lassen ihn auf einem Gestell am Gehsteig nieder. Aus dem Augenwinkel sehe ich ein Blitzen. Eine Armbanduhr an einem erhobenen Handgelenk reflektiert das Licht der Sonne. Es ist Teresa, die drüben bei der Garage steht und auf die Uhr schaut. Hat sie es eilig, woandershin zu kommen? Sollte ich zu ihr hinübergehen?

»Bitte, der erste Lift, meine Herren«, sagt der Bestatter.

Wie zerbrechlich meine Mutter jetzt aussieht. Wie gekrümmt ihr Rücken nun doch ist. Wir nehmen sie zwischen uns, vorsichtshalber. Die Ablösung bei den Lifts hat wie ein Uhrwerk funktioniert: die engste Familie, dann der weitere Familienkreis, Freunde, Geschäftspartner, Freimaurer und der Golfclub. Anschließend fuhr der Leichenwagen den Sarg die letzte Strecke zum Friedhof am Stadtrand hinaus. Dort hat sich eine lange Schlange von Menschen gebildet, die darauf warten, uns am offenen Grab die Hände zu schütteln und ihr Beileid auszusprechen, eine Schlange, die sich kreisförmig um andere Grabsteine herum verdoppelt wie ein ausgerollter Gartenschlauch, eine Schlange, deren Ende ich zunächst nicht sehen konnte. Menschen, denen ich seit über dreißig Jahren nicht begegnet bin. Leute aus der Grundschule, aus der Boys' Brigade, aus der Pfarrgemeinde. Meine Mutter hat einige gebeten, hinterher zum Tee zu uns zu kommen. Sie funktioniert wie gewohnt, ohne auch nur eine Runde auszusetzen.

»Tut mir leid mit deinem Vater, John«, sagt ein weißhaariger Mann mit rosa Glatze und großer Achtzigerjahre-Brille, während er mir die Hand gibt.

»Ach du meine Güte, das ist ja Davie.«

Er lächelt. Davie McCandless war mein bester Freund. Ob ich seiner war, weiß ich nicht. An wirklich jedem Tag habe ich im Bus nach Ballyraine die Hausaufgaben bei ihm abgeschrieben, als wäre es mein Geburtsrecht. Eines Tages hat es der Deutschlehrer schließlich doch bemerkt. »Wer hat abgeschrieben?« Ich hatte zu viel Angst, um es zuzugeben. Er ließ uns beide nachsitzen. Ich habe mich nie entschuldigt, und jetzt ist es ein bisschen spät dafür.

»Kommst du hinterher noch zu uns, Davie?«

»Nur ganz kurz.«

»Bis dann also.«

Ob Teresa noch hier ist? Die Menschenschlange entrollt sich jetzt. Die letzte Schleife löst sich auf und zieht vorbei wie ein Band, das von der Spule gewickelt wird. »Was für ein trauriger Anlass, mein Beileid.« »Was für ein Verlust, mein Beileid.« »Mein Beileid.«

Nur noch wir drei, wir stehen am Grab, alles ist vorbei. Keine Teresa.

»Okay, Mum?«, fragt Matt.

»Ja.«

»Das mit den Lifts hast du gut gemacht, Matt«, sage ich.

»Nur Dad konnte Seamus Cassidy und Neil Lamont zusammenbringen«, sagt er.

»Dieses Cassidy-Mädchen ist ja ins Haus gekommen«, sagt meine Mutter.

»Ja. Sie hätte aber auch zum Begräbnis kommen können«, sage ich. »Ich habe sie nicht mehr gesehen.«

»Sie wartet an der Mauer«, sagt Matt. »Ich habe mich mit ihr unterhalten. Sie sagt, sie mag nicht an offenen Gräbern stehen. Sie sagt, sie braucht deinen Rat wegen irgendwas, das sie auf Deutsch schreibt.«

An der Innenmauer des Friedhofs steht eine Menschentraube. Ich kann nicht erkennen, ob sie darunter ist.

»Ich gehe vielleicht schnell mal hin und erkundige mich, was sie will.«


# 30


Ich verlasse die grünen Matten, die am Grabesrand ausgelegt wurden, und nehme den Fußweg. Der Schotter knirscht unter meinen Füßen. Er ist ganz frisch ausgebracht worden, eine dicke, cremefarbene Schicht, die, wie die Geröllhalde an einem

Berghang, ein Vorwärtskommen eher behindert als fördert. Die Menschen streben zu ihren Autos zurück, und je weiter sie sich vom Grab entfernen, desto lebhafter werden Schritte und Unterhaltungen. Das Wetter hat gehalten, auch wenn sich gerade ein bedrohliches Bollwerk aus grauschwarzen Wolken in unsere Richtung über den Himmel schiebt. Die Gruppe an der Mauer löst sich auf, ein Mann verlässt die Runde und gibt den Blick auf Teresa frei. Sie sieht direkt zu mir her. Ein anderer Mann redet weiter auf sie ein. Ich trete hinter ihn, genau ihr gegenüber. »Da ist jemand, den ich sprechen muss«, sagt sie. Der Mann dreht sich um, sieht, wer ich bin, und das Lächeln in seinem roten Farmergesicht gefriert. »Ich werde sehen, was ich tun kann, Tom«, sagt sie. Er schickt sich an zu gehen, droht ihr dann mit dem Finger. »Du weißt schon, Teresa, dass ich für dich gestimmt habe.« »Das sagen alle Männer, Tom.« Er lacht, schlägt die Hand vor den Mund, sieht mich entschuldigend an, winkt ihr zu und geht.

»Hallo, Teresa.«

»Hallo, John. Das mit deinem Vater tut mir leid. Er war ein feiner Mensch.« Sie gibt mir die Hand, weich und warm, und zieht sie wieder zurück. Sie trägt einen offenen grauen Mantel mit großen Ärmelstulpen, darunter ein schwarzes Kleid, ihr Haar ringelt sich in einer einzigen eleganten Locke auf dem Kragen.

»Danke. Gut schaust du aus.«

»Wie geht's dir so?«

»Ganz gut.«

»Lebst du noch immer in Deutschland?«

»Ja, sogar in Burgbernbach.« Weiß sie das denn nicht?

»Na, so was.«

»Eigentlich hatte ich nie vor, so lange zu bleiben. Ich dachte, fürs Erste ist es das Richtige, aber dann haben sich die Dinge irgendwie gefestigt.«

»Du meinst, du hast geheiratet.«

»Eh – ja, das auch, ja.« Eine dümmere Art, ihr das zu sagen, ist mir nicht eingefallen.

»Kinder?«

»Zwei Mädchen, Lena und Toni, fünfundzwanzig und zweiundzwanzig. Sie leben bei ihrer Mutter. Wir haben uns getrennt.«

»Siehst du sie oft?«

»Eigentlich nicht. Kein Interesse ihrerseits.«

»Hast du ein Foto?«

»Nur ein altes.« Ich hole es aus meiner Brieftasche.

Sie kommt näher und stellt sich neben mich, nimmt die andere Hälfte des Bildes, das ich in meiner Linken halte, in die Rechte, ihr Handballen ist weich und frisch wie eine kleine Birne. »Moment.« Sie löst ihren Griff, bringt aus dem Mantelinnern eine Brille zum Vorschein, setzt sie auf, nimmt das Foto wieder in die Hand. Es wurde an Weihnachten 1989 auf dem Bauernhof der Eders aufgenommen. Lena sitzt auf einem Schlitten auf dem Hang hinterm Hof und hält Toni auf ihrem Schoß; beide grinsen wie Honigkuchenpferde. »Hübsch«, sagt sie.

»Sie kommen nach ihrer Mutter, zum Glück. Aber jetzt haben sie nicht mehr viel Ähnlichkeit mit dem Foto.« Das liegt nicht nur daran, dass die beiden älter geworden sind. Lena vermeidet es inzwischen, mir in die Augen zu sehen, und guckt auf die Erde, als würde ich dort umherkriechen; Toni trägt eine Igelfrisur mit roten und blauen Strähnen darin, schiebt die Unterlippe nach links vorne wie früher schon immer, wenn sie wütend auf mich war, und hat Grübchen im Kinn. »Als sie mich das letzte Mal besuchen sollten, ist Lena gar nicht erst gekommen, und mit Toni habe ich mich zerstritten«, erzähle ich Teresa. »Ich sagte ihr, die Musik, die sie hört, sei Schrott. Und sie sagte, sie wolle mich nie wiedersehen.«

»Um Himmels willen, John.«

»Ich weiß, ich weiß. Man schwört, nie die gleichen Fehler wie die Eltern zu machen. Und dann tut man es doch. Die Musik war ja wirklich Schrott, dauernd Rap oder irgend so was im ganzen Haus, du weißt schon. Aber eigentlich ging es um was ganz anderes. Sie haben einen Zorn auf mich, weil ich sie im Stich gelassen habe.« Teresa hält noch immer das Bild. »Hat dein kleiner Finger schon immer so von den andern abgestanden?«

»Nein. Ich habe ihn mir vor zehn Jahren im Skiurlaub gebrochen.«

»Gott sei Dank.«

»Was soll denn das heißen?«

»Dann ist es wenigstens nichts, das ich vergessen hätte.«

Sie lächelt und schüttelt den Kopf. »Und warum hast du sie im Stich gelassen? Eine andere Frau?«

»Ja. Hat ebenfalls nicht funktioniert.« Ich lasse ein albernes kleines Lachen hören, damit es nicht gar so pathetisch klingt. »So sieht's also aus. Wie steht's bei dir?«

Sie gibt das Foto frei, und ich stecke es weg. »Ich habe nie geheiratet.«

»Ich weiß.« Ich weiß auch, dass es einen Freund gibt, oder gab. Einen amerikanischen Geschäftsmann, mit dem sie schon jahrelang geht, oder ging. Man sieht ihn auf Fotos von Veranstaltungen in den USA im Hintergrund. Zehn Jahre jünger vielleicht, klein, freundlich, mit Lachfalten. Reich.

»Das ist nun mal der Preis.«

»Tja. Wenn es die Sache wert ist.«

»Absolut.«

»Glaubst du, alles wird gut?«

»Du meinst politisch?«

»Ja.«

»Wer weiß. Ich glaube, dass meine Partei bei den Wahlen in der nächsten Woche komplett untergehen wird. Sprechen wir jetzt über das Belfast Agreement, oder was?«

»Nein. Aber du hast Unglaubliches vollbracht, Teresa. Ich bin voller Bewunderung.«

»Nett, dass du so was sagst.«

»Du hattest schon immer die nötige Courage.«

»Durchhaltevermögen ist es, was man vor allem braucht. Das ist wie ein Balanceakt auf dem Hochseil, nur mit dem Unterschied: Wenn du glaubst, du bist auf der anderen Seite angekommen, schicken sie dich wieder fort, und du musst den ganzen Weg zurück. Trotzdem. Meinetwegen können wir diskutieren bis in alle Ewigkeit, solange wir uns nicht bekriegen und gegenseitig umbringen.«

»Das heißt, du glaubst, dass die IRA wirklich Geschichte ist?«

»Oha. Darum soll's also gehen.« Sie verschränkt die Arme. »Falls du glaubst, es geht nur darum, dann liegst du falsch. Es geht auch darum, einen beträchtlichen Teil jener Leute wieder zurück in die Mitte zu bringen, die von der Gesellschaft ausgegrenzt wurden, und darum, wie weit wir auf diesem Weg gekommen sind.«

Aha. Wie Malachy. »Eigentlich habe auch ich mich ein wenig ausgegrenzt gefühlt.«

»Na, sieh mal an. Trotzdem ist das besser, als tot zu sein, findest du nicht auch?«

Die Flechten auf dem fleckigen Verputz der Friedhofsmauer sind hellgelb. Ein grauer Dunstschleier liegt über der Stadt. Eine Regenfront kommt auf uns zu, doch umso intensiver ist hier jetzt das Licht, umso leuchtender, als würde es von der aufziehenden Dunkelheit komprimiert.

Sie streckt die Hand aus, berührt mich am Arm und zieht sie gleich wieder zurück. »Tut mir leid, John«, sagt sie. »Manchmal kann ich dieses Politikergehabe einfach nicht ablegen. Da haue ich dann einen vernichtenden Kommentar heraus und pfeif auf die Konsequenzen.«

»Ist schon okay.«

»Ich hoffe, du hast nicht geglaubt, ich würde jemals irgendwem etwas über das erzählen, was passiert ist.«

»Ich wusste nicht, was vielleicht von den polizeilichen Ermittlungen durchsickern und dann nach Hause durchdringen würde.«

»Ist das der Grund, warum du in Deutschland geblieben bist?«

»Nein. Ich wollte kein Lehrer werden. Ich wollte Fotograf werden. Und eigentlich wollte ich auch nie wieder hierher zurückkehren.«

»Du wolltest schon immer in Deutschland bleiben, ich erinnere mich.«

»Mit dir zusammen, ja.«

»Aber ich wäre nie dageblieben. Ich wollte immer mein Bestes tun, um hier etwas zu bewegen. Besonders nach dem, was passiert ist.«

»Also haben wir beide bekommen, was wir wollten.«

»Nicht ganz.«

»Nein, nicht ganz.«

»Teresa?« Es ist ihr Fahrer, der durchs Friedhofstor guckt. Er zeigt auf seine Armbanduhr.

»Okay, Jimmy. Ich komme gleich.«

Er macht eine Kopfbewegung zum Himmel. »Es sieht nach Regen aus.«

»Jimmy, hör auf, meine Mutter zu spielen. Ich habe gesagt, ich komme gleich.«

Er wieselt davon und knöpft sich die Jacke zu.

»Du bist das genaue Ebenbild deines Vaters, weißt du das?«,

sagt sie. »Von den Haaren abgesehen. Trägt man in Deutschland die Haare noch immer so?«

»Der letzte Schrei. Und weißt du was? Die Schlaghosen gibt's auch immer noch.«

Sie lacht. Genau so müsste man sie fotografieren, aber ein echtes Lachen einzufangen ist am Allerschwersten.

»Kommst du noch mit ins Haus auf eine Tasse Tee?«, frage ich sie.

»Na endlich, ich dachte schon, du würdest mich gar nicht mehr einladen.«

»Ich glaube nicht, dass Wein im Haus ist. Könnte aber sein. Die Zeiten haben sich geändert.«

»Gott sei Dank.«

»Also, wie wär's?«

»Nein, tut mir leid, John. Ich wäre wirklich gern mitgekommen, aber ich müsste schon längst woanders sein. Du glaubst nicht, unter welchem Stress ich stehe. Die Wahlen, du weißt schon.«

»Was machst du, wenn du nicht wieder reinkommst? Für euch Leute in der Mitte sieht es gegenwärtig gar nicht gut aus.«

»Als Nächstes kommst du mir noch mit einem Yeats-Zitat. Ich weiß nicht, was ich machen werde. Irgendwas. Mich einfach weiter abrackern. Da fällt mir was ein: Würdest du mir einen Gefallen tun?«

»Natürlich.«

»Könntest du mir bei meinem Deutsch helfen? Ich habe alles vergessen. Ich musste da einen Text verfassen, ich habe ihn mitgebracht, weil ich gehofft habe, dich hier zu treffen.« Sie schaut nach unten, eine Haarsträhne fällt ihr vors Gesicht, sie schiebt sie hinters Ohr, ihre Hand taucht mit einer anmutigen, fließenden Bewegung in die Handtasche und reicht mir ein gefaltetes Stück Papier. Es handelt sich um die Antwort auf die Einladung, am Frankfurter Zentrum für Konfliktforschung eine Rede zu halten. Der Text ist perfekt formuliert, selbstverständlich.

»Das ist perfekt, Teresa.«

»Ich möchte die Rede auf Deutsch halten. Ich dachte mir, ich könnte sie dir per E-Mail nach Deutschland schicken, damit du sie dir mal ansiehst. Zwar hat einer meiner Assistenten ein Diplom in Deutsch, aber du glaubst nicht, was heutzutage alles von der Uni kommt.«

»Oh doch, das glaube ich sehr wohl.« Ich fummele in meiner Brieftasche nach einer Visitenkarte mit meiner E-Mail-Adresse und gebe sie ihr.

»*Fotograf*, tatsächlich. Schau mal an. *Fotofachgeschäft*, was ist denn das gleich wieder – ach ja. Das heißt, du bist da der Boss. Wie dein Vater. Wie reden sie dich an, mit ›Chef‹?«

»Wäre gut möglich, wenn ich Personal hätte. Ich habe mich auf Porträts spezialisiert. Ich könnte ein richtig tolles von dir machen. Besser als die von dir im Internet. Siehst du das Licht, das wir gerade haben? Absolut ideal für Porträts, so indirekt und unaufdringlich. Darf ich mal?« Die Sonne scheint diffus hinter einem verschleierten Himmel. Sanft nehme ich Teresas Kinn und drehe ihr Gesicht so, dass das Licht von rechts einfällt. Ich spüre, wie sich bei ihrem Lächeln die Haut unter meiner Berührung dehnt. Das Licht schattiert und akzentuiert die spitze Steinmauer hinter ihr und die Falten ihrer Kleidung. Schwarzweiß wäre großartig. Sie sieht kompetent und selbstsicher aus. Und wunderschön. Dieses Unergründliche in den Winkeln und Tiefen ihrer Augen und ihres Mundes. »Das wäre es genau. Siehst du's? Nein, natürlich nicht. Aber ich seh's.« Eine strahlende Schönheit, das ist es, was ich sehe.

Ein Regentropfen platscht in den Schotter, dann ein zweiter, dann spüre ich Tropfen im Gesicht.

»Also dann, John.«

»Also dann.«

Wieder lässt sie ihre Hand einen Augenblick lang auf meinem Arm ruhen.

»Pass auf dich auf, John.«

»Du auch auf dich, Teresa.«

# 31

»Ihr beide scheint euch ja recht gut verstanden zu haben«, sagt meine Mutter, als wir im Auto sitzen. »Du hast doch wohl nicht vergessen, was ihr Bruder getan hat?«

»Nein.«

Trotzdem erzählt sie es mir. »Hat das Fluchtauto für die Bombenleger gefahren, die den Laden gesprengt und Jane umgebracht haben.«

»Nein, habe ich nicht vergessen.«

Der Regen trommelt aufs Dach. Matt sagt kein Wort.

Ich stehe ein wenig abseits im oberen Wohnzimmer neben dem Sideboard, auf dem das Lieblingsporzellan meiner Mutter seinen Platz hat: die kleine Vase, auf der steht: *Freundschaft versiegt, wenn dieser Baum sich biegt*; die drei Katzen, von denen sich die jeweils kleinere an die größere kuschelt; die rosarote Schäferin auf dem flauschigen Zierdeckchen. Ich habe ein wenig mit meinem alten Freund Davie geplaudert, der soeben gegangen ist. Meine Mutter und Matt halten sich in der Raummitte auf, und diejenigen, die wegen der Menschenmenge auf dem Friedhof nicht durchkamen, stehen jetzt noch immer bei ihnen an, um ihr Beileid auszusprechen. *Es tut mir leid. Es tut mir so leid. Es tut mir leid wegen deines Vaters. Mein Beileid.* Der fade Geruch von Industrietoast und

Tee zieht durchs ganze Haus, dazu jenes befreiende Gefühl der Erleichterung, dass die Beerdigung angemessen über die Bühne ging, dass sich die dunklen Wolken zu verziehen beginnen.

Ich trage etwas Geschirr in die Küche hinunter. Dort treffe ich auf eine Frau mittleren Alters, die an dem uralten Heißwasserboiler herumhantiert, sich darüber beugt, als wolle sie ein Orakel befragen. »Sind viele Leute oben? Lohnt es sich, dieses Ding noch mal vollzumachen?«, fragt sie. »Würde nicht schaden«, sage ich und stelle das Geschirr neben der Spüle ab. »Ja hallo, John«, sagt die Frau und richtet sich auf.

»Meine Güte, Molly, hallo.«

Wir geben uns die Hand. Gut sieht sie aus, vielleicht ein wenig wie aus einer alten *Dallas*-Folge, mit perfekt sitzender Dauerwelle und einem Hosenanzug. Aber sie hat jetzt etwas an sich, was früher nicht vorhanden war, eine gutmütige, ja amüsierte Wissbegierde.

»Macht dir der Boiler Probleme?«, frage ich.

»Überhaupt nicht. Den bediene ich jetzt bestimmt schon seit mehr als dreißig Jahren.«

Scheppernd öffnet sie den Deckel und schüttet einen Eimer Wasser hinein.

»Das ist der aus dem Oraniersaal. Der von den geselligen Abenden.«

»Genau der. *Der Bauer sucht eine Frau. Der alte Herzog von York.*«
»Der *Hokey-Pokey.*«

»Du meinst den *Hokey-Cokey. Hokey-Pokey* war das, was dann draußen ablief.«

»Ach ja, na klar. Gibt es noch immer diese Pfarrgemeindeabende?«

»Nein, gar nicht mehr, John. Die Zeiten sind vorbei. Die Jugend kriegt man doch heutzutage zu keinem geselligen Abend mehr.«

»Alle scheinen hier zu wissen, was zu tun ist. Bloß ich nicht.«

»Du könntest mal diese Tassen da aussortieren und mir diejenigen geben, die benutzt wurden. Ich spüle, du trocknest ab.«

Wir machen uns an die Arbeit.

Die Tür geht auf, und eine beleibte Person tritt mit einem Tablett voll Geschirr ein. »Ja, da schau mal einer an, ein Abbild von Eheglück, huch, immer langsam mit die Pferde, das ist ja John, ich dachte, es wäre Matt.« Es ist Lettie Mayberry, Mutters Schwägerin, ihr fleischiger Oberarm schwabbelt vom Gewicht des Tabletts.

»Also wirklich, Lettie«, sagt Molly. »Du hast ja eine echt romantische Vorstellung vom Eheleben.«

»Jetzt hör mal, ganz ehrlich: Das ist doch das Einzige, wofür die da taugen, oder?« Lettie nickt in meine Richtung und stellt das Tablett ab.

»Gerüchteweise habe ich gehört, da soll es noch was anderes geben. Wie auch immer, Matt und ich kriegen demnächst eine Spülmaschine.«

Lettie wackelt wieder davon. Wir spülen und trocknen weiter ab.

»Das wusstest du nicht, oder?«, sagt Molly nach einer Weile. »Matt und ich heiraten.«

»Ich hätte es mir beinahe gedacht.«

»Jetzt sag mir mal eines: Redet ihr beiden, Matt und du, nie über irgendwas? Wir gehen jetzt schon seit vier Jahren miteinander.«

»Gestern hat er mir auf dem Weg hierher gesagt, es gebe da was, das er mir sagen möchte. Aber damit wollte er lieber bis nach der Beerdigung warten.«

»Typisch. Er hätte es dir schon längst sagen sollen.«

»Weiß meine Mutter Bescheid?«

»Hör mal, ich bin fast jeden Tag hier im Haus.«

»Mein Gott. Warst du nicht mal verheiratet?«

»Allerdings. Mit einem Taugenichts, der mich ausgenutzt hat. Abrakadabra.« Sie schwingt einen imaginären Zauberstab Richtung Ecke. »Puff! Geschieden. Mit einem faulen Fettkloß von Sohn, der Matt anbetet.«

Zeit zu gehen. Meine Mutter wartet schon im Flur. »Tut mir leid, dass ich nicht mit zum Flughafen kann. Es sind noch ein paar Gäste da.«

»Ist schon in Ordnung. Und mir tut es leid, dass ich nicht länger bleiben kann. Wirst du zurechtkommen?«

»Ja. Molly ist doch da.«

»Das mit Molly und Matt habe ich gar nicht gewusst.«

»Du meine Güte. Ich habe Matt immer gesagt, er soll es dir sagen. Das ist doch in Ordnung mit den beiden, oder?«

»Ja, natürlich.«

Wenn meine Mutter und ich uns umarmen, habe ich stets das Gefühl, dass sie sich zurückhält. Aber vielleicht bin ja ich derjenige.

»Ab mit dir, sonst verpasst du noch dein Flugzeug. Ruf uns an, sobald du angekommen bist.«

»Erinnerst du dich, wie wir immer zum Flughafen gefahren sind?«, fragt Matt.

»Yeah. Das war stets was ganz Besonderes. Ein Familienfest. Am freien Mittwochnachmittag. Wir haben unsere Sonntagssachen angezogen.«

»Schon komisch, wie unsere Eltern das so hingenommen haben.«

»Was?«

»Ich meine, dass wir diejenigen waren, die kamen, um zuzuschauen, und die anderen waren diejenigen, die in die Flugzeuge stiegen. Dass wir diejenigen waren, die sich die Nasen an den Fenstern plattdrückten, und dass es keinerlei Hinweise darauf gab, dass das jemals anders sein würde.«

»Und Dad und du, ihr wolltet nichts weiter, als zuzugucken, wie diese Flugzeuge starteten und landeten. Ihr hättet das ewig tun können.«

»Yeah. Und du hast dich im Buchladen herumgetrieben.«

»Stimmt. Die hatten da Comics, die du in Mitchellstown nicht bekommen konntest, amerikanische.« Alle diese Farben auf dem dicken, seidenweichen Papier. Und die Rasterpunkte, aus denen sich die Bilder zusammensetzten, lagen viel dichter beieinander. Um Klassen besser als die britischen Comics, die wir jede Woche kriegten. Wie die Buntglasfenster einer gotischen Kathedrale im Vergleich zu den farblosen Fensterscheiben unserer Kirche.

»Trotzdem frage ich mich, was Mum von dem Ganzen hatte«, sage ich.

»Dass wir alle beisammen waren«, sagt Matt. »Kam ja selten genug vor. Und dann war da noch der Nachmittagstee im Flughafenrestaurant. Die hatten immer diese super Fritten.«

»Bessere gab's nirgendwo, genau.«

»Aber sie hat sich nie wohl in ihrer Haut gefühlt, wenn sie bedient wurde, ist dir das aufgefallen? Und weißt du, dass das erste Mal, dass sie geflogen sind, der Flug zu deiner Hochzeit 1979 war? Ich glaube, ich hatte vorher noch nie erlebt, dass Mum sich so unwohl fühlte. All diese kostenlosen Imbisse und Drinks und Zeitungen.«

»Schaffst du es womöglich doch noch, mir von dir und Molly zu erzählen?«

»Du weißt es bereits?«

»Sie hat es mir gesagt.«

»Tut mir leid. Offenbar habe ich nie den richtigen Zeitpunkt erwischt.«

»Ist schon in Ordnung. Ich wünsche dir und ihr das Beste. Sie ist eine Gute.«

»Wir hätten dich gern bei unserer Hochzeit dabei.«

»Ich werde es versuchen. Komm doch mal mit ihr nach Deutschland. Es ist schon eine Ewigkeit her, dass du da warst.«

»Das wäre durchaus drin.«

»Jetzt fängt gerade die schönste Jahreszeit an. Alles grünt und blüht. Die Bierkeller machen auf. Im Mai gehe ich mit meinem alten Freund Herbert und ein paar anderen auf Wandertour in die Fränkische Schweiz, da könntet ihr mitmachen. Das ist so was von schön.«

»Schaun wir mal. Ich muss erst abwarten, wie Mum jetzt alles verkraftet. Hör zu. Da ist noch was, für das ich nie die richtige Gelegenheit finde, um es dir zu sagen.«

»Nämlich was?«

»Lena und Toni kommen im Sommer herüber. Mit ihren Freunden. Ich hatte die ganze Zeit über Kontakt mit ihnen. Ich sah keinen Grund, ihn abzubrechen.« Matt hält den Blick auf die Straße gerichtet.

Mir fällt nichts ein, was ich sagen könnte.

»Wie gesagt, ich habe nie den richtigen Augenblick gefunden, es dir zu erzählen«, schiebt er hinterher. »Und das jetzt ist auch nicht der richtige.«

Wie kommt es, dass er etwas fertigbringt, was ich nicht fertigbringe?

»Es tut mir leid, John. Ich wollte deine Gefühle nicht verletzen. Sorry.«

»Hör zu. Ich ruf sie an, sobald ich zurück bin.«

»Das wäre schön.«

Die Straße fällt ab und schlängelt sich wieder um Lough Neagh herum, versucht sich hierhin zu winden und dorthin auszuweichen, will ganz entschwinden, besinnt sich letztendlich

doch auf ihre Pflichten und spult sich brav unter Matts BMW
ab.

»Also, das wär's dann«, sage ich am Gate. »Genau hier hat Dad
immer geheult. Und dann konnte er einmal nicht mitkommen,
und Mum war ganz allein, und da hat sie dann geheult. Als wäre
es etwas gewesen, was er immer für sie übernommen hat.«
    »Sag mir noch eines«, sagt Matt. »Nein, vergiss es.«
    »Was?«
    »Als du das erste Mal in Deutschland warst, hast du da Tere-
sa Cassidy kennengelernt?«
    »Ja.«
    »Und was ist daraus geworden?«
    »Och. Die Dinge sind nicht so gelaufen, wie ich mir das ge-
wünscht habe.«
    »Vielleicht tun sie das ja noch.«
    »Das werden sie so oder so tun, so viel steht fest.«
    »Weißt du noch, was Dad immer gesagt hat?«
    »Irgendwie müssen die Dinge halt sein.«
    Er lächelt. »Genau.«

# Danksagung

Danke an Gottfried »Geoffrey« Röckelein für die enge, gedeihliche Zusammenarbeit und für die fachkundige Beratung in vielerlei Hinsicht, die weit über das einfühlsame Übersetzen hinausging.

Danke an meine Frau Brigitte für die kongeniale Übersetzung von *By Cool Siloam's Shady Rill* und der Gedichte von W. F. Marshall.

Danke an Felicitas Igel für das wohlüberlegte, gewinnbringende Lektorat.

Danke an Michael Dallat, Kilrea, Co. Londonderry, für seine Bereitschaft, mir seine Erfahrungen während der »troubles« aus katholischer Sicht zu erzählen.

Danke an Emil Spicka und Andreas Riedel für ihren Rat in fotografischen Fragen.